LES AFFINITÉS ÉLECTIVES

Du même auteur
dans la même collection

ÉCRITS SUR L'ART
FAUST
FAUST I ET II
LES SOUFFRANCES DU JEUNE WERTHER

GOETHE

LES AFFINITÉS ÉLECTIVES

Traduction
par Jean-Jacques POLLET

Présentation, notes,
chronologie et bibliographie
par
Roland KREBS

Traduit avec le concours
du Goethe-Institut

GF Flammarion

Jean-Jacques Pollet, recteur de l'académie de Nancy-Metz, est professeur des Universités en littérature allemande. Il a notamment traduit différentes œuvres de Gustav Meyrink (*La Nuit de Walpurgis*, *L'Ange à la fenêtre d'Occident*, *Histoires fantastiques pragoises*) dans la collection GF-Flammarion.

Professeur émérite de littérature allemande à l'université de Paris IV-Sorbonne, Roland Krebs est spécialiste de l'histoire des idées des Lumières au classicisme. Il a consacré de nombreuses études à l'histoire du théâtre allemand au XVIIIe siècle, et a récemment publié *Helvétius en Allemagne ou la Tentation du matérialisme* (Honoré Champion, 2006) et, avec Raymond Heitz, *Schiller publiciste* (Peter Lang, 2007).

ISBN : 978-2-0812-0975-6

PRÉSENTATION

Qui dira jamais la part qui revient au titre dans la célébrité d'une œuvre ? Celui, mystérieux et poétique à la fois, du roman que Goethe publia en 1809 n'a, en tout cas, pas peu contribué à assurer sa notoriété. Mais ce roman est-il pour autant lu, compris et apprécié à sa juste mesure ? On peut en douter, du moins en ce qui concerne la France. Tout se passe comme si Goethe devait y rester éternellement l'auteur des *Souffrances du jeune Werther* (1774), à l'aune desquelles on continue à mesurer ses œuvres postérieures qui relèvent pourtant d'un tout autre esprit, d'une tout autre esthétique. Décidément, seul le Goethe « romantique » – qu'il n'a pourtant jamais été – fait recette en France, alors que le « classique » est volontiers considéré comme froid et empesé. Un lecteur aussi fin que Julien Gracq sacrifie à cette image convenue lorsqu'il déplore que rien n'arrête Goethe, « maître Jacques de la culture allemande en gestation », « sur le chemin scabreux qui va de l'artiste ultrasensible du *Werther* à la pesanteur du dernier *Meister*, en passant par la froide épure des *Affinités électives* [1] ». Et d'imaginer un Goethe « précocement attaqué de la poitrine » s'établissant en Italie, échappant ainsi « au congélateur de Weimar », ce qui aurait débarrassé « toute l'œuvre du Père fondateur des lettres allemandes » de

1. *En lisant en écrivant*, dans *Œuvres complètes*, t. II, Gallimard, 1995, p. 716.

« son arrière-goût de *veau froid mayonnaise* [1] ». On pourrait aussi bien lui reprocher de ne pas s'être suicidé comme Kleist ou de ne pas être devenu fou comme Hölderlin, et, au lieu de cela, d'être mort de vieillesse dans son lit à quatre-vingt-deux ans !

Œuvre majeure du Goethe de la maturité, *Les Affinités électives* se dérobent à une lecture identificatrice et à une interprétation unique. Elles exigent une lecture attentive, peut-être même répétée. Goethe n'a-t-il pas lui-même attiré l'attention sur la complexité du roman en disant qu'il y « avait mis beaucoup de choses et beaucoup caché aussi [2] » ? Les circonstances de sa rédaction, l'accueil qu'elle a reçu des contemporains, permettent une première approche de cette œuvre singulière.

Le moment historique et biographique

Au moment de la parution du roman, cela fait plus de trente ans que Goethe est installé dans la minuscule capitale d'une petite principauté de Thuringe, Weimar. Il y a occupé pendant dix ans d'importantes responsabilités administratives et politiques. Cependant, depuis son retour, en 1788, d'un long séjour en Italie, il ne s'occupe plus guère que des institutions culturelles du duché (théâtre, université, collections) et a retrouvé le temps d'écrire. Avec Friedrich Schiller, il a entrepris d'une manière très volontariste de donner à l'Allemagne une littérature classique. Mais la mort prématurée de l'écrivain en 1805 porte à ce projet commun un coup fatal ; avec lui disparaît aussi l'utopie d'une éducation esthétique rétablissant l'unité et l'harmonie de la personne

1. *Ibid.*, p. 717.
2. Lettre à Carl Friedrich Zelter du 1er juin 1809, citée d'après Goethe, *Werke*, éd. Erich Trunz, Hambourg, Wegner, 1948-1960, t. VI, p. 621. Sauf indication contraire, les citations sont traduites par Roland Krebs.

humaine qui, selon Goethe et Schiller, avaient régné dans la Grèce antique et que la société moderne avait détruites. Goethe perd avec Schiller non seulement un allié, mais aussi un ami et un interlocuteur privilégié : cette mort ne peut que renforcer le sentiment de sa solitude et de son relatif isolement dans le champ littéraire.

Le centre de gravité de la culture allemande se déplace en effet alors de Weimar à Berlin, et c'est désormais la jeune génération romantique qui donne le ton. Goethe peut de ce fait avoir le sentiment d'avoir définitivement perdu le contact avec son public. Sans compter que l'approche de la vieillesse se fait sentir. Est-ce pour cela que le quasi-sexagénaire s'engage dans de si nombreuses relations amoureuses avec des jeunes filles ou de très jeunes femmes ? Relations qui se terminent fatalement par de douloureux renoncements… Ainsi que Goethe le confesse dans ses *Annales* (1807) : « *Pandore* et *Les Affinités électives* expriment le douloureux sentiment de la privation [1]. »

En même temps, les événements historiques prennent un tour dramatique. Pendant dix ans, Weimar avait profité de la paix que la neutralité de la Prusse, négociée au traité de Bâle, conférait à l'Allemagne centrale. En la rompant en 1806, le roi de Prusse précipite Weimar dans la guerre. C'est sur son territoire que Napoléon inflige aux troupes prussiennes dans lesquelles sert le duc Charles-Auguste, l'ami et le mécène de Goethe, les terribles défaites d'Iéna et d'Auerstaedt ; et Weimar est livrée au pillage. Ce que Goethe avait décrit de loin dans son recueil de nouvelles, *Entretiens des émigrés allemands* (1795), ou dans son épopée bourgeoise *Hermann et Dorothée* (1797), devient réalité vécue : violences, destructions, malheurs privés et publics. Un monde s'écroule

1. Goethe, *Écrits autobiographiques 1789-1815*, éd. Jacques Le Rider, Bartillat, 2001, p. 219.

que symbolise la dissolution du Saint Empire romain germanique dont, adolescent, il avait encore vu en 1764 les fastes, à vrai dire déjà surannés, lors du couronnement de Joseph II à Francfort. La situation personnelle de Goethe et le sentiment qu'il a de vivre une crise historique sans précédent se conjuguent pour conférer aux œuvres de cette période un caractère marqué d'inquiétude et d'incertitude. *Les Affinités électives* n'échappent pas à ce climat particulier ; et c'est avec raison que les contemporains ont pu y trouver une image fidèle de leurs temps troublés.

Lorsque Goethe, en 1807, songe à donner une suite à son roman *Les Années d'apprentissage de Wilhelm Meister* (1795-1796), il prévoit d'y inclure une série de nouvelles qui constitueraient une sorte de contrepoint à l'action principale. De fait, si *Les Années de voyage de Wilhelm Meister* (1829) présentent les projets et les entreprises pratiques de ceux que le roman désigne comme des « renonçants [1] », les nouvelles se situent en général dans un univers dominé par le sentiment ou les passions. En avril 1808, l'auteur cite *Les Affinités électives*, en même temps que *L'Homme de cinquante ans*, comme une des nouvelles destinées au nouveau *Meister*. Mais il s'aperçoit vite que la matière outrepasse largement les dimensions d'une nouvelle et il envisage alors d'en tirer un roman indépendant. La rédaction est inhabituellement rapide : dès l'été 1808, une première version du roman en dix-huit chapitres est terminée dans la ville de cure de Karlsbad. Le travail est cependant interrompu après le retour à Weimar et ne reprend qu'en avril de l'année suivante ; il est alors très vite mené à son terme. L'impression commence tandis que la rédaction et la révision ne

1. Le titre complet du roman est en effet *Les Années de voyage de Wilhelm Meister ou les Renonçants.* Les « renonçants », hommes ou femmes, se caractérisent par le fait qu'ils se sont détournés du souci de soi pour se consacrer à une activité sociale utile à tous.

sont pas encore achevées, et le roman paraît en deux volumes, respectivement en septembre et en octobre 1809.

La structure de la nouvelle reste visible dans l'œuvre achevée : en témoignent le nombre restreint de personnages, le caractère dramatique que prend par moments le récit et surtout l'existence de « l'événement singulier et tout à fait nouveau » qui pour Goethe caractérise le genre de la nouvelle [1]. Il s'agit du fameux « adultère par la pensée » que commettent les deux protagonistes, les époux Charlotte et Édouard, en ayant tous les deux à l'esprit quelqu'un d'autre lors d'une nuit d'amour (I, XI). L'enfant qu'ils engendrent à cette occasion portera sur son visage les marques de ce double fantasme : fait « singulier », il ressemblera aux deux absents… *Les Affinités électives* n'en sont pas pour autant une nouvelle étendue aux dimensions d'un roman. L'œuvre, en effet, répond bien aux caractéristiques dégagées par Goethe et Schiller dans leur réflexion commune sur ce qui différencie le roman du drame : ainsi, la marche des événements est souvent lente et le narrateur apparaît bien, face à des événements passés, comme cet « homme sage les embrassant dans une réflexion tranquille [2] ».

L'accueil du roman

Comme presque toutes les œuvres du Goethe de la maturité, le roman reçoit un accueil contrasté. Si certains écrivains et critiques sont impressionnés par la réussite

1. *Conversations de Goethe avec Eckermann*, traduction de Jean Chuzeville, nouvelle édition revue et présentée par Claude Roëls, Gallimard, 1988, conversation du 25 janvier 1827, p. 203.

2. *Poésie épique et poésie dramatique*, dans Goethe, *Écrits sur l'art*, textes choisis, présentés et annotés par Jean-Marie Schaeffer, présentés par Tzvetan Todorov, Klincksieck, 1983, p. 118.

littéraire, l'art de la narration, l'acuité de l'analyse psychologique, d'autres, comme le plus jeune des frères Grimm, Wilhelm, trouvent l'œuvre ennuyeuse, froide et artificielle [1]. Quant au publiciste Joseph Görres, proche des romantiques, il déplore l'introduction, dans une œuvre qu'il admire, de « hors-d'œuvre » qu'il compare à des « fleurs de givre » ou à des « préparations anatomiques bien conservées [2] ». Le roman fait sensation et éveille une vive curiosité, mais déçoit les attentes de nombreux lecteurs. Aussi Goethe, déjà conscient de son manque de popularité véritable, écrit-il à ce moment qu'il diffuse son roman comme une « lettre circulaire » à ses amis, et qu'il n'attend aucune compréhension véritable de la part de la masse de ses lecteurs [3]. Il le réserve exclusivement aux *happy few* capables de l'apprécier comme œuvre d'art.

Mais c'est surtout l'esprit de l'œuvre qui choque beaucoup de lecteurs. Dans une atmosphère intellectuelle marquée par l'idéalisme moral et le renouveau du christianisme, le roman trouble les cœurs purs, parce qu'ils ne trouvent nulle part décrit le combat attendu de la passion et du devoir avec pour issue, bien sûr, la victoire de celui-ci. On est scandalisé par l'épisode central du double adultère par la pensée (I, XI). Une fois de plus, Goethe doit subir le reproche d'immoralité et s'entendre dire qu'il est un mauvais chrétien ; à son habitude, il n'est pas tendre envers ce public qui en reste à la surface des choses. Aussi se défend-il par le sarcasme en en rajoutant sur l'interprétation moralisante et religieuse ; il prétend ainsi n'avoir voulu que paraphraser le mot du Christ :

---

1. Voir sa correspondance à ce sujet avec son frère Jakob (Goethe, *Werke*, *op. cit.*, t. VI, p. 640-642).

2. Lettre du 1er janvier 1810 à Achim von Arnim, citée d'après Goethe, *Die Wahlverwandtschaften. Erläuterungen und Dokumente*, éd. Ursula Ritzenhoff, Stuttgart, Reclam, 2004, p. 132-133.

3. Lettre du 31 décembre 1809 au comte Reinhard, *Werke*, *op. cit.*, t. VI, p. 623.

« Quiconque regarde une femme pour la désirer a déjà commis, dans son cœur, l'adultère avec elle [1]. » Ou encore, faisant allusion aux deux jeunes héroïnes de *Faust* et des *Affinités*, il feint de s'indigner : comment peut-on l'accuser d'être un païen, lui qui « a fait exécuter Marguerite et mourir de faim Odile » – « n'est-ce pas assez chrétien pour les gens ? Que veulent-ils encore de plus [2] ? »...

La critique de deux anciens amis de jeunesse, Heinrich Jung-Stilling et Fritz Jacobi, nous fait entrer dans le cœur du débat, dont l'enjeu est la question de la liberté. Jung-Stilling affirme dans une lettre au romantique Friedrich de La Motte-Fouqué du 12 novembre 1810 que le *fatalisme* est et a toujours été le système de croyance de Goethe, qu'il se lit aussi bien dans son dernier roman que dans l'ensemble de sa vie : « ses dons naturels, ses tendances et ses prédispositions en liaison avec les circonstances extérieures le mènent inexorablement, ils l'entraînent irrésistiblement avec eux [3] ». De son côté, Fritz Jacobi n'hésite pas à écrire : « cette œuvre de Goethe est totalement matérialiste », et assure ne pas être dupe de l'apparente spiritualité de la fin qui n'est que « l'apothéose du désir [4] ». Aux yeux des lecteurs idéalistes et chrétiens, Goethe soulignerait trop le poids des déterminations qui pèsent sur ses personnages – « fatalisme » signifie « déterminisme » dans le langage du temps – et ne ferait pas triompher suffisamment en eux la liberté

1. Passage de l'Évangile selon saint Matthieu (5, 28), que Goethe ne cite que partiellement – il s'arrête au terme « désirer » – dans une lettre à Joseph Stanislaus Zauper du 7 septembre 1821 (*Werke*, *op. cit.*, t. VI, p. 625).

2. Propos indirectement rapporté par l'écrivain et diplomate Varnhagen von Ense, cité d'après Goethe, *Werke*, *op. cit.*, t. VI, p. 623.

3. Lettre du 12 novembre 1810, dans Goethe, *Die Wahlverwandtschaften. Erläuterungen und Dokumente*, *op. cit.*, p. 148-149.

4. Lettre du 12 janvier 1810 au professeur Friedrich Köppen, dans Goethe, *Werke*, *op. cit.*, t. VI, p. 645.

que confère la loi morale ou la grâce divine. Ils seraient trop soumis aux lois de la nature et n'affirmeraient pas assez l'autonomie de la raison. Bref, ils ne répondent pas aux attentes des lecteurs, que ceux-ci soient rationalistes ou sentimentaux à la manière ancienne, ou encore religieux comme le voulait l'esprit du siècle nouveau. Lorsque Mme de Staël, de son côté, assure que, certes, Goethe dans son roman fait la preuve de sa « profonde connaissance du cœur humain », mais qu'il s'agit d'une « connaissance décourageante » et que la vie y est représentée « comme une chose assez indifférente », elle exprime le même sentiment de frustration [1].

Un critique bienveillant, Rudolf Abeken, expliqua cependant dès 1810 que la véritable transfiguration que connaissait à la fin le personnage d'Odile, pourtant exceptionnellement soumis aux forces de la nature, révélait la présence en l'homme d'une force supérieure qui assurait sa liberté. Cette interprétation fut authentifiée par Goethe lorsqu'il assura devant son secrétaire Friedrich Wilhelm Riemer que les « philistins » qui regrettaient l'absence d'un combat entre la moralité et l'inclination n'avaient pas vu que c'est dans l'expiation et la mort d'Odile que le sentiment moral triomphait [2]. C'est ainsi que se créa ce qui constitua jusqu'à une date récente la *doxa* de la critique.

Si *Les Affinités électives*, au cours du XIXe siècle, resta une œuvre quelque peu confidentielle, la thématique de la passion, du couple et du mariage qui est en son centre connut une fortune exceptionnelle dans le roman européen, ainsi qu'en témoignent *Madame Bovary* (1857) de Gustave Flaubert, *Anna Karénine* (1877) de Léon Tolstoï

1. *De l'Allemagne* (1813), éd. Simone Balayé, GF-Flammarion, 1968, t. II, p. 47.

2. Le texte de Rudolf Abeken est reproduit dans le tome VI de Goethe, *Werke*, *op. cit.*, p. 627-633. Pour le commentaire de Goethe, voir *ibid.*, p. 622.

et *Effi Briest* (1894) de Theodor Fontane. Il faut en outre rappeler que dès le début du XXe siècle, les plus grands noms de la littérature allemande, de Hugo von Hofmannsthal à Thomas Mann, n'ont cessé d'exprimer leur admiration pour les qualités formelles des *Affinités électives*. Et l'adaptation cinématographique des frères Taviani en 1996 prouve que l'œuvre de Goethe, près de deux siècles plus tard, continue de susciter curiosité et intérêt.

Les Affinités électives*, un roman social ?*

À première vue, le roman semble passablement intemporel. Le temps qui y est décrit semble être exclusivement celui, naturel, de la succession des saisons et du rythme de croissance de la végétation, non celui de l'Histoire. Le château d'Édouard et de Charlotte pourrait être situé nulle part ou partout. Les personnages ne sont en général désignés que par leur prénom, leur titre (« le comte », « la baronne »), leur grade (« le Capitaine », « le Commandant ») ou leur profession (« l'architecte », « le directeur adjoint », « le jardinier »). Aucun événement historique contemporain n'est évoqué avec précision : même la guerre à laquelle participe Édouard reste anonyme. Et pourtant, le roman est daté parce qu'il se réfère à une crise historique précise : celle que connut la noblesse terrienne traditionnelle dans la période qui suivit la Révolution française et qui précéda l'époque des grandes réformes prussiennes. Ce qui peut donner une fausse impression d'intemporalité, c'est le traitement symbolique que Goethe applique à la réalité sociale ; lui-même indique du reste qu'il a voulu, dans son nouveau roman, « représenter sous une forme symbolique des conditions sociales et leurs conflits [1] ».

---

1. *Journal* de Friedrich Wilhelm Riemer à la date du 28 août 1808, cité d'après Goethe, *Werke, op. cit.*, t. VI, p. 620.

L'ancrage social de l'œuvre est indiqué dès le premier paragraphe, qui présente Édouard comme un « riche baron » (I, I). Les personnages principaux sont tous nobles, cependant l'aristocratie décrite ici n'est pas celle du *Wilhelm Meister*, une noblesse éclairée et réformatrice, consciente de ses responsabilités sociales et soucieuse de s'adapter à l'esprit des temps nouveaux. Charlotte et Édouard ont connu dans leur jeunesse la vie de cour avec sa culture de l'apparence et de la représentation, mais, après leur mariage tardif, ils se sont retirés dans le domaine d'Édouard, bien décidés à vivre pour eux-mêmes, loin du grand monde, dans une solitude à deux qu'agrémente le confort que confèrent la richesse et les loisirs. Ils entreprennent de construire systématiquement autour d'eux un cadre idyllique, et modèlent au gré de leur fantaisie le parc entourant le château et le paysage alentour. Lorsque le roman commence, Édouard termine son travail de greffe dans sa pépinière et part admirer la cabane aux pierres moussues que sa femme vient de faire construire. Mais ce genre de vie ne peut, à la longue, convenir au caractère impatient et agité d'Édouard, et, bientôt, celui-ci rompt l'idylle de la vie à deux en demandant à Charlotte l'autorisation d'accueillir un ami, le Capitaine, un noble sans fortune pour l'instant sans emploi, et qu'il faut sauver de l'inactivité forcée. En dépit de quelques hésitations, Charlotte accepte cette demande, parce qu'elle-même envisage de recevoir au château sa pupille Odile. C'est ainsi que se met en place le quatuor dans lequel ne va pas tarder à se déployer le jeu des « affinités électives » : Édouard va s'éprendre d'Odile, et Charlotte être attirée par le Capitaine…

Malgré certains efforts de Charlotte pour s'en détacher, les deux époux pratiquent le style de vie qui caractérise la classe oisive qu'est devenue la noblesse. Tout est subordonné chez eux à l'agrément, et, qu'il s'agisse de réorganiser le domaine ou de faire construire une nouvelle maison, le souci esthétique l'emporte généralement sur les considérations économiques ou pratiques. La noblesse terrienne tire ses ressources de l'exploitation de ses domaines ; pourtant, avant l'arrivée du Capitaine, le baron Édouard ne possède même pas un relevé exact de ses propriétés, et, par la suite, les transformations entreprises pour le simple plaisir des yeux le conduisent à vendre une métairie – certes, elle rapportait peu, mais le capital ainsi dégagé est consacré à des travaux d'embellissement et ne rapporte plus rien du tout ! Un appauvrissement progressif se dessine et l'avenir du domaine privé d'héritier est bien incertain. En restant attachée à un style de vie rendu inadapté par l'évolution historique, c'est donc le fondement économique de son pouvoir et de son prestige que la noblesse met en péril.

Le couple irrégulier que forment deux visiteurs, le comte et la baronne – qui s'aiment mais sont mariés chacun de son côté, et ne se voient qu'occasionnellement –, illustre les traits traditionnellement liés à la noblesse de cour dans la littérature du temps : oisiveté, principes de morale quelque peu relâchés, indifférence aux conventions sociales ; à quoi il faut ajouter, pour la baronne, un certain goût de l'intrigue. Un autre visiteur qui fait son apparition dans la seconde partie du roman, le lord anglais, voyageur et esthète égoïste, mène une vie errante, d'auberge en maison amie, trouvant avantage, comme il l'avoue non sans une pointe d'élégant cynisme, « à ce que d'autres bâtissent, plantent et gèrent pour [lui] les affaires domestiques » (II, X). Il n'est du moins pas importun, à la différence de Lucienne, la fille de Charlotte, qui réunit en elle tout ce que l'on peut reprocher à une classe ayant perdu sa véritable raison d'être.

Lucienne, à la pension où elle a été élevée en compagnie d'Odile, a passé pour une jeune fille accomplie, répondant à toutes les exigences d'une éducation aristocratique réussie. Mais lorsqu'elle arrive au château avec son fiancé (II, IV), elle se révèle être un modèle de coquetterie, de vanité et de narcissisme. Ainsi, les « tableaux vivants » qu'elle organise, et qui visent à reproduire des œuvres picturales connues en mettant en scène les invités présents (II, V), n'ont qu'une seule visée : mettre en valeur sa beauté. Toujours à la recherche d'un divertissement nouveau, elle crée autour d'elle un tourbillon permanent sans tenir compte des sentiments de son entourage. Cette incapacité à se mettre à la place des autres peut, à l'occasion, provoquer des catastrophes comme lorsqu'elle tente d'arracher à sa solitude volontaire une jeune voisine mélancolique dont elle aggrave l'état (II, VI). Certes, il arrive aussi à Lucienne d'avoir une influence bénéfique, par exemple lorsqu'elle redonne courage à un jeune mutilé (II, V). Ainsi, elle est tantôt secourable, tantôt maléfique – ange ou démon, c'est selon. Mais dans les deux cas, elle ne se laisse guider que par son bon plaisir et par le désir de se mettre en valeur.

Comme souvent chez Goethe, l'approche sociale ne suffit pas à rendre compte de ce personnage : Lucienne incarne, certes, la culture de l'apparence, la superficialité de l'aristocratie traditionnelle, son parasitisme et sa pratique de la « dépense » – la cour qu'elle a réunie autour d'elle est comparée à un « essaim » qui s'abat sur un domaine pour le dévaster (II, V) –, mais elle représente aussi une tendance « moderne », celle de l'hypertrophie du moi, d'un individualisme destructeur de toute sociabilité authentique. De ce point de vue, elle est l'antithèse absolue d'Odile dont on pourrait dire que le moi est trop peu affirmé et qui, de ce fait, pousse l'attention aux besoins des autres jusqu'à l'effacement et à une humilité excessive, ce que Charlotte lui reproche dès son arrivée au château (I, VI). Lucienne est aussi un double caricatural d'Odile : il est révélateur que son prénom, comme celui d'Odile, évoque les yeux et la lumière – si Odile porte le prénom d'une sainte invoquée pour guérir les maladies des yeux, l'étymologie de celui de Lucienne renvoie à l'idée de lumière (*lux*) ; et tandis que la première réjouit « le cœur et les yeux » de son entourage (I, VI), la seconde éblouit comme le « noyau incandescent d'une comète » (II, IV).

Un contemporain a bien saisi, à partir de son expérience personnelle de hobereau prussien, la vérité de la description sociale du roman : c'est l'auteur romantique Achim von Arnim. Il affirme que Goethe a parfaitement décrit « l'ennui du bonheur sans occupation et sans activité » de la noblesse rurale cultivée ; ces gens, dit-il, « font cuire et recuire leur soupe domestique jusqu'à ce qu'il n'y ait plus rien dans la marmite. Nulle part les divorces ne sont plus fréquents que dans ces classes ». Et il ajoute qu'il sait, pour les avoir fréquentés, que « tous souffrent d'une hypocondrie bien particulière [1] ». L'hypocondrie, cette forme un peu triviale de la noble mélancolie, est bien ce qui tourmente les principaux personnages des *Affinités électives.* On la combat par toutes sortes de distractions comme la pratique de la musique, la lecture, les promenades ou les visites, on essaie de s'occuper en créant un parc ou en traçant un nouveau sentier. Mais toutes ces entreprises sont marquées du sceau du *dilettantisme*, comme le Capitaine le constate immédiatement au sujet des travaux entrepris par Charlotte (I, III). Le dilettantisme, qui consiste à pratiquer un art sans posséder les connaissances techniques indispensables et sans être doté d'un véritable talent créateur, est pour Goethe un phénomène d'époque auquel il a prêté beaucoup d'attention ; ce phénomène n'est certes pas lié à une classe sociale particulière, mais il trouve dans l'alliance de la culture et de l'oisiveté aristocratique un terrain favorable.

1. Lettre du 5 novembre 1809 à Bettina Brentano, cité d'après Goethe, *Werke*, *op. cit.*, t. VI, p. 642.

La critique est sévère, mais elle est également nuancée, car elle sait faire la différence entre ceux qui, à l'instar d'Édouard, incarnent l'esprit traditionnel de la noblesse terrienne et ceux qui, tel le Capitaine, ont adopté les valeurs nouvelles. Le Capitaine est un homme de talent qui a acquis de solides connaissances. Aristocrate de la nouvelle école, féru d'économie, il dispose de réelles compétences dans le domaine des sciences exactes et est animé d'une volonté de planification, de modernisation et de rationalisation qui révèle l'influence des Lumières. C'est sous sa conduite que les châtelains prennent des mesures d'utilité publique, installent une pharmacie de première urgence, engagent un chirurgien, prévoient des mesures d'aide aux noyés. De la même manière, installer un mur pour protéger le village des crues ou réglementer la mendicité sont des mesures techniques et de police qui n'ont plus en vue simplement la création d'un cadre de vie arcadique pour nobles désœuvrés, mais tentent de trouver des réponses appropriées à des problèmes concrets. Le fait que le chirurgien ne peut rappeler à la vie le petit Othon, le fils d'Édouard et de Charlotte, montre cependant les limites de cette pratique « éclairée ». La mort par noyade de l'enfant est du reste la conséquence directe de la création d'un lac à partir de trois étangs – une intervention humaine dans le paysage qui se révèle funeste. Il est douteux que le Capitaine, dans ce cadre restreint, puisse donner véritablement sa mesure, comme le comte du reste le suggère, qui s'emploie à trouver des conditions plus favorables à son besoin d'une activité utile (I, X) ; de fait, le Capitaine s'éloignera.

L'attitude de Charlotte semble se situer à mi-chemin entre celle de son mari et celle du Capitaine. Quand elle réinstalle le cimetière en faisant ranger les pierres tombales le long de l'église et en aplanissant le terrain où elle fait semer du trèfle, elle témoigne certes de ce souci sanitaire contemporain qui, par ailleurs, fait interdire les enterrements dans les églises et éloigne les cimetières du centre des villes, cependant elle est surtout animée par un souci esthétique. Et si elle fait semer du trèfle dans l'espace dégagé, c'est d'abord pour le plaisir des yeux du vieux pasteur... Dans ce cas précis, l'esthétisation équivaut aussi à une euphémisation de la mort dont il convient de conjurer les frayeurs. Charlotte pratique constamment cette esthétisation de l'espace. Ainsi, lorsqu'elle fait asseoir Édouard dans la cabane aux pierres moussues qu'elle vient de faire construire, elle s'arrange pour que le paysage lui apparaisse découpé par l'ouverture de la fenêtre comme dans un cadre (I, I). Ce faisant, elle le fige aussi. Est-ce pour cela, comme l'a fait remarquer Walter Benjamin, que le soleil ne luit jamais, qu'une lumière froide et pâle baigne le paysage et qu'il n'est jamais question de récolte sur ce domaine dont c'est pourtant la raison d'être ? Est-ce pour cette raison, en un mot, que ce terrain est placé sous le signe de la mort que par ailleurs on cherche tellement à occulter [1] ?

Bien que le petit groupe de nobles retirés dans leur château semble à l'écart de l'Histoire, celle-ci manifeste sa présence ne serait-ce que dans leurs entretiens. À propos du changement de mode qui fait préférer le parc à l'anglaise au jardin à la française, Charlotte observe que ce qui pourrait apparaître comme un goût individuel est en fait historiquement déterminé (II, VIII) : une même aspiration à la liberté et à l'ouverture favorise le parc à l'anglaise et incite les villes à abattre leurs remparts. Le directeur adjoint, ancien professeur d'Odile de passage au château, renchérit en affirmant qu'idées, opinions et préjugés de chacun sont également des fruits de l'époque et que, dans « une période de changement profond » (II, VIII), il est normal que le fils prenne le contrepied de son

---

1. Walter Benjamin, *Les Affinités électives de Goethe*, dans *Œuvres*, traduction de Maurice de Gandillac, Reiner Rochlitz et Pierre Rusch, présentation de Reiner Rochlitz, Gallimard, « Folio essais », 2000, t. I, p. 285.

père. Sous le couvert d'une conversation sur les rapports entre les générations, c'est en fait de la Révolution française qu'il est question. En accord avec la mentalité conservatrice qui est la sienne, le pédagogue estime possible un retour en arrière : de l'expansion et de l'ouverture actuelle, on pourrait revenir vers la limitation et la clôture ; il envisage donc une révolution au sens astronomique ou encore un jeu de polarités. Et dans l'esprit du conservatisme réformiste qui fut aussi celui de Goethe, il propose que le père, de son vivant déjà, associe son fils à l'administration de son bien pour que celui-ci ne soit pas tenté de tout changer par la suite : l'image du greffon enté sur un vieil arbre illustre la leçon politique.

La rupture de la digue le jour de l'inauguration de la maison (I, XV) symbolise justement, à travers l'image de l'inondation, la violence élémentaire de la révolution telle que Goethe l'a toujours vue. Le navire qui, dans la nouvelle *Deux Jeunes Voisins bien singuliers* enchâssée dans le roman (II, XI), s'échoue sur un banc de sable pendant que le vieux pilote dort et que les passagers distingués se divertissent au salon en se désintéressant de la navigation pourrait bien être une image de l'État absolutiste à la veille de la Révolution. À plusieurs reprises dans le récit, il est fait allusion aux changements accélérés observables dans les mœurs, aux transformations profondes qui caractérisent l'entrée dans la modernité. *Les Affinités électives* n'offrent donc pas seulement le tableau critique d'une société privée de repères : le roman réfléchit également le mouvement historique qui entraîne celle-ci.

Les Affinités électives*, un roman expérimental ?*

On sait avec quelle obstination Goethe, dans sa correspondance avec Schiller, a refusé de révéler « l'idée » qui pouvait résumer son *Meister.* Il en fut de même pour le *Faust.* Plus tard, il affirma à son confident Eckermann qu'à l'exception de quelques poèmes didactiques comme « La métamorphose des plantes » ou « La métamorphose des animaux », aucune de ses œuvres n'a été créée à partir d'une idée directrice. Parmi ses œuvres de quelque ampleur, il ne fera qu'une seule exception – *Les Affinités électives*, justement, ajoutant : « Le roman par là est devenu accessible à l'intelligence, mais je ne veux pas dire qu'il en soit meilleur. » Et de rappeler que, pour lui, une production poétique devait rester « incommensurable » et, de ce fait, toujours échapper de quelque manière à une saisie entièrement rationnelle [1]. Goethe pouvait être rassuré sur ce dernier point : même construit à partir d'une idée, son roman reste énigmatique à souhait et, par là même, continue d'inspirer les interprétations les plus diverses et les plus contradictoires.

Puisque idée il y a, ce ne peut être que celle des « affinités électives » elles-mêmes, ainsi que Goethe l'expose dans son annonce du roman parue dans la presse en septembre 1809 :

> Il semble que ce sont ses travaux de physique assidûment poursuivis qui ont conduit l'auteur à adopter ce titre singulier [2]. Il a dû observer que, dans les sciences de la nature, on se sert très souvent de comparaisons d'ordre éthique, afin de rendre plus proche ce qui est bien éloigné de la sphère des connaissances humaines ; c'est ainsi que, dans un cas moral, il a pu ramener une comparaison symbolique de la chimie à son origine spirituelle, et ce d'autant plus qu'il n'y a partout qu'une seule nature et que dans la sphère de la sereine liberté de la raison, on relève aussi constamment les traces de la

1. *Conversations de Goethe avec Eckermann*, *op. cit.*, conversation du 6 mai 1827, p. 523.

2. Au plus tard depuis son retour d'Italie, Goethe se veut autant homme de sciences qu'écrivain. Il n'hésite pas à contester l'optique newtonienne dans son *Traité des couleurs* (1810), mais réalise aussi des travaux de botanique, d'ostéologie, de géologie, de morphologie et même de météorologie. Dans tous ces domaines, s'il refuse l'abstraction mathématique, il accorde d'autant plus d'importance à l'observation et à l'expérimentation.

sombre nécessité des passions qui ne sauraient être entièrement effacées que par la main d'un être supérieur, et peut-être pas même en cette vie[1].

Si la chimie se sert de termes empruntés au registre humain pour expliquer métaphoriquement des phénomènes purement physiques, il est possible, à l'inverse, de revenir à l'origine de ces termes et de s'en servir pour décrire des comportements humains. L'unité de la nature justifie un tel procédé et le fait que « la sphère de la sereine liberté de la raison » est constamment traversée et contrariée par « la sombre nécessité des passions ». Liberté et nécessité, raison et passions, nature et culture : tels sont quelques termes du conflit humainement insoluble au centre du roman tragique des *Affinités électives.*

Au chapitre IV du livre I, à partir d'un livre de chimie dont Édouard fait la lecture au Capitaine et à Charlotte, celle-ci demande qu'on lui explique l'expression technique « affinités électives » appliquée à des éléments inanimés. S'engage alors une conversation à bâtons rompus au cours de laquelle les interlocuteurs passent rapidement du domaine anorganique au domaine organique et humain. Ils envisagent d'abord les phénomènes d'attirance et de répulsion entre classes sociales et conditions – qui constituent un stade intermédiaire – avant d'en arriver aux individus et à eux-mêmes. Pour que l'analogie soit la plus convaincante possible et pour éviter l'imprécision des mots, ils se désignent par un symbole : une simple lettre. Mais lorsque Édouard explicite la recomposition des quatre éléments ABCD (Charlotte, Édouard, le Capitaine et Odile que Charlotte vient de décider de faire venir), il se trompe totalement sur le résultat. Il n'envisage pas la combinaison la plus évidente, la seule réalisant le croisement des éléments AC/BD, qui le ferait quitter Charlotte pour s'unir à Odile, et affirme au

1. *Morgenblatt für gebildete Stände* du 4 septembre 1809, cité d'après Goethe, *Werke*, *op. cit.*, t. VI, p. 621.

contraire que sa femme est « son alpha et son oméga » (I, IV), ce qui n'est plus ou n'a jamais été vrai. Les hommes font constamment erreur sur leurs sentiments véritables, leurs désirs authentiques. Contrairement aux combinaisons chimiques, le phénomène de l'attirance entre êtres humains reste mystérieux et imprévisible, et la métaphore chimique ne permet ni de prévoir ni de prévenir : elle signale simplement l'assujettissement de l'homme aux lois de la nature. Pour rendre ses explications plus claires, le Capitaine propose quelques expériences à partir d'un « cabinet de chimie » (I, IV) dont il annonce l'arrivée ; il ne sera jamais plus question de ce cabinet par la suite, mais le roman lui-même peut être considéré comme une vaste expérience.

Cela expliquerait le détachement du narrateur, son « impassibilité » quasi flaubertienne, la distance qu'il prend par rapport aux événements et aux personnages. L'objectivité du savant expérimentateur relaie le ton de l'homme du monde sceptique, volontiers ironique, qui est habituellement le sien. Le relatif isolement des quatre personnages principaux à la campagne, leur désœuvrement créent une sorte de milieu neutre propice à l'expérimentation. C'est avec une précision toute scientifique que le narrateur-expérimentateur relève tout au long de la première partie les signes du progrès de la passion entre Édouard et Odile et de l'amour entre Charlotte et le Capitaine, alors même qu'ils restent ignorés des intéressés eux-mêmes. Le parallélisme dans l'évolution des deux couples montre la pertinence de l'hypothèse des « affinités électives » en même temps qu'il éclaire la différence entre eux : l'observation de la variation fait partie de la méthode des sciences exactes. Au parallélisme se combine le contraste. Les deux duos musicaux joués par Édouard successivement avec Charlotte (I, II) et avec Odile (I, VIII) révèlent l'affinité profonde, encore inconsciente, qui le relie à celle-ci. Le même chapitre (I, XII) voit Édouard et Charlotte avouer leur amour ; mais alors que Charlotte se décide dès ce moment pour le renoncement et l'impose au Capitaine, Édouard, au contraire, s'abandonne à une passion dans laquelle il entraîne Odile. Les efforts de séduction parfois inutiles de Lucienne (II, IV-VI) révèlent de même, par contraste, l'attirance irrésistible qu'Odile exerce sans rien faire sur tous les hommes de son entourage – un pouvoir mystérieux en liaison avec les forces de la nature.

Le comte et la baronne, de leur côté, agissent comme des catalyseurs qui accélèrent le processus de recomposition des éléments. Ils introduisent dans la (fausse) idylle campagnarde non seulement le ton du grand monde, mais aussi, par leur exemple et par leurs propos (tenus en français !), une atmosphère de liberté, voire de libertinage (I, X). Mais, paradoxalement, c'est vers Charlotte que, dans un premier temps, le comte ramène Édouard par le rappel du passé et de leurs équipées galantes d'autrefois. Le désir ainsi éveillé chez Édouard est détourné par les obstacles matériels et moraux de son objet véritable et absent vers un corps qui, lui, est présent : celui de sa femme. Celle-ci, de son côté, a espéré et craint en même temps la visite du Capitaine… C'est ainsi qu'est commis le double adultère par la pensée, ou adultère dans le lit conjugal (I, XI).

Il serait pourtant abusif de réduire le roman à une expérimentation scientifique, à la simple illustration d'une loi de la nature. Le discours scientifique n'est en effet, dans *Les Affinités électives*, qu'un discours parmi d'autres, qui s'en tient aux phénomènes observables et ne dit rien des forces profondes dissimulées derrière eux. Celles-ci restent mystérieuses. Il est sûr en tout cas qu'Édouard a tort de lire partout des signes d'un destin favorable à son amour ; sûr également que la liberté humaine se heurte sans cesse à cette force élémentaire et indéchiffrable à laquelle Goethe, à cette époque, se réfère de plus en plus souvent et qu'il désigne sous le terme

« démonisme [1] ». Cela vaut, en particulier, pour le récit des amours proposé par le roman.

Les Affinités électives, un roman d'amour tragique ?

L'action des affinités électives aboutit à la formation de deux nouveaux couples : Édouard et Odile, Charlotte et le Capitaine. Le déroulement et l'issue des deux histoires d'amour portent la marque de la personnalité des individus concernés – ce que Goethe aurait appelé leur *daimon* (ou « démon intérieur ») – et divergent donc : renoncement d'un côté, issue tragique de l'autre. Dans les deux cas naît inévitablement un conflit entre désir naturel et volonté libre, mais qui est réglé différemment.

Aussitôt après l'aveu, Charlotte impose au Capitaine le renoncement (I, XII). Elle lui parle le langage de la raison et de la responsabilité : s'ils ne peuvent, dit-elle, rien changer à leurs sentiments, ils peuvent du moins agir sur leur situation, accepter l'un et l'autre une séparation du reste inévitable et déjà décidée. Le Capitaine comprend parfaitement ce langage. Comment pourrait-il en être autrement de celui qu'une affinité profonde lie à Charlotte ? Par ailleurs, tout laisse à penser qu'il est traumatisé par le souvenir d'une expérience amoureuse tragique, celle racontée dans la nouvelle *Deux Jeunes Voisins bien singuliers* (II, X) dont il est le héros et dont l'issue heureuse est fort improbable. Après la mort de l'enfant et l'acceptation du divorce par Charlotte, c'est à peine s'il ose formuler devant elle son espoir (« Et en ce qui me concerne, que puis-je espérer ? », II, XIV), se contentant,

1. Goethe a recours à des discours divers pour circonscrire le démonisme : celui du mythe comme celui de la tragédie, celui de l'étude psychophysiologique comme ceux du discours moral et de l'analyse historique ; chacun de ces discours est légitime, mais le lecteur est incité à ne prendre aucun d'entre eux pour guide de lecture exclusif. Voir en particulier le célèbre développement sur le démonisme dans le livre XX de *Poésie et vérité*. Dans *Souvenirs de ma vie*, traduction et préface de Pierre du Colombier, Aubier, 1941, p. 493-494.

une fois seul, de s'abandonner à un fantasme de bonheur conjugal et de paternité. Ce modèle de bonne éducation et de retenue a étouffé en lui la voix du désir. De ce fait, il est prêt à se consacrer exclusivement au bien public, à devenir le parfait fonctionnaire dont l'État moderne a besoin, en un mot à prendre place parmi ces « renonçants » que présenteront les futures *Années de voyage de Wilhelm Meister*.

La raisonnable Charlotte rétablit rapidement son équilibre intérieur par la réflexion et le sens des réalités, sans même avoir à faire appel à la loi morale. Revenue dans sa chambre après le baiser échangé avec le Capitaine, elle s'y sent d'autant plus l'épouse d'Édouard que le lieu réveille le souvenir de l'« étrange visite nocturne » de celui-ci (I, XII) : elle renouvelle donc intérieurement son serment de fidélité conjugale. A-t-elle déjà oublié l'ambiguïté de ses sentiments ce soir-là ? Encouragée par Mittler, défenseur du mariage zélé mais maladroit, elle verra plus tard dans sa grossesse un signe de la Providence et refusera le divorce. Mais la Providence est absente dans un univers dominé par le hasard et la nécessité. Charlotte parle perpétuellement le langage de la raison, du bon sens et de la responsabilité, mais son attitude a aussi peu de prise sur le réel que les discours de Mittler sur la sainteté du mariage (I, IX). Elle se persuade qu'il est possible, après l'irruption des forces incontrôlables de la passion, de restaurer la situation antérieure, de revenir dans les limites étroites de l'idylle conjugale – ce que le narrateur caractérise clairement comme une « illusion » (I, XIII). La mort accidentelle de son enfant l'arrache à ce rêve et, par un curieux retournement, elle capitule entièrement devant ce qu'elle considère être un destin plus fort que « la raison, la vertu, le sens du devoir ou du sacré » (II, XIV). Ceux qui croient le plus au pouvoir de la raison et de la moralité sont aussi ceux qui renoncent le plus facilement à avoir une volonté propre et s'abandonnent alors passivement à un prétendu destin.

On trouve le même paradoxe chez Mittler enrichi par un gain à la loterie (I, II) et qui ne croit pas qu'on puisse diriger les événements. On peut se souvenir à ce propos de la critique que l'inconnu du *Wilhelm Meister* fait de la croyance au destin [1] : il la considère comme dangereuse parce qu'elle est trop souvent un simple masque de l'arbitraire des désirs personnels – Édouard en est un bel exemple –, et assure que si c'est le jeu du hasard et de la nécessité qui détermine notre vie, la raison doit se placer entre eux pour les dominer et en tirer profit. Plus de dix ans plus tard, cette leçon vaut toujours pour Goethe, si ce n'est que le rôle régulateur de la raison semble désormais singulièrement amoindri.

Le portrait que Goethe fait d'Édouard n'est guère flatteur, et on a parfois l'impression qu'en lui il condamne la part de lui-même qu'il n'aime pas, sa nature werthérienne jamais entièrement surmontée. Plus tard, il approuvera le critique Solger, qui a accablé son personnage, en précisant : « moi-même je ne le supporte pas », ajoutant qu'on ne trouve que trop souvent dans « les classes les plus élevées » de telles personnalités « chez qui l'obstination tient lieu de caractère [2] ». Édouard, successivement gâté par ses parents, puis par une première femme plus âgée, est voué à rester un adulte immature qui croit que le monde tourne autour de ses désirs : « s'interdire quelque chose n'était pas dans [s]es habitudes » (I, II), affirme le narrateur, et le personnage admet encore moins que quelqu'un d'autre lui refuse quelque chose. C'est par entêtement plus que par amour véritable qu'il a voulu épouser Charlotte, ce dont celle-ci se rend compte trop

1. *Les Années d'apprentissage de Wilhelm Meister*, traduction de Blaise Briod revue par Bernard Lortholary, édition présentée et annotée par Bernard Lortholary, Gallimard, « Folio classique », 1999, p. 109-110.

2. *Conversations de Goethe avec Eckermann*, *op. cit.*, conversation du 21 janvier 1827, p. 199.

tard (II, XIV), et, presque jusqu'à la fin, il espère faire revenir Odile sur sa décision de renoncer à lui (voir la lettre citée en II, XVI). Il s'abandonne donc sans résistance à l'attraction qu'exerce Odile sur lui, et se laisse totalement envahir par le sentiment : « l'inclination d'Édouard n'avait plus de limites » (I, XIV). À partir du moment où il est sûr qu'elle l'aime en retour, il veut ignorer tous les obstacles qui s'opposent à leur union. Le feu d'artifice qu'il veut absolument faire tirer pour l'anniversaire d'Odile en dépit des événements dramatiques qui viennent de survenir (rupture de la digue, noyade d'un enfant évitée à grand-peine) et qui rendent cette célébration tout à fait inopportune symbolise sa propension à ne pas tenir compte de ce qui ne va pas dans le sens de son désir (I, XV). Sa relative oisiveté encourage l'envahissement total de sa conscience par le désir amoureux, de sorte qu'il ne peut plus se passer de la présence de sa bien-aimée. Édouard est un obsédé du signe pour peu qu'il l'estime favorable à son amour, mais les signes sont généralement trompeurs et ne sont que l'expression de son extrême subjectivisme qui le pousse à conformer, dans le fantasme et le rêve (éveillé ou non), le réel à son désir. Dans son impatience et son incapacité à se dominer, il provoque deux catastrophes majeures, au bord du lac lors de son retour (II, XIII) et dans la séquence de l'auberge (II, XVI). Devant Mittler, il reconnaît qu'on le traite sans doute à bon droit de « dilettante » et d'« éternel apprenti en toutes choses », mais qu'il est sans conteste « un maître » dans « l'art d'aimer » (II, XVIII), et Goethe lui rendra justice sur ce point : « Édouard aime d'une manière absolue[1]. » Mais cet amour absolu se heurte fatalement au réel et il n'est pas non plus exempt de narcissisme ; aussi, le narrateur ne se départit jamais

1. Lettre du 21 février 1810 au comte Reinhard, citée dans *Werke*, *op. cit.*, t. VI, p. 624.

d'une attitude légèrement ironique envers lui. Le sentiment du dilettantisme, de la demi-mesure, saisit de nouveau Édouard à la veille de sa mort – laquelle n'est qu'une pâle imitation de celle d'Odile, parce qu'il lui manque l'impitoyable esprit de suite de son modèle (II, XVIII). En acceptant par moments, à la différence de la jeune femme, de manger et de parler, il enlève à son propre « martyre » toute grandeur tragique et lui donne une légère coloration comique. La mort des deux amants, dans son asymétrie, ne répond donc qu'imparfaitement au schéma classique de la mort des amants telle que le mythe de Tristan et d'Iseult l'a par exemple illustrée.

Quant à Odile, enfin, il s'agit d'un personnage énigmatique dont le mystère n'est jamais élucidé par le narrateur. Elle domine la fin du roman et les interprétations divergentes de sa mort et de sa transfiguration engagent la lecture de l'œuvre tout entière. Apparemment effacée jusqu'à l'humilité, difficilement éducable, elle exerce pourtant sur son entourage une attraction invincible. Aucun homme n'échappe à son rayonnement ; plus encore, elle en vient rapidement à régner sur une maison dans laquelle elle n'est entrée que comme une sorte de gouvernante. Dans la seconde partie, elle se voit dotée du mystérieux pouvoir de « sentir » les métaux cachés dans la terre (II, XI). Sa nature médiumnique lui fait atteindre des états de conscience à la limite du somnambulisme, comme lorsqu'elle pose la tête sur les genoux de Charlotte après la mort de l'enfant et qu'elle reste, assoupie, un long moment entre la veille et le sommeil (II, XIV). Tous ces traits révèlent l'action du « démonisme », qui, selon Goethe dans un passage célèbre de *Poésie et vérité*, se manifeste d'une manière particulièrement inquiétante chez certains individus. Ces êtres « démoniques » irradient une force immense et « exercent un empire incroyable sur toutes les créatures [1] » – ce disant,

1. *Poésie et vérité*, traduction et préface de Pierre du Colombier, Aubier, 1941, livre XX, p. 494.

Goethe a en particulier à l'esprit Napoléon, en présence de qui il s'est trouvé à Erfurt et à Weimar à l'époque de la rédaction des *Affinités électives*, mais il n'en demeure pas moins qu'à sa manière, dans son non-agir si efficace, Odile subjugue elle aussi son entourage.

Comme la petite Mignon du *Wilhelm Meister*, ce curieux androgyne rebelle à toute éducation, Odile se situe dans un registre presque infra-humain tant sa soumission aux forces incontrôlées de la nature paraît importante ; mais paradoxalement, elle semble à la fin se hausser à une spiritualité qui la libère de toute entrave. Le plan intermédiaire cependant, celui que Goethe, dans un célèbre poème, « Le divin » (« Das Göttliche »), assigne spécifiquement à l'être humain, ne sera jamais le sien : de « sorcière », elle se transforme en « sainte », du moins aux yeux du peuple. Cette transformation se manifeste d'abord par un jeu esthétique, lorsque l'architecte donne ses traits aux anges de la chapelle (II, III), puis la transforme en Vierge Marie dans le « tableau vivant » de la Nativité qu'il organise pour elle (II, VI). Mais c'est surtout sa renonciation volontaire à la parole – pratique qui fonde l'humanité – et à la nourriture qui opère la transfiguration d'Odile. Or cette conduite n'est pas le résultat d'une décision morale réfléchie, et c'est très justement qu'un correspondant de Goethe écrit à son propos : « Cet être charmant est soumis à une sorte de nécessité naturelle… Ni dans son action ni dans sa souffrance il n'y a conscience pleine et claire ; elle agit et ressent, elle vit et meurt ainsi et non autrement, parce qu'elle ne peut faire autrement [1]. »

Les paroles par lesquelles, après la mort de l'enfant, elle annonce sa décision de ne jamais épouser Édouard (« Je suis sortie de la voie que je m'étais tracée », II, XIV) font certes penser au mécanisme religieux de la faute et

1. Lettre du comte Reinhard du 16 février 1810 à Goethe, citée dans *Werke*, *op. cit.*, t. VI, p. 651.

de l'expiation, mais Odile évoque ensuite une scène « primitive » qui s'est déroulée dans son enfance où, sur les genoux de Charlotte, elle a entendu, plongée dans le même sommeil cataleptique que celui dont elle vient de sortir, évoquer son sort d'orpheline pauvre : elle a alors choisi la « voie » de l'effacement et s'est imposé des « lois » qu'elle a transgressées en désirant s'unir au mari de celle qui a été sa véritable mère. C'est cette infidélité à elle-même qu'elle refuse à ce moment, en même temps qu'elle renonce à son désir incestueux.

Il est vrai que Goethe laisse ouverte la possibilité d'autres lectures, comme celle du sublime schillérien (l'affirmation de la liberté humaine dans la victoire du moi intelligible sur le moi sensible), de la « belle âme » (spontanéité du choix du Bien) [1], de la conception chrétienne du péché et de son expiation (Odile ne dit-elle pas en II, XIV : « D'une terrible manière, Dieu m'a ouvert les yeux sur le crime dont je suis prisonnière » ?) ou encore du schéma tragique (conflit entre deux forces également légitimes mais inconciliables : le mariage et la passion amoureuse). Toutes ces pistes ont été explorées par la critique, sans qu'aucune ait jamais pu offrir une interprétation cohérente convaincante du roman.

Il reste à Odile une possibilité après son renoncement définitif à Édouard, celle de regagner la pension pour se consacrer à une sorte d'apostolat laïc. Mais la rencontre inopinée avec Édouard à l'auberge (II, XVI) la persuade qu'il lui est impossible d'échapper à ce qu'elle considère comme son destin. Plus que la mort de l'enfant, c'est cette scène qui provoque sa fin tragique, en fermant la dernière issue qui s'offre à elle. Odile renonce dorénavant à avoir une volonté propre et retourne au château pour

1. Voir les textes théoriques de Friedrich Schiller inspirés par la philosophie morale kantienne comme *Sur le pathétique* et *Sur la grâce et la dignité* : Friedrich Schiller, *Sämtliche Werke*, Munich, Hanser, 1967, t. V.

y mourir ; son renoncement prend alors un caractère absolu, celui du renoncement à la vie.

Les Affinités électives *comme œuvre d'art*

Au début du XIXe siècle, le roman est un genre populaire mais encore peu considéré. Genre moderne, il n'a pas de véritable poétique et ne dispose pas de grands modèles dans l'Antiquité, mais il souffre surtout de la trivialité de ses sujets. Comment faire une œuvre d'art des difficultés conjugales et sentimentales de quelques aristocrates retirés dans leur château ? d'un mariage raté et d'un divorce refusé ? Goethe résout la difficulté, non pas comme Flaubert plus tard par le soin fanatique du style, mais par la composition, le traitement symbolique et la polyphonie romanesque.

Le roman est divisé en deux parties symétriques de dix-huit chapitres chacune. Chacune comporte un sommet dramatique : le double adultère par la pensée dans la première (I, XI), la mort de l'enfant dans la seconde (II, XIII). Des situations se renouvellent : la rupture de la digue suivie de la quasi-noyade d'un enfant (I, XV) trouve un écho dans la mort de l'enfant Othon (II, XIII). La reprise est en même temps une gradation et parfois se produit à l'intérieur de la même partie : les discours de Mittler, par exemple, provoquent d'abord la mort du vieux pasteur (II, VIII) puis celle d'Odile (II, XVIII).

Cette division reste toutefois quelque peu extérieure. Si l'on considère le cours du récit, ce sont en réalité trois parties qui se dégagent. La première (I, I-XVIII) raconte la dissolution du couple formé par Charlotte et Édouard, et la formation de la nouvelle combinaison « chimique » dans le quatuor, avec une très nette accélération des événements après le double aveu parallèle (I, XII). Le départ d'Édouard introduit dans le récit une stase qui s'étend sur onze chapitres (II, I-XI) et à laquelle on a parfois donné le nom d'« intermède ». Comment justifier cette perte de la dynamique du récit, cette absence d'événements ? En fait, c'est le temps qui est le personnage principal de cette longue séquence, et l'immobilité n'est qu'apparente ; c'est une période de gestation qui est ici décrite, au sens propre puisque Charlotte est enceinte et que le récit a besoin de la naissance et surtout de la mort du petit Othon pour s'acheminer vers son issue dramatique, mais aussi au sens figuré puisque l'hiver et le sommeil de la végétation préparent le renouveau du printemps. Le roman lui-même en quelque sorte hiberne. C'est également le temps de l'attente et de l'espoir pour les deux femmes, le temps nécessaire à l'évolution intérieure d'Odile dont témoigne son journal intime, le temps pour Édouard de subir victorieusement l'épreuve du danger et de la guerre. Puisque la mort n'a pas voulu de lui, c'est qu'il est fait pour vivre et vivre avec Odile – lui qui voit des signes partout quand ils lui paraissent favorables, comment n'aurait-il pas interprété sa survie comme un présage heureux ? C'est ainsi que le retour de la guerre relance le récit, qui est alors conduit jusqu'à sa conclusion logique : la mort des deux amants (II, XII-XVIII).

Les Affinités électives apparaissent donc comme un récit linéaire, dans lequel le principe de l'unité d'action est, malgré les apparences, parfaitement respecté, parce que, sur le plan symbolique du moins, chaque personnage et chaque épisode sont reliés par un « fil rouge ». L'action se déroule sur dix-huit mois environ : elle commence au printemps et se termine à l'automne de l'année suivante. Un certain parallélisme se fait jour entre les saisons et le destin des hommes : c'est durant l'été que la passion éclate et à l'automne que meurent les amants. Mais fondamentalement, le temps de la nature, à la différence du temps humain linéaire, est cyclique, marqué par le retour des saisons et le rythme de la végétation. Les personnages se laissent aller parfois à l'illusion d'un rythme semblable pour eux, voire d'une réversibilité du temps. Charlotte, surtout après la naissance du petit Othon, rêve de reconstituer le couple qu'elle formait avec Édouard. Celui-ci, en revanche, veut faire comme si la nuit qu'il a passée avec Charlotte n'avait pas eu lieu, mais la naissance annoncée de l'enfant lui montre le contraire. Le prénom-palindrome de ce dernier, en allemand « Otto », qui se caractérise par sa réversibilité, n'est donc un modèle applicable ni à sa naissance ni à sa mort. Les membres du quatuor – à l'exception d'Odile – veulent pourtant faire comme s'il n'avait jamais vécu, et surtout comme s'il n'était pas mort du fait des adultes.

Le lecteur, s'il ne veut pas rester au seuil de l'œuvre, doit décrypter un réseau serré d'allusions et de références qui se combinent en se renforçant mutuellement. Font partie de ce réseau des objets symboliques, tel le verre gravé des deux initiales « E » et « O » (I, IX), et des *leitmotive* comme celui de la migraine dont souffrent à la fois Odile et Édouard, ou celui du geste de défense d'Odile, les mains croisées sur la poitrine. La mythologie antique fournit en outre de multiples références : Édouard et Odile forment un couple comparable à celui de Narcisse et d'Écho et rappellent le mythe de l'androgyne : « Il n'y avait plus, dès lors, deux personnes côte à côte, mais un seul être plongé dans une béatitude totale, en paix avec soi-même et avec le monde » (II, XVII)[1]. Odile fait aussi penser à Cendrillon, son cercueil au couvercle de verre à celui de Blanche-Neige, et son sommeil ostensible à celui de la Belle au bois dormant. Derrière son personnage se profile de plus la légende de sainte Odile. La science de l'époque fournit par ailleurs la métaphore chimique des « affinités électives » et le phénomène du magnétisme animal, tandis que l'alchimie manifeste encore sa présence à l'arrière-plan. Goethe pensait que la réalité ne pouvait être saisie dans toute sa complexité

1. Voir p. 348, note 16, et p. 349, note 22.

que par la création d'un tel jeu de reflets multiples [1]. Le jeu avec les saisons, les paysages, les noms et les dates anniversaires intervient dans cette texture serrée, comme l'agencement symbolique des différents chapitres à partir du chiffre 4.

La complexité de la forme ainsi obtenue rend l'interprétation délicate. Le problème se pose particulièrement pour la fin du roman : que faut-il penser de la transfiguration dont Odile fait l'objet ? Remarquons tout d'abord qu'il s'agit d'une sorte de construction collective à laquelle tous les personnages contribuent. La jeune servante Nanette, poussée par sa mauvaise conscience – elle a dissimulé le jeûne de sa maîtresse –, a entendu Odile lui pardonner (II, XVIII), mais elle est la seule à l'avoir entendu parler. Édouard, qui refuse l'idée de sa mort, veut croire à l'incorruptibilité de son corps ; l'architecte qui l'a vénérée de son vivant participe à son culte une fois qu'elle est morte ; la foule superstitieuse, dans son besoin de réconfort, croit qu'elle guérit miraculeusement les malades. Le narrateur, de son côté, marque sa distance par rapport aux événements surprenants qu'il relate et n'utilise pas moins de trois fois la formule « il semblait » dans l'épisode de la guérison « miraculeuse » de Nanette. Il est tout à fait vraisemblable que Goethe parodie ici le goût pour le merveilleux chrétien que les romantiques, à qui il ne ménagea jamais ses réflexions ironiques, avaient mis à la mode. En même temps, on peut penser que l'imagerie catholique lui permet de donner une expression esthétique à l'idée abstraite de la métamorphose perpétuelle à laquelle même la mort ne met pas fin.

Le renoncement absolu dans et par la mort volontaire peut être éventuellement interprété comme un acte de liberté ultime. Mais il apporte surtout la preuve de

1. Voir le texte *Wiederholte Spiegelungen*, dans Goethe, *Werke*, *op. cit.*, t. XII, p. 322.

l'impossibilité d'une conciliation entre nature et culture, entre les désirs de l'individu et la vie sociale, entre l'institution nécessaire du mariage et la passion amoureuse. Dans cette optique, l'idéal anthropologique de liberté et d'harmonie du classicisme semble s'effacer sous l'effet d'une conscience aiguë des déterminismes et des contraintes qui pèsent sur les hommes. Plus tard, dans son grand poème « Paroles premières. À la manière orphique » de 1817, Goethe énuméra les grandes forces qui, selon la tradition antique, déterminent la destinée humaine : *Daimon* (le Démon intérieur), *Tyché* (le Hasard), *Éros* (l'Amour), *Ananké* (la Contrainte) – forces auxquelles il adjoint *Elpis* (l'Espérance). Si les quatre premières jouent à l'évidence dans *Les Affinités électives* un rôle capital, la dernière n'apparaît que furtivement dans l'ultime phrase du livre et dans une expression bien conventionnelle : « Heureux l'instant où, ensemble, ils se réveilleront ! » (II, XVIII).

L'insertion, dans le roman, de plusieurs autres types de textes littéraires – le journal d'Odile qui est en fait un recueil d'aphorismes, les lettres, la nouvelle (*Deux Jeunes Voisins bien singuliers*), la légende des saints… – ajoute encore à la complexité de la trame. Le jeu intertextuel des références littéraires va de *Tristan et Yseult* aux œuvres de Goethe lui-même : Édouard n'est-il pas une résurgence des héros éponymes de *Werther* et de *Torquato Tasso* ?

Chronologiquement, *Les Affinités électives* se situent dans l'œuvre de Goethe entre *Les Années d'apprentissage de Wilhelm Meister* (1795-1796) et *Les Années de voyage de Wilhelm Meister* (1829), entre un récit relativement traditionnel et une œuvre ouverte. Mais on voit déjà comment le récit linéaire s'efface devant le montage d'éléments apparemment hétérogènes. Déjà se profile le « roman-archives » qu'est devenue son ultime œuvre romanesque, dans laquelle le narrateur, privé de son omniscience traditionnelle, ne fait guère plus que communiquer et ordonner des discours multiples, parfois contradictoires. Nous n'en sommes pas encore là dans *Les Affinités électives*, mais le réel ne peut déjà plus que se présenter d'une manière brisée ; l'idéal de la totalité classique appartient désormais au passé : la modernité romanesque peut débuter.

Roland KREBS.

LES AFFINITÉS ÉLECTIVES

PREMIÈRE PARTIE

I

Édouard – c'est ainsi que nous baptiserons un riche baron dans la force de l'âge [1] –, Édouard avait passé les plus belles heures d'un après-midi d'avril [2] dans sa pépinière, à enter sur de jeunes arbustes des greffons qu'il avait récemment reçus [3]. Il venait d'achever sa tâche ; après avoir rangé ses instruments dans leur étui, il contemplait son œuvre avec satisfaction lorsque le jardinier le rejoignit et se réjouit de voir son maître participer aussi activement à ces travaux.

« N'as-tu pas vu ma femme ? demanda Édouard, sur le point de s'en aller.

– De l'autre côté, dans les nouvelles plantations, répondit le jardinier. On achève aujourd'hui la cabane aux pierres moussues qu'elle a fait construire face au château, au pied de la falaise. Tout est maintenant très beau et va sûrement plaire à Votre Grâce. Depuis là-bas, on a une vue magnifique : le village en contrebas, avec l'église légèrement à main droite, dont on domine presque le clocher, et en face le château et les jardins.

– C'est vrai, reprit Édouard, à quelques pas d'ici, j'ai pu voir les ouvriers au travail.

– Sur la droite, poursuivit le jardinier, s'ouvre la vallée, et l'on découvre, par-delà les riches prairies plantées d'arbres, une vaste et riante contrée. Le sentier qui gravit la falaise est remarquablement aménagé. Madame s'y entend. C'est avec plaisir que l'on travaille sous ses ordres.

– Va la trouver, dit Édouard, et demande-lui de m'attendre. Dis-lui que je souhaite voir sa nouvelle création et partager sa joie. »

Le jardinier s'éloigna d'un pas pressé, bientôt suivi par Édouard.

Celui-ci descendit les différentes terrasses, observant en passant les serres et les châssis, arriva au bord de l'eau, traversa une passerelle pour parvenir à l'endroit où le sentier se divisait en deux bras en direction des nouvelles plantations. Il négligea le premier, qui conduisait directement à la falaise en passant par le cimetière [4], pour emprunter le second qui, s'écartant un peu sur la gauche, serpentait doucement entre d'agréables bocages ; à l'endroit où les deux se rejoignaient, il s'assit un moment sur un banc judicieusement installé, avant de commencer à gravir véritablement la pente en suivant un sentier étroit, plus ou moins abrupt, aménagé avec toutes sortes de paliers et d'escaliers, pour parvenir enfin à la cabane aux pierres moussues [5].

Charlotte attendait son mari à la porte ; elle le fit asseoir de telle sorte qu'il pût embrasser d'un seul regard les différentes images formant comme un paysage encadré par la porte et la fenêtre. Il se réjouit à la pensée que l'arrivée du printemps allait bientôt apporter un peu plus de vie dans tout cela. « Je ferais seulement remarquer, ajouta-t-il, que la cabane me semble un peu étroite.

– Elle est bien assez grande pour nous deux, reprit Charlotte.

– Certes, fit Édouard, il y a même assez de place encore pour une troisième personne.

– Pourquoi pas ? poursuivit Charlotte, et même pour une quatrième ! Si nous devions être plus nombreux, j'aménagerais d'autres lieux.

– Puisque nous sommes ici rien que tous les deux, dit Édouard, et que nous sommes d'humeur tranquille et sereine, je dois t'avouer quelque chose que j'ai sur le cœur, que je veux te dire depuis un certain temps déjà, sans y parvenir.

– J'avais bien remarqué chez toi quelque chose, reprit Charlotte.

– Je dois confesser, poursuivit Édouard, que si le courrier de ce matin ne m'avait pas pressé, si nous ne devions pas nous décider aujourd'hui, je n'aurais peut-être encore rien dit.

– De quoi s'agit-il donc ? demanda Charlotte d'un ton aimable et prévenant.

– Cela concerne notre ami, le Capitaine, répondit Édouard. Tu n'ignores pas la situation difficile dans laquelle il est plongé aujourd'hui bien malgré lui, comme beaucoup d'autres. Qu'il doit être douloureux, pour un homme comme lui, avec toutes les connaissances, les aptitudes et les capacités qui sont les siennes, de se retrouver sans activité ! Je ne veux pas taire plus longtemps ce que je souhaite faire pour lui : je voudrais que nous puissions le prendre quelque temps chez nous.

– C'est une possibilité à laquelle il faut réfléchir et qui doit être considérée sous plusieurs aspects, répondit Charlotte.

– Je vais te dire quelles sont mes intentions à son égard, répliqua Édouard. Sa dernière lettre exprime entre les lignes un abattement profond. Non pas qu'il ait un quelconque besoin matériel, dans la mesure où il sait se restreindre et où, par ailleurs, je veille à ce qu'il dispose du nécessaire. Cela ne le gêne pas non plus d'accepter quelque chose de ma part, car au fil du temps, nous sommes devenus redevables l'un à l'autre de tant de choses que débit et crédit, de part et d'autre, s'équilibrent… Ce dont il souffre, c'est au fond de n'avoir plus d'activité. Mettre à chaque heure du jour au service des autres tous les talents qu'il a développés, voilà ce qui fait toute sa joie, sa passion ! Mais rester les bras croisés et à ne rien faire qu'à continuer d'étudier et d'acquérir encore des compétences alors qu'il ne trouve pas à employer toutes celles qu'il possède déjà au plus haut degré – voilà, ma chère enfant, ce qui fait toute la détresse de sa situation, dont le tourment est encore aggravé par la solitude.

– Je pensais, fit Charlotte, qu'il avait reçu des propositions de différents côtés. J'avais moi-même écrit à son sujet à plusieurs de mes amis en activité et, autant que je sache, cela n'était pas resté sans effet.

– C'est exact, reprit Édouard, mais même ces diverses possibilités et occasions qui lui sont offertes ne font qu'accroître son tourment et son inquiétude. Aucune de ces situations ne lui convient. On ne lui demande pas d'agir, mais de sacrifier sa personne, son temps, ses idées, sa manière d'être – et cela lui est impossible. Plus j'analyse le problème et plus, je le sens, je souhaite le voir bientôt parmi nous.

– C'est très aimable et très gentil de ta part, fit Charlotte, de te soucier ainsi, avec autant de sollicitude, du sort de ton ami. Mais permets-moi de t'inviter à te soucier également du tien et du nôtre.

– C'est ce que j'ai fait, répliqua Édouard. Nous ne pouvons que retirer avantage et agrément de son commerce. Je ne parlerai même pas de la dépense, qui en tout état de cause sera minime s'il emménage chez nous, d'autant que je considère que sa présence n'engendrera pas la moindre gêne. Il pourra habiter dans l'aile droite du château, et pour tout le reste, nous y pourvoirons facilement. Quel service nous lui rendrons ainsi ! Mais quel plaisir son commerce nous promet-il, quel bénéfice nous rapportera-t-il ! Cela fait très longtemps que je souhaite faire un relevé topographique du domaine et de la région. Il va s'en charger et diriger les opérations. Tu nourris le projet d'administrer toi-même les terres, à l'avenir, dès que les baux des actuels fermiers seront arrivés à échéance. Une telle entreprise comporte beaucoup de risques. Il pourra nous aider à acquérir en la matière tout un ensemble de connaissances préalables. Je ne sens que trop que c'est d'un homme comme lui que j'ai besoin. Les paysans possèdent toutes les connaissances nécessaires ; mais ce sont des esprits confus, à qui on ne peut se fier. Quant aux gens des villes qui ont étudié dans les académies, ils ont sans doute l'esprit clair et posé, mais il leur manque l'intuition immédiate des situations. Mon ami réunit en lui, je le crois, les deux types de qualités. Cela induit également beaucoup d'autres choses, que je me plais déjà à imaginer, qui ne sont pas sans rapport avec toi et dont je devine qu'elles seront très positives. Je te remercie de m'avoir si aimablement écouté. À ton tour maintenant de me dire très librement et sans ambages ce que tu as à me dire. Je te promets de ne pas t'interrompre.

– Très bien, reprit Charlotte. Je vais commencer par une remarque d'ordre général. Par nature, les hommes se préoccupent davantage du particulier et du présent – et cela à juste titre –, dans la mesure où ils sont appelés à avoir une action efficace sur le monde qui les entoure ; tandis que les femmes sont plus attentives à ce qui constitue la trame d'une vie – et cela également à juste titre, dans la mesure où leur destin, le destin de leur famille, est lié à cette trame, que justement elles tissent. Si, pour cette raison, nous jetons un regard sur notre vie présente et passée, tu concéderas que l'invitation du Capitaine ne correspond pas tout à fait à nos projets, à nos plans, aux dispositions que nous avons prises. Que j'ai plaisir à évoquer nos relations d'antan ! Nous étions encore l'un et l'autre des jeunes gens, nous nous aimions profondément. Nous fûmes séparés. Toi de moi, parce que ton père, dans sa soif inextinguible de posséder, te maria à une femme riche et déjà d'un certain âge ; et moi de toi, parce que, faute d'autre perspective, je fus contrainte d'épouser un homme assez fortuné, que je respectais à défaut de l'aimer. Nous recouvrâmes bientôt l'un et l'autre notre liberté. Toi un peu plus tôt que moi, tandis que ta petite maman te laissait à la tête d'une belle fortune ; et moi un peu plus tard, exactement à l'époque où tu revins de tes voyages. C'est ainsi que nous nous retrouvâmes. Nous prîmes plaisir à évoquer le passé, ce passé qui nous était cher. Nous pouvions désormais vivre tranquillement ensemble. Tu insistas pour que nous nous mariions. Je ne fus pas immédiatement d'accord, dans la mesure où, même si nous sommes nés à peu près dans les mêmes années, je porte plus mon âge en tant que femme que toi comme homme. Mais finalement, je ne pus te refuser plus longtemps ce que tu semblais considérer comme ta seule source de bonheur. Tu voulais oublier auprès de moi tous les malheurs que tu avais vécus à la cour, à l'armée et durant tes voyages, prendre la mesure des choses, jouir de la vie. Mais à la condition de m'avoir à toi seul. J'envoyai en pension ma fille unique, qui profite certainement là-bas d'une éducation plus variée que celle qu'elle pourrait avoir en séjournant à la campagne ; je me séparai non seulement d'elle, mais également d'Odile, ma chère nièce, qui sous ma direction aurait peut-être pu bien mieux s'épanouir dans les soins de la maison. Tout cela avec ton consentement, seulement pour que nous puissions vivre rien que pour nous-mêmes, uniquement pour que nous puissions goûter sans gêne le bonheur espéré ardemment depuis si longtemps et enfin conquis. C'est ainsi que nous nous sommes installés à la campagne. Je pris en charge tout ce qui concernait les travaux d'intérieur, toi les travaux d'extérieur ainsi que ce qui relevait de l'ordonnance générale. J'ai tout installé dans l'unique souci de prévenir chacun de tes désirs, de ne vivre que pour toi seul. Laisse-nous au moins essayer durant un moment de voir si nous parvenons à nous suffire ainsi l'un à l'autre.

– Puisque, comme tu le dis si bien, ce qui relève de la logique du tout est plutôt votre élément, répliqua Édouard, il faut sans doute ne pas vous laisser parler d'un seul trait, ou alors se résoudre à vous donner raison. Et je dois d'ailleurs convenir que tu as eu parfaitement raison, jusqu'à aujourd'hui. Les dispositions qui ont fondé jusqu'à présent notre existence sont excellentes. Mais ne devons-nous pas continuer de bâtir à partir de celles-ci, pour déboucher sur quelque chose d'autre ? Tout ce que j'ai accompli dans le cadre du jardin et toi dans celui du parc, tout cela n'a-t-il été fait que pour des ermites ?

– Très bien ! répliqua Charlotte, très bien ! Pourvu que nous n'introduisions pas d'élément contrariant ou étranger ! Songe que nos projets, y compris en ce qui concernait nos distractions, n'impliquaient en quelque sorte que nos relations à tous les deux. Tu voulais d'abord me présenter dans l'ordre chronologique les différents journaux que tu as tenus durant tes voyages [6], en profitant de l'occasion pour reclasser tel ou tel papier et constituer ainsi, à partir de ce monceau de feuilles et de cahiers d'une valeur inestimable, mais totalement en désordre, un ensemble utile et agréable autant pour nous que pour les autres – et cela avec mon concours et ma complicité. J'ai promis de t'aider dans le travail de copie. Être ainsi bien à l'abri, bien au chaud dans la douceur et le confort du foyer, et parcourir en pensée le vaste monde que nous ne verrions pas ensemble ! Nous avons d'ailleurs bien commencé. Puis tu as bientôt repris ta flûte pour m'accompagner, certains soirs, au piano. Nous n'avons pas non plus manqué de recevoir et de rendre des visites dans le voisinage. Pour ma part, j'ai vécu à travers tout cela le premier bel été que j'aie jamais imaginé de ma vie.

– En écoutant tout ce que tu viens de me répéter avec tant de gentillesse et de perspicacité, reprit Édouard en se frottant le front, je n'arrive pas à me défaire de l'idée que la présence du Capitaine ne menacerait rien, qu'au contraire elle accélérerait, favoriserait une évolution bénéfique des choses. Lui aussi m'a accompagné dans une partie de mes pérégrinations ; lui aussi a fait de nombreuses expériences, sans doute d'un genre différent : si nous parvenons à mettre tout cela en commun, il en résultera un remarquable ensemble.

– Permets-moi de t'avouer franchement, répliqua Charlotte avec quelque impatience, que mon cœur répugne à ce projet, que mon intuition ne m'en promet rien de bon.

– Lorsque vous autres femmes êtes ainsi, on ne peut véritablement rien contre vous, reprit Édouard. Vous vous montrez d'abord si raisonnables que l'on ne peut vous contredire, si aimables que l'on vous cède volontiers, si sensibles que l'on ne veut à un aucun prix vous peiner, et enfin si mystérieuses que l'on prend peur.

– Je ne suis pas superstitieuse, fit Charlotte, je ne ferais aucun cas de toutes ces obscures impulsions, si elles n'étaient rien de plus ; mais elles correspondent la plupart du temps au souvenir inconscient de conséquences heureuses ou malheureuses entraînées par nos propres actions ou celles des autres. Rien n'est plus lourd de sens, en chaque situation, que l'intrusion d'une tierce personne. J'ai connu des amis, des frères et sœurs, des amants et des couples mariés dont les relations ont été bouleversées de fond en comble par l'arrivée fortuite ou souhaitée d'une troisième personne, et dont la situation s'est complètement retournée.

– Cela peut arriver, fit Édouard, chez des personnes qui se contentent de vivre aveuglément au jour le jour, mais pas chez celles qui, éclairées par l'expérience, ont un plus haut degré de conscience.

– La conscience, très cher, reprit Charlotte, la conscience n'est pas une arme suffisante. Elle est même parfois dangereuse pour celui qui la manie. De tout cela, il ressort au moins que nous ne devons pas nous précipiter. Accorde-moi quelques jours encore, ne te décide pas trop vite !

– Les choses sont telles, répliqua Édouard, que même en laissant passer plusieurs jours encore, nous allons devoir nous précipiter. Nous avons avancé l'un et l'autre nos arguments pour et contre. Il s'agit maintenant de décider. En vérité, la meilleure solution serait de s'en remettre au sort.

– Je n'ignore pas, fit Charlotte, que tu aimes bien parier ou jouer aux dés dans les situations les plus difficiles à trancher. Mais dans une affaire aussi grave, je considérerais cela comme sacrilège.

– Mais que vais-je écrire au Capitaine ? s'écria Édouard. Il faut que je lui fasse une réponse.

– Tu vas lui tenir des propos raisonnables, tu vas le rassurer, le consoler.

– C'est comme si je ne lui faisais pas de réponse ! fit Édouard.

– Il y a effectivement certaines situations, conclut Charlotte, où il est nécessaire et beaucoup plus amical d'écrire pour ne rien dire que de ne pas écrire. »

II

Édouard était seul dans sa chambre. L'évocation, dans la bouche de Charlotte, du destin qui avait été le sien, la description de leurs relations mutuelles et des projets qu'elle nourrissait pour eux deux, tout cela avait agréablement ranimé sa vive sensibilité. Il s'était senti si proche d'elle, si heureux en sa compagnie, qu'il songeait à écrire au Capitaine une lettre aimable, pleine de sympathie, mais très mesurée et évasive sur le fond. Lorsqu'il se mit à son bureau et prit en main la lettre de son ami pour la relire encore une fois, cependant, la triste situation de l'excellent homme resurgit immédiatement à son esprit. Tous les sentiments qui l'avaient accablé au cours de ces derniers jours se réveillèrent et il lui sembla impossible d'abandonner son ami à un état si angoissant.

S'interdire quelque chose n'était pas dans les habitudes d'Édouard. Enfant unique et trop gâté de parents fortunés qui avaient su le convaincre de contracter une union singulière, mais extrêmement avantageuse, avec une femme bien plus âgée, qui avait tout fait pour le choyer, en récompensant sa bonne conduite à son endroit par les plus grandes libéralités, il avait perdu sa femme très tôt ; devenu son propre maître, libre de toute attache, il était parti en voyage, ouvert à la diversité et au changement, sans désir excessif, mais sachant parfaitement ce qu'il voulait, avec franchise, générosité, courage et même, le cas échéant, bravoure – y avait-il quelque chose au monde qui pût s'opposer à ses vœux ?

Tout, jusqu'à présent, s'était déroulé selon ses désirs. Il était même parvenu à épouser Charlotte, qu'il avait finalement conquise par la fidélité obstinée et romanesque de ses sentiments. C'était la première fois qu'on lui résistait, la première fois que l'on s'opposait à lui, et ce, juste au moment où, en faisant venir son ami d'enfance, il entendait en quelque sorte parachever ce qu'il avait accompli dans son existence. Contrarié et d'humeur impatiente, il prit plusieurs fois la plume et la reposa, ne pouvant se décider sur ce qu'il devait écrire. Il ne voulait pas aller à l'encontre des souhaits de son épouse, mais il ne pouvait pas non plus aller dans le sens de ses exigences. Dans l'état d'agitation qui était le sien, comment trouver des mots d'apaisement ? Il en eût été incapable. La solution la plus immédiate était de repousser la décision à plus tard. Il choisit de s'excuser en quelques brèves formules auprès de son ami de n'avoir pas encore répondu à son courrier, expliquant qu'il lui était impossible de lui écrire plus longuement aujourd'hui, mais qu'il lui promettait de lui envoyer très prochainement une lettre beaucoup plus détaillée, susceptible d'apaiser ses inquiétudes.

Le lendemain, Charlotte profita d'une promenade sur les mêmes lieux pour reprendre l'entretien, peut-être dans l'idée qu'il n'y a pas plus sûr moyen, pour émousser la fermeté d'une résolution, que d'en discuter le plus souvent possible.

Revenir sur le sujet n'était pas pour déplaire à Édouard. Il se montra, selon son habitude, à la fois gracieux et charmant. Car s'il avait tendance, par sa nature sensible, à s'enflammer facilement, si ses élans pouvaient devenir trop insistants, si son entêtement pouvait indisposer, il savait tempérer sa conversation en ménageant son interlocuteur, au point qu'on ne pouvait s'empêcher de le trouver aimable, même lorsqu'on le jugeait importun.

C'est ainsi que, ce matin-là, il mit Charlotte d'abord de très bonne humeur, avant de la décontenancer complètement par des propos affables, au point qu'elle finit par s'exclamer : « Tu cherches certainement à ce que je concède à l'amant ce que j'ai refusé à l'époux ! »

« Au moins, mon cher, poursuivit-elle, tu constateras que tes désirs, la vivacité et l'ardeur avec laquelle tu les exprimes, ne me laissent pas insensible ou indifférente. Ils m'obligent à te faire un aveu. Moi aussi, je t'ai jusqu'à présent caché quelque chose. Je me trouve dans une situation comparable à la tienne et je me suis fait à moi-même cette violence que je te crois capable d'exercer sur ta propre personne.

– Voilà qui me plaît à entendre ! fit Édouard. Je m'aperçois que, dans le mariage, il faut parfois se quereller pour apprendre à mieux se connaître l'un l'autre.

– Tu sauras donc, reprit Charlotte, qu'il m'arrive avec Odile la même chose que toi avec le Capitaine. Il m'est très désagréable de penser que la chère enfant est en pension, dans une fort pénible situation. Tandis que ma fille Lucienne, qui est faite pour vivre dans le monde, reçoit là-bas l'éducation qui l'y prépare ; tandis que, pour ce faire, elle apprend les langues étrangères, l'histoire et diverses autres matières, qu'elle sait lire des partitions et improviser des variations musicales ; tandis que sa nature vive et son opportune faculté de mémoire lui permettent en quelque sorte à la fois de s'abstraire et, dans l'instant même, de se souvenir de tout ; tandis que l'aisance de ses manières, la grâce de ses pas de danse, la facilité et la pertinence de sa conversation la distinguent entre toutes, que son autorité naturelle fait d'elle une reine au sein de son petit cercle ; tandis que la directrice de l'institution la considère comme une petite déesse qui commence à mûrir depuis qu'elle est entre ses mains, qui va lui faire honneur, lui gagner la confiance générale et lui valoir d'accueillir beaucoup d'autres jeunes personnes ; tandis que les premières pages de chacune des lettres et comptes rendus que la directrice m'adresse mensuellement ne tarissent pas d'éloges sur les perfections de cette enfant et ne sont que dithyrambes que je m'emploie à reformuler avec des mots à moi ; dès que, dans ces mêmes pages, il est finalement question d'Odile, ce n'est jamais qu'excuse sur excuse : comment une jeune fille qui, par ailleurs, grandit en beauté, peut-elle refuser de développer, de révéler le moindre talent, la moindre aptitude ? Le peu qu'elle ajoute ne constitue pas véritablement pour moi un mystère, dans la mesure où je reconnais chez cette tendre enfant tout le caractère de sa mère, mon amie la plus chère, qui a grandi auprès de moi et dont la fille, si je pouvais surveiller ou diriger son éducation, pourrait certainement, grâce à moi, devenir une personne accomplie.

« Mais comme cela n'entre pas dans nos plans et qu'il faut se défendre de trop tirailler et distendre la trame de notre existence pour intégrer toujours de nouveaux éléments, je préfère garder cela pour moi et surmonter ma désagréable impression, lorsque ma fille, qui sait très bien que la pauvre Odile dépend entièrement de nous, se sert avec orgueil de ses avantages contre elle et réduit ainsi, en quelque sorte, nos bienfaits à néant.

« Mais qui n'est pas enclin à se prévaloir de sa supériorité sur les autres, et parfois avec cruauté ? Qui a l'esprit assez élevé pour ne pas souffrir parfois sous le poids d'une telle attitude ? Ces épreuves accroissent encore le mérite d'Odile. Mais depuis que j'ai compris la difficulté de sa situation, je me suis efforcée de lui trouver un autre séjour. J'attends d'une heure à l'autre une réponse, je prendrai ensuite rapidement une décision. Telle est ma préoccupation, très cher ! Tu vois, nous portons l'un et l'autre, au fond d'un cœur fidèle et sensible, les mêmes soucis. Portons-les ensemble, puisqu'ils ne s'excluent pas !

– Nous sommes vraiment des êtres curieux ! dit Édouard en souriant. Dès que nous sommes en mesure de bannir du moment présent ce qui nous tracasse, nous faisons comme si cela était déjà résolu. Nous sommes capables, dans l'absolu, de sacrifier beaucoup, mais renoncer à telle ou telle chose en particulier est une exigence à laquelle nous sommes rarement capables de satisfaire. Ma mère était déjà comme cela. Aussi longtemps que j'ai vécu auprès d'elle, comme enfant puis comme jeune homme, je ne l'ai jamais vue libérée des soucis du moment. S'il m'arrivait de m'attarder un peu lors d'une sortie à cheval, elle imaginait déjà que je devais avoir eu un accident. Si j'étais trempé par une averse, il était inévitable que j'eusse un accès de fièvre. À peine étais-je parti en voyage, m'étais-je éloigné d'elle de quelques pas, qu'il semblait que j'eusse disparu de son esprit.

« À regarder les choses de plus près, poursuivit-il, nous nous conduisons l'un et l'autre de manière déraisonnable et irresponsable. Nous laissons dans le chagrin et la gêne les deux êtres les plus nobles, les plus proches à notre cœur, uniquement parce que nous ne voulons pas courir un quelconque danger ! Si cela ne mérite pas le nom d'égoïsme, à quoi l'appliquera-t-on ? Prends Odile auprès de toi, laisse-moi accueillir le Capitaine et, Dieu du Ciel, tentons l'expérience !

– On pourrait effectivement s'y risquer, dit Charlotte d'un ton songeur, si le danger ne concernait que nous-mêmes. Mais crois-tu qu'il est sage d'avoir en même temps comme hôtes de notre maison le Capitaine et Odile, un homme à peu près de ton âge, l'âge où – si je peux me permettre de te faire ce compliment flatteur entre quatre yeux – un homme commence à être capable d'aimer et à se montrer digne d'être aimé, au côté d'une jeune fille possédant toutes les qualités d'Odile ?

– J'ignore, reprit Édouard, les raisons pour lesquelles tu as une si haute idée d'Odile. Je ne me l'explique que par le fait qu'elle a hérité de ton affection pour sa mère. Il est vrai qu'elle est jolie, et je me souviens que le Capitaine a attiré mon attention sur elle lorsque nous sommes rentrés de voyage l'année dernière et que nous l'avons rencontrée avec toi chez ta tante. Elle est effectivement jolie, elle a en particulier de très beaux yeux[7]. Mais je ne sache pas qu'elle ait fait la moindre impression sur moi.

– Voilà qui est fort louable de ta part, fit Charlotte. N'étais-je pas présente ? Même si elle est bien plus jeune que moi, la présence de ta vieille amie avait tellement d'attrait pour toi que tu n'as effectivement pas remarqué cette beauté prometteuse en plein épanouissement. Cela fait partie également de ta nature, et c'est la raison pour laquelle je ne regrette pas de partager ma vie avec toi. »

Aussi sincère que pût paraître Charlotte, elle n'en cachait pas moins quelque chose. Car c'est elle qui, à l'époque, avait délibérément présenté Odile à Édouard à son retour de voyage. Elle voulait offrir ainsi à sa filleule chérie un bon parti, ayant renoncé pour elle-même à Édouard. Le Capitaine avait été également invité à éveiller l'attention d'Édouard. Mais celui-ci, qui vivait obstinément dans le souvenir de son amour ancien pour Charlotte, ne voyait rien autour de lui, tout à son bonheur et ravi qu'il lui fût enfin possible de posséder à nouveau un bien si ardemment désiré et qu'il avait cru à jamais perdu à la suite d'une longue série d'événements.

Le couple était sur le point de redescendre à travers les nouvelles plantations vers le château lorsqu'un serviteur vint à sa rencontre d'un pas pressé, et s'écria d'en bas en riant : « Que Vos Grâces se dépêchent ! Monsieur

Mittler[8] vient d'arriver au triple galop dans la cour. Il nous a tous rameutés pour aller vous chercher et vous demander si l'on avait besoin de lui. "Demandez bien si l'on a besoin de moi ! a-t-il répété. Mais faites vite, vite !"

– Quel curieux homme ! fit Édouard, n'arrive-t-il pas à point nommé, Charlotte ? Retourne vite là-bas ! ordonna-t-il au domestique, dis-lui que nous avons besoin de lui, absolument besoin ! Qu'il mette pied à terre ! Prends soin de son cheval ! Conduis-le dans la grande salle et sers-lui à déjeuner ! Nous arrivons tout de suite. »

« Prenons le plus court chemin ! » fit-il à l'adresse de sa femme en s'engageant dans le sentier du cimetière, qu'il avait coutume d'éviter en temps ordinaire. Mais quelle ne fut pas sa surprise en constatant que dans cette enceinte également, Charlotte avait œuvré en sachant faire la part du sentiment. Tout en respectant le plus possible les anciennes tombes, elle avait su ordonner, recomposer l'ensemble pour faire de celui-ci un espace agréable, où l'œil et l'imagination aimaient à s'attarder.

Elle avait su aussi mettre en valeur même les plus vieilles pierres. Elle les avait fait dresser le long de la muraille, enchâsser ou poser à divers endroits, selon l'âge auquel celles-ci remontaient ; elle s'en était même servie pour varier la décoration du soubassement de l'église. En pénétrant par la petite porte, Édouard ressentit une étrange impression de surprise : il serra la main de Charlotte, une larme d'émotion mouilla ses yeux.

Mais cette émotion fut aussitôt dissipée par l'extravagant visiteur. Car celui-ci n'avait pu attendre plus longtemps au château et s'était aussitôt dirigé à bride abattue, à travers le village, jusqu'au portail du cimetière. C'est de là qu'il s'écria en direction de ses amis :

« Vous ne vous moquez pas de moi, n'est-ce pas ? Si vous avez vraiment besoin de moi, je peux rester ici à midi. Mais n'essayez pas de me retenir plus longtemps, j'ai encore beaucoup à faire aujourd'hui !

– Puisque vous avez pris la peine de venir de si loin, lui cria Édouard, entrez donc ! C'est un endroit bien austère pour nous rencontrer, mais voyez comme Charlotte a su agrémenter ces lieux voués au deuil !

– Je n'entrerai ici, fit le cavalier, ni à cheval, ni en voiture, ni même à pied. Que tous ceux qui sont ici reposent en paix, je n'ai rien à voir avec eux. Je serai toujours assez tôt obligé de les rejoindre un jour, les pieds devant ! Vous êtes sérieux ?

– Tout à fait sérieux, fit Charlotte. C'est la première fois, depuis notre récent mariage, que nous sommes aussi perplexes, désemparés, ne sachant que faire pour nous tirer d'embarras.

– Vous ne donnez pas cette impression en tout cas, répliqua-t-il, mais je veux bien vous croire. Si vous vous moquez de moi, je vous laisserai choir, à l'avenir ! Dépêchez-vous de me suivre ! Un peu de repos fera du bien à mon cheval ! »

Tous les trois se retrouvèrent bientôt dans la grande salle. Pendant que l'on servait le repas, Mittler parla de tout ce qu'il avait fait ce jour et de ce qu'il projetait. Cet homme étrange avait été autrefois ecclésiastique et s'était distingué, dans l'exercice de son ministère, par une inlassable activité, grâce à laquelle il avait su aplanir et résoudre tous les conflits, aussi bien de voisinage que de famille, d'abord au bénéfice d'individus, puis de communautés entières et même de nombreux propriétaires terriens. Tout le temps où il avait été en fonction, aucun divorce n'avait été prononcé et les juridictions territoriales n'avaient été encombrées par aucune chicane, aucun procès en provenance du diocèse. Il perçut très tôt combien la connaissance du droit lui était indispensable. Il consacra toute son énergie à son étude et se sentit bientôt en mesure de rivaliser avec les avocats les plus habiles. Son périmètre d'influence s'élargit extraordinairement. On était sur le point de le nommer à la capitale pour parfaire, par une formation magistrale, ce qu'il avait commencé à acquérir sur le terrain lorsqu'il gagna une assez grosse somme d'argent à un jeu de hasard, avec laquelle il acheta une belle propriété qu'il confia à un métayer et dont il fit le centre de toutes ses activités ; il prit la ferme résolution ou, plus exactement, il obéit à son penchant et à ses vieilles habitudes de ne séjourner dans aucune maison où il n'y aurait un conflit à aplanir, un secours à apporter. Les esprits superstitieux qui accordent une signification aux noms propres affirment que le nom de Mittler – le « médiateur » – l'aurait prédestiné à embrasser cette vocation étrange entre toutes.

On avait servi le dessert, lorsque l'invité prit un ton grave pour exhorter ses hôtes à ne pas différer plus longtemps leurs révélations, car il devait absolument partir après le café. Les deux époux se confessèrent, en n'omettant aucun détail. Mais à peine eut-il compris la situation que, dans un geste de mauvaise humeur, il se leva de la table d'un bond, se précipita vers la fenêtre et ordonna que l'on sellât son cheval.

« Soit vous ne me connaissez pas, s'écria-t-il, vous ne me comprenez pas, soit c'est très malveillant de votre part. Y a-t-il ici matière à querelle ? Y a-t-il besoin d'une médiation ? Croyez-vous que je sois là pour dispenser de bons conseils ? C'est vraiment la chose la plus stupide que l'on puisse faire. Que chacun soit à lui-même son propre conseiller et agisse comme il le peut ! Si cela réussit, qu'il se réjouisse de sa bonne fortune et de la sagesse de son choix ! Si cela se passe mal, alors je suis là pour intervenir. Qui aspire à se délivrer d'un mal sait toujours ce qu'il veut ; qui aspire à une situation meilleure que celle qui est la sienne avance toujours à l'aveugle… Oui, vous pouvez rire ! C'est un jeu de colin-maillard, où il faut de la chance pour attraper ce que l'on cherche… Faites ce que vous voulez : cela est absolument indifférent ! Accueillez vos amis, ne les accueillez pas, peu importe ! J'ai vu les décisions les plus raisonnables engendrer des échecs, les choix les plus incongrus générer des réussites. Ne vous cassez pas la tête, et si, d'une manière ou d'une autre, cela finit mal, ne vous mettez pas non plus martel en tête ! Vous n'aurez qu'à faire appel à moi, je viendrai vous aider. D'ici là, je suis votre serviteur ! »

Là-dessus, il sauta en selle sans même attendre le café.

« Tu vois bien, fit Charlotte, que l'intervention d'un tiers n'apporte pas grand-chose lorsque la relation est quelque peu perturbée entre deux personnes étroitement unies. À cet instant, nous savons encore moins qu'auparavant, si cela est possible, où nous en sommes et quoi décider… »

Les deux époux auraient sans doute encore longtemps balancé s'il n'était arrivé une lettre du Capitaine, en réponse au courrier d'Édouard. Il y annonçait qu'il s'était décidé à accepter l'une des places qui lui étaient offertes, bien qu'elle ne lui convînt aucunement. Il était appelé à partager l'ennui de gens riches et distingués qui lui faisaient confiance pour dissiper celui-ci.

Édouard prit très clairement la mesure de la situation, qu'il dépeignit en forçant le trait. « Allons-nous laisser notre ami dans cet état ? s'écria-t-il. Tu ne saurais être assez cruelle pour cela, Charlotte !

– Ce singulier personnage de Mittler a finalement raison, répliqua Charlotte. Toutes les entreprises de ce genre comportent des risques. Personne ne peut prévoir ce qui peut en sortir. Ces constellations nouvelles peuvent engendrer pour nous bonheur ou malheur, sans que le mérite ou la faute nous en incombe particulièrement. Je ne me sens pas suffisamment forte pour te résister plus longtemps. Tentons l'expérience[9] ! Je ne te demande qu'une seule chose : que cela ne dure que peu de temps ! Permets-moi de m'employer pour lui encore plus activement qu'auparavant, d'utiliser, de solliciter avec encore plus d'insistance mes connaissances et mes relations pour lui trouver une place susceptible de lui procurer quelque satisfaction conforme à ses vœux. »

Édouard assura son épouse de sa très profonde gratitude, et cela de la plus charmante manière. L'esprit libre et joyeux, il s'empressa d'écrire à son ami pour formuler ses propositions. Charlotte dut ajouter un *post-scriptum* de sa main pour signifier qu'elle s'associait à la demande amicale de son époux et approuvait sa démarche. Elle s'acquitta de cette obligation d'une plume alerte, avec obligeance et amabilité, mais avec une sorte de hâte qui ne lui était pas coutumière. Si bien qu'à la fin – ce qui ne lui arrivait jamais – elle fit même une tache sur le papier et fut d'autant plus contrariée que celle-ci s'agrandit lorsqu'elle voulut l'effacer.

Édouard se moqua d'elle et, parce qu'il restait encore de la place, ajouta un second *post-scriptum*, invitant l'ami à voir là un signe de l'impatience avec laquelle il était attendu et le priant de se mettre en route avec le même empressement avec lequel on répondait à son courrier.

Une fois le messager parti, Édouard crut ne pas trouver moyen plus convaincant pour exprimer sa gratitude qu'en insistant à plusieurs reprises auprès de Charlotte pour qu'elle fît venir au plus tôt Odile de sa pension.

Elle le pria de lui accorder un petit délai, et réussit à susciter chez Édouard l'envie d'occuper la soirée à faire ensemble de la musique. Charlotte jouait très bien du piano, tandis qu'Édouard, pour sa part, avait beaucoup plus de difficulté avec la flûte. Bien qu'il eût fait en son temps beaucoup d'efforts, il n'était pas doué de la patience et de la persévérance qui sont nécessaires pour développer cette sorte de talent. Ce qui explique pourquoi il jouait sa partie de manière très inégale, exécutant parfaitement – quoique peut-être un peu trop vite – certains passages, mais butant en revanche sur d'autres, qui lui étaient moins familiers. Il eût été difficile, pour n'importe qui d'autre, de former avec lui un véritable duo. Mais Charlotte savait s'arranger de ce décalage ; elle s'arrêtait pour l'attendre et se laisser à nouveau entraîner par lui, remplissant ainsi la double fonction d'un bon chef d'orchestre et d'une maîtresse de maison avisée, qui sait toujours garder la mesure en tout, même si les différentes séquences n'obéissent pas toujours à la même cadence.

III

Le Capitaine s'annonça, après avoir envoyé auparavant un courrier plein de compréhension, qui apaisa complètement les inquiétudes de Charlotte. Une telle lucidité sur soi-même, une telle conscience de sa propre situation et de celle de ses amis ne pouvait qu'ouvrir d'heureuses perspectives.

Comme souvent lorsque des amis se retrouvent après s'être perdus de vue durant un temps, les premières heures de conversation furent très animées, presque épuisantes. Vers le soir, Charlotte proposa de faire une promenade du côté des nouvelles plantations. Le Capitaine apprécia beaucoup le paysage, relevant toutes les beautés révélées et offertes par le tracé des nouveaux chemins. Il avait un œil exercé et cependant indulgent. Bien qu'il se rendît compte immédiatement de ce qui laissait à désirer, il ne commit pas l'impair, comme il arrive trop souvent, de contrister les personnes qui lui faisaient les honneurs de leur domaine en faisant valoir des exigences trop élevées par rapport à ce que permettait le cadre ou en rappelant le souvenir de réalisations plus parfaites qu'il avait vues ailleurs.

Lorsqu'ils atteignirent la cabane aux pierres moussues, ils trouvèrent celle-ci décorée de la manière la plus amusante avec, en réalité, de simples fleurs artificielles et du feuillage persistant, mais le tout agrémenté de gerbes de céréales naturelles mêlées à d'autres fruits des champs et des vergers, dont la disposition recherchée faisait honneur au sens esthétique de la personne qui les avait ainsi arrangées.

« Bien que mon mari n'aime pas que l'on célèbre son anniversaire ou sa fête, il ne m'en voudra pas si, avec ces quelques couronnes, je célèbre trois choses en même temps…

– Trois choses ? s'écria Édouard.

– À n'en pas douter, reprit Charlotte. Ne sommes-nous pas fondés, en premier lieu, à considérer l'arrivée de notre ami comme une fête ? De plus, avez-vous songé tous les deux que nous sommes aujourd'hui le jour de votre saint patron ? Est-ce que vous ne vous prénommez pas l'un et l'autre Othon [10] ? »

Les deux amis se serrèrent la main par-dessus la petite table. « Tu me rappelles, fit Édouard, ce petit service que je t'ai rendu du temps de notre jeunesse… Enfants, nous avions effectivement tous les deux le même prénom. Mais lorsque nous nous retrouvâmes ensemble au pensionnat et que cela commença à engendrer de multiples méprises, je lui abandonnai de moi-même ce beau prénom laconique.

– Ce faisant, tu ne te montrais pas pour autant véritablement magnanime, dit le Capitaine, car je me souviens très bien que le nom d'Édouard te plaisait davantage. Il est vrai que, prononcé par une bouche charmante, il sonne particulièrement bien… »

Tous trois étaient assis autour de la même petite table où Charlotte avait plaidé si vivement contre l'arrivée de leur hôte. Édouard était trop content pour rappeler ces moments à son épouse, mais il ne put s'empêcher de remarquer : « Il y aurait bien encore assez de place pour un quatrième… »

À cet instant retentit, depuis le château, une sonnerie de cors de chasse, qui vint en quelque sorte confirmer et conforter les bonnes dispositions et les souhaits des trois amis réunis. Ils se turent pour écouter, chacun rentrant en quelque sorte en lui-même pour goûter doublement le bonheur qui était le sien, en si bonne compagnie.

Édouard fut le premier à rompre le silence, en se levant et en sortant sur le seuil de la cabane. « Si tu le veux bien, dit-il à Charlotte, conduisons tout de suite notre ami sur la colline, pour qu'il ne croie pas que notre domaine et notre séjour se limitent à cette vallée. Là-haut, la vue est plus dégagée et l'on peut respirer à pleine poitrine.

– Cette fois encore, reprit Charlotte, il va nous falloir grimper l'ancien chemin escarpé. Mais j'espère que, très bientôt, les marches et les paliers que je vais aménager permettront d'aller là-haut sans trop de difficultés. »

Et c'est ainsi qu'à travers rochers, buissons et broussailles, tous trois gagnèrent le sommet de la colline, qui ne formait pas un plateau, mais une crête continue de terres fertiles. On ne pouvait plus apercevoir, en arrière, ni le village ni le château. Au creux de la vallée, de larges étangs s'étendaient le long de collines boisées, surplombés à leur extrémité par des rochers abrupts, dont les parois verticales délimitaient nettement le miroir des eaux sur lequel se reflétaient leurs formes imposantes. Dans le ravin, à l'endroit où un gros ruisseau venait se jeter dans les étangs, était niché un petit moulin, à demi caché, qui donnait l'aspect, dans l'environnement qui était le sien, d'un aimable lieu de repos. Le regard embrassait, en un vaste demi-cercle, un paysage varié, composé de hauteurs et de vallons, de broussailles et de forêts, dont la verdure naissante promettait d'offrir l'aspect le plus luxuriant. Des bouquets d'arbres isolés accrochaient également le regard ici et là. Au pied des trois amis perdus dans leur contemplation, un groupe de peupliers et de platanes plantés au bord de l'étang central se distinguait avantageusement [11]. Ayant atteint leur pleine maturité, ils déployaient en largeur autant qu'en hauteur leur feuillage neuf et vigoureux.

Édouard attira l'attention de son ami particulièrement sur ces arbres. « Ceux-là, s'écria-t-il, je les ai plantés moi-même, du temps de ma jeunesse. C'étaient de jeunes pieds que j'ai sauvés lorsque mon père, à l'époque où il aménageait une nouvelle partie du parc du château, les fit arracher au beau milieu de l'été. Cette année encore, j'en suis sûr, ils vont nous marquer leur reconnaissance en donnant de nouvelles pousses. »

On s'en retourna, le cœur joyeux et empli d'un sentiment de satisfaction. On assigna à l'hôte de la maison, dans l'aile droite du château, un logement agréable et spacieux, où il put bientôt installer et ranger ses livres, ses papiers et ses instruments, afin de poursuivre ses activités habituelles. Mais, dans les premiers jours, Édouard ne lui laissa aucun repos. Il le promena partout, tantôt à cheval, tantôt à pied, pour lui montrer le domaine et la région. Il en profita pour lui faire part du souhait qu'il nourrissait depuis longtemps de mieux connaître celle-ci et de l'exploiter plus avantageusement.

« La première chose, dit le Capitaine, serait de faire un relevé à la boussole. C'est une opération qui n'est ni trop lourde ni trop difficile. Même si elle ne garantit pas la plus grande précision, elle est toujours utile et constitue un bon début. On peut d'ailleurs la réaliser sans faire appel à une aide extérieure, et l'on est sûr d'en venir à bout. Si d'aventure tu songeais à lever un plan beaucoup plus précis, on réfléchirait à prendre d'autres dispositions. »

Le Capitaine avait une riche expérience dans ce genre de travaux. Il avait apporté avec lui tous les instruments nécessaires et se mit immédiatement à l'ouvrage. Il instruisit Édouard, ainsi que quelques paysans et chasseurs, sur la manière de le seconder dans sa tâche. Il bénéficia d'une période de temps propice, dans la journée. Il consacrait les soirées et les premières heures du matin à reporter sur le plan ses dessins hachurés. Tout fut bientôt achevé, les parties au lavis comme les parties coloriées. Édouard voyait son domaine prendre forme de plus en plus nettement sur le papier, telle une création nouvelle. Il avait l'impression de le découvrir seulement maintenant, d'en devenir seulement à cet instant le propriétaire.

Cela donna l'occasion de parler de l'environnement et de la réalisation de jardins, qu'une telle vue d'ensemble permettait de concevoir beaucoup plus aisément qu'en procédant ici et là à quelques tentatives ponctuelles d'aménagement du cadre naturel selon l'impression du moment.

« Il faut que nous expliquions tout cela à ma femme, fit-il.

– Ne fais surtout pas cela ! » répliqua le Capitaine, qui n'aimait pas opposer ses convictions à celles d'autrui, et à qui l'expérience avait appris que les opinions des gens sont beaucoup trop diverses pour se rassembler sur un même point, fût-il dicté par les analyses les plus raisonnables. « Ne fais pas cela ! s'écria-t-il, cela ne pourrait que la troubler. Elle est dans l'état d'esprit de tous ceux qui ne s'intéressent à ces choses qu'en amateur, pour qui s'occuper soi-même compte plus que réaliser effectivement quelque chose. On tâtonne, on arrange la nature, on marque une prédilection pour tel ou tel endroit bien précis ; on n'ose pas évacuer tel ou tel obstacle, on n'est pas assez téméraire pour sacrifier un élément ; on ne parvient pas à se représenter à l'avance ce que l'ensemble va donner, on fait un essai pour voir comme cela va rendre ou ne pas rendre, on change, on modifie ce que l'on n'aurait peut-être pas dû toucher, on laisse en place ce que l'on aurait dû modifier, de telle sorte qu'à la fin, on se trouve toujours devant une réalisation qui vous plaît, vous séduit, mais qui vous laisse insatisfait.

– Avoue-le franchement, fit Édouard, les aménagements auxquels elle a procédé ne te satisfont pas, n'est-ce pas ?

– Si la réalisation était à la hauteur de la conception, qui est par ailleurs très bonne, il n'y aurait rien à redire. Elle a tracé à grand-peine un chemin escarpé au milieu des rochers et inflige maintenant cette même peine à tous ceux qu'elle conduit là-haut. On n'a même pas la possibilité de se suivre ou de marcher de front ! On doit interrompre à chaque instant le rythme de sa marche. Et il y aurait encore beaucoup de choses à dire !

– Était-il donc facile de faire autrement ? demanda Édouard.

– Très facile ! rétorqua le Capitaine. Il suffisait de faire sauter un coin de la paroi, qui par ailleurs n'a pas vraiment de cachet dans la mesure où elle ne forme pas un bloc compact, et la montée aurait pu dessiner une jolie courbe, en même temps que l'on aurait pu récupérer toutes les pierres superflues pour asseoir le soutènement aux endroits où le chemin serait devenu trop étroit et impraticable. Mais tout cela doit rester rigoureusement entre nous. Le lui dire ne ferait que la troubler et gâcher son humeur. Ce qui est fait est fait. On n'y peut plus rien changer. En revanche, si l'on voulait encore se donner quelque peine et consacrer quelque argent à ce projet, il conviendrait certainement, en partant de la cabane aux pierres moussues et en remontant sur la colline, de créer quelque chose de bien plus agréable. »

Si les deux amis avaient ainsi déjà beaucoup à faire avec leurs activités présentes, ils ne manquaient pas non plus, dans leurs conversations, d'évoquer le souvenir toujours vif et agréable des jours anciens, conversations auxquelles Charlotte avait coutume de se mêler. Ils se proposaient d'ailleurs de commencer la rédaction des journaux de voyage dès l'achèvement des premiers travaux et de ressusciter de cette manière le passé.

Édouard avait moins de sujet de conversation, en tête à tête avec Charlotte, surtout depuis qu'il avait sur le cœur les critiques concernant l'aménagement du parc, critiques qui lui paraissaient justifiées. Il garda longtemps pour lui ce que lui avait confié le Capitaine. Mais lorsqu'il vit son épouse à nouveau en train de tracer des petits sentiers et des petits escaliers à partir de la cabane pour arriver péniblement au sommet de la colline, il ne put se contenir plus longtemps et lui fit part, après quelques circonlocutions, de ses nouvelles conceptions.

Charlotte fut interloquée. Elle était suffisamment intelligente pour s'apercevoir très vite que les reproches étaient fondés. Mais cela venait à l'encontre de tout ce qui avait déjà été réalisé et qui existait désormais, une fois pour toutes. Cela avait correspondu à ses choix, à son goût ; même ce que l'on blâmait demeurait cher à son cœur, pourvu qu'on regardât isolément chaque partie. Elle n'était pas convaincue par l'argumentation, elle défendait sa modeste création, elle en voulait à la gent masculine qui voyait tout de suite les choses en grand, qui à partir d'un simple trait d'esprit, d'une remarque anodine, voulait tout de suite construire une œuvre sans réfléchir au coût de revient engendré par ce projet plus ambitieux. Elle était touchée, blessée, fâchée. Elle ne pouvait se résoudre à renoncer à sa première idée ; mais elle ne pouvait pas non plus rejeter complètement la nouveauté. Avec le caractère décidé qui était le sien, elle arrêta immédiatement tous les travaux pour se donner le temps d'évaluer la situation et de laisser mûrir sa réflexion.

Mais cette activité divertissante lui manquait et tandis que les deux hommes collaboraient de plus en plus étroitement, s'occupant avec un zèle particulier des serres et des jardins d'agrément, tout en poursuivant entre-temps les activités ordinaires liées à leur condition de gentilshommes – la chasse, le commerce des chevaux, le dressage ou l'attelage –, Charlotte se sentait chaque jour de plus en plus seule. À cause du Capitaine, elle entretenait d'ailleurs une correspondance de plus en plus intense, mais sans que cela lui épargnât maintes heures de solitude. Les nouvelles en provenance du pensionnat n'en étaient que plus agréables et divertissantes.

Une lettre détaillée de la directrice dans laquelle celle-ci, comme à son habitude, s'étendait avec complaisance sur les progrès de sa fille, se terminait par un bref *post-scriptum* et était accompagnée d'un billet de la main du directeur adjoint, chargé des études. Nous reproduisons l'un et l'autre :

POST-SCRIPTUM DE LA DIRECTRICE

« Au sujet d'Odile, je ne peux, chère Madame, que vous répéter ce que je vous ai déjà relaté dans mes courriers précédents. Je n'ai aucun reproche particulier à lui faire, et pourtant je ne suis pas entièrement satisfaite d'elle. Elle se montre toujours réservée et obligeante envers les autres. Mais cette retenue, cette serviabilité ne me conviennent guère. Dernièrement, chère Madame, vous lui avez envoyé un peu d'argent et diverses choses. Elle n'a pas touché au premier et les secondes sont encore là, intactes. Certes, elle prend grand soin de ses affaires et paraît ne changer de vêtements qu'à cette seule fin. Je ne peux pas louer la parcimonie avec laquelle elle se nourrit. Notre table n'est pas opulente et pourtant, rien ne me réjouit plus que de voir les enfants faire honneur à une bonne et saine nourriture. Ils ne doivent rien laisser dans leur assiette de tout ce que nous préparons et servons à leur intention et pour leur bien. Mais je n'arrive jamais à décider Odile de les imiter. Elle se trouve toujours un prétexte, quelque chose à faire pour pallier la négligence d'une servante, rien que pour sauter un plat ou un dessert. Il faut d'ailleurs noter qu'elle souffre parfois – je ne m'en suis aperçue que tout dernièrement – d'une forte migraine du côté gauche[12], douleur qui passe, mais qui peut constituer un mal sérieux. Voilà ce que je tiens à vous dire au sujet d'Odile, qui est par ailleurs une très belle et charmante enfant. »

Billet du directeur adjoint aux études

« Notre excellente directrice a pris l'habitude de me donner à lire les lettres dans lesquelles elle communique aux parents et aux tuteurs ses observations sur les élèves qui lui sont confiés. Je lis celles qui vous sont adressées, Madame, avec un double plaisir, avec une double attention. Elles me permettent en effet de vous féliciter non seulement pour votre bonheur d'avoir une fille qui réunit en elle toutes les brillantes qualités pour réussir dans le monde, mais aussi pour la chance qui vous est donnée d'avoir en votre pupille une enfant née pour apporter aux autres joie et satisfaction, et connaître certainement aussi le bonheur pour elle-même. Odile est presque la seule élève de notre institut à propos de laquelle je ne partage pas les vues de notre vénérable directrice. Je ne fais absolument pas grief à cette femme active d'exiger que soient immédiatement visibles les fruits de sa sollicitude. Mais il existe aussi des fruits cachés, qui sont peut-être les plus authentiques et dont les noyaux portent en eux, à plus ou moins long terme, l'éclosion d'une belle vie. Votre pupille appartient certainement à cette sorte-là. Depuis que je l'ai comme élève, je la vois progresser d'un pas égal, lentement, sagement, sans jamais s'en retourner. S'il est toujours nécessaire, avec un enfant, de commencer par le début, cela est d'autant plus vrai avec elle. Tout ce qui ne procède pas d'une étape antérieure lui demeure incompréhensible. Elle est impuissante, rétive devant le moindre petit détail tout à fait simple à comprendre mais qui, pour elle, ne se rattache à rien. Mais si l'on parvient à lui montrer, à lui expliquer les maillons manquants, rien ne lui échappe, même les choses les plus complexes.

« En progressant ainsi très lentement, elle reste en retrait par rapport à ses camarades de classe qui ont toujours une longueur d'avance grâce à leurs tout autres capacités, qui comprennent et retiennent facilement toutes choses, même celles qui n'ont pas de lien entre elles, et les réutilisent aisément. De sorte qu'elle n'arrive plus à suivre, dès que l'enseignant accélère le rythme – ce qui est le cas pour certains cours dispensés par des professeurs excellents, mais toujours pressés et impatients. On s'est plaint de son écriture, de son incapacité à assimiler les règles de grammaire. J'ai étudié d'un peu plus près ces critiques : il est exact qu'elle écrit lentement, avec une certaine raideur, si l'on veut, mais sa graphie n'est ni hésitante ni informe. Quant à l'apprentissage de la langue française, qui est ma spécialité et à laquelle je l'initie progressivement, elle n'a aucune difficulté de compréhension. À vrai dire, il y a quelque chose, avec elle, de tout à fait étonnant : elle sait en réalité beaucoup de choses, et fort bien ; mais dès qu'on l'interroge, elle semble ne plus rien savoir.

« S'il m'est permis de conclure sur une considération générale, je dirais qu'elle n'apprend pas comme quelqu'un qui est destiné à recevoir une éducation, mais au contraire comme quelqu'un qui voudrait la dispenser ; non pas comme une élève, mais comme une future maîtresse. Peut-être cela vous paraîtra-t-il étrange, Madame, qu'en tant qu'éducateur et enseignant moi-même, je ne trouve pas d'autre éloge à faire d'une personne qu'en reconnaissant en elle quelqu'un de ma sorte. Vous qui avez une plus profonde connaissance que moi du monde et des hommes, vous saurez tirer le meilleur profit de mes modestes remarques, animées de bonnes intentions. Vous vous convaincrez que cette enfant peut aussi vous donner beaucoup de joie. En vous présentant mes hommages respectueux, je sollicite de Votre Grâce la permission de vous écrire à nouveau dès que j'aurai le sentiment d'avoir à vous communiquer des nouvelles importantes ou agréables. »

Charlotte se réjouit beaucoup de ce courrier, dont le contenu rencontrait très précisément son propre jugement sur Odile. Ce faisant, elle ne pouvait s'empêcher de sourire, dans la mesure où l'intérêt du professeur lui semblait beaucoup plus vif que celui que génère habituellement la simple évaluation des qualités d'un élève. Avec sa façon coutumière d'aborder les choses sereinement et sans préjugés, elle se garda d'interpréter cette relation, comme beaucoup d'autres. Elle attachait prix à la sympathie manifestée à l'endroit d'Odile par cet homme plein de bon sens. Car elle avait eu suffisamment l'occasion, au cours de sa vie, de mesurer combien est estimable toute inclination vraie, dans un monde habité par l'indifférence et l'hostilité.

IV

Le relevé topographique sur lequel tout le domaine et son environnement étaient représentés à une assez grande échelle, avec des parties hachurées et en couleurs pour en faire ressortir les éléments caractéristiques, et dont le Capitaine pouvait garantir l'exactitude grâce à quelques mesures trigonométriques, fut rapidement achevé ; car il se fût certainement trouvé très peu de gens ayant besoin d'aussi peu de sommeil que cet homme actif, consacrant chacune de ses journées à un but immédiat et précis et faisant en sorte que celui-ci soit atteint le soir même.

« Passons maintenant au reste, dit-il à son ami, à la description du domaine. Il doit y avoir déjà suffisamment de données préparatoires pour cela, qui permettront d'établir des projets de baux et d'autres choses encore. Mais nous devons nous en tenir à un principe ferme et définitif : bien séparer ce qui relève des affaires et de la vie courante ! Les affaires exigent sérieux et rigueur, tandis que la vie est synonyme de fantaisie ; les premières requièrent absolument l'esprit de continuité, tandis que la seconde a souvent besoin d'un peu d'inconséquence, qui lui donne son prix et son charme. Si tu es ferme dans les premières, tu peux te montrer d'autant plus libre dans la seconde, mais si tu mélanges les deux, ta fermeté sera emportée, annihilée par le laisser-aller. »

Édouard devina comme un léger reproche dans ces propositions. Bien que n'étant pas particulièrement désordonné par nature, il n'allait pas jusqu'à classer ses dossiers par genre. Il ne séparait pas ce qu'il avait à régler avec d'autres de ce qui ne dépendait que de lui-même ; il ne faisait pas suffisamment de distinction entre ses affaires et ses occupations d'une part, ses plaisirs et ses distractions d'autre part. La chose lui devenait désormais plus aisée, dans la mesure où un ami s'en chargeait, où un second moi assumait cette dichotomie à laquelle répugne souvent l'individu.

Ils installèrent dans l'aile où habitait le Capitaine des rayonnages pour tous les dossiers d'actualité, constituèrent des archives pour toutes les affaires passées, rassemblèrent tous les documents, papiers et registres, d'où qu'ils vinssent – armoires, caisses, coffres divers –, et en un clin d'œil ce fatras se trouva parfaitement rangé, classé, répertorié dans des casiers étiquetés. Dès que l'on cherchait trace de quelque chose, on trouvait une documentation plus complète qu'on l'avait espérée. Pour accomplir ce travail, un vieux secrétaire leur apporta une aide précieuse, qui ne quittait pas son pupitre de la journée et y passait même une partie de la nuit alors que, jusqu'à présent, il n'avait jamais véritablement donné satisfaction à Édouard.

« Je ne le reconnais plus, dit Édouard à son ami, je découvre combien il est capable de travailler et de se rendre utile !

– Cela vient de ce que nous attendons qu'il ait achevé à son rythme une première tâche avant de lui en proposer une nouvelle, reprit le Capitaine. De cette manière, il peut exécuter beaucoup de choses, comme tu le vois. Mais dès qu'on le perturbe, il perd tous ses moyens. »

Si les deux amis passaient ainsi leur journée ensemble, ils n'omettaient pas, le soir, de rendre régulièrement visite à Charlotte. Lorsqu'elle ne recevait pas d'invités des domaines et des villages voisins – ce qui arrivait assez souvent –, la conversation ainsi que la lecture portaient la plupart du temps sur les questions propres à accroître le bien-être, les avantages et l'agrément de la société.

En voyant ainsi son mari pleinement satisfait, Charlotte, qui était habituée à toujours tirer bénéfice du moment présent, se sentait également stimulée pour sa propre personne. Différentes dispositions domestiques, qu'elle avait souhaité prendre depuis longtemps sans pouvoir les initier véritablement, trouvèrent leur réalisation grâce à l'activité du Capitaine. La pharmacie familiale, qui n'était constituée jusqu'à présent que de très peu d'éléments, s'enrichit, et Charlotte fut bientôt en mesure, grâce à quelques conversations et à la lecture d'ouvrages faciles, de mettre en pratique beaucoup plus souvent et de manière beaucoup plus efficace qu'auparavant sa propension naturelle à agir pour le bien des autres.

En réfléchissant aux accidents ordinaires et néanmoins toujours imprévisibles, on résolut de se procurer tout le matériel nécessaire pour sauver des gens de la noyade, et ce, d'autant plus que ce genre d'accident n'était pas rare dans un environnement où les pièces d'eau et les installations hydrauliques étaient aussi nombreuses. Le Capitaine s'employa à pourvoir à ce besoin de manière très minutieuse, si bien qu'Édouard fit incidemment remarquer qu'une situation du même genre avait constitué, de la plus singulière façon, un événement marquant dans la vie de son ami. Mais comme celui-ci gardait le silence et paraissait vouloir éviter de réveiller un triste souvenir, Édouard se tut également, de même que Charlotte qui n'était pas moins au courant que lui, dans ses grandes lignes, de cet épisode [13]. On passa à un autre sujet.

« Nous n'avons qu'à nous féliciter de toutes les mesures de précaution que nous avons prises, dit un soir le Capitaine. Mais il nous manque encore l'essentiel, je veux parler de la personne compétente, capable d'utiliser tout cela. Je peux vous proposer, pour ce faire, un chirurgien militaire de ma connaissance, qui est en ce moment disponible à des conditions raisonnables, un homme exceptionnel dans sa partie et qui, dans le traitement de maux internes, m'a souvent soulagé bien plus que tout autre célèbre médecin. Car c'est toujours l'aide immédiate dont nous avons besoin qui manque le plus, à la campagne. »

L'homme fut engagé sur-le-champ et les deux époux se réjouirent d'avoir ainsi trouvé l'occasion d'employer de la manière la plus utile une bonne part de l'argent qui leur restait et qu'ils auraient pu, autrement, gaspiller.

Charlotte mettait ainsi à profit, dans le sens qui lui convenait, les capacités, les activités du Capitaine. Elle commençait à se féliciter pleinement de sa présence et à être rassurée sur toutes les conséquences de celle-ci. Elle avait pris l'habitude de réfléchir à toutes sortes de questions et, comme elle aimait la vie, elle cherchait à éloigner tout ce qui pouvait se révéler nuisible ou mortifère. Le vernis de plomb des poteries, le vert-de-gris des ustensiles de cuivre étaient pour elle un sujet d'inquiétude. Elle chercha à en savoir davantage et il fallut naturellement, pour l'instruire sur le sujet, remonter aux principes fondamentaux de la physique et de la chimie.

Le fait qu'Édouard aimait à faire la lecture fournissait une occasion fortuite, mais toujours bienvenue pour ce genre de conversations. Il avait une voix profonde et bien timbrée qui plaisait en société et qui lui avait permis d'acquérir autrefois une certaine célébrité grâce à sa manière vive et sensible de déclamer des morceaux de rhétorique et de poésie. Mais il était désormais préoccupé par d'autres sujets et lisait d'autres écrits, parmi lesquels, justement, depuis quelque temps, essentiellement des ouvrages de physique, de chimie et de technologie [14].

Un de ses traits de caractère particuliers, qu'il partage cependant peut-être avec d'autres personnes, était qu'il lui était insupportable que quelqu'un regardât par-dessus son épaule le livre qu'il était en train de lire [15]. Autrefois, lorsqu'il présentait des poèmes, des extraits de pièces de théâtre ou de récits, c'était la conséquence naturelle du vif désir de celui qui fait la lecture, à l'instar d'un poète, d'un acteur ou d'un conteur, de surprendre, d'introduire des pauses, de susciter des attentes. Que quelqu'un pût lire le texte, délibérément, en avance sur lui, venait effectivement contrarier l'effet recherché. C'est la raison pour laquelle il avait pris l'habitude, dans ces circonstances, de toujours s'asseoir de manière à n'avoir personne derrière son dos. Mais cette précaution était devenue superflue, maintenant qu'ils n'étaient que trois. Et comme il ne s'agissait plus, avec ce genre de texte, d'éveiller des sentiments ou de surprendre l'imagination, il ne songeait plus lui-même à se tenir particulièrement sur ses gardes.

Mais un soir, après s'être assis sans choisir sa place, il s'aperçut que Charlotte lisait par-dessus son épaule. L'impatience de son caractère se réveilla et il lui reprocha son attitude en des termes quelque peu inamicaux : « Il faudrait vraiment se défaire une fois pour toutes de ce genre de mauvaise manière, comme d'ailleurs de tant d'autres qui sont insupportables en société ! Lorsque je fais la lecture à quelqu'un, n'est-ce pas comme si je lui exposais oralement quelque chose ? L'écrit, le texte imprimé se substitue à ma propre pensée, à mes sentiments personnels. Prendrais-je la peine de parler si quelqu'un pouvait regarder par une petite fenêtre dans ma tête, dans mon cœur, de telle sorte que celui à qui je veux énumérer par le détail mes idées, communiquer chacune de mes émotions, pouvait savoir à l'avance où je veux en venir ? Lorsque quelqu'un lit le livre que je tiens en main, j'ai toujours l'impression que mon être est déchiré en deux parties. »

Charlotte, qui faisait toujours preuve d'une grande habileté en société – que ce fût en cercle restreint ou plus large – pour tempérer tout propos désagréable, toute expression violente ou même seulement un peu vive, qui savait interrompre une conversation traînant en longueur, relancer une discussion, put compter cette fois encore sur son talent. « Tu me pardonneras certainement ma faute si je confesse ce qui m'est arrivé à l'instant. En entendant qu'il était question, dans ta lecture, d'affinités, j'ai aussitôt songé à des affinités familiales, en particulier à quelques cousins qui me donnent justement beaucoup de souci en ce moment. Je me suis concentrée à nouveau sur ton exposé et je t'ai entendu parler, à cet instant, non pas de personnes, mais de choses inanimées. C'est alors que j'ai jeté un coup d'œil sur ton livre, pour reprendre le fil.

– C'est la métaphore qui t'a troublée et induite en erreur, fit Édouard. Il ne s'agit ici que des éléments minéraux ou végétaux. Mais l'être humain est comme Narcisse [16] : il aime à reconnaître partout son image et projette celle-ci dans tout l'univers.

– C'est exact ! poursuivit le Capitaine. Voilà bien la façon dont l'homme traite tout ce qui l'entoure. Sa sagesse autant que sa folie, sa volonté autant que son caprice, il les prête aux animaux, aux plantes, aux éléments et aux dieux…

– Comme je ne veux pas vous entraîner trop loin de vos préoccupations immédiates, intervint Charlotte, ne voudriez-vous pas m'instruire en quelques mots sur ce que l'on entend ici par "affinités" [17] ?

– Très volontiers, répliqua le Capitaine, vers qui Charlotte s'était tournée. Pour autant que je sois en mesure de le faire, à partir de ce que j'ai lu, de ce que j'ai appris il y a dix ans à peu près. Je ne suis pas sûr que l'on pense toujours ainsi dans le monde scientifique et que cela s'accorde avec les nouvelles théories.

– Il est assez pénible de constater que, de nos jours, on ne peut plus rien apprendre qui soit valable pour la vie ! s'écria Édouard. Nos ancêtres pouvaient se référer à l'enseignement qu'ils avaient reçu dans leur jeunesse. Aujourd'hui, il faut réviser tout ce que l'on sait tous les cinq ans, sous peine que ce ne soit plus d'actualité !

– Nous autres femmes, reprit Charlotte, ne regardons pas les choses de si près. Si je peux être tout à fait sincère, c'est seulement le sens du mot qui m'importe. Rien n'est plus ridicule, en société, que de mal employer un terme étranger, un terme technique. C'est la raison pour laquelle je voudrais seulement savoir en quel sens ce mot est utilisé dans ces domaines. Ce que cela recouvre scientifiquement, laissons aux savants le soin de nous le dire, bien que ceux-ci, à ce que j'ai pu comprendre, parviennent difficilement à s'accorder sur la question.

– Par où commençons-nous, pour arriver au plus vite au cœur du sujet ? demanda après un temps de silence Édouard au Capitaine qui réfléchit un instant avant de répondre :

– S'il m'est permis de remonter très loin – au moins en apparence –, nous toucherons rapidement au but.

– Je suis tout ouïe, croyez-le bien », fit Charlotte en mettant de côté son ouvrage de couture.

Le Capitaine s'exprima alors en ces termes :

« Dans le règne de la nature, que nous pouvons observer, on remarque que chaque être est d'abord attiré par soi-même. Cela paraît sans doute surprenant de formuler quelque chose qui va de soi. Mais ce n'est qu'en s'accordant d'abord parfaitement sur les choses connues que l'on peut progresser ensemble vers l'inconnu.

– J'aurais pensé, intervint Édouard, qu'il serait plus aisé, pour elle et pour nous, de faire référence à des choses concrètes. Prends l'exemple de l'eau, de l'huile ou du mercure : chacun présente une unité, une cohésion des éléments qui le composent. Ils n'abandonnent pas cette unité, à moins qu'on leur fasse violence ou qu'on leur assigne une autre finalité. Dès que cette contrainte disparaît, tous les éléments se reconstituent.

– Cela ne fait pas de doute, approuva Charlotte. Les gouttes de pluie se réunissent naturellement pour former des rivières. Et lorsque nous étions enfants, nous nous amusions déjà à séparer le mercure en petites billes que nous faisions ensuite s'agréger de nouveau.

– Je puis donc, ajouta le Capitaine, signaler au passage un point important : cette attraction à l'état pur, rendue possible par l'élément liquide, se manifeste toujours, de manière caractéristique, par la forme sphérique. La goutte d'eau qui tombe est ronde ; vous venez vous-même d'évoquer les petites billes de mercure ; même un filet de plomb fondu, s'il a le temps de se figer complètement, vient toucher le sol sous la forme d'une boule.

– Permettez-moi, fit Charlotte, de précéder votre démonstration et d'aller directement là où vous voulez en venir. De même que chaque chose est attirée par elle-même, elle entre nécessairement aussi en relation avec les autres.

– Et cela est variable selon la diversité des êtres, s'empressa d'ajouter Édouard. Les uns se rencontrent tels des amis ou de vieilles connaissances qui se réunissent aussitôt, se mêlent les uns aux autres sans altérer en rien leur nature propre, comme l'eau et le vin. Les autres, au contraire, demeurent radicalement étrangers l'un à l'autre, sans que rien puisse les réunir, pas même un brassage, un mixage mécanique – comme l'eau et l'huile qui, après qu'on les a agités ensemble dans un même mélange, se séparent à nouveau, l'instant d'après [18].

– À peu de choses près, reprit Charlotte, on peut reconnaître dans ces formes élémentaires des personnes que l'on a connues ; ou, plus encore, les différents milieux dans lesquels on a évolué. Mais ce qui ressemble le plus à ces éléments inanimés, ce sont les corps sociaux qui s'affrontent dans le monde, les classes, les corporations, la noblesse et le tiers état, l'armée et la société civile.

– Et pourtant, intervint Édouard, de même que ceux-ci peuvent être réunis par les coutumes et les lois, il existe dans le monde chimique des catalyseurs qui réunissent des constituants répulsifs.

– C'est ainsi, interrompit le Capitaine, que nous unissons l'huile et l'eau grâce à un sel alcalin.

– N'allez pas si vite, fit Charlotte, pour que je puisse vous suivre dans votre exposé ! N'en sommes-nous pas déjà à la question des affinités ?

– C'est tout à fait juste ! répliqua le Capitaine. Et nous allons maintenant apprendre à connaître celles-ci dans tout ce qui fait leur force et leur singularité. Nous nommons "affinités" les propriétés communes à deux corps qui leur permettent, en se rencontrant, de se saisir immédiatement l'un de l'autre et de se déterminer mutuellement. Semblables affinités se retrouvent en particulier chez les alcalis et les acides qui, bien qu'ils soient antithétiques – ou, justement, parce qu'ils le sont –, se recherchent mutuellement de manière privilégiée, se recomposent entre eux pour former un nouveau corps. Songeons simplement à la chaux, qui manifeste une forte inclination, obéit à un vif désir d'union avec tous les acides ! Dès que notre cabinet de chimie sera arrivé, nous vous ferons voir diverses expériences qui vous amuseront et vous donneront une meilleure idée de ces choses que les mots, les noms propres ou les termes techniques.

– Permettez-moi d'avouer, fit Charlotte, que si vous baptisez "affinités" ces rapports entre toutes vos substances bizarres, j'aperçois quant à moi les affinités entre les êtres comme des parentés fondées non pas sur le sang, mais davantage sur l'esprit ou l'âme. C'est précisément ainsi que peuvent naître, entre les hommes, des amitiés véritablement fortes. Ce sont les qualités opposées qui rendent possibles les unions les plus solides. J'attends donc avec impatience ce que vous allez me faire voir de ces effets mystérieux… En tout cas, ajouta-t-elle en se tournant vers Édouard, je ne veux pas te troubler plus longtemps dans ta lecture, et maintenant que je suis mieux instruite du sujet, je vais suivre avec attention le reste de ton exposé.

– Dès lors que tu nous as sollicités, reprit Édouard, tu ne t'en tireras pas si facilement. Car au fond, ce sont les cas les plus compliqués qui sont les plus intéressants. C'est seulement à travers eux que l'on peut apprendre à connaître les différents degrés d'affinités, les relations les plus intimes, les plus fortes, les plus éloignées, les plus ténues. Les affinités deviennent intéressantes à partir du moment où elles engendrent des divorces.

– Ce mot sinistre, s'écria Charlotte, que nous entendons aujourd'hui répéter si souvent autour de nous, s'appliquerait-il également dans les sciences naturelles [19] ?

– Certes ! répondit Édouard. C'était même un titre de gloire, pour les chimistes, que d'être qualifiés d'analystes, c'est-à-dire, étymologiquement, d'experts dans “l'art de la séparation”.

– On ne les appelle donc plus ainsi, poursuivit Charlotte, et l'on a bien raison. L'art d'assembler est bien plus difficile et représente un plus grand mérite. Un artiste “assembleur” serait le bienvenu dans tous les domaines de l'univers… Mais puisque vous avez commencé, donnez-moi donc quelques exemples !

– Revenons alors, dit le Capitaine, à ce que nous évoquions et discutions tout à l'heure. Ce que nous appelons “pierre à chaux” est en réalité une terre plus ou moins calcaire, intimement combinée avec un acide subtil, qui nous est connu sous forme de gaz. Si l'on plonge un morceau de cette pierre dans une solution d'acide sulfurique dilué, celle-ci attaque la chaux et produit avec elle du gypse, tandis que l'acide subtil et gazeux s'échappe. Il y a séparation des éléments et apparition d'une nouvelle composition, ce qui nous fonde à utiliser la notion d'affinités électives, dans la mesure où tout se passe comme si une relation était privilégiée, choisie par rapport à une autre[20].

– Pardonnez-moi, fit Charlotte, tout comme je pardonne au savant. Mais je n'apercevrais jamais ici un choix, plutôt une nécessité naturelle, et encore ! Car tout n'est peut-être, en fin de compte, qu'une simple affaire de circonstances. C'est l'occasion qui crée la relation, comme elle fait le larron. Et en vous entendant parler de toutes vos substances, j'ai plutôt l'impression que le choix est surtout entre les mains du chimiste qui les met en contact. Et à partir du moment où elles sont effectivement ensemble, à la grâce de Dieu ! Dans ce cas précis, je plains seulement le pauvre acide gazeux qui se voit contraint de retourner et d'errer dans l'infini !

– Il ne tient qu'à lui, intervint le Capitaine, de se combiner avec l'eau et de constituer une source thermale bénéfique pour les malades et les gens bien portants !

– Le gypse a beau jeu de parler ainsi, fit Charlotte. Sa structure est achevée, il forme un corps à part entière, tandis que le pauvre exilé va avoir bien du mal à trouver refuge quelque part.

– Si je ne m'abuse, fit Édouard en souriant, il y a comme une ironie un peu perfide dans tes propos. Tu te moques, avoue-le donc ! Je représenterais à tes yeux la pierre à chaux qui aurait été attaquée par le Capitaine, tel un acide sulfurique, puis soustraite à ton aimable compagnie et transformée en gypse réfractaire.

– Si ta conscience, répondit Charlotte, t'inspire semblables considérations, je puis être tranquille. Filer la métaphore est un jeu aimable et plaisant ; qui ne s'amuse avec les analogies ? Mais l'homme se situe à plusieurs degrés au-dessus de tous ces éléments et si, en l'occurrence, il s'est montré un peu généreux dans l'emploi de ces beaux termes d'élection et d'affinités, il ferait bien de rentrer à nouveau en lui-même et de réfléchir à la valeur de ces expressions, à cette occasion. Je connais malheureusement trop de cas où l'union intime et apparemment indissoluble de deux êtres a été abolie par l'association fortuite d'un tiers et où l'une des parties originellement si unies a été expulsée dans le vaste monde infini.

– Les chimistes sont en la matière beaucoup plus galants, fit Édouard, ils associent un quatrième élément, afin que personne ne se retrouve seul.

– Exactement ! s'écria le Capitaine. Ces cas sont à vrai dire les plus significatifs et les plus curieux, ceux où l'attraction, l'affinité, la séparation et l'union s'opèrent en formant véritablement une sorte de chiasme, où quatre êtres jusqu'alors unis deux à deux, une fois mis en contact, dissolvent leurs liens et en renouent d'autres. Dans ce processus d'abandon et de recherche, de fuite et de quête, on croit discerner une finalité supérieure ; on prête à ces êtres une sorte de volonté et de capacité de choix et l'on tient pour appropriée la notion d'"affinités électives".

– Décrivez-moi un cas de ce genre ! fit Charlotte.

– Ce genre de sujet ne se laisse pas expliquer par des paroles seules, répliqua le Capitaine. Comme je vous l'ai dit, dès que je serai en mesure de vous présenter moi-même quelques expériences, tout deviendra plus concret et facile. Mais il me faudrait, maintenant, vous accabler d'un horrible jargon, qui ne vous éclairerait pas davantage. Il faut voir de ses yeux comment se comportent ces corps apparemment inertes et pourtant intérieurement toujours prêts à réagir ; il faut pouvoir observer avec sympathie comment ils se cherchent, s'attirent, s'emparent l'un de l'autre, se détruisent, s'engloutissent, se dévorent pour ressusciter ensuite, au prix d'une union intime, sous une forme nouvelle, inattendue et inédite : alors seulement nous leur prêtons une vie éternelle, nous leur accordons même de la sensibilité et de l'intelligence, car nous devinons que nos sens suffisent à peine pour les bien observer et que notre raison est à peine capable de les comprendre.

« Si vous pensez que cela ne paraît pas trop pédant de ma part, poursuivit le Capitaine, je peux essayer de vous résumer le problème au travers de symboles. Imaginez que A et B soient si intimement liés que rien ne puisse les séparer l'un de l'autre, quelque moyen que l'on emploie, quelque contrainte que l'on exerce ; imaginez que C soit dans un même rapport avec D. Mettez maintenant ces deux couples en contact. A va se précipiter vers D, C vers B, sans que l'on puisse dire qui a le premier abandonné l'autre, qui s'est le premier à nouveau accouplé.

– Eh bien ! intervint Édouard, jusqu'à ce que nous ayons tout cela sous les yeux, considérons ces formules comme un langage allégorique, dont nous pouvons tirer une leçon à notre usage immédiat. Toi Charlotte, tu représentes le A, et moi, je suis ton B. Car je dépends entièrement de toi et je te suis comme le B suit le A. Le C est clairement incarné par le Capitaine qui, pour cette fois, me soustrait en quelque sorte à toi. Dès lors il convient, pour ne pas te perdre dans le vague, que nous puissions pourvoir à un D, et cette personne ne peut être, sans conteste, que notre aimable petite demoiselle Odile, à la venue de laquelle tu ne peux plus longtemps t'opposer.

– Très bien ! fit Charlotte. Même si l'exemple que tu prends ne correspond pas tout à fait, me semble-t-il, à notre situation, je considère néanmoins que c'est un bonheur de nous retrouver ainsi aujourd'hui tous ensemble et de voir que ces affinités naturelles et électives favorisent, entre nous, la confiance et le dialogue. Je voudrais simplement vous avouer que depuis cet après-midi, j'étais décidée à faire venir Odile. Car la fidèle gouvernante et dame de compagnie attachée jusqu'à présent à mon service va se marier et quitter la maison. Cela de mon point de vue et par rapport à ma personne ; quant à ce qui m'a déterminée du point de vue d'Odile elle-même, tu vas nous le lire. Je te promets que je ne regarderai pas la feuille par-dessus ton épaule, car j'en connais déjà le contenu. Allez, lis donc ! »

Disant ces mots, elle sortit une lettre et la tendit à Édouard.

V

LETTRE DE LA DIRECTRICE

« Votre Grâce me pardonnera si je suis très brève aujourd'hui. Maintenant que l'examen public sur les matières enseignées à nos élèves au cours de l'année passée est achevé, je dois en effet annoncer les résultats aux parents et aux tuteurs. Je serai également très brève dans la mesure où je peux vous dire beaucoup de choses en peu de mots. Mademoiselle votre fille s'est montrée la meilleure, dans tous les sens du terme. Les bulletins de notes ci-joints, la lettre qu'elle vous adresse, dans laquelle elle mentionne tous les prix qu'elle a reçus et exprime en même temps la satisfaction qu'elle ressent devant ses succès, sont de nature à vous rassurer et même à vous réjouir. Mais ma propre joie est en quelque sorte tempérée par le fait que je prévois que nous n'aurons bientôt plus de raison de retenir chez nous plus longtemps une jeune femme si accomplie. Je me recommande à Votre Grâce et prendrai la liberté de vous faire part, dans un prochain courrier, de mes idées sur ce qui me paraît le plus avantageux pour elle. Mon collaborateur, directeur des études, vous écrit également à propos d'Odile. »

LETTRE DU DIRECTEUR ADJOINT AUX ÉTUDES

« Notre très vénérée directrice me laisse le soin de vous écrire à propos d'Odile, en partie parce qu'il lui serait pénible, étant donné son mode de pensée, de vous annoncer ce qu'il y a à vous annoncer, en partie parce qu'elle a besoin elle-même d'une excuse qu'elle préfère formuler par ma bouche.

« Comme je ne sais que trop bien qu'Odile a du mal à exprimer ce qu'elle a au fond d'elle-même et tout ce dont elle est capable, j'étais quelque peu anxieux avant l'examen public, et ce d'autant plus qu'il est impossible, d'une manière générale, d'organiser une préparation et que, même si celle-ci pouvait avoir lieu selon les modalités habituelles, il eût été difficile de préparer Odile à se mettre en valeur. L'issue n'a malheureusement que trop bien confirmé mes inquiétudes : elle n'a reçu aucun prix et fait partie de nos candidats qui n'ont pas obtenu leur diplôme. Que dire de plus ? Dans l'épreuve d'écriture, les autres élèves ont présenté des pages dont les lettres étaient à peine aussi bien formées, mais dont la calligraphie était beaucoup plus déliée ; en calcul, toutes ont été plus rapides et on ne proposait pourtant pas de problèmes compliqués, mais ceux-là mêmes qu'elle résout d'habitude très facilement. En français, beaucoup l'ont emporté sur elle par leur faconde et leur rhétorique ; en histoire, les noms propres et des dates ne lui sont pas venus immédiatement à l'esprit ; en géographie, on a regretté qu'elle ne prête pas suffisamment attention aux frontières politiques. Enfin, elle n'a pas disposé d'assez de temps et n'avait plus la sérénité nécessaire pour présenter les quelques modestes mélodies qu'elle avait apprises. En dessin, elle aurait certainement remporté le premier prix : ses contours étaient nets, l'exécution très soignée et pleine d'intelligence. Mais elle s'est malheureusement lancée dans un projet trop ambitieux et n'a pas eu le temps de l'achever.

« Après que les élèves furent sorties, les examinateurs se réunirent pour délibérer et nous autorisèrent, leurs professeurs, à dire au moins quelques mots ; c'est alors que je remarquai très vite que l'on ne s'intéressait pas au cas d'Odile ou que, lorsqu'il était question d'elle, c'était moins en termes désapprobateurs que sur un ton indifférent. J'espérai gagner la bienveillance du jury en évoquant avec sincérité la nature de sa personne et me lançai dans mon intervention avec une ardeur redoublée, d'abord parce qu'il m'était permis de m'exprimer selon mes convictions, ensuite parce que je m'étais trouvé moi-même, du temps de ma jeunesse, dans la même situation déplorable. On m'écouta avec attention. Lorsque j'eus achevé, le président de jury me dit d'un ton certes amical, mais laconique : "On admet par hypothèse, chez les élèves, des capacités, mais il s'agit de transformer celles-ci en compétences. Telle est la finalité de toute éducation, telle est la volonté déclarée et explicite de tous les parents et tuteurs, et même, sans qu'ils le disent ou en soient pleinement conscients, des enfants. Tel est également l'objet de cet examen où les élèves sont évalués en même temps que leurs professeurs. À partir de ce que vous nous dites, nous pouvons effectivement fonder quelque espoir sur cet enfant et vous méritez vous-même d'être félicité de prêter une aussi grande attention aux aptitudes de vos élèves. Il vous appartient de transformer celles-ci, au cours de l'année, en véritables compétences, et si vous y parvenez, votre protégée ne manquera pas de remporter, pour elle et pour vous, un succès mérité."

« Je m'étais déjà résigné à ce qui allait arriver, mais je n'avais pas redouté le plus grave, qui se produisit aussitôt après. Notre bonne directrice, qui tel un bon pasteur ne voulait perdre aucune de ses brebis ni même, comme c'était ici le cas, la laisser au bord du chemin, ne put dissimuler son mécontentement dès que ces messieurs furent partis. Elle dit à Odile, qui se tenait tranquillement à la fenêtre, tandis que les autres se réjouissaient de leurs récompenses : “Dites-moi donc, pour l’amour du Ciel, comment on peut avoir l’air si bête quand on ne l’est pas ?” Odile répondit d’un ton détaché : “Excusez-moi, ma chère mère, mais la migraine m’a repris aujourd’hui, et j’ai fort mal à la tête…

« – Personne ne peut le savoir !” répliqua la dame d’habitude si compatissante, avant de tourner les talons pour signifier sa mauvaise humeur.

« C’est bien vrai : personne ne peut le savoir ; car le visage d’Odile reste impassible et je ne l’ai jamais vu non plus porter la main à sa tempe.

« Mais ce n’est pas tout. Mademoiselle votre fille, chère Madame, elle qui est d’habitude d’un caractère si vif et si franc, emportée par le sentiment de son triomphe du jour, en devint trop exubérante et insolente. Elle se mit à courir partout dans les pièces en brandissant ses prix et ses relevés de notes et les agita même sous le nez d’Odile. “Tu as mal mené ta barque aujourd’hui !” s’écria-elle. Odile lui répondit tout tranquillement : “Il y aura d’autres jours où il faudra faire ses preuves…

« – Mais tu finiras quand même toujours la dernière !” s’écria votre fille, avant de partir en courant.

« Odile paraissait tout à fait calme aux yeux des autres, mais pas vraiment aux miens. Le teint contrasté de son visage traduisait habituellement chez elle une vive contrariété, une agitation intérieure à laquelle elle essayait de résister. Sa joue gauche s’empourpra tout à coup, tandis que la droite blêmissait. Je remarquai ce signe et je ne pus retenir un mouvement de sympathie à son endroit. Je pris à part notre directrice et l’entretins gravement de la situation. L’excellente femme reconnut sa faute. Nous discutâmes, débattîmes longuement. Sans entrer dans le détail de nos réflexions, je voudrais présenter à Votre Grâce la conclusion à laquelle nous sommes parvenus et notre demande : nous vous prions de rappeler Odile auprès de vous pour quelque temps. Vous pouvez vous-même en deviner les raisons, mieux que quiconque. Si vous prenez cette décision, je vous en dirai davantage sur la manière de traiter cette enfant. Et si ensuite Mademoiselle votre fille nous quitte, comme on peut s'y attendre, c'est avec joie que nous verrons alors Odile revenir.

« Une chose encore, que je ne voudrais pas omettre, pour la suite : je n'ai jamais vu Odile réclamer ni même demander avec insistance quelque chose. Mais il y a des situations, en revanche – même si elles sont rares –, où elle tente de refuser ce que l'on exige d'elle. Elle le fait d'un geste qui, pour celui qui en a compris le sens, est irrésistible. Elle joint les paumes de ses mains, les lève en hauteur, puis les ramène sur sa poitrine en se penchant légèrement en avant, tout en observant celui qui la presse d'obéir avec un regard tel que cette personne renonce volontiers à tout ce qu'elle pourrait exiger ou simplement désirer [21]. Si vous voyez jamais ce geste chez elle, chère Madame – ce qui est peu probable avec votre manière de la traiter –, pensez à moi et épargnez Odile. »

En lisant ces lettres à haute voix, Édouard n'avait pu se départir de maints sourires et hochements de tête. La lecture n'avait pas manqué non plus de susciter des remarques sur les personnes et la situation.

« Cela suffit ! s'écria finalement Édouard. La chose est décidée : elle vient chez nous ! Voilà qui est réglé pour ce qui te concerne, ma chère amie. Qu'il nous soit permis, maintenant, d'avancer la proposition que nous avons à te faire. Il devient absolument indispensable que je déménage pour m'installer dans l'aile droite, avec le Capitaine. Le soir et le matin offrent les heures les plus propices pour travailler ensemble. Quant à toi, tu récupères pour ton propre usage et pour celui d'Odile les plus belles pièces. »

Charlotte ne trouva rien à redire. Édouard lui décrivit le mode de vie qui allait être le leur à l'avenir. À la fin, il s'exclama :

« C'est une attitude très prévenante de la part de ta nièce de souffrir de la migraine du côté gauche. Pour ma part, cela m'arrive parfois du côté droit. De telle sorte que s'il nous arrive d'être assis en vis-à-vis, moi appuyé sur le coude droit, elle sur le gauche, avec chacun la tête dans les mains, inclinée de différents côtés, nous allons former un charmant couple complémentaire [22]. »

Le Capitaine sembla considérer que cette perspective n'était pas sans risques. Édouard, en revanche, s'écria :

« Prenez garde au D, cher ami ! Que ferait le B si le C lui était retiré ?

– Eh bien, intervint Charlotte, il me semble que cela va de soi !

– Certes ! fit Édouard. Il reviendrait à son A, à son alpha et oméga ! »

Ce disant, il se leva de sa chaise et pressa Charlotte sur son cœur.

VI

La voiture qui amenait Odile était arrivée. Charlotte alla à sa rencontre ; la chère enfant courut vers elle, se jeta à ses pieds, enlaça ses genoux.

« Pourquoi te mortifier ainsi ? » fit Charlotte qui, quelque peu embarrassée, voulut la relever aussitôt.

« Ce n'est pas pour me mortifier, répondit Odile en restant dans sa position. C'est parce que j'aime tant me souvenir de l'époque où j'arrivais à peine à la hauteur de vos genoux et où j'étais déjà sûre de votre amour. »

Elle se leva ; Charlotte la serra chaleureusement dans ses bras. Elle fut bientôt présentée aux deux hommes de la maison ; on la traita aussitôt avec tous les égards dus à une invitée. La beauté est partout la bienvenue. Elle parut attentive à la conversation, sans pour autant y participer véritablement.

Le lendemain matin, Édouard dit à Charlotte : « Voilà une jeune fille agréable, d'un commerce plaisant [23].

– Un commerce plaisant ? reprit Charlotte en souriant, mais elle n'a pas encore ouvert la bouche !

– Ah bon ? répliqua Édouard qui essayait apparemment de se rappeler. Ce serait bien étonnant ! »

Charlotte ne donna à la nouvelle venue que peu d'indications sur la manière de conduire la maison. Odile avait rapidement saisi toute la marche des choses, ou plus exactement – ce qui est plus important –, elle avait intuitivement compris. Elle mesurait aisément ce qu'elle avait à faire pour tout le monde, et pour chacun en particulier. Tout arrivait à son heure. Elle savait organiser sans donner l'impression de commander, et si quelqu'un traînait, elle prenait directement les choses en main.

Dès qu'elle se rendit compte qu'il lui restait du temps libre, elle demanda à Charlotte la permission de répartir elle-même ses horaires de travail et respecta ceux-ci scrupuleusement. Elle accomplissait la tâche qu'elle s'était donnée de la manière dont le directeur adjoint de l'institution avait parlé à Charlotte. On la laissa faire. Il était rare que Charlotte intervînt pour la stimuler. Parfois, elle lui glissait subrepticement en main des plumes émoussées pour l'amener à avoir une écriture plus déliée ; mais Odile ne manquait pas de les retailler à nouveau.

Les deux femmes étaient convenues de parler français lorsqu'elles étaient entre elles. Charlotte y tenait d'autant plus qu'Odile se montrait beaucoup plus loquace dans cette langue étrangère dont l'apprentissage lui avait été rendu obligatoire au pensionnat. En s'exprimant en français, elle en disait souvent beaucoup plus qu'elle ne semblait le vouloir. Charlotte prenait grand plaisir, en particulier, à l'entendre incidemment décrire la vie au pensionnat, certes en n'omettant aucun détail, mais non sans une certaine tendresse. Odile devint pour elle une agréable compagnie et elle espérait trouver plus tard en elle une amie fidèle.

Charlotte reprit un jour les anciennes lettres concernant Odile, pour se remémorer ce que la directrice du pensionnat et le directeur des études avaient écrit à propos de la chère enfant, et le comparer avec sa personnalité telle qu'elle lui apparaissait aujourd'hui. Charlotte estimait en effet que l'on ne connaît jamais trop tôt le caractère des personnes avec lesquelles on est amené à vivre, afin de savoir ce que l'on peut attendre d'elles, ce qui peut encore s'éduquer chez elles ou ce qu'il faut une fois pour toutes leur passer ou leur pardonner.

Elle ne découvrit rien de nouveau, mais ce qu'elle savait déjà lui apparut beaucoup plus nettement et prit un sens plus déterminant. C'est ainsi que, par exemple, la parcimonie d'Odile dans la façon de se nourrir devint pour elle un réel souci [24].

L'autre sujet de préoccupation était la manière de s'habiller. Charlotte exigea d'Odile qu'elle se choisît des tenues un peu plus riches et distinguées. Sans attendre, la chère enfant, toujours prête à s'activer, tailla elle-même ses patrons dans des pièces de tissu qu'on lui avait offertes autrefois et, rapidement, presque sans aucune aide, elle sut monter le tout d'une manière tout à fait charmante. Ces nouveaux vêtements à la mode rehaussaient avantageusement sa silhouette ; car le caractère aimable d'une personne s'exprime également à travers son apparence extérieure, si bien que l'on croit toujours la voir sous un jour nouveau et plus charmant quand elle traduit ses qualités à travers de nouveaux atours.

C'est ainsi que la seule vue d'Odile, à dire vrai, réjouissait chaque jour davantage le cœur et les yeux des deux hommes. Car si l'émeraude, en vertu de sa couleur magnifique, est bienfaisante pour la vue et exerce même une action salutaire sur ce noble sens, la beauté humaine produit un effet beaucoup plus puissant encore sur les sens, extérieurs comme intérieurs. Qui sait la contempler ne saurait être effleuré par la moindre sensation désagréable, car il se sent en harmonie avec lui-même et avec le monde[25].

C'est la raison pour laquelle l'arrivée d'Odile avait beaucoup apporté à la compagnie, sous plus d'un aspect. Les deux amis respectaient beaucoup plus scrupuleusement – à la minute près – les heures où ils se retrouvaient. Ils ne repoussaient pas plus qu'il convenait le moment de venir manger, de prendre le thé ou de se promener. Le soir, en particulier, ils ne se dépêchaient plus de quitter la table. Charlotte s'en aperçut et ne manqua pas de les observer. Elle essaya de découvrir si l'un des deux était plus que l'autre responsable de cette situation. Mais elle ne remarqua aucune différence. Tous les deux apparaissaient, dans l'ensemble, beaucoup plus sociables. Lors de leurs entretiens, ils semblaient réfléchir aux sujets qui étaient susceptibles d'éveiller l'intérêt d'Odile, qui pouvaient correspondre à ses conceptions, à ses connaissances. Lorsqu'ils faisaient la lecture ou racontaient une histoire, ils marquaient toujours une pause pour l'attendre. Ils se montraient d'un caractère plus doux et, d'une manière générale, beaucoup plus affable.

En réponse, Odile se révélait chaque jour plus serviable. Plus elle devenait familière des lieux, des gens et des situations, plus prompte elle se montrait à réagir, plus vite elle interprétait chaque geste, chaque regard, chaque intonation, comprenant tout à demi-mot. Sa capacité à demeurer à la fois attentive et sereine, à s'affairer sans pour autant s'agiter, ne se démentait jamais. Sa manière de rester assise sur son siège, puis de se lever pour aller chercher quelque chose, de le rapporter et de se rasseoir ne laissait jamais transparaître la moindre agitation, comme si elle était en perpétuel devenir et obéissait à un mouvement continu et agréable. À cela s'ajoutait le fait que l'on n'entendait jamais le bruit de ses pas, tant sa démarche était légère.

Cette obligeance, cette amabilité d'Odile réjouissaient beaucoup Charlotte. Il n'y avait qu'une seule chose qui ne lui paraissait pas tout à fait convenable et elle n'en fit pas mystère à Odile : « Cela fait partie des égards que nous devons aux autres, lui dit-elle un jour, de nous baisser aussitôt pour ramasser ce que quelqu'un a laissé échapper de ses mains. Nous lui montrons ainsi que nous sommes en quelque sorte son serviteur. Encore faut-il bien réfléchir, dans le grand monde, à la personne envers laquelle nous nous montrons si prévenants. Je ne te donnerai aucune règle, en la matière, pour ce qui concerne les femmes. Tu es jeune. Envers les gens plus âgés ou d'un rang plus élevé, il est de ton devoir de te comporter ainsi ; envers les gens qui sont comme toi, c'est une marque de gentillesse ; envers ceux qui sont plus jeunes ou d'un rang inférieur, c'est une forme de bienveillance et d'humanité à leur endroit. Mais il ne sied pas à une jeune fille de se montrer ainsi obligeante et prévenante envers les hommes.

– Je vais essayer de me défaire de cette habitude, répondit Odile. Mais vous me pardonnerez ce manquement à la bienséance quand je vous aurai dit comment j'en suis venue à me conduire ainsi. On nous a enseigné l'histoire. Je n'en ai sans doute pas suffisamment tiré tout ce que j'aurais dû, car je ne voyais pas à quoi cela pouvait m'être utile. Je n'ai retenu que quelques faits isolés, qui m'ont particulièrement marquée, comme par exemple celui-ci :

« Au moment où Charles Ier d'Angleterre faisait face à ses prétendus juges, le pommeau doré de la petite canne qu'il portait tomba par terre [26]. Habitué, en ce genre de circonstance, à ce que tout le monde s'empressât immédiatement autour de lui, il donna l'impression de chercher quelqu'un du regard et d'attendre que l'on vînt cette fois encore lui rendre ce petit service. Mais personne ne bougea. Il se baissa et ramassa lui-même le pommeau. À tort ou à raison, la scène me parut si pénible qu'à partir de ce moment je ne pus voir quelqu'un laisser tomber quelque chose de ses mains sans me pencher pour le ramasser. Mais comme cela, semble-t-il, n'est peut-être pas toujours convenable et que moi-même, poursuivit-elle en souriant, je ne suis pas toujours en mesure de raconter ma petite histoire, je vais faire un effort, à l'avenir, pour me retenir davantage. »

Cependant les entreprises que les deux amis s'étaient senti mission de conduire progressaient sans discontinuer. Ils trouvaient quotidiennement une nouvelle occasion de mûrir, d'initier un projet.

Un jour qu'ils traversaient ensemble le village, ils constatèrent à leur grand désagrément combien celui-ci, en matière d'ordre et de propreté, était en retard par rapport aux villages dont les habitants sont contraints d'avoir ce double souci en raison de la rareté du terrain.

« Tu te souviens, dit le Capitaine, qu'au cours de notre voyage en Suisse [27], nous avons formé le vœu de contribuer à l'embellissement d'un authentique parc champêtre, en aménageant un village disposé comme celui-ci, avec le souci non pas de reproduire la tradition architecturale de ce pays, mais simplement de respecter les exigences typiquement suisses en matière d'ordre et de propreté, qui améliorent considérablement les conditions de vie et de rendement.

– Ici, par exemple, répliqua Édouard, cela pourrait marcher. Le versant de la colline du château descend en formant une pointe et le village, en vis-à-vis, dessine un demi-cercle à peu près régulier ; entre les deux coule la rivière. Chacun se protège comme il peut de la montée des eaux : l'un avec des pierres, l'autre avec des pieux, un troisième avec des poutres et son voisin avec des planches. Aucun n'est utile à l'autre, chacun au contraire se fait du tort à lui-même et nuit à tout le monde. De sorte que le chemin suit une trajectoire maladroite : tantôt il monte, tantôt il descend ; il franchit parfois les eaux, parfois des rochers. Si les gens voulaient s'en donner la peine, il ne coûterait pas beaucoup plus cher de monter ici un muret en demi-cercle, de surélever le chemin derrière celui-ci à hauteur des maisons, afin de dessiner le plus bel espace, de faire œuvre de salubrité et, grâce à un aménagement de grande ampleur, de se libérer définitivement de tous les petits tracas générés par les solutions provisoires.

– Nous n'avons qu'à essayer ! fit le Capitaine en balayant du regard le paysage et en analysant rapidement la situation.

– Je ne désire pas avoir affaire aux paysans et aux habitants quand je ne suis pas en position de leur donner véritablement des ordres, rétorqua Édouard [28].

– Ce en quoi tu n'as pas tout à fait tort, reprit le Capitaine. Moi aussi, j'ai déjà eu à subir, dans ma vie, maint désagrément avec ce genre d'entreprise. Combien il est difficile à l'homme de bien peser ce qu'il doit sacrifier pour recueillir un bénéfice en contrepartie, combien il est difficile de vouloir la fin sans dédaigner les moyens ! Beaucoup confondent même les fins et les moyens, se réjouissent des seconds en perdant de vue les premières. On veut que tous les maux soient soignés là où ils apparaissent, sans se préoccuper de l'endroit d'où ils proviennent et où ils trouvent leur source. C'est la raison pour laquelle il est si difficile de dispenser des conseils, en particulier auprès de la multitude des gens, qui se montre tout à fait avisée pour ce qui concerne le quotidien, mais qui voit rarement plus loin que le lendemain. À cela s'ajoute le fait qu'au sein d'une organisation commune, il y en a toujours nécessairement certains qui vont y gagner, d'autres y perdre, et que l'on ne fait rien de bon en établissant des comparaisons. Tout ce qui touche au bien commun doit être promu par l'exercice du droit illimité de souveraineté [29]. »

Tandis qu'ils s'étaient arrêtés et devisaient de la sorte, un individu les aborda pour leur demander l'aumône. Il paraissait plus insolent qu'indigent. Édouard, fâché d'être ainsi interrompu et importuné, le tança, après avoir vainement essayé plusieurs fois de l'éconduire avec plus de ménagement. Lorsque l'individu s'éloigna à petits pas, tout en grommelant et en se répandant à son tour en invectives, invoquant les droits des mendiants, en vertu desquels on pouvait sans doute lui refuser une aumône mais sans l'injurier pour autant, dans la mesure où sa personne en valait bien une autre et se trouvait placée, comme n'importe quelle autre, sous la protection de Dieu et du souverain. Édouard sortit de ses gonds.

Pour le ramener à de meilleurs sentiments, le Capitaine lui dit :

« Considérons cet incident comme une incitation à étendre jusqu'ici le champ d'action de notre police rurale ! Il est évident que l'on doit faire l'aumône ; mais il vaut mieux ne pas la faire soi-même, surtout chez soi. Il faut toujours être mesuré et égal en toute chose, même dans les actes de charité. Trop donner attire les mendiants au lieu de les éloigner. Lorsque l'on se trouve en voyage, en revanche, on peut se permettre d'apparaître aux yeux d'un pauvre hère que l'on croise au bord de la route comme un envoyé de la bonne fortune, en lui jetant en passant une aumône qui le laisse sans voix. La situation du village et du château nous facilite beaucoup ce genre de disposition, à laquelle j'ai déjà réfléchi depuis longtemps.

« À un bout du village se trouve l'auberge, à l'autre habite un couple de braves gens âgés ; tu n'as qu'à déposer une petite somme d'argent dans l'un et l'autre lieu. On ne donnera pas à ceux qui entrent dans le village, mais à ceux qui en sortent ; et comme les deux maisons se dressent de la même manière sur les chemins qui mènent au château, tous ceux qui voudront y monter seront forcés de passer par l'un ou l'autre endroit [30].

– Viens, fit Édouard, nous allons arranger cela tout de suite. On pourra toujours régler les détails par la suite. »

Ils se rendirent chez l'aubergiste, puis chez le vieux couple, et l'affaire fut réglée.

« Je sais très bien, fit Édouard tandis qu'ils remontaient ensemble vers le château, qu'en ce monde, concevoir une idée judicieuse et savoir décider résolument sont la clef de toutes choses. C'est ainsi que tu as très pertinemment jugé les aménagements auxquels ma femme a procédé dans le parc et que tu m'as fait en même temps une suggestion afin de les améliorer, ce dont – pour ne rien te cacher – je lui ai fait part immédiatement.

– J'avais lieu de penser que tu agirais ainsi, reprit le Capitaine, faute de t'approuver. Tu n'as fait que la déconcerter. Aujourd'hui, elle laisse tout en l'état et nous tient tête, sur ce seul point ; elle évite d'en parler et ne nous a plus jamais invités à la cabane aux pierres moussues, bien qu'elle y monte elle-même, à ses heures, avec Odile.

– Il ne faut pas que nous nous laissions rebuter par cela ! répliqua Édouard. Quand je suis convaincu de la pertinence d'une chose qui peut et doit advenir, je n'ai de cesse de la voir réalisée. Nous savons bien nous montrer suffisamment habiles sur d'autres points pour engager une affaire ! Je propose, pour nos entretiens après le dîner, de prendre quelques descriptions de jardins anglais, illustrées de gravures sur cuivre. Tu sortiras ensuite ton propre relevé du domaine. Il faut commencer par traiter le sujet de manière théorique, comme sur un ton badin. La conversation prendra ensuite d'elle-même une tournure sérieuse. »

Ainsi qu'ils en étaient convenus, ils consultèrent donc les livres qui reproduisaient à chaque fois le plan de la région et une vue de celle-ci sous son aspect champêtre, dans son état de nature originel, avec sur les pages suivantes toutes les modifications intervenues par la main de l'homme afin de mieux exploiter, d'améliorer l'existant. La transition était ensuite facile pour aborder la situation des terres qui étaient aujourd'hui leur propriété, ainsi que leur environnement et la manière éventuelle de les aménager.

Se pencher sur le relevé topographique dressé par le Capitaine constituait dès lors une activité agréable ; on ne parvenait pas, cependant, à se détacher complètement de la première idée qui avait inspiré les travaux conduits par Charlotte. On trouva néanmoins un chemin plus facile pour gravir la colline ; on suggéra d'ériger sur la pente, face à un agréable bosquet, un petit pavillon qui serait en relation directe avec le château dans la mesure où on le découvrirait depuis les fenêtres de celui-ci et où, en retour, on dominerait depuis là-haut à la fois le château et les jardins.

Le Capitaine avait tout pensé et mesuré avec exactitude ; il revint sur le sujet du chemin du village, du muret au bord du ruisseau et du remblai : « En creusant un chemin commode pour gagner la colline, expliqua-t-il, je gagne exactement autant de pierres qu'il m'en faut pour ériger ce muret. En combinant les deux chantiers, l'un et l'autre avanceront plus vite et reviendront moins cher.

– C'est là, intervint Charlotte, que je suis concernée, pour les choses qui sont de mon ressort. Il est indispensable d'établir un devis. Lorsque l'on saura quelle somme est nécessaire pour une telle opération, on pourra répartir la dépense, sinon sur chaque semaine, du moins mois par mois. J'ai la responsabilité du budget. J'acquitterai les factures et je tiendrai moi-même les comptes.

– Tu n'as pas l'air de nous faire grande confiance, fit Édouard.

– Très peu pour ce genre de lubies, répliqua Charlotte. Nous autres femmes savons mieux que vous gérer ces fantaisies. »

On prit toutes les dispositions nécessaires. Les travaux furent rapidement engagés. Le Capitaine était présent à chaque instant et Charlotte pouvait avoir presque quotidiennement la démonstration de son esprit sérieux et précis. Lui-même apprit à mieux la connaître et il leur devint plus facile, à tous les deux, d'œuvrer ensemble à la réalisation d'un travail commun.

Il en va des affaires comme de la danse : les personnes qui évoluent d'un même pas deviennent nécessairement indispensables l'une à l'autre, ce qui génère une bienveillance réciproque. La preuve indubitable que Charlotte, depuis qu'elle connaissait mieux le Capitaine, lui voulût véritablement du bien, fut apportée lorsqu'elle le laissa tranquillement et sans le moindre regret détruire un charmant lieu de repos qu'elle avait soigneusement choisi et aménagé lors de ses premiers travaux, mais qui contrariait l'exécution du nouveau projet.

VII

Charlotte ayant trouvé une occupation commune avec le Capitaine, il s'ensuivit qu'Édouard se joignit plus souvent à Odile. Depuis quelque temps, son cœur nourrissait une douce et tendre inclination qui le rapprochait d'elle. Elle se montrait serviable et prévenante à l'égard de chacun ; son amour-propre lui laissait penser qu'elle l'était encore davantage à son endroit. À n'en point douter, voici longtemps qu'elle avait observé les plats qu'il préférait, ce qu'il aimait et la manière de le préparer ; le nombre de morceaux de sucre qu'il avait coutume de prendre avec son thé et autres choses de ce genre. Rien ne lui avait échappé. Elle était surtout attentive à le protéger des courants d'air, auxquels il était excessivement sensible, ce qui lui valait parfois de s'opposer à l'avis de sa femme qui, elle, trouvait toujours que l'on étouffait. Elle s'entendait également aux soins du verger et du jardin d'agrément. Elle s'efforçait de satisfaire ses désirs, de lui épargner tout ce qui était susceptible de le chagriner, de telle sorte qu'elle lui devint en très peu de temps indispensable, comme une sorte d'aimable ange gardien. Il commençait à ressentir péniblement les moments où elle était absente. À cela s'ajoutait le fait qu'elle se montrait apparemment beaucoup plus loquace et plus ouverte dès qu'ils se trouvaient seuls.

En avançant en âge, Édouard avait toujours conservé en lui quelque chose d'enfantin, propre à plaire particulièrement à une jeune personne comme Odile. Ils aimaient à se rappeler les temps anciens où ils s'étaient vus les premières fois ; ces souvenirs remontaient à l'époque où était née l'inclination d'Édouard pour Charlotte. Odile avait gardé d'eux l'image du plus beau couple de toute la cour ; et si Édouard contestait qu'elle pût conserver ce souvenir remontant à sa plus tendre enfance, elle affirmait avoir encore en mémoire une scène bien précise : ce jour où il était entré dans la pièce et où elle s'était cachée dans les jupes de Charlotte, sous l'effet non point de la frayeur, mais de la surprise – parce qu'il avait produit une vive impression sur son âme d'enfant, parce qu'il lui avait plu aussitôt.

Dans ces circonstances, maintes affaires que les deux amis avaient entreprises auparavant commençaient en quelque sorte à s'enliser, au point qu'ils jugèrent nécessaire de faire à nouveau un état des lieux, de rédiger quelque mémoire et d'écrire quelques lettres. Ils regagnèrent le soir leur bureau, où ils trouvèrent leur vieux copiste inoccupé. Ils se mirent au travail et lui donnèrent bientôt de l'ouvrage sans se rendre compte qu'ils le chargeaient de tâches qu'ils avaient coutume d'accomplir naguère par eux-mêmes. Le Capitaine ne parvenait pas à écrire une ligne de son premier mémoire ni Édouard de sa première lettre. Ils se torturèrent l'esprit, durant un certain temps, pour réviser leurs conceptions et user de périphrases jusqu'à ce qu'Édouard, qui était le moins avancé, finît par demander l'heure.

On s'aperçut alors que le Capitaine avait oublié de remonter sa montre-chronomètre, et ce, pour la première fois depuis des années. Ils eurent l'impression sinon d'éprouver, du moins de pressentir que le temps commençait à leur devenir indifférent.

Tandis que l'activité des hommes, d'une certaine manière, se relâchait, celle des femmes ne faisait au contraire que s'intensifier. De façon générale, les habitudes de vie d'une famille, telles qu'elles résultent des personnes en présence et de circonstances déterminées, intègrent d'ailleurs parfaitement en leur sein, comme des eaux recueillies dans une même cuvette, une passion naissante ou une inclination hors du commun ; il peut s'écouler un certain temps avant que ce nouvel ingrédient provoque un effet visible de fermentation, se mette à mousser et à déborder.

Les inclinations réciproques qui se dessinaient entre nos amis produisaient les plus agréables effets. Les cœurs s'ouvraient ; une bienveillance générale naissait de celle nourrie par chacun en particulier. Chaque partie de ce tout se sentait heureuse et se réjouissait du bonheur de l'autre.

Un tel état élève l'esprit en même temps qu'il élargit le cœur ; tout ce que l'on fait et conçoit prend la dimension de l'infini. C'est ainsi que les amis ne restaient plus prisonniers de leur demeure. Leurs promenades les conduisaient toujours plus loin et lorsque Édouard partait en avant d'un pas alerte avec Odile pour montrer le chemin, frayer un sentier, le Capitaine suivait tranquillement la trace de ces prompts éclaireurs en compagnie de Charlotte, tous deux plongés dans une discussion sérieuse, découvrant avec intérêt tel emplacement qu'ils ne connaissaient pas encore, telle vue qui s'offrait soudain à leurs yeux.

Un jour, en sortant par la porte de l'aile droite du château et en descendant vers l'auberge, leur promenade les conduisit, après avoir traversé le pont, vers les étangs ; ils les longèrent, suivirent le fil de l'eau aussi loin qu'il était ordinairement possible, jusqu'à ce que la berge, resserrée par une pente broussailleuse et bientôt par des rochers, cessât d'être praticable.

Mais Édouard, qui connaissait la contrée par ses randonnées de chasse, continua d'avancer avec Odile sur un sentier herbeux, en sachant que le vieux moulin caché entre les rochers ne pouvait plus être très loin. Mais le sentier, qui n'était que très peu fréquenté, se perdit bientôt et ils se retrouvèrent égarés au beau milieu d'épais buissons et de pierres moussues ; mais pas pour longtemps : le bruit des roues leur révéla qu'ils étaient tout près du lieu qu'ils cherchaient.

En s'avançant sur un promontoire, ils aperçurent devant eux, au fond du ravin, la vieille et singulière bâtisse de bois noir, à l'ombre de rochers abrupts et de grands arbres qui se dressaient tout autour. Ils décidèrent sur-le-champ de descendre vers le moulin à travers les éboulis couverts de mousse. Édouard ouvrit la marche. Lorsqu'en se retournant et en levant les yeux il aperçut Odile qui le suivait d'un pas léger, sautant d'une pierre à l'autre sans peur et sans appréhension, toujours dans le plus parfait équilibre, il crut voir un être céleste planer dans les airs au-dessus de lui. Et lorsque, dans un passage plus difficile, elle saisissait parfois la main qu'il lui tendait, ou même s'appuyait sur son épaule, il ne pouvait se dissimuler que c'était la plus tendre des créatures féminines qui venait ainsi le toucher [31]. Il aurait presque souhaité qu'elle trébuchât ou glissât, afin qu'il pût la rattraper dans ses bras, la presser contre son cœur… Mais il ne l'aurait fait à aucun prix, et cela pour plus d'une raison : il eût craint de l'offenser, de la blesser.

Le sens de tout cela devait apparaître aussitôt après. Car une fois arrivé en bas, lorsqu'il fut assis en face d'elle à la table de campagne sous les grands arbres, après qu'il eut envoyé l'aimable femme du meunier quérir du lait et le meunier lui-même, empressé auprès de ses hôtes, à la rencontre de Charlotte et du Capitaine, Édouard s'adressa à elle non sans quelque hésitation dans la voix :

« J'ai une prière à vous adresser, chère Odile. Pardonnez-moi, même si vous devez refuser ! Vous ne faites pas mystère – et il n'y a d'ailleurs aucune raison pour cela – que vous portez sous votre robe, contre votre poitrine, une miniature. Il s'agit du portrait de votre père, ce brave homme que vous avez à peine connu et qui mérite, en tous les sens du terme, d'occuper une place dans votre cœur. Mais pardonnez-moi : le portrait est démesurément grand et cet objet de métal et de verre me donne mille frayeurs, lorsque je vous vois soulever un enfant à bout de bras ou porter quelque chose devant vous, lorsque la voiture dans laquelle vous vous trouvez penche dangereusement ou lorsque, comme tout à l'heure, nous avons traversé des fourrés et descendu la pente rocailleuse. Je tremble à l'idée qu'une secousse inopinée, une chute, un choc puisse avoir de fâcheuses ou funestes conséquences. Faites-moi le plaisir d'éloigner ce portrait de votre personne, non pas de votre souvenir, non pas de votre chambre ! Réservez-lui au contraire la plus belle place, l'endroit le plus sacré que vous puissiez trouver chez vous ! Mais éloignez à tout prix de votre poitrine un objet dont la présence m'apparaît, peut-être par l'effet d'une crainte excessive, comme trop dangereuse ! »

Durant tout le temps qu'il parlait, Odile avait regardé droit devant elle sans dire un mot. Puis, sans précipitation ni hésitation, les yeux levés vers le ciel plus que vers Édouard, elle détacha la chaînette, retira le portrait, le pressa contre son front, puis le tendit à son ami avec ces mots :

« Je vous le confie jusqu'à ce que nous soyons de retour ! Je ne puis mieux vous témoigner combien j'apprécie votre amicale sollicitude ! »

L'ami n'osa pas porter la miniature à ses lèvres, mais il saisit la main tendue et la pressa contre ses yeux. C'étaient peut-être les plus belles mains qui se fussent jamais jointes. Il lui sembla que son cœur était soulagé d'un poids, comme si le mur qui le séparait d'Odile était soudainement tombé [32].

Conduits par le meunier, Charlotte et le Capitaine arrivèrent eux aussi bientôt en bas, par un sentier beaucoup plus commode. On se souhaita la bienvenue, on se réjouit d'être réunis, on se rafraîchit. Ils ne voulurent pas rentrer par le même chemin. Sur la proposition d'Édouard, ils empruntèrent un sentier escarpé, de l'autre côté du ruisseau, à partir duquel ils purent encore entrevoir les étangs, en se donnant quelque peine. Puis ils traversèrent, ici et là, quelques bocages, apercevant du côté de la campagne plusieurs villages, hameaux et fermes environnés de cultures verdoyantes ; avec au premier plan une métairie nichée à flanc de coteau au milieu d'un bois. Depuis la colline en pente douce se découvraient sous leur meilleur aspect, devant et derrière eux, les plus belles richesses de la contrée ; de là, ils parvinrent à un plaisant bosquet et à la sortie de celui-ci, se retrouvèrent sur le rocher face au château.

Quelle ne fut pas leur joie d'arriver à cet endroit, en quelque sorte de manière fortuite ! Ils avaient fait le tour d'un petit monde ; ils se tenaient exactement à l'emplacement où devait être érigée la nouvelle construction et avaient vue sur les fenêtres de leur maison.

On descendit à la cabane aux pierres moussues. Ils s'y assirent pour la première fois tous les quatre. Rien n'apparut plus naturel que l'on exprimât unanimement le souhait que le chemin qu'ils venaient de suivre non sans peine fût redessiné et aménagé de telle sorte qu'on pût le parcourir commodément, en flânant et en devisant aimablement. Chacun avança ses propositions et l'on calcula que le nouveau tracé devrait permettre de revenir vers le château en une heure seulement, alors qu'ils en avaient mis plusieurs aujourd'hui. Ils en étaient déjà à construire en pensée un pont en aval du moulin, là où le ruisseau se jette dans les étangs – un ouvrage qui raccourcirait la distance et embellirait le paysage –, lorsque Charlotte mit un frein à ces débordements d'imagination inventive en évoquant les coûts que semblable entreprise ne manquerait pas d'entraîner.

« Il y a un moyen, ici aussi, de s'arranger, reprit Édouard. Il nous suffit de céder cette métairie au milieu de la forêt, qui paraît bien située mais qui rapporte si peu ; nous pourrions utiliser le bénéfice pour faire ces travaux. De sorte que nous jouirions, rien qu'en déambulant agréablement sur cette inestimable promenade, des intérêts d'un capital bien placé, alors qu'aujourd'hui nous n'en retirons à notre désappointement qu'un maigre apport, lorsque nous clôturons les comptes en fin d'année. »

Charlotte elle-même, en bonne maîtresse de maison, ne pouvait soulever beaucoup d'objections. On avait d'ailleurs déjà débattu de ce projet auparavant. Le Capitaine voulait prendre le temps d'établir une carte pour répartir les terres entre les différents exploitants de la forêt ; mais Édouard était partisan d'une solution plus rapide et plus commode. Il suffisait de céder le tout à l'actuel fermier, qui avait d'ailleurs déjà fait des offres, de lui permettre de payer par termes et de procéder méthodiquement par tranches de travaux, terme après terme.

Un arrangement si raisonnable, si prudent, ne pouvait qu'obtenir l'assentiment général. Toute la société se voyait déjà en pensée flâner le long des nouveaux sentiers, sur lesquels ou à proximité desquels on espérait encore découvrir les plus agréables lieux de repos, offrant les plus belles perspectives.

Pour se représenter tout cela en son détail, on déplia immédiatement, une fois rentré le soir à la maison, la nouvelle carte. On repéra le chemin parcouru dans la journée et toutes les possibilités qui existaient encore, à certains endroits, pour l'améliorer. On discuta à nouveau de tous les projets précédents, on les combina avec les nouvelles conceptions ; on approuva une fois encore le choix de l'emplacement de la nouvelle maison, en face du château, et le circuit des chemins qui devaient y conduire fut définitivement arrêté.

Odile, durant tout ce temps, n'avait dit mot ; mais Édouard, à la fin, tourna vers elle la carte étalée jusqu'à présent sous les yeux de Charlotte et l'invita à donner son avis ; comme elle hésitait un instant, il l'encouragea tendrement à sortir de son silence, lui faisant valoir que rien n'était encore décidé, que tout pouvait encore évoluer.

« Pour ma part, fit Odile en pointant le doigt sur le sommet de la colline, je bâtirais la maison à cet endroit. De là, on n'apercevrait sans doute pas le château, qui resterait masqué par le petit bois. Mais en revanche, on aurait le sentiment d'habiter un autre monde, un monde nouveau, puisque le village et toutes les habitations resteraient cachés. La vue sur les étangs, vers le moulin, sur les coteaux, les montagnes et sur toute la campagne est extraordinairement belle, ainsi que j'ai pu m'en convaincre en allant me promener là-bas.

– Elle a raison ! s'écria Édouard. Comment n'y avons-nous pas pensé ! C'est bien ainsi que tu vois les choses, n'est-ce pas ? »

Il prit un crayon et esquissa à gros traits un quadrilatère sur le sommet de la colline.

Le Capitaine reçut comme un coup au cœur : il lui était désagréable de voir défiguré de cette manière un plan dessiné avec autant de soin et de précision. Mais passé ce moment de mécontentement, il se ressaisit et reprit l'idée au bond.

« Odile a raison, fit-il. Ne fait-on pas volontiers un long trajet pour boire un café, goûter un poisson qui ne nous aurait pas paru si savoureux si on nous l'avait servi à la maison ? Nous exigeons du changement, nous sommes toujours curieux d'objets nouveaux. Nos ancêtres ont eu la sagesse de construire le château à cet endroit, dans la mesure où il est protégé des vents et permet de disposer, dans un rayon très proche, de tout ce dont on a besoin au quotidien. En revanche, un bâtiment dédié au loisir en société plutôt que destiné à être habité en permanence peut certainement trouver sa place là-bas et offrir à la belle saison les heures les plus agréables. »

Plus on débattait du projet, plus il paraissait pertinent. Édouard ne pouvait s'empêcher de triompher de ce que l'idée en revenait à Odile. Il en était aussi fier que si elle eût été de son invention.

VIII

Dès le lendemain matin, le Capitaine étudia les lieux ; il dressa une première ébauche, puis – lorsque la compagnie se fut encore une fois rendue sur place et eut confirmé son choix – un relevé précis, accompagné d'un devis et de toutes les indications nécessaires. Rien ne manquait pour les travaux préparatoires. On s'attaqua également aussitôt à l'affaire de la vente de la métairie. Les hommes trouvaient à nouveau matière à s'activer de conserve.

Le Capitaine fit valoir à Édouard que ce serait une marque de gentillesse, et même de reconnaissance, envers Charlotte que de célébrer l'anniversaire de celle-ci par la pose de la première pierre. Il n'eut pas besoin de faire beaucoup d'efforts pour vaincre l'ancienne aversion d'Édouard pour ce genre de fêtes. Ce dernier s'avisa en effet très vite qu'il lui incombait de fêter bientôt avec la même solennité l'anniversaire d'Odile, qui tombait un peu plus tard.

Charlotte, qui envisageait avec gravité, voire avec inquiétude, les travaux en cours et les conséquences importantes qu'ils allaient entraîner, s'employait à revoir personnellement les devis, ainsi que la chronologie et la répartition des dépenses. On se voyait moins souvent durant la journée, mais on n'en avait que davantage de plaisir à se retrouver le soir.

Odile, entre-temps, avait déjà pris complètement la direction du ménage. Comment pouvait-il en être autrement, étant donné l'assurance tranquille dont elle faisait montre dans son comportement ? Tout son caractère la portait d'ailleurs à se tourner vers la vie domestique, à l'intérieur de la maison, plutôt que vers le monde et la vie au grand air. Édouard s'aperçut au bout d'un certain temps qu'elle ne les accompagnait dans leurs promenades, à vrai dire, que pour leur être agréable, qu'elle ne restait dehors avec eux le soir que par respect des convenances et cherchait d'ailleurs parfois le prétexte d'une activité ménagère pour rentrer. C'est la raison pour laquelle il s'arrangea bientôt pour organiser les promenades en commun de telle sorte que tout le monde fût de retour à la maison avant le coucher du soleil et recommença ce qu'il avait depuis longtemps cessé de faire, c'est-à-dire lire à haute voix des poèmes, en particulier ceux dont la déclamation autorisait l'expression d'un amour pur et passionné.

Ils avaient coutume de s'installer le soir autour d'une petite table, chacun toujours à la même place : Charlotte sur le sofa, Odile sur un fauteuil en face d'elle et les deux hommes de part et d'autre. Odile était assise à la droite d'Édouard, qui inclinait d'ailleurs la lumière vers ce côté quand il se mettait à lire. Odile se rapprochait alors pour suivre sur le livre, car elle aussi croyait à ce qu'elle voyait de ses propres yeux plus qu'aux paroles prononcées par des lèvres étrangères. Édouard se rapprochait à son tour, pour lui rendre la chose la plus aisée possible, s'arrêtait même souvent pour marquer un temps de pose plus long que nécessaire afin de ne pas tourner la page avant qu'elle fût elle-même arrivée au bas de la page.

Charlotte et le Capitaine ne manquèrent pas de s'en rendre compte et échangèrent plus d'une fois des regards complices en souriant. Mais tous deux furent surpris par un autre signe à travers lequel se révéla inopinément la secrète inclination d'Odile.

Un jour qu'une visite inopportune avait fait perdre à la petite compagnie une partie de sa soirée, Édouard proposa de rester encore un moment ensemble. Il se sentait disposé à jouer de la flûte, ce qu'il n'avait plus fait depuis bien longtemps. Charlotte se mit à la recherche des partitions de sonates qu'ils avaient coutume de répéter ensemble ; comme elle ne les trouvait pas, Odile avoua après quelque hésitation qu'elle les avait emportées dans sa chambre.

« Vous pourriez, vous voudriez bien m'accompagner au piano ? » s'écria Édouard, dont les yeux brillaient de joie. « Je crois que cela pourra aller », répondit Odile.

Elle apporta les partitions et s'assit au piano. Les auditeurs, qui écoutaient avec beaucoup d'attention, furent étonnés de constater combien Odile avait soigneusement travaillé toute seule le morceau, et plus surpris encore de la manière dont elle savait s'adapter au jeu d'Édouard. « S'adapter » n'est d'ailleurs pas le mot juste. Car tandis qu'il dépendait de l'habileté et de la libre volonté de Charlotte de suivre ou au contraire de ralentir le rythme par égard pour son mari lorsque celui-ci était tantôt en retard, tantôt en avance, il semblait qu'Odile, qui les avait plusieurs fois entendus jouer ces sonates, ne les avait apprises que dans l'esprit où Édouard devait l'accompagner. Elle s'était si bien approprié ses défauts qu'il en résultait comme une sorte d'ensemble vivant qui, certes, ne suivait pas exactement la mesure, mais qui composait néanmoins une musique très agréable et plaisante. Le compositeur lui-même aurait pris plaisir à entendre son œuvre déformée de si aimable façon.

Le Capitaine et Charlotte assistaient en silence à cet événement singulier et inattendu, avec une impression semblable à celle que l'on ressent devant certains actes d'enfant, que l'on ne saurait approuver en raison de leurs conséquences inquiétantes, mais que l'on ne parvient pas à blâmer et même, d'une certaine manière, que l'on envie. Car en réalité, l'inclination réciproque de ces deux êtres grandissait à mesure de la leur, et elle était peut-être plus dangereuse encore par le fait que l'un et l'autre étaient d'une nature plus grave, plus sûre d'elle-même et davantage capable de réserve.

Le Capitaine commençait déjà à sentir qu'une irrésistible habitude menaçait de l'enchaîner à Charlotte. Il prit sur lui d'éviter les heures où Charlotte avait coutume de venir voir les travaux et, pour ce faire, se levait de très bon matin, donnait ses instructions et se retirait ensuite pour travailler dans l'aile du château qu'il occupait. Les premiers jours, Charlotte mit son absence sur le compte du hasard ; elle le chercha partout, dans tous les endroits où il pouvait se trouver. Puis elle crut comprendre son intention et ne fit que l'estimer d'autant plus.

Si le Capitaine évitait désormais de se retrouver seul avec Charlotte, il n'en était que plus zélé pour régler et accélérer les préparatifs de la brillante fête d'anniversaire, dont la date approchait. Car en même temps qu'il conduisait les travaux du nouveau chemin plus praticable qui partait du bas de la colline depuis l'arrière du village, il avait également, sous prétexte d'extraire des pierres, commencé à travailler depuis le haut et avait tout organisé et calculé de telle sorte que les deux chantiers pussent se rejoindre seulement au cours de la dernière nuit. Quant à la nouvelle maison, on avait non seulement retourné la terre, mais déjà creusé le sol à l'emplacement de la cave, et une belle pierre de fondation avait été taillée, comprenant plusieurs caissons pourvus de leurs couvercles.

Ces activités à l'extérieur, ces discrètes, mystérieuses et aimables intentions, associées à des sentiments intimes plus ou moins refoulés, ne permettaient pas à la conversation, lorsque toute la compagnie était réunie, de s'animer véritablement ; de telle sorte qu'Édouard en ressentit comme une impression de vide et invita un soir le Capitaine à prendre son violon et Charlotte à se mettre au piano pour l'accompagner. Le Capitaine ne put résister à la demande générale et c'est ainsi que tous les deux exécutèrent ensemble avec sensibilité, aisance et liberté l'un des morceaux de musique les plus difficiles qui soient, pour leur plus grand plaisir et celui du couple qui les écoutait. On se promit de recommencer plus souvent et de répéter ensemble davantage.

« Ils jouent bien mieux que nous, Odile ! fit Édouard. Admirons-les tous les deux, mais partageons tous ensemble notre plaisir ! »

IX

Le jour de l'anniversaire était arrivé. Tout était prêt : le muret qui bordait et rehaussait le chemin du village du côté de l'eau, de même que le chemin le long de l'église, qui suivait pendant un certain temps le sentier tracé par Charlotte, puis serpentait vers les hauteurs à travers les rochers, laissait la cabane aux pierres moussues d'abord à sa gauche, au-dessus de lui, puis après une boucle complète, au-dessous de lui, et qui grimpait ainsi jusqu'au sommet.

Beaucoup de monde était arrivé pour ce jour-là. On se rendit à l'église où toute la communauté s'était rassemblée, en habits de fête. Après la messe, les garçons, les jeunes gens et les hommes prirent la tête du cortège, conformément à ce qui avait été convenu ; suivaient les châtelains avec leurs invités et leur suite ; les petites filles, les demoiselles et les dames fermaient la marche.

Au tournant du chemin, un emplacement avait été aménagé, offrant une sorte de plate-forme surélevée entre les rochers ; le Capitaine invita Charlotte et les invités à faire une halte à cet endroit. Là, ils embrassèrent du regard le chemin tout entier, le groupe des hommes qui étaient déjà arrivés à mi-pente, tandis que les femmes qui les suivaient passaient à cet instant devant eux. C'était un spectacle magnifique, sous un soleil radieux. Charlotte, à la fois surprise et émue, pressa tendrement la main du Capitaine.

On suivit la foule qui avançait doucement et qui formait maintenant un cercle à l'endroit de la future construction. Le propriétaire maître d'ouvrage, ses proches et ses hôtes de marque furent invités à descendre dans la partie excavée où la pierre de fondation, adossée à un côté, attendait qu'on la posât. Un maçon en habit du dimanche, la truelle dans une main, le marteau dans l'autre, entama un aimable discours en vers, que nous ne pouvons qu'imparfaitement traduire en prose [33] :

« Trois principes, commença-t-il, sont à observer pour une construction : un bon emplacement, de solides fondations et une exécution parfaite. Le premier est à vrai dire l'affaire du propriétaire maître d'ouvrage. Car de même qu'en ville il n'appartient qu'au prince et aux communes de décider des lieux où l'on peut construire, à la campagne, c'est le privilège du propriétaire terrien de dire : “C'est là, et nulle part ailleurs, que je veux voir ma maison.” »

Édouard et Odile n'osèrent pas se regarder en entendant ces mots, bien qu'ils fussent face à face, tout près l'un de l'autre.

« Le troisième principe, l'exécution, relève d'un grand nombre d'artisans. Mais le second, celui des fondations, est de la responsabilité du maçon et constitue, disons-le sans ambages, l'essentiel de toute l'entreprise. C'est une œuvre à laquelle est attaché un sens grave, et le cérémonial auquel nous vous convions est lourd de signification : c'est un rituel qui se célèbre dans les profondeurs. Vous nous faites l'honneur de paraître ici, à l'intérieur de cet espace étroit creusé dans le sol, pour témoigner de notre mystérieux travail. Nous allons poser cette pierre taillée et bientôt les parois terreuses de cette excavation mises en valeur par la présence de belles et honorables personnes ne seront plus visibles, car celle-ci sera comblée.

Cette première pierre, dont l'angle marque le coin droit du bâtiment, dont la forme rectangulaire signale la régularité, dont les faces verticales et horizontales indiquent l'aplomb et le niveau de tous les murs et de toutes les parois, nous pourrions la poser sans autre forme de procès. Car elle pourrait tenir toute seule, par son propre poids. Mais, ici même, ni la chaux ni le ciment ne doivent faire défaut. Car de même que les êtres humains qui nourrissent par leur nature une inclination réciproque sont encore plus solidement liés l'un à l'autre lorsque la loi cimente leur union, les pierres qui ont des formes compatibles tiennent beaucoup mieux ensemble lorsqu'elles sont scellées par des forces qui les lient. Et comme il ne sied pas de rester à ne rien faire au milieu de gens qui s'activent, vous ne dédaignerez pas de collaborer également avec nous. »

Sur ces mots, il tendit sa truelle à Charlotte, qui s'en saisit pour jeter de la chaux sous la pierre. On convia plusieurs personnes à faire de même. La pierre fut alors mise en place et l'on présenta ensuite le marteau à Charlotte et aux autres, afin de consacrer expressément par trois petits coups l'assemblage de la pierre avec le sol.

« Le travail du maçon, poursuivit l'orateur, que vous découvrez aujourd'hui, sans doute, à ciel ouvert, s'accomplit sinon toujours dans le secret, du moins à fin de rester secret. Les fondations construites selon les règles de l'art sont vite ensevelies, et même en voyant les murs que nous érigeons au grand jour, on se souvient à peine de nous lorsque le bâtiment est achevé. Le travail du tailleur de pierre et du sculpteur est beaucoup plus visible, et nous devons même être satisfaits lorsque le peintre efface complètement la trace de nos mains et s'approprie notre ouvrage en le recouvrant de crépi, d'enduit et de couleur.

« Qui donc a plus d'intérêt que le maçon à faire pour lui-même ce qu'il fait et à le faire bien ? Qui donc, plus que lui, est attaché à satisfaire sa conscience personnelle ?

Lorsque la maison est achevée, que le sol est damé et carrelé, que les murs extérieurs sont décorés, il perçoit immédiatement ce qui se cache sous ces dehors et reconnaît le soin, la précision de tout le travail de jointoiement qui permet à l'ensemble d'exister et de durer.

« Et de même que tout homme qui a commis un méfait doit craindre qu'en dépit de tous ses efforts pour l'empêcher, celui-ci finisse par être révélé, de même celui qui a fait une bonne action en secret doit également s'attendre à ce que celle-ci vienne un jour malgré lui en pleine lumière. C'est la raison pour laquelle nous voulons que cette première pierre soit en même temps une pierre commémorative. Nous allons enfouir dans les diverses cavités de celle-ci un certain nombre de témoignages à l'intention d'une lointaine postérité. Ces cylindres de métal soudés renferment des notes écrites ; sur ces plaques métalliques sont gravés toutes sortes de faits remarquables ; nous allons remplir ces fioles de verre avec le meilleur vin, en indiquant le millésime. Nous n'oublions pas également de déposer diverses pièces de monnaie frappées cette année. Nous devons tout cela à la générosité de notre maître d'ouvrage. Il reste encore un peu de place, s'il plaisait à l'un de nos invités et spectateurs de transmettre quelque chose à la postérité. »

Après un temps d'arrêt, le compagnon regarda autour de lui. Mais comme il arrive souvent en ce genre de circonstances, tout le monde était surpris, personne ne réagissait, jusqu'à ce qu'un jeune officier prît la parole d'un ton enjoué : « Si je dois contribuer à compléter ce trésor par quelque chose qui ne s'y trouve pas encore, je ne peux que couper quelques boutons de mon uniforme, qui méritent eux aussi de passer à la postérité ! » Aussitôt dit, aussitôt fait ! Plusieurs autres personnes eurent alors des inspirations analogues. Les dames ne manquèrent pas de déposer quelques petits peignes à cheveux et de se séparer de quelques flacons de parfum et autres parures. Seule Odile hésitait, jusqu'à ce qu'Édouard l'arrachât par un mot aimable à la contemplation de tous les objets offerts pour être scellés. Elle détacha alors de son cou la chaînette d'or à laquelle était accrochée la miniature du portrait de son père et la déposa délicatement sur les autres bijoux ; à ce moment, Édouard se précipita pour faire en sorte que le couvercle bien ajusté fût immédiatement mis en place et cimenté.

Le jeune compagnon qui s'était employé le plus activement reprit sa posture d'orateur et poursuivit :

« Nous posons cette pierre pour l'éternité, pour assurer le plus longtemps possible aux actuels et aux futurs propriétaires la jouissance de ces lieux. Mais en enfouissant ici une sorte de trésor, nous pensons, en même temps que nous accomplissons l'œuvre la plus fondamentale qui soit, au caractère éphémère de toutes choses humaines ; nous pensons à l'éventualité qu'un jour ce couvercle solidement scellé puisse être soulevé, ce qui ne saurait arriver que dans l'hypothèse où tout serait détruit, même ce que nous n'avons pas encore construit.

« Mais justement, pour être capable de construire, faisons abstraction du futur ! Revenons au présent ! Après avoir célébré la fête de ce jour, remettons-nous aussitôt à la tâche, afin qu'aucun des corps de métier qui se succèdent sur notre chantier ne soit obligé de chômer, que le bâtiment sorte vite de terre et soit achevé, et que depuis les fenêtres qui sont encore à venir le maître de maison puisse avoir le plaisir d'embrasser du regard tous les environs, en compagnie de ses proches et de ses invités, à la santé desquels, ainsi que de toutes les personnes présentes, nous voulons maintenant lever notre verre ! »

Là-dessus, il vida d'un trait sa coupe en cristal taillé et la jeta en l'air. Car c'est la marque d'une joie exubérante que de briser le contenant de la boisson qui nous a servi à exprimer notre gaieté. Mais cette fois-ci, il n'en alla pas de même : le verre ne retomba pas par terre, sans qu'il y eût miracle pour autant.

Pour avancer les travaux, on avait en effet déjà complètement excavé le sol à l'extrémité opposée du bâtiment et commencé à monter les murs ; pour cela, on avait dressé un échafaudage aussi haut que de besoin.

Que, spécialement pour la fête, on eût garni cet échafaudage de planches et permis à la foule de se hisser sur celui-ci, ne pouvait que bénéficier aux ouvriers. Le verre avait volé à ces hauteurs et avait été rattrapé par quelqu'un, qui vit dans ce hasard un heureux présage pour lui. Il le montra à la ronde sans le lâcher des mains et l'on put distinguer, gravées à sa surface et très délicatement entrelacées, les initiales E et O : c'était l'un des verres qui avaient été fabriqués pour Édouard dans sa jeunesse [34].

Il n'y avait plus personne sur les planches de l'échafaudage. Les plus agiles parmi les invités y grimpèrent pour jouir de la vue qui s'offrait sur tous les environs ; ils n'avaient pas assez de mots pour en vanter la beauté. Que ne découvre-t-on pas, lorsque l'on se trouve dans une position dominante, en montant seulement d'un étage [35] ? Vers l'intérieur du pays apparaissaient plusieurs villages jusqu'alors cachés à la vue ; on apercevait distinctement le bandeau d'argent de la rivière et d'aucuns prétendaient même distinguer les clochers de la ville. Sur l'arrière, au-delà des collines boisées, s'élevaient les sommets bleutés de lointaines montagnes et l'on embrassait du regard toute la proche contrée. « Il ne resterait plus qu'à réunir les trois étangs en un seul lac, s'écria quelqu'un, et on aurait la plus grandiose perspective qu'on pût imaginer…

– Cela pourrait se faire, dit le Capitaine, car ils formaient déjà autrefois un seul lac de montagne.

– Je vous prierais simplement d'épargner ma plantation de platanes et de peupliers, qui agrémente si joliment l'étang du milieu », fit Édouard. Il se tourna vers Odile, avec qui il fit quelques pas en avant pour lui montrer quelque chose en contrebas : « C'est moi qui ai planté ces arbres.

– Et ils sont là depuis combien de temps ? demanda Odile.

– À peu près depuis aussi longtemps que vous êtes au monde, répondit Édouard. Eh oui ! chère enfant, je plantais déjà des arbres tandis que vous étiez encore au berceau. »

Toute la compagnie s'en retourna au château. Après qu'elle se fut levée de table, elle fut invitée à une promenade à travers le village, pour visiter ici aussi les nouveaux aménagements. À l'initiative du Capitaine, les villageois s'étaient rassemblés devant leur maison. Ils n'étaient pas alignés sur leur pas-de-porte, mais naturellement regroupés par famille, les uns vaquant à leurs occupations du soir, les autres se reposant sur les bancs récemment installés. On leur avait imposé l'agréable obligation, chaque dimanche et chaque jour de fête au moins, de respecter cette ordonnance et cette propreté.

Un climat d'intimité nourri d'affection réciproque, comme il s'en était créé entre nos amis, ne peut qu'être désagréablement perturbé au contact d'une société plus nombreuse. Tous les quatre furent contents de se retrouver enfin seuls dans la grande salle. Mais ce plaisir d'être à nouveau entre soi fut quelque peu gâché par une lettre remise à Édouard, qui annonçait l'arrivée de nouveaux invités pour le lendemain.

« Comme nous pouvions le supposer, s'écria Édouard à l'intention de Charlotte, le comte ne va pas tarder. Il arrive demain.

– Alors la baronne n'est pas loin non plus, répliqua Charlotte.

– Certainement ! reprit Édouard, elle arrivera également demain de son côté. Ils nous demandent l'hospitalité pour la nuit et repartiront ensemble le surlendemain.

– Cela nous laisse peu de temps pour prendre nos dispositions, Odile ! fit Charlotte.

– Comment voulez-vous les installer ? » demanda Odile.

Charlotte donna quelques indications générales et Odile s'éloigna.

Le Capitaine se renseigna sur les relations entre ces deux personnes, qu'il ne connaissait que très vaguement. Tous deux étaient autrefois tombés passionnément amoureux l'un de l'autre alors qu'ils étaient mariés, chacun de son côté. Deux ménages ne se disloquent pas ainsi sans faire scandale ; on songea au divorce. Celui-ci était possible dans le cas de la baronne, mais exclu pour le comte. Ils durent feindre de se séparer, mais continuèrent leur relation. Comme ils ne pouvaient pas vivre ensemble, durant l'hiver, dans la capitale, ils se rattrapaient pendant l'été en voyageant et en prenant les eaux. Ils étaient l'un et l'autre un peu plus âgés qu'Édouard et Charlotte ; tous s'étaient liés d'amitié au temps où ils séjournaient à la cour. On avait toujours conservé de bonnes relations, bien que l'on n'approuvât pas entièrement la conduite de ces amis. Mais cette fois, la venue de ces derniers apparut comme tout à fait inopportune aux yeux de Charlotte, et si elle s'était s'interrogée sur les raisons qu'elle pouvait avoir, elle-même aurait convenu que celles-ci tenaient au fond à la présence d'Odile. La chère et pure enfant était trop jeune pour qu'on lui mît sous les yeux un tel exemple.

« Ils auraient pu encore attendre quelques jours, fit Édouard au moment où Odile entrait à nouveau dans la pièce, jusqu'à ce que nous ayons réglé la vente de la métairie. L'acte est rédigé, j'en ai ici une copie. Mais il me manque le second exemplaire, et notre vieux secrétaire est très malade. » Le Capitaine proposa ses services, ainsi que Charlotte. Mais on fit quelques objections. « Donnez-le-moi donc ! s'écria alors Odile, avec un certain empressement.

– Tu n'en viendras pas à bout, fit Charlotte.

– À vrai dire, je devrais déjà être en mesure d'en disposer après-demain matin, c'est beaucoup de travail, dit Édouard.

– Ce sera fait ! » s'écria Odile, qui s'était déjà emparée du dossier.

Le lendemain matin, tandis qu'ils guettaient depuis l'étage l'arrivée de leurs invités, qu'ils tenaient absolument à accueillir eux-mêmes, Édouard s'écria : « Quel est donc ce cavalier sur la route qui vient si lentement par ici ? » Le Capitaine décrivit plus précisément la physionomie de la personne. « C'est bien lui ! fit Édouard, tous les détails que tu distingues bien mieux que moi correspondent exactement à la silhouette que j'aperçois. C'est Mittler. Comment se fait-il qu'il avance ainsi si lentement ? »

Le cavalier se rapprocha. C'était effectivement Mittler. On le reçut très cordialement, après qu'il eut gravi lentement l'escalier. « Pourquoi n'êtes-vous pas venu hier ? » lui lança Édouard.

« Je n'aime pas les fêtes bruyantes, répliqua celui-ci. Mais je viens aujourd'hui pour fêter après coup et dans le calme, en votre compagnie, l'anniversaire de mon amie.

– Comment pouvez-vous disposer d'autant de loisir ? demanda Édouard sur le ton de la plaisanterie.

– Vous devez ma visite – si toutefois vous lui accordez quelque valeur – à une remarque que je me suis faite hier. Je me réjouissais très sincèrement de passer une demi-journée dans une maison où j'avais rétabli la paix lorsque j'appris qu'on allait célébrer ici un anniversaire. Et je pensai alors à part moi : “On pourra trouver égoïste que tu ailles te réjouir avec ceux que tu as poussés à faire la paix. Pourquoi ne pas te réjouir une fois aussi avec des amis qui vivent en paix et savent cultiver celle-ci ?” Aussitôt dit, aussitôt fait ! Me voici, comme je me l'étais promis !

– Hier, vous auriez trouvé ici nombreuse compagnie, alors qu'elle est très réduite aujourd'hui, fit Charlotte. Vous ne verrez que le comte et la baronne, qui vous ont d'ailleurs déjà donné de l'occupation… »

Les quatre habitants de la maison entouraient ce personnage étrange auquel ils avaient réservé le meilleur accueil ; dans un accès de mauvaise humeur, celui-ci bondit alors hors de leur cercle pour aller chercher immédiatement son chapeau et sa cravache.

« Je suis décidément poursuivi par une mauvaise étoile dès que je veux prendre quelque repos et m'accorder quelque loisir ! s'exclama-t-il. Pourquoi faut-il que je contraigne mon caractère ? Je n'aurais pas dû venir. Voilà maintenant que je suis banni ! Car je ne veux pas rester sous le même toit que ces gens-là. Prenez garde à vous : ces gens-là n'amènent que le malheur ! Leur nature est comme un ferment qui contamine tout [36] ! »

On tenta de le ramener à la raison, mais en vain. « Qui s'en prend devant moi à l'institution du mariage, s'écria-t-il, qui veut saper en paroles ou en actes ce qui constitue le fondement de toute éthique sociale, celui-là aura toujours affaire à moi. Ou du moins, si je ne peux l'emporter, je veux n'avoir rien à faire avec lui. Le mariage est le commencement et l'apogée de toute civilisation. Il adoucit les êtres les plus frustes, et l'homme le plus cultivé n'a pas meilleure occasion de démontrer à travers lui son humanité. Il doit être indissoluble. Car il apporte tant de bonheur que tous les petits malheurs singuliers, comparativement, ne comptent plus. Mais que vient-on parler ici de malheur ? C'est l'impatience qui s'empare de l'homme de temps en temps et qui fait qu'il se plaît alors à se trouver malheureux. Si on laisse passer l'instant, on s'estimera toujours heureux de voir que ce qui a si longtemps duré perdure encore. Il n'y a jamais aucune raison suffisante pour se séparer. La condition humaine est si riche de joies et de peines que l'on ne peut jamais compter ce que chacun, dans un couple, doit à l'autre. C'est une dette infinie, qui ne saurait être payée que dans l'éternité. Que cela ne soit pas toujours aisé, j'en conviens volontiers. Ne sommes-nous pas mariés aussi avec notre conscience, dont nous voudrions souvent nous affranchir, car elle est pour nous souvent plus incommode que ne pourrait jamais l'être un homme ou une femme ? »

Ainsi s'exprima-t-il avec force. Il aurait sans doute encore longtemps poursuivi [37] si des cors de postillon n'avaient annoncé l'arrivée du comte et de la baronne qui, comme convenu, entrèrent dans la cour du château au même moment, venus de deux côtés différents. Tandis que les habitants de la maison se précipitaient à leur rencontre, Mittler alla se cacher, fit amener son cheval à l'auberge et quitta les lieux de méchante humeur.

X

On souhaita la bienvenue aux invités et on les fit entrer ; ils étaient heureux de retrouver la maison et les pièces où ils avaient passé autrefois de si bons moments et qu'ils n'avaient pas revues depuis longtemps. Leur présence faisait aussi extrêmement plaisir à nos amis. Le comte et la baronne comptaient au nombre de ces personnes de belle prestance à qui l'âge mûr convient mieux que la jeunesse ; car même si elles perdent un peu de la fraîcheur d'antan, elles inspirent alors, en même temps que de la sympathie, une entière confiance. Leur couple se montrait d'ailleurs parfaitement à la hauteur des circonstances. L'esprit de liberté avec lequel ils menaient leur vie et géraient leur situation, la sérénité, l'insouciance qu'ils affichaient se communiquaient immédiatement aux autres, cela dans les limites d'une parfaite décence et sans que l'on eût conscience de s'imposer une contrainte.

Cet effet se fit immédiatement sentir sur la compagnie. Les nouveaux venus, qui arrivaient tout droit du grand monde, comme on pouvait le remarquer à leurs habits, à leurs objets personnels et à tout leur équipage, formaient avec nos amis plongés dans leur existence campagnarde agitée de passions secrètes une sorte de contraste, qui s'effaça néanmoins très vite lorsque les vieux souvenirs resurgirent et se mêlèrent à la sympathie présente, et qu'une conversation vive et animée les réunit tous promptement.

Mais on ne tarda guère à former des groupes séparés. Les femmes se retirèrent dans l'aile du château qui leur était réservée et trouvèrent entre elles suffisamment de sujets de conversation – se faisant des confidences, comparant les modèles les plus récents, les formes les plus à la mode en matière de robes de printemps, de chapeaux et choses de ce genre –, tandis que les hommes s'affairaient autour des nouvelles voitures, se faisant présenter les chevaux et commençant aussitôt à marchander et à procéder à des échanges.

Ce n'est qu'à table qu'ils se retrouvèrent tous ensemble. Ils s'étaient changés et le couple qui venait d'arriver se montra, ici aussi, à son avantage. Tout ce qu'ils avaient sur eux était nouveau, donnait l'impression de n'avoir jamais été vu auparavant et d'être cependant déjà consacré par l'usage et voué à être porté tous les jours, pour leur confort.

La conversation fut animée et variée, comme il se doit entre personnes qui s'intéressent à tout. On s'exprimait en français, afin que les domestiques ne pussent comprendre, et l'on échangea à bâtons rompus, avec un malicieux plaisir, sur le grand monde et le moins grand. La conversation s'arrêta plus qu'il ne convenait sur un seul point lorsque Charlotte s'enquit d'une amie de jeunesse et apprit à son grand étonnement qu'elle était sur le point de divorcer.

« C'est une chose bien pénible, fit Charlotte. On pense que ses amis sont bien à l'abri, on croit qu'une personne chère est bien établie et, avant qu'on y prenne garde, on apprend que leur destin est en train de basculer et que leur vie va emprunter de nouveaux chemins, peut-être moins sûrs qu'auparavant.

– Mais au fond, ma chère, intervint le comte, n'est-ce pas notre propre faute si nous sommes ainsi surpris ? Nous aimons nous représenter les choses terrestres – et en particulier les relations maritales – comme éternelles et, pour ce qui concerne ces dernières, nous sommes entretenus dans cette illusion par toutes les comédies que nous voyons répéter sans cesse et qui ne concordent point avec le cours du monde. La comédie nous présente le mariage comme la réalisation ultime d'un désir différé au fil des actes par de multiples obstacles et, au moment où ce but est atteint, le rideau tombe, nous laissant sur cette impression de satisfaction momentanée. Les choses ne se passent pas ainsi dans la vie. Le jeu se poursuit derrière le rideau et, lorsque celui-ci se lève à nouveau, on aimerait souvent ne plus rien voir ni entendre.

– Cela ne doit pourtant pas être si grave, fit Charlotte en souriant, car on voit aussi des gens qui sont sortis de scène et qui cependant remontent ensuite volontiers sur les planches.

– Il n'y a rien à redire à cela, poursuivit le comte. On aime reprendre un nouveau rôle et, pour qui connaît le monde, on voit bien que dans le domaine du mariage également, il y a quelque chose de maladroit à vouloir à toute fin que les choses durent éternellement alors que tout bouge autour de soi. L'un de mes amis, qui prenait plaisir à inventer toujours de nouveaux projets de loi, affirmait que tout mariage devrait être conclu pour une durée de cinq ans [38]. C'est, disait-il, un bon chiffre, un nombre impair et symbolique qui correspond à une période suffisante pour apprendre à se connaître, élever quelques enfants et, le cas échéant, se séparer afin seulement – ce qui est le plus beau – de se réconcilier. Il avait coutume de conclure en s'exclamant : "Quel bonheur nous réserveraient ces premiers temps ! Deux, trois années au moins se passeraient dans la joie. Puis l'un des deux époux insisterait certainement pour voir la relation durer plus longtemps et se montrerait de plus en plus obligeant envers l'autre à mesure que se rapprocherait l'échéance. Le plus indifférent des deux, voire le plus insatisfait, serait amadoué, conquis par ce comportement. On oublierait le temps – de la même façon que l'on ne voit pas les heures passer lorsque l'on se trouve en bonne compagnie – et l'on serait des plus agréablement surpris en constatant, après que le terme est échu, qu'on l'a dépassé tacitement." »

Si plaisant et si spirituel que fût ce discours, et bien que l'on pût facilement, comme Charlotte le sentait bien, prêter à ces propos badins un sens moral profond, celle-ci n'appréciait guère ce genre de plaisanterie, surtout en présence d'Odile. Elle savait parfaitement que rien n'est plus dangereux qu'une conversation trop libre présentant comme quelque chose d'ordinaire, de banal, voire de louable une situation à demi ou totalement condamnable. À ce registre appartient certainement tout ce qui touche au mariage. C'est la raison pour laquelle elle chercha une façon habile de changer de sujet. Comme elle n'y parvenait pas, elle se mit à regretter qu'Odile eût tout organisé si bien qu'elle n'avait pas besoin de se lever de table. La chère enfant était attentive à chaque détail ; il lui suffisait d'un geste ou d'un regard pour se comprendre avec le maître d'hôtel. Tout se déroulait parfaitement, malgré la présence de quelques domestiques nouveaux et maladroits, engagés pour la circonstance afin de servir en livrée.

Et c'est ainsi que le comte, insensible à la tentative de Charlotte de détourner la conversation, continua sur le même sujet. Lui qui n'avait pourtant pas coutume d'être importun dans la conversation, avait trop de choses sur le cœur ; les difficultés qu'il rencontrait dans son divorce l'avaient rendu amer envers toutes les choses du mariage, et cela bien qu'il eût lui-même l'ardent désir d'épouser la baronne. « Cet ami, poursuivit-il, proposait également une autre disposition de la loi : un mariage ne pourrait être considéré comme indissoluble qu'à la condition que soit les deux parties, soit au moins l'une d'entre elles fût mariée pour la troisième fois. Il est en effet incontestable qu'une personne dans cette situation considère le mariage comme quelque chose d'indispensable. Avec cette disposition, on serait d'ailleurs également en mesure de savoir comment la personne s'est comportée au cours de ses précédents mariages, si elle possède des traits de caractère qui, plus souvent que de véritables défauts, conduisent à des séparations. Il suffirait de se renseigner les uns sur les autres, en se méfiant aussi bien des gens mariés que des célibataires, car l'on ne sait jamais ce qui peut advenir.

– Cela renforcerait certainement l'intérêt de la vie commune, fit Édouard. Car effectivement, aujourd'hui, lorsque l'on est marié, plus personne ne s'inquiète ni de vos qualités ni de vos défauts.

– Avec une semblable disposition, interrompit la baronne en souriant, nos chers hôtes auraient déjà franchi heureusement les deux premières marches et pourraient se préparer pour la troisième.

– On peut dire que les choses ont finalement bien tourné pour eux, fit le comte, car la mort s'est chargée d'accomplir ce que les consistoires [39] répugnent à faire, la plupart du temps.

– Laissons les morts en paix ! répliqua Charlotte, avec un air à demi sérieux.

– Et pourquoi donc, reprit le comte, dès lors que nous évoquons leur mémoire en sachant ce que nous leur devons ? Ils se sont modestement contentés de quelques années, en échange de tout ce qu'ils nous ont laissé…

– Si seulement, intervint la baronne en étouffant un soupir, si seulement ce n'étaient pas les plus belles années qui devaient être ainsi sacrifiées !

– Oui, fit le comte, il y aurait là de quoi désespérer, s'il n'était pas de règle que bien peu de choses en ce monde aboutissent à la conclusion espérée. Les enfants ne tiennent pas leurs promesses, les jeunes gens très rarement et, lorsqu'ils le font, c'est le monde qui ne tient pas les siennes. »

Charlotte, qui se réjouissait de voir que la conversation prenait un autre tour, reprit d'un ton enjoué :

« Eh bien ! nous devons de toute façon nous habituer très tôt à ne jamais jouir que de petites parts d'un bonheur incomplet…

– Certes, répliqua le comte, vous avez tous les deux vécu de bien belles années. Je me rappelle le temps où vous formiez avec Édouard le plus beau couple de la cour. On n'a plus idée, aujourd'hui, d'une époque aussi brillante, avec des personnes aussi rayonnantes… Lorsque vous dansiez tous les deux, tous les regards étaient fixés sur vous et vous étiez l'objet de toutes les sollicitudes, alors que vous n'aviez d'yeux que l'un pour l'autre.

– Comme les temps ont changé, fit Charlotte, nous pouvons écouter ces belles paroles avec modestie.

– J'ai souvent blâmé en secret Édouard de ne pas s'être montré plus ferme à l'époque, dit le comte. À la fin, ses parents auraient fini par céder, et gagner dix années de jeunesse n'est pas un mince bénéfice !

– Je dois prendre sa défense, intervint la baronne. Charlotte n'est pas non plus sans porter sa part de responsabilité. Elle ne se privait pas de regarder autour d'elle et bien qu'elle aimât Édouard de tout cœur et l'eût choisi en secret pour époux, je peux témoigner qu'elle le tortura plus d'une fois, au point que d'aucuns le poussèrent à prendre la fâcheuse décision de partir en voyage pour s'éloigner d'elle, se déshabituer de sa présence. »

Édouard acquiesça d'un signe de tête et sembla reconnaissant à la baronne de son plaidoyer.

« Je dois ajouter une chose, reprit-elle, à la décharge de Charlotte. L'homme qui lui faisait la cour à l'époque s'était depuis longtemps déjà fait remarquer par son penchant pour elle et, aux yeux de ceux qui le connaissaient de plus près, il apparaissait certainement beaucoup plus digne d'être aimé que vous autres ne voulez en convenir !

– Chère amie, répliqua le comte avec quelque vivacité, avouons simplement qu'il ne vous était pas complètement indifférent et que Charlotte avait plus à craindre de votre part que de toute autre personne. C'est à mon sens un très joli trait de caractère, chez les femmes, de conserver aussi longtemps leur attachement à un homme, quel qu'il soit, et de ne laisser aucune forme de séparation venir compromettre ou effacer ce sentiment.

– Les hommes possèdent peut-être plus souvent encore cette qualité, corrigea la baronne. Pour ce qui vous concerne, du moins, mon cher comte, j'ai pu constater que nul n'a plus d'empire sur vous qu'une femme pour laquelle vous avez eu jadis un sentiment. J'ai pu vérifier que vous vous donniez, pour satisfaire une demande de sa part, beaucoup plus de peine que n'en aurait obtenue de vous votre amie du moment.

– Entendre un tel reproche n'est certainement pas pour déplaire, répliqua le comte, mais en ce qui concerne le premier mari de Charlotte, je ne pouvais pas le souffrir pour la raison qu'à mes yeux il empêchait que fût réuni le plus beau couple qu'on pût imaginer, un couple prédestiné qui, une fois constitué, n'avait nul besoin de redouter ni l'échéance de cinq années, ni l'éventualité d'un deuxième, voire d'un troisième mariage.

– Nous allons essayer de rattraper le temps perdu, intervint Charlotte.

– Il faudra vous y appliquer, dit le comte. Vos premiers mariages, poursuivit-il d'un ton un peu emporté, ont été véritablement de la pire espèce. Malheureusement, le mariage comporte généralement – pardonnez-moi cette expression un peu directe – quelque chose de vulgaire : au nom du sentiment primaire de sécurité qu'il est censé offrir à l'une des parties au moins, il gâte les liens les plus tendres. Tout va de soi et l'on semble ne s'être marié que pour que chacun puisse suivre son chemin… »

À cet instant, Charlotte, qui voulait une bonne fois pour toutes mettre un terme à cette discussion, eut recours à une transition hardie pour passer à autre chose. Et elle parvint à ses fins. On aborda des sujets plus généraux, permettant aux deux époux et au Capitaine de participer à la conversation. Même Odile fut priée d'exprimer son opinion, et on prit le dessert dans un climat de bonne humeur auquel contribua l'abondance des fruits disposés dans de jolies corbeilles, ainsi que la profusion des fleurs de toutes les couleurs réparties avec goût dans de superbes vases.

On en vint également à parler des récents travaux d'aménagement du parc, que l'on décida d'aller voir après le repas. Odile préféra se retirer, sous prétexte de vaquer à ses occupations domestiques ; mais en vérité, elle voulait continuer son travail de copie. Le comte engagea la conversation avec le Capitaine, qui fut bientôt rejoint par Charlotte. Après qu'ils furent arrivés au sommet de la colline et que le Capitaine eut l'obligeance de redescendre en courant pour aller chercher le plan, le comte dit à Charlotte :

« Cet homme me plaît beaucoup. Il possède de vastes connaissances, qu'il domine parfaitement. Dans tout ce qu'il entreprend, il fait montre de sérieux et d'esprit de méthode. Ce qu'il accomplit ici aurait une portée considérable dans d'autres sphères plus élevées. »

Charlotte écouta avec une grande satisfaction intérieure cet éloge du Capitaine. Mais elle ne laissa rien paraître, confirma avec calme et conviction les paroles du comte. Quelle ne fut pas sa surprise, en revanche, en entendant ce dernier poursuivre :

« Cette rencontre arrive fort à propos pour moi. Je connais un poste pour lequel cet homme me paraît tout désigné. En le recommandant pour celui-ci, je fais son bonheur en même temps que je gagne la reconnaissance d'un ami haut placé. »

Ce fut pour Charlotte comme un coup de tonnerre. Mais le comte ne s'aperçut de rien. Car les femmes, habituées à se contenir en permanence, conservent toujours, même dans les situations les plus extrêmes, une apparente maîtrise de soi. Cependant elle n'écoutait déjà plus ce que le comte disait, lorsque celui-ci reprit :

« Lorsque je suis convaincu d'une chose, cela peut aller très vite avec moi. J'ai déjà rédigé la lettre dans ma tête, je n'ai plus qu'à la mettre par écrit. Si vous me procurez un courrier, je pourrai l'envoyer avant ce soir. »

Charlotte était déchirée intérieurement. Étonnée par la proposition qu'elle venait d'entendre autant que par sa propre réaction, elle était incapable de dire un mot. Par chance, le comte continua à évoquer ses projets pour le Capitaine, dont tous les avantages n'étaient que trop évidents pour Charlotte. Il était temps que le Capitaine arrivât et déroulât un plan devant le comte. Mais avec quels yeux différents ne voyait-elle pas maintenant l'ami qu'elle allait perdre ! Elle se détourna après une discrète révérence et descendit en courant vers la cabane aux pierres moussues. À peine était-elle arrivée à mi-chemin que ses larmes jaillirent. Elle se précipita à l'intérieur de l'étroite pièce du petit ermitage et s'abandonna tout entière à une douleur, une passion, un désespoir dont elle ne se serait pas crue capable quelques minutes auparavant.

De son côté, Édouard était allé se promener vers les étangs, en compagnie de la baronne. Cette femme intelligente qui aimait être au courant de tout s'aperçut bientôt, en s'avançant très prudemment dans la conversation, qu'Édouard ne tarissait pas d'éloges sur Odile ; elle s'arrangea pour l'amener petit à petit à lui faire faire des confidences, de telle sorte qu'elle n'eut très vite plus aucun doute : il y avait là une véritable passion, qui n'était pas simplement en train de naître, mais qui avait déjà pris corps.

Les femmes mariées, même si elles ne s'apprécient guère entre elles, se tiennent tacitement toujours ensemble dès lors qu'il s'agit de conclure une alliance pour se défendre contre les jeunes filles. Son esprit averti des choses de ce monde ne se représentait que trop bien les conséquences de ce genre d'inclination. À cela s'ajoutait qu'elle avait déjà discuté ce matin même avec Charlotte au sujet d'Odile : elle ne lui avait pas caché qu'elle désapprouvait que cette enfant, en particulier en raison de son caractère trop placide, vécût à la campagne ; elle lui avait proposé de l'emmener à la ville chez une de ses amies qui dépensait beaucoup pour l'éducation de sa fille unique et cherchait justement pour celle-ci une camarade d'un bon naturel, qu'elle traiterait comme son second enfant, avec tous les avantages que cela comportait. Charlotte avait demandé à réfléchir.

À mesure que la baronne lisait plus clairement dans le cœur d'Édouard, ce qui n'était encore de sa part qu'une proposition devenait un dessein fermement arrêté ; et plus cette évolution s'accélérait dans son esprit, plus elle flattait tous les désirs d'Édouard, en apparence du moins. Car personne ne savait se dominer aussi parfaitement que cette femme, ne possédait comme elle cette forme de maîtrise de soi en toutes circonstances qui nous habitue à prendre un masque même pour aborder une situation banale et nous incline à étendre sur les autres l'empire que nous avons sur nous-mêmes, pour compenser en quelque sorte par ce que nous gagnons à l'extérieur ce que nous perdons intérieurement.

À cet état d'esprit est associé généralement une sorte de joie secrète et maligne devant l'aveuglement des autres, l'insouciance avec laquelle ils tombent dans le piège ; nous ne prenons pas seulement plaisir à la réussite présente de nos desseins envers eux, mais nous nous réjouissons également, en même temps, de la surprise et de la confusion qui les attend. C'est ainsi que la baronne eut la malignité d'inviter pour les vendanges, sur son domaine, Édouard en compagnie de Charlotte, et de répondre à celui-ci, qui lui demandait s'il était possible d'emmener Odile, de telle manière qu'il pût interpréter ses paroles comme il voulait.

Édouard se mit aussitôt à parler avec ravissement de cette magnifique région, avec son large fleuve, ses coteaux, ses rochers, ses vignes et ses vieux châteaux, évoquant les promenades en bateau, le plaisir à vendanger, à presser le raisin, et mille autres choses encore. Dans l'innocence de son cœur, il se réjouissait déjà, à haute voix, de l'impression que produiraient toutes ces scènes sur la jeune âme d'Odile. À cet instant, ils virent Odile arriver et la baronne souffla aussitôt à Édouard de ne rien dire de ce voyage prévu pour l'automne, tant il est vrai que ce dont on se réjouit trop longtemps à l'avance, en général, n'arrive jamais.

Édouard le lui promit, mais lui demanda de marcher plus vite à la rencontre d'Odile, et lui-même passa devant pour la précéder de quelques pas, se hâtant vers la chère enfant. Tout son être exprimait une joie profonde. Il lui baisa la main, y glissa un bouquet de fleurs des champs qu'il avait cueillies en chemin. À la vue de cette scène, la baronne ressentit presque de l'amertume. Car si elle ne pouvait approuver ce qu'il y avait de coupable dans cette inclination, elle était encore moins prête à accorder à cette demoiselle aux allures de petite fille le bénéfice de ce que cette relation pouvait avoir d'aimable et de charmant.

Lorsque tous furent à nouveau réunis pour le souper, une tout autre atmosphère régnait parmi eux. Le comte, qui avait déjà écrit sa lettre et dépêché son messager avant de passer à table, s'entretint avec le Capitaine. Il l'avait placé à ses côtés pour essayer d'étudier un peu plus avant sa personne, en l'interrogeant habilement, discrètement. C'est la raison pour laquelle la baronne, qui était assise à la droite du comte, ne participait guère à la conversation de ce côté et pas davantage du côté d'Édouard qui, d'abord sous le coup de la soif, puis sous celui de l'excitation, faisait honneur au vin et était plongé dans un échange très animé avec Odile, dont il s'était rapproché ; tandis que pour Charlotte, assise de l'autre côté du Capitaine, il devenait de plus en plus difficile, voire presque impossible, de dissimuler les mouvements de son cœur.

La baronne avait tout loisir pour se livrer à ses observations. Elle remarqua le malaise de Charlotte et, dans la mesure où elle n'avait à l'esprit que la relation d'Édouard à Odile, elle se convainquit facilement que Charlotte était également mal à l'aise et fâchée du comportement de son époux ; elle réfléchit aux meilleurs moyens pour parvenir désormais à ses fins.

Après le repas, la société se scinda en plusieurs groupes. Le comte, qui voulait sonder la personnalité du Capitaine, se vit obligé, devant un homme si placide, si dépourvu de vanité et, d'une façon générale, si peu loquace, d'utiliser maintes circonlocutions pour apprendre ce qu'il désirait. Ils allaient et venaient ensemble à un bout de la salle tandis qu'Édouard, tout excité par le vin et par les espérances qu'il nourrissait, badinait avec Odile devant la fenêtre, et que Charlotte et la baronne, pour leur part, faisaient les cent pas côte à côte, sans dire un mot, à l'autre bout de la salle. Leur mutisme et leur façon de s'arrêter négligemment ici et là finirent par gêner le reste de la société. Les femmes se retirèrent dans leurs appartements, les hommes dans les leurs, et c'est ainsi que la soirée sembla s'achever.

XI

Édouard accompagna le comte jusqu'à sa chambre et se laissa bien volontiers entraîner par la conversation à rester encore quelques instants avec lui. Le comte se perdit dans le souvenir des temps anciens, se lança dans l'évocation de la beauté de Charlotte qu'il décrivit avec fougue, en connaisseur : « Un joli pied est un grand don de la nature. Cette grâce n'est jamais altérée par le temps. Je l'ai observée aujourd'hui en train de marcher. On voudrait pouvoir encore, comme au temps jadis, baiser son soulier et imiter la manière certes un peu barbare, mais profondément sincère qu'avaient les Sarmates de présenter leurs hommages, eux qui ne connaissaient meilleur moyen, pour trinquer à la santé d'une personne aimée et vénérée, que de boire dans la chaussure de celle-ci [40]. »

La pointe du pied ne constitua pas l'unique objet de la louange entre ces deux hommes assez intimes l'un avec l'autre pour se faire des confidences. Ils passèrent de l'évocation de la personne à celle d'anciennes histoires et anecdotes, se rappelèrent les obstacles dressés pour empêcher les rendez-vous des deux amants, la peine qu'ils s'étaient donnée, les stratagèmes qu'ils avaient dû inventer simplement pour pouvoir se dire leur amour.

« Te souviens-tu, poursuivit le comte, de cette aventure dont je t'ai aidé à te sortir, en toute amitié et de manière tout à fait désintéressée, lorsque nos princes firent une visite à leur oncle et que toute la cour se retrouva dans le vaste château ? Nous avions passé la journée en habit de cérémonie, à sacrifier aux obligations officielles, et nous voulions au moins réserver le début de la nuit à nous entretenir librement, aimablement…

– Vous aviez bien noté le chemin qui menait aux appartements des dames, fit Édouard. Nous arrivâmes sans encombre jusqu'à ma bien-aimée.

– Laquelle, intervint le comte, songeant plus à respecter les convenances qu'à satisfaire mes désirs, avait gardé auprès d'elle un chaperon très laid. Et c'est ainsi que, tandis que tous les deux, vous échangiez des regards et des mots aimables, me fut réservé le moins enviable de tous les sorts…

– Hier encore, reprit Édouard, lorsque vous vous êtes annoncés, nous nous sommes souvenus, ma femme et moi, de cette histoire, et en particulier du retour. Nous nous sommes trompés de chemin et sommes arrivés dans l'antichambre de la salle des gardes. Et comme nous savions très bien comment nous retrouver à partir de là, nous crûmes pouvoir traverser sans difficulté et passer devant ce poste comme devant tous les autres. Mais quelle ne fut pas notre surprise en ouvrant la porte ! Le sol était couvert de matelas sur lesquels dormaient des géants, alignés sur plusieurs rangs. Le seul soldat de toute la garde qui ne dormait pas nous regarda avec étonnement. Mais nous, avec l'inconscience et la témérité de la jeunesse, nous commençâmes à enjamber tranquillement les paires de bottes allongées, sans qu'aucun de ces fils d'Anaq [41] cessât de ronfler et se réveillât.

– J'avais grande envie de trébucher, dit le comte, pour faire du bruit. À quelle étrange résurrection n'aurions-nous pas assisté ! »

À cet instant, la cloche du château sonna douze coups.

« Minuit tapant, fit le comte en souriant, c'est le bon moment. Je vais vous demander un service, mon cher baron. Montrez-moi aujourd'hui le chemin comme je vous l'ai montré jadis. J'ai promis à la baronne de lui rendre visite. Nous n'avons pas pu nous parler seul à seul de toute la journée et cela fait si longtemps que nous nous sommes vus. Rien n'est plus naturel que d'avoir envie d'un moment d'intimité. Montrez-moi seulement le chemin de l'aller, je trouverai bien tout seul celui du retour. Dans tous les cas, je ne trébucherai sur aucune paire de bottes !

– Je suis tout disposé à vous rendre ce service, au nom de l'hospitalité. Mais les trois dames sont logées dans la même aile du château. Qui sait si nous n'allons pas les trouver encore ensemble et provoquer ainsi des histoires qui pourraient prendre un tour fort curieux ?

– Soyez sans crainte, répliqua le comte, la baronne m'attend. Elle sera certainement seule dans sa chambre en ce moment.

– Rien de plus aisé, du reste, que de gagner ces lieux », conclut Édouard, qui saisit un flambeau et précéda le comte pour éclairer ses pas en descendant un escalier secret qui conduisait à un long couloir. Au bout de celui-ci, Édouard ouvrit une petite porte. Ils gravirent un escalier en colimaçon ; quand ils furent arrivés sur un étroit palier, Édouard désigna au comte, en lui mettant le flambeau dans la main, une portière sur sa droite qui s'ouvrit immédiatement, à la première tentative, pour laisser passer ce dernier. Édouard se retrouva dans l'obscurité.

Une autre porte, sur sa gauche, donnait dans la chambre de Charlotte. Il entendit des voix et prêta l'oreille. Charlotte s'adressait à sa femme de chambre. « Odile est-elle déjà couchée ? – Non, répondit celle-ci, elle est encore en bas en train d'écrire – Alors allumez la veilleuse, dit Charlotte, vous pourrez disposer ensuite, il est déjà tard. J'éteindrai moi-même la chandelle et me coucherai toute seule. »

Édouard nota avec plaisir qu'Odile était encore en train d'écrire. « Elle travaille pour moi », se dit-il avec satisfaction. Il l'imagina assise dans l'obscurité, concentrée sur sa tâche ; il eut l'impression de s'approcher et de la voir se retourner vers lui ; il ressentit l'irrésistible envie d'être près d'elle ; mais de l'endroit où il se trouvait, on ne pouvait gagner directement l'entresol, où elle logeait. Il était en revanche à deux pas de la chambre de sa femme. Une étrange confusion s'opéra dans son esprit. Il essaya d'ouvrir la porte ; elle était fermée. Il tapa discrètement ; Charlotte n'entendit pas.

Elle allait et venait fébrilement dans la pièce d'à côté. Elle tournait et retournait dans sa tête ce à quoi elle n'avait eu de cesse de penser, depuis la proposition inattendue du comte. Elle avait l'impression que le Capitaine était devant elle. Sa présence emplissait encore la maisonnée, c'est lui qui animait toutes les promenades… Comme tout serait vide quand il serait parti ! Elle se disait tout ce que l'on peut se dire en ce genre de circonstances, cherchant par avance, comme on le fait d'habitude, une maigre consolation dans le fait que le temps finirait par apaiser semblables douleurs. Elle maudit le temps qui serait nécessaire pour apaiser celles-ci ; elle maudit ce temps mortifère au bout duquel elles seraient apaisées.

Aussi se réfugia-t-elle dans les larmes, ce qui lui fit d'autant plus de bien qu'il ne lui arrivait que très rarement de pleurer. Elle se jeta sur le sofa et s'abandonna entièrement à sa douleur. Édouard, pour sa part, était incapable de bouger de la porte. Il frappa encore une fois, la troisième fois un peu plus fort, de sorte que Charlotte l'entendit très distinctement dans le silence de la nuit et sursauta de peur. Sa première pensée fut qu'il pouvait, qu'il devait s'agir du Capitaine ; sa seconde, que c'était impossible. Elle crut s'être trompée, mais elle avait bien entendu quelque chose, elle espérait, elle craignait d'avoir entendu quelque chose. Elle passa dans sa chambre, s'approcha sans faire de bruit de la porte verrouillée. Elle se reprocha sa frayeur. Il se pouvait très bien que la comtesse eût besoin d'elle. Elle reprit ses esprits et demanda d'un ton assuré : « Y a-t-il quelqu'un ? » Une voix répondit doucement : « C'est moi ! – Qui ? » reprit Charlotte qui ne parvenait pas à reconnaître le timbre de voix. Elle imaginait la silhouette du Capitaine derrière la porte. La voix répéta un peu plus fort : « Moi, Édouard ! » Elle ouvrit ; elle se trouva face à son mari. Il la salua par une plaisanterie. Elle se força à poursuivre sur le même ton. Il enveloppa les raisons de sa visite dans de mystérieuses explications. « Il faut que je t'avoue pourquoi je suis ici, dit-il enfin, je me suis fait la promesse de baiser ce soir ton soulier…

– Cela fait longtemps que l'idée ne t'était pas venue, fit Charlotte.

– Voilà qui est d'autant plus grave, répliqua-t-il, et d'autant mieux ! »

Elle s'était assise dans un fauteuil, pour dérober à ses regards sa légère chemise de nuit. Il s'agenouilla devant elle ; elle ne put l'empêcher de baiser son soulier et, lorsque celui-ci lui resta dans la main, de saisir son pied et de le presser tendrement contre sa poitrine.

Charlotte était de ces femmes qui, douées par nature du sens de la mesure, prolongent dans le mariage, sans préméditation ni effort, les manières des amantes. Jamais elle ne provoquait son mari, et elle n'allait que rarement au-devant de ses désirs. Mais elle ne montrait ni froideur ni sévérité qui le repoussât et ressemblait toujours à une aimable fiancée gardant toujours une sorte de pudeur intérieure, même devant ce qui était permis. Et c'est dans cette disposition qu'Édouard la trouva ce soir-là, pour une double raison. Elle désirait ardemment que son mari s'en allât, l'ombre de l'ami semblant lui faire des reproches. Mais ce qui aurait dû éloigner Édouard ne faisait que le retenir davantage. Elle laissait paraître une certaine agitation. Elle avait pleuré et si cela fait perdre de leur grâce, en général, aux personnes au cœur trop tendre, celles à qui nous prêtons d'habitude un caractère fort et bien trempé y gagnent infiniment.

Édouard se montra si aimable, si affable, si pressant ; il lui demanda de lui permettre de rester, il n'exigea rien. Il s'efforça de la convaincre en prenant un ton tantôt grave, tantôt badin, sans penser qu'il eût des droits. Finalement, il éteignit la chandelle d'un geste espiègle.

Dans la pénombre de la lampe, l'inclination secrète et l'imagination l'emportèrent bientôt sur la réalité : Édouard tenait à vrai dire Odile entre ses bras, tandis que la pensée du Capitaine, de manière plus ou moins insistante, ne quittait pas l'esprit de Charlotte ; présence et absence s'entremêlaient curieusement, suscitant excitation et volupté [42].

Et pourtant le présent ne perd jamais longtemps ses droits, qui sont considérables. Ils passèrent une partie de la nuit à plaisanter, à s'entretenir de choses et d'autres, et ce, d'autant plus librement que le cœur n'avait malheureusement aucune part à leurs échanges. Mais lorsque le lendemain Édouard se réveilla blotti contre le sein de sa femme, il lui sembla que le jour qui pénétrait dans la chambre annonçait de mauvais présages, que le soleil illuminait un crime : il s'écarta d'elle sans faire de bruit et, à son réveil, elle eut la surprise de se retrouver seule.

XII

Lorsque la société fut à nouveau réunie pour le déjeuner, un observateur attentif aurait pu aisément deviner, au comportement des uns et des autres, le changement d'état d'esprit et l'évolution des sentiments qui s'étaient opérés en chacun. Le comte et la baronne se retrouvèrent avec ce contentement sans mélange qu'éprouve un couple d'amoureux qui, après avoir supporté une longue séparation, se sentent encore plus assurés de leur inclination réciproque ; Charlotte et Édouard, en revanche, étaient habités par un sentiment de confusion et de remords face au Capitaine et à Odile. Car l'amour est ainsi fait qu'il pense avoir raison à lui seul et que tous les autres droits ont à s'effacer devant lui. Odile était animée d'une gaîté enfantine, ce qui était sa manière de se montrer expansive ; le Capitaine, quant à lui, avait un air grave. À travers ses entretiens avec le comte, qui avait réveillé ce qui était latent chez lui depuis un certain temps, il lui était clairement apparu que ce qu'il faisait ici ne correspondait pas véritablement à sa vocation et qu'il passait son temps dans une demi-oisiveté.

À peine les deux invités eurent-ils pris congé qu'une autre visite s'annonça. Charlotte en fut ravie, qui désirait échapper à ses pensées et trouver quelque distraction ; Édouard, en revanche, en fut contrarié, qui redoublait d'envie de s'occuper d'Odile ; cette visite était également inopportune pour Odile elle-même, qui n'avait pas encore achevé son travail de copie, qu'elle devait rendre le lendemain matin. C'est d'ailleurs pourquoi elle se hâta de remonter dans sa chambre aussitôt après le départ des hôtes étrangers, qui s'étaient attardés.

Le soir était tombé. Édouard, Charlotte et le Capitaine, qui avaient raccompagné à pied leurs visiteurs sur un bout de chemin avant qu'ils montent en voiture, décidèrent unanimement de faire encore une promenade vers les étangs. Une barque les attendait, qu'Édouard avait fait venir de très loin et à grands frais. On voulut l'essayer, pour vérifier si elle était suffisamment maniable et se dirigeait aisément.

Elle était amarrée sur la rive de l'étang du milieu, non loin d'un bosquet de quelques vieux chênes sur lesquels on comptait déjà pour procéder à de futurs aménagements. On devait construire à cet endroit un débarcadère, installer sous les arbres un espace de repos vers lequel se dirigeraient tous ceux qui traverseraient l'étang.

« Où allons-nous trouver le meilleur endroit pour accoster, de l'autre côté ? demanda Édouard. J'ai pensé que le mieux serait à proximité des platanes.

– Ils sont un peu trop loin sur la droite, dit le Capitaine. Si l'on accoste plus bas, on se rapproche du château. Il faut y réfléchir. »

Le Capitaine était déjà à l'arrière de la barque, une rame à la main. Charlotte y monta à son tour, puis Édouard qui saisit l'autre rame. Au moment où il s'apprêtait à pousser sur celle-ci pour s'éloigner du rivage, il songea à Odile, songea que cette promenade en barque allait lui faire prendre du retard, qu'il ne serait pas rentré avant Dieu sait quelle heure. Il se ravisa sur-le-champ, regagna d'un bond la rive, tendit sa rame au Capitaine et, après avoir marmonné quelques mots d'excuse, se hâta de rentrer.

Au château, on lui dit qu'Odile s'était enfermée dans sa chambre pour écrire. Tout en éprouvant un sentiment de satisfaction de savoir qu'elle travaillait pour lui, il fut profondément contrarié de ne pas la voir dans l'instant. Son impatience redoublait. Il allait et venait dans la grande salle, cherchait quelque chose à faire, mais rien ne retenait son attention. C'est elle qu'il désirait voir, voir seul à seul, avant que Charlotte et le Capitaine fussent de retour. La nuit tomba, on alluma les chandelles.

Elle apparut enfin, rayonnante de charme. Le sentiment d'avoir accompli quelque chose pour son ami sublimait tout son être. Elle déposa l'original et la copie sur la table, devant Édouard. « Est-ce que nous collationnons ? » demanda-t-elle en souriant. Édouard ne sut quoi répondre. Il la regarda, examina la copie. Les premiers feuillets étaient remplis d'une écriture très soignée, d'une délicate main de femme ; ensuite, la graphie semblait se modifier, avec des traits de plus en plus légers et aériens ; mais quelle ne fut pas sa surprise en parcourant les dernières pages ! « Mon Dieu ! s'écria-t-il, c'est exactement mon écriture ! » Il regarda Odile, puis à nouveau les feuillets : les dernières lignes, en particulier, donnaient véritablement l'impression d'être de sa main. Odile ne dit mot, mais le regarda dans les yeux avec un air de satisfaction extrême. « Tu m'aimes ! s'écria-t-il, Odile, tu m'aimes ! » Ils tombèrent dans les bras l'un de l'autre. On n'aurait su dire lequel des deux avait saisi l'autre en premier.

À partir de cet instant, le monde fut changé pour Édouard : lui-même n'était plus ce qu'il avait été, le monde n'était plus ce qu'il avait été. Ils étaient tous les deux face à face, il lui tenait les mains, ils se regardaient les yeux dans les yeux, prêts à s'enlacer à nouveau.

Charlotte entra, en compagnie du Capitaine. Ils s'excusèrent d'être restés aussi longtemps. Édouard sourit intérieurement : « Vous rentrez même bien trop tôt ! » se dit-il.

On s'assit à table pour le souper. On se mit à faire des commentaires sur les visiteurs de ce jour. Tout excité et en veine d'amabilités, Édouard eut un mot bienveillant pour chacun, se montrant toujours indulgent et distribuant même souvent des compliments. Charlotte, qui ne partageait absolument pas son point de vue, ne manqua pas de remarquer l'état d'esprit qui l'animait et se moqua du fait qu'il faisait preuve cette fois de tant de gentillesse et d'aménité, lui qui d'habitude n'avait pas de mots assez sévères pour juger les personnes aussitôt qu'elles avaient pris congé.

Édouard se récria alors avec fougue, emporté par une conviction sincère :

« Il suffit d'aimer un être véritablement du fond du cœur pour que tous les autres vous apparaissent aimables ! »

Odile baissa les yeux, tandis que Charlotte regardait droit devant elle.

Le Capitaine prit la parole et dit :

« Il en va à peu près de même avec l'estime et le respect. On ne prend véritablement conscience de ce qui, dans le monde, mérite d'être reconnu que lorsqu'on trouve l'occasion de mettre en pratique ces sentiments à propos d'un objet précis. »

Charlotte voulut bientôt regagner sa chambre pour s'abandonner entièrement au souvenir de ce qui s'était passé ce soir-là entre elle et le Capitaine.

Au moment où Édouard sauta sur le rivage et repoussa du pied la barque, abandonnant sa femme et son ami aux incertitudes de l'élément liquide, Charlotte regarda l'homme pour lequel elle avait déjà tant souffert en secret rester assis face à elle dans la pénombre, dirigeant à son gré l'embarcation à l'aide des deux rames. Elle ressentit une tristesse profonde, comme elle en avait rarement éprouvé. La courbe dessinée par la barque sur les flots, le clapotis des rames, le souffle du vent qui fait frissonner la surface des eaux, le bruissement des roseaux, le dernier vol des oiseaux avant la nuit, le scintillement des premières étoiles qui s'allument et se répondent dans le ciel : tout, dans le grand silence qui régnait alentour, avait quelque chose de fantomatique. Elle eut l'impression que l'ami l'emmenait pour l'abandonner sur une terre lointaine et la laisser à sa solitude. Une étrange émotion habitait tout son être, qui la rendait incapable de pleurer.

Le Capitaine, durant tout ce temps, lui décrivit les aménagements qu'il projetait. Il vanta les qualités de la barque, qui pouvait être manœuvrée et dirigée facilement, à la rame, par une seule personne. Elle apprendrait bientôt à le faire elle-même, c'était une sensation agréable que de voguer parfois tout seul sur les flots, de tenir la barre et d'être soi-même son propre capitaine.

À ces mots, le sentiment de la séparation prochaine envahit le cœur de l'amie. « Dit-il cela exprès ? se demanda-t-elle. Sait-il déjà quelque chose ? S'en doute-t-il ? Ou bien dit-il cela par hasard, me prédisant déjà, sans le savoir, ma destinée ? » Une profonde mélancolie s'empara d'elle, en même temps qu'une vive impatience ; elle le pria d'accoster le plus vite possible et de rentrer au château avec elle.

C'était la première fois que le Capitaine parcourait en barque les étangs et, bien qu'il eût déjà globalement évalué leur profondeur, il n'en connaissait pas chaque recoin. L'obscurité commençait à tomber. Il prit la direction d'un endroit où il supposait qu'il serait commode de débarquer, situé non loin du chemin conduisant au château. Mais il fut en quelque sorte détourné de cette trajectoire lorsque Charlotte exprima à nouveau le désir, avec une forme d'anxiété, d'accoster au plus vite. Il redoubla d'efforts pour se rapprocher de la rive, mais il se sentit malheureusement comme retenu à une certaine distance. Il s'était échoué, et toutes ses tentatives pour se dégager demeurèrent vaines. Que faire ? Il ne lui restait plus qu'à sauter dans l'eau qui, à cet endroit, n'était pas trop profonde, et à porter son amie jusqu'à la rive. Il parvint à transporter sans encombre son cher fardeau, se montrant assez fort pour ne pas chanceler, ni éveiller une quelconque inquiétude chez elle. Dans sa crainte, elle avait néanmoins passé ses bras autour de son cou. Il la retenait, la serrait contre lui. Il ne la déposa à terre qu'une fois parvenu sur l'herbe d'un talus, non sans émotion et sans un certain trouble. Elle était encore suspendue à son cou. Il la serra à nouveau dans ses bras, posa sur sa bouche un ardent baiser ; dans le même instant, il tomba à ses genoux, pressa ses lèvres sur sa main et s'écria : « Charlotte, me pardonnerez-vous ? »

Le baiser que l'ami avait osé lui donner et qu'elle lui avait presque rendu fit revenir Charlotte à elle-même. Elle pressa sa main, mais ne l'aida pas à se relever. Elle se pencha au contraire sur lui, posa une main sur son épaule et lui dit : « Que cet instant soit un moment crucial pour notre vie à tous les deux, nous ne pouvons plus l'empêcher ; mais que nous en soyons dignes dépend encore de notre volonté. Il vous faut nous quitter, cher ami, et vous allez nous quitter. Le comte met tout en œuvre pour améliorer votre sort. Cela me réjouit et me fait de la peine à la fois. Je ne voulais pas l'avouer avant que la chose fût certaine. Mais le moment présent me contraint à lever ce secret. Je ne puis vous pardonner, me pardonner que dans la mesure où nous aurons le courage de changer la situation dans laquelle nous sommes, puisqu'il ne dépend pas de nous de changer nos sentiments. » Elle le releva, saisit son bras pour s'y appuyer et c'est ainsi qu'ils regagnèrent tous deux le château, sans dire un mot.

Elle se retrouva alors dans sa chambre à coucher, entre ces murs où elle ne pouvait se sentir et se considérer que comme l'épouse d'Édouard. Tiraillée par ces contradictions, elle puisa secours dans son tempérament actif, son caractère forgé par les multiples expériences de la vie. Habituée à toujours rester lucide et maîtresse d'elle-même, il ne lui fut pas difficile, même dans ces circonstances, de reconquérir peu à peu l'équilibre souhaité, au prix d'une réflexion sans concession. Elle ne put s'empêcher de sourire d'elle-même en repensant à l'étrange visite nocturne. Mais un curieux pressentiment la saisit bientôt, un tressaillement à la fois de joie et de peur qui se fondit en un pieux désir mêlé d'espoir. Vaincue par l'émotion, elle s'agenouilla et renouvela le serment qu'elle avait fait à Édouard devant l'autel. Amitié, inclination, renoncement : autant d'images empreintes de sérénité qui défilaient devant ses yeux. Elle se sentit régénérée intérieurement. Bientôt, une douce lassitude s'empara d'elle et elle s'endormit paisiblement.

XIII

Édouard, de son côté, se trouvait dans un tout autre état d'esprit. Il songeait si peu à dormir qu'il en oublia même de se déshabiller. Il couvrit de baisers, pour la centième fois, le document recopié par Odile, d'une main encore timide et enfantine au début ; il osait à peine effleurer des lèvres les dernières lignes, tant il croyait y reconnaître sa propre écriture. « Si seulement il pouvait s'agir de pages d'une autre sorte ! » se disait-il en secret. Et pourtant, même sous cette forme, il trouvait là la plus belle confirmation que son vœu le plus cher était exaucé. Ce papier ne resterait-il pas toujours entre ses mains et ne pourrait-il pas toujours le presser contre son cœur, même défiguré par la signature d'un tiers ?

La lune en son déclin surgit par-dessus les cimes de la forêt. La nuit chaude invitait à sortir au grand air ; il allait et venait, il était à la fois le plus angoissé et le plus heureux des mortels. Il déambula dans les jardins ; ils étaient encore trop petits pour lui ; il courut vers les champs, mais l'espace y était trop grand pour lui. Il était attiré par le château ; il se retrouva sous les fenêtres d'Odile. Il s'assit sur l'escalier de la terrasse. « Des murs et des portes closes nous séparent en cet instant, se dit-il, mais nos cœurs ne sont pas séparés. Il suffirait qu'elle soit là devant moi, et elle tomberait dans mes bras, et moi dans les siens, et cette seule certitude me suffit ! » Tout était calme et silencieux autour de lui, il n'y avait pas le moindre souffle de vent. Le silence était si profond que l'on pouvait percevoir le bruit des animaux creusant sous la terre, de nuit comme de jour. Perdu dans ses rêves de bonheur, il s'endormit enfin. Il ne se réveilla pas avant que le soleil se fût levé dans tout son éclat et eût dissipé les brumes matinales.

Il est le premier debout, parmi toutes les personnes qui sont sur le domaine. Il lui semble que les ouvriers se font trop longtemps attendre ; ils arrivent enfin ; ils sont trop peu nombreux selon lui et n'ont pas assez de travail pour la journée ; il exige qu'ils soient plus nombreux ; on lui obéit et des ouvriers supplémentaires sont engagés le jour même ; mais ceux-ci ne lui paraissent pas encore en nombre suffisant pour réaliser au plus vite ses projets. Le travail, en soi, ne lui procure plus aucun plaisir ; il aimerait que tout soit déjà fini : tout cela pour qui ? Les chemins auraient déjà dû être tracés, afin qu'Odile pût s'y promener, les bancs déjà installés, afin qu'Odile pût s'y reposer ! Il presse également, autant qu'il peut, l'achèvement du nouveau pavillon, dont les murs doivent être montés pour le jour de l'anniversaire d'Odile. Édouard ne connaît plus aucune mesure, ni dans ses pensées, ni dans ses actes. La conscience d'aimer et d'être aimé le pousse à franchir toutes les limites. Il voit sous un jour entièrement nouveau l'aménagement de toutes les pièces et de tout l'environnement. Il ne se retrouve plus dans sa propre maison. La présence d'Odile le rend aveugle à tout le reste. Il s'est complètement abîmé en elle, il est incapable de nourrir toute autre considération, d'entendre une autre voix de sa conscience ; tout ce qui était refoulé au fond de sa nature éclate au grand jour, tout son être déborde et aspire à se joindre à Odile.

Le Capitaine observe cette agitation frénétique et voudrait essayer d'en prévenir les funestes conséquences. Tous les travaux qui sont aujourd'hui exagérément accélérés pour obéir à une impulsion exclusive ont été programmés par lui dans la perspective d'une aimable et paisible vie en commun. La vente de la métairie est déjà réalisée, le premier versement déjà effectué et conformément à ce qui a été convenu, Charlotte a encaissé la somme. Mais dès la première semaine, il faut déjà qu'elle veille et exerce plus encore que de coutume sa vigilance, sa patience et son sens de l'organisation, car tout l'argent disponible, à en juger par la précipitation du chantier, ne durera pas longtemps.

On a entrepris beaucoup de choses en même temps et il reste tant à faire. Comment pourrait-il laisser Charlotte dans cette situation ? Ils se concertent tous les deux et s'accordent pour décider qu'il vaut mieux accélérer les travaux déjà commencés et contracter pour cela un emprunt dont les remboursements seront couverts par le reste de la somme à percevoir sur la vente de la métairie. Cela peut se faire presque sans perte, par une simple cession des droits ; on devrait avoir ainsi les mains plus libres. À partir du moment où tout est déjà en cours et où il y a sur place suffisamment d'ouvriers, il est certain qu'il vaut mieux tout faire en même temps ; l'on parviendra ainsi beaucoup plus sûrement et plus rapidement au but. Édouard donne volontiers son accord, car tout cela rejoint ses intentions.

Au fond de son cœur, néanmoins, Charlotte en reste à ce qu'elle a projeté et résolu, confortée par le soutien viril de l'ami qui partage ses vues. Mais leur intimité, par là même, ne fait que croître. Ils s'interrogent réciproquement sur la passion d'Édouard, chacun consulte l'autre sur le sujet. Charlotte se rapproche d'Odile, l'observe plus étroitement, et plus elle sonde son propre cœur, plus elle lit clairement dans celui de la jeune fille. Elle n'aperçoit aucune autre issue que d'éloigner l'enfant.

Le fait que Lucienne a recueilli, à la pension, des éloges aussi exceptionnels lui semble constituer une heureuse coïncidence. Car la grand-tante, avertie de cette circonstance, veut la prendre définitivement auprès d'elle, pour l'introduire dans le monde. Odile pourrait donc rentrer à la pension et le Capitaine s'en aller sans souci ; la situation demeurerait comme auparavant, voici quelques mois, et deviendrait même bien meilleure. Charlotte espère restaurer rapidement sa propre relation avec Édouard. Elle se raisonne pour s'installer dans cette idée, ne faisant que s'enfoncer toujours davantage dans la même illusion : croire que l'on peut retourner à un état antérieur plus protégé que le présent, ramener dans des limites étroites un débordement violent.

Édouard, cependant, percevait parfaitement les obstacles que l'on mettait sur son chemin. Il se rendit compte bien vite que l'on cherchait à l'éloigner d'Odile, que l'on s'arrangeait pour l'empêcher de lui parler seul à seul, et même de s'approcher d'elle, sauf en présence de plusieurs personnes. L'amertume qu'il en conçut s'étendit bientôt à beaucoup d'autres sujets. Quand il parvenait à adresser un mot à Odile, ce n'était pas seulement pour l'assurer de son amour, mais pour se plaindre de son épouse et du Capitaine. Il ne voyait pas que c'était lui qui, par sa précipitation, était sur le point d'épuiser tout l'argent ; il reprochait amèrement à Charlotte et au Capitaine de ne pas s'en être tenu, dans la négociation, au premier arrangement, alors que c'était lui-même qui avait non seulement accepté, mais provoqué et imposé le second.

La haine est toujours partiale, mais l'amour l'est plus encore. Pour Odile également, Charlotte et le Capitaine devenaient en quelque sorte de plus en plus étrangers. Et lorsque Édouard, un jour, se plaignit de ce dernier devant Odile, lui reprochant de ne pas se comporter en ami tout à fait sincère à son endroit, Odile répliqua inconsidérément : « Voici quelque temps déjà, cela ne m'a pas beaucoup plu de constater qu'il n'était pas tout à fait honnête envers vous. Une fois, je l'ai entendu dire à Charlotte : "Si seulement Édouard pouvait nous épargner ses exercices de flûtiste ! Il n'en sortira jamais rien et cela devient tellement pénible pour tous ceux qui l'écoutent !" Vous n'imaginez pas combien cela m'a mortifiée, alors que j'ai tant de plaisir à vous accompagner ! »

À peine avait-elle dit ces mots qu'une voix lui souffla qu'elle aurait mieux fait de se taire. Mais ce qui était dit était dit. Édouard changea de visage. Rien ne l'avait jamais davantage contrarié. Il se sentit blessé dans ses aspirations les plus chères, qu'il avait conscience de cultiver avec une âme enfantine, sans la moindre prétention. Ce qui était pour lui source de joie et de distraction méritait d'être respecté par ses propres amis ! Il ne songeait pas combien il pouvait être insupportable, pour une tierce personne, d'avoir les oreilles écorchées par l'expression d'un talent musical approximatif. Il était offensé et trop furieux pour jamais pardonner. Il se sentait délié de tous ses engagements.

Le besoin d'être avec Odile, de la voir, de lui faire des confidences, de lui murmurer à l'oreille croissait chaque jour. Il décida de lui adresser un mot pour la prier d'accepter d'entretenir avec lui une correspondance secrète. Le petit billet sur lequel il avait écrit sa demande, exprimée de façon relativement laconique, s'envola de son bureau sous l'effet d'un courant d'air, au moment où son valet entrait dans la pièce pour lui friser les cheveux. Celui-ci avait l'habitude de toujours ramasser un bout de papier par terre pour vérifier la chaleur du fer ; cette fois-ci, il s'empara du billet, le plia d'un geste vif : en une seconde, le papier se consuma. Édouard, s'apercevant de la méprise, essaya en vain de le lui arracher des mains. Il se rassit aussitôt après pour écrire un second billet. Mais sa plume hésita. Il éprouvait quelque scrupule, quelque inquiétude, qu'il finit néanmoins par surmonter. Le petit mot fut remis à Odile à la première occasion où il put l'approcher.

Odile ne manqua pas de lui répondre aussitôt sur le même billet. Il glissa celui-ci, sans le lire, dans la poche de son gilet. C'était un gilet très court, à la mode du temps, qui se révéla impropre à conserver ce qui lui était confié. Le billet s'échappa et tomba par terre, sans qu'il s'en aperçût. Charlotte le vit, le ramassa et le lui tendit en le survolant des yeux. « Voici quelques mots de ta main, fit-elle, que tu regretterais certainement d'avoir perdu. »

Il fut touché. « Est-ce qu'elle fait semblant ? songea-t-il. A-t-elle eu le temps de lire le mot ou bien est-elle abusée par la ressemblance des écritures ? » Il espérait, il supposait que la seconde hypothèse était la bonne. Il était averti, doublement averti. Mais ces signes étranges du hasard à travers lesquels un être supérieur semble vous parler étaient incompréhensibles pour sa passion ; à mesure que celle-ci l'entraînait toujours plus loin, il ressentait au contraire d'une manière toujours plus pénible le cadre dans lequel on voulait apparemment le maintenir. L'aimable convivialité disparut. Son cœur s'était fermé. Lorsqu'il était obligé d'être en compagnie de son ami et de son épouse, il ne parvenait plus à ranimer, à raviver, au fond de lui, les sentiments qu'il leur vouait naguère. Le reproche muet qu'il ne manquait pas de s'adresser à lui-même pour cela lui était importun et il essayait de s'en tirer par une forme d'humour que le manque d'amour, néanmoins, privait du charme qu'elle avait habituellement.

Charlotte surmontait toutes ces épreuves grâce à la force de ses sentiments. Elle se sentait confortée dans la ferme résolution qu'elle avait prise, en renonçant à une si belle et si noble inclination.

Comme elle désirait venir en aide à ces deux-là ! L'éloignement, elle le sentait bien, ne suffirait pas, à lui seul, pour guérir un tel mal. Elle se promit d'évoquer la question devant la chère enfant ; mais elle n'y parvint pas. Le souvenir de sa propre faiblesse constituait pour elle un obstacle. Elle essaya d'exprimer la chose d'une manière générale ; mais les généralités s'appliquaient aussi à sa situation personnelle, qu'elle répugnait à évoquer. Le moindre signe qu'elle voulait donner à Odile la renvoyait à ses propres sentiments. Elle aurait voulu mettre en garde et pressentait qu'elle pourrait elle-même avoir besoin d'être mise en garde.

C'est pourquoi elle se tut et se contenta d'essayer de maintenir encore les amoureux à distance l'un de l'autre, ce qui n'améliora pas la situation. Les discrètes allusions qu'elle laissait parfois échapper n'avaient aucun effet sur Odile. Car Édouard avait convaincu celle-ci de l'inclination de Charlotte pour le Capitaine, l'avait persuadée que Charlotte elle-même souhaitait le divorce et qu'il voulait faire en sorte que la séparation se passât de manière convenable.

Odile, qui se sentait portée par le sentiment de l'innocence sur la voie du bonheur le plus ardemment désiré, ne vivait que pour Édouard. Son amour la confortait dans ce qu'elle avait de meilleur, lui donnait l'envie d'agir, de s'ouvrir aux autres, de sorte qu'elle trouvait le Ciel sur la terre.

C'est ainsi que tous menaient leur vie quotidienne, chacun à sa manière, avec ou sans scrupule. Tout semblait suivre son cours ordinaire et, comme souvent dans les situations les plus extrêmes où tout se joue, l'on continuait à vivre comme si de rien n'était.

XIV

Entre-temps, un courrier était arrivé pour le Capitaine de la part du comte, contenant deux lettres. L'une destinée à être montrée, et qui présentait de très belles perspectives à long terme ; l'autre au contraire, qui contenait des propositions fermes pour le présent – un emploi administratif important à la cour, l'élévation au grade de commandant, un salaire conséquent ainsi que d'autres avantages –, devait encore être tenue secrète en raison de différentes circonstances annexes. Le Capitaine n'avisa d'ailleurs ses amis que de ses espérances pour le futur et fit silence sur ce qui l'attendait dans l'immédiat.

Il continuait cependant à s'activer pour régler les affaires en cours et prenait en secret des dispositions afin que le travail pût se poursuivre sans difficulté en son absence. C'était maintenant lui-même qui attachait prix à ce qu'une échéance fût fixée pour plusieurs chantiers et à ce que l'on respectât, pour l'achèvement de ceux-ci, la date de l'anniversaire d'Odile. Les deux amis collaboraient volontiers, par une sorte d'accord tacite. Édouard était désormais tout à fait satisfait d'avoir fait rentrer de l'argent par le biais d'une avance consentie sur la vente. L'entreprise progressait très rapidement.

Le Capitaine, à ce moment, aurait de préférence fortement déconseillé de réunir les trois étangs en un lac unique. Il fallait en effet, pour cela, à la fois renforcer la digue inférieure et démonter les digues intermédiaires, ce qui représentait un énorme travail, délicat à plus d'un titre[43]. Mais les deux chantiers, qui marchaient de pair, avaient déjà été ouverts ; un jeune architecte, ancien apprenti auprès du Capitaine, arriva à point nommé pour prendre en main les travaux et garantir la solidité et la qualité de l'ouvrage, soit en embauchant des maîtres artisans compétents, soit en sous-traitant les tâches quand cela était possible, ce qui permit au Capitaine de se dire avec satisfaction que son absence ne se ferait pas sentir. Car il avait pour principe de ne jamais abandonner en cours une affaire dans laquelle il s'était engagé, à moins d'avoir trouvé quelqu'un pour le remplacer. Il méprisait tous ceux qui, pour faire sentir aux autres combien ils vont leur manquer, sèment avant leur départ la confusion dans leur entourage, s'efforçant de détruire, en frustes égoïstes qu'ils sont, tout ce qu'ils ne seront plus en mesure d'achever.

C'est ainsi que l'on continuait de travailler avec zèle pour donner plus de lustre à l'anniversaire d'Odile, sans le dire ou sans se l'avouer ouvertement. Cependant Charlotte considérait, sans jalousie aucune, que celui-ci ne pouvait donner lieu à une fête trop fastueuse. La jeunesse d'Odile, la situation de sa fortune, ses relations familiales ne justifiaient pas qu'elle apparût comme la reine d'un jour particulier. Édouard n'avait jamais voulu en parler, dans la mesure où tout devait se faire comme de soi-même pour lui procurer la joie toute naturelle d'une surprise.

C'est la raison pour laquelle tous s'accordèrent tacitement sur le fait de choisir ce jour-là, sans autre justification, pour monter la charpente du pavillon et de prendre cela comme prétexte pour inviter à une fête toute la population et les amis.

Mais l'inclination d'Édouard n'avait plus de limites. Dans son désir qu'Odile devînt sienne, il était prêt à tout lui donner, à tout lui offrir et à tout lui promettre, sans aucune mesure. Pour le choix de quelques présents dont il voulait honorer Odile ce jour-là, Charlotte ne lui avait suggéré que des propositions beaucoup trop mesquines. Il s'entretint avec son valet de chambre, qui s'occupait de sa garde-robe et qui était en relation constante avec des modistes et des marchands. N'ignorant rien de la nature des cadeaux les plus agréables ni de la meilleure manière de les offrir, celui-ci commanda aussitôt à la ville le plus ravissant des coffres, tendu de maroquin rouge et garni de clous d'acier, que l'on remplit de cadeaux à la mesure de la somptuosité du contenant [44].

Il fit encore une autre proposition à Édouard. Il restait en réserve quelques fusées de feu d'artifice que l'on avait négligé de tirer. On pouvait facilement en rajouter quelques-unes pour donner plus d'ampleur au spectacle. Édouard accepta immédiatement l'idée et son valet promit de se charger de l'exécution. La chose devait demeurer secrète.

À l'approche du jour dit, le Capitaine avait pris toutes les mesures de police qu'il jugeait indispensables pour accueillir une telle foule, organiser un tel rassemblement. Il avait même prévenu la présence éventuelle de mendiants et autres désagréments susceptibles de troubler le charme de la fête.

Édouard, de son côté, s'occupait activement du feu d'artifice, avec l'aide de son confident. Celui-ci devait être tiré depuis la berge de l'étang du milieu, devant les grands chênes. Toute la compagnie devait s'installer juste en face, sous les platanes, pour jouir pleinement et en toute sécurité, juste à bonne distance, de tous les effets du spectacle aérien se reflétant à la surface de l'eau autant que des feux qui devaient s'allumer et voguer sur celle-ci.

C'est la raison pour laquelle Édouard choisit un prétexte quelconque pour débarrasser l'espace sous les platanes des buissons, taillis et mousses qui l'encombraient ; sur ce sol entièrement nettoyé, la taille des plants, tant en hauteur qu'en largeur, apparut dans toute sa majesté, ce qui procura une grande joie à Édouard. « C'est à peu près à cette saison que je les ai plantés. Mais combien de temps cela fait-il ? » se dit-il. Dès qu'il fut rentré, il feuilleta dans les vieux livres journaliers que son père, surtout lorsqu'il était à la campagne, avait soigneusement tenus. Il ne pouvait évidemment pas y être fait mention de la plantation de ces arbres, mais un autre événement domestique important qui s'était produit le même jour, et dont Édouard se souvenait parfaitement, devait nécessairement y être consigné. Il chercha dans plusieurs volumes et finit par trouver. Quelle ne fut pas sa surprise, sa joie, lorsqu'il découvrit la merveilleuse coïncidence ! Le jour, l'année où ces arbres ont été plantés correspondait à celui, à celle où Odile était née[45] !

XV

Le matin si ardemment attendu par Édouard arriva enfin. Les gens arrivèrent petit à petit, de plus en plus nombreux. On avait en effet envoyé des invitations très largement à la ronde et beaucoup de ceux qui avaient manqué la cérémonie de la pose de la première pierre, que l'on avait beaucoup vantée, voulaient d'autant moins rater cette seconde fête.

Avant le début du repas, les compagnons charpentiers se présentèrent en musique dans la cour du château, portant leur riche couronne, composée de plusieurs rangs étagés de feuillages et de fleurs tressés librement. Ils récitèrent leur compliment et demandèrent aux personnes du beau sexe de leur confier, selon l'usage, rubans et foulards de soie pour la décoration de l'ouvrage. Ils continuèrent à défiler en chantant gaiement tandis que les maîtres étaient à table et, après s'être arrêtés un moment dans le village et y avoir reçu également quelques rubans de la part des dames et des demoiselles, ils revinrent enfin, accompagnés et attendus par une grande foule, vers la colline où se dressait le pavillon.

À l'issue du repas, Charlotte s'efforça de retenir un peu les invités. Elle ne voulait pas que se formât un cortège solennel, en bonne et due forme ; c'est ainsi que se constituèrent sur la place des petits groupes, sans cérémonie, en dehors de toute question de rang ou de préséance[46]. Charlotte s'attarda avec Odile, ce qui compliqua encore la situation. Dans la mesure où Odile fut effectivement la dernière à rejoindre les autres, cela donna l'impression que trompettes et cymbales n'attendaient qu'elle, que son arrivée devait nécessairement lancer le signal du début de la cérémonie.

Pour donner à la maison un aspect moins fruste, on l'avait artistiquement décorée, selon les instructions du Capitaine, avec du feuillage vert et des fleurs ; Édouard avait même fait en sorte que, sans que l'architecte fût au courant, on marquât la date avec des fleurs au centre de la corniche ; cela pouvait encore passer, mais le Capitaine arriva juste à temps pour empêcher que le nom d'Odile resplendît également au fronton. Il réussit de manière habile à ce que l'on renonçât à l'entreprise et que l'on se débarrassât des fleurs qui avaient déjà été disposées pour former les lettres.

L'on planta la couronne au sommet de la charpente. On pouvait la voir de très loin, dans toute la contrée, avec les rubans et les foulards multicolores flottant en l'air. Quelques mots de discours se perdirent en grande partie dans le vent. La cérémonie était achevée, on pouvait maintenant commencer à danser sur l'emplacement devant la maison, dont le sol avait été aplani et le périmètre délimité par des tonnelles. Un compagnon charpentier en habit de fête amena à Édouard une jeune paysanne alerte et invita lui-même Odile, qui se trouvait à ses côtés, à danser. Les deux couples furent bientôt suivis par d'autres et Édouard changea assez vite de cavalière en attrapant Odile par le bras pour faire une ronde avec elle. Les plus jeunes, parmi la société, entrèrent gaiement dans la danse en se mêlant aux gens du peuple, tandis que les plus anciens se contentaient d'observer.

Avant que tout le monde s'égayât sur les différents chemins de promenade, on avait convenu de se retrouver à nouveau sous les platanes, au coucher du soleil. Édouard arriva avant les autres, régla tous les détails et donna ses instructions à son valet qui, de l'autre côté, devait s'occuper des réjouissances avec l'aide de l'artificier.

Le Capitaine voyait ces préparatifs d'un mauvais œil ; il s'apprêtait à attirer l'attention d'Édouard sur l'afflux de spectateurs auquel il fallait s'attendre, mais celui-ci le pria aussitôt de lui laisser toute la responsabilité de cette partie de la fête.

La foule avait déjà commencé à se presser sur les digues qui avaient été aplanies à leur partie supérieure et dépouillées de gazon, là où la terre était inégale et peu stable. Le soleil se coucha, la pénombre s'installa ; en attendant que se fît une obscurité plus profonde, on servit sous les platanes des rafraîchissements à la société. Chacun trouvait ce lieu incomparable et se réjouissait à l'idée de pouvoir désormais jouir à partir de cet endroit d'une belle vue sur un lac aussi vaste et aux contours aussi variés.

Cette soirée paisible, sans le moindre souffle de vent, promettait d'être propice à la fête nocturne. Mais tout à coup retentirent des cris d'effroi. De gros blocs de terre s'étaient détachés de la digue, précipitant plusieurs personnes dans l'eau. Le sol avait cédé sous les pas et le poids d'une foule de plus en plus dense. Chacun voulait avoir la meilleure place, jusqu'à ce que plus personne ne pût ni avancer ni reculer.

On bondit, on se précipita, plus pour voir ce qui se passait que pour faire quelque chose. Que pouvait-on faire, en effet, puisque personne ne pouvait accéder jusque-là ? Le Capitaine, accompagné de quelques hommes résolus, accourut pour faire immédiatement descendre la foule de la digue vers la rive, afin de laisser toute liberté de mouvement à ceux qui essayaient de venir en aide, en les tirant de l'eau, aux personnes en train de se noyer. Tous étaient déjà revenus au sec, soit par leurs propres moyens, soit avec le secours d'autrui, à l'exception d'un jeune garçon qui, dans ses efforts désespérés pour se sauver, s'était éloigné de la digue plus qu'il ne s'en était rapproché. Ses forces semblaient l'abandonner ; seuls une main, un pied émergèrent encore, à plusieurs reprises. Pour comble d'infortune, la barque était amarrée de l'autre côté, remplie de tout le matériel du feu d'artifice ; la décharger pouvait prendre du temps, le secours tardait. La résolution du Capitaine fut prise sur-le-champ : il jeta ses habits tandis que tous les regards étaient braqués sur lui, sa robuste et forte stature inspirant confiance à chacun. Mais un cri de surprise jaillit de la foule lorsqu'il plongea dans l'eau ; tous le suivirent des yeux et le virent bientôt, en nageur confirmé, rejoindre le jeune garçon et ramener le corps de celui-ci, inanimé, sur la berge.

Entre-temps, la barque s'était rapprochée ; le Capitaine y monta et s'enquit auprès des personnes présentes de savoir si tout le monde était bien sain et sauf. Le chirurgien arriva et se chargea aussitôt du garçon que l'on tenait pour mort ; Charlotte les rejoignit, elle demanda au Capitaine de s'occuper d'abord de lui et de rentrer au château pour changer de vêtements. Il hésita un moment, jusqu'à ce que des personnes sages et dignes de confiance, qui avaient elles-mêmes contribué à sauver quelques victimes, lui jurassent sur ce qu'elles avaient de plus sacré que tout le monde était bien hors de danger.

Charlotte, en le regardant s'éloigner en direction du château, songea que tout ce qui pourrait lui faire du bien, comme du vin ou du thé, se trouvait sous clef et que les hommes, en ce genre de situations, agissent habituellement à l'envers de ce qu'il convient de faire. Elle traversa la foule qui était en train de se disperser et qui se trouvait encore sous les platanes. Édouard courait de l'un à l'autre pour tenter de convaincre chacun de rester, expliquant qu'il allait donner dans un instant le signal du début du feu d'artifice. Charlotte le rejoignit et le pria d'ajourner un divertissement qui serait maintenant totalement déplacé et dont nul ne pourrait jouir dans le moment présent. Elle lui rappela les soins que l'on devait à la victime et à son sauveur. « Le chirurgien va faire le nécessaire, répliqua-t-il, il dispose de tout ce qu'il faut et notre empressement, notre présence compatissante ne pourraient que le gêner. »

Charlotte n'était pas convaincue, elle fit un signe à Odile qui, aussitôt, s'apprêta à partir. Édouard lui saisit la main et s'écria : « Nous n'allons quand même pas achever cette journée à l'hôpital, nous avons mieux à faire qu'à jouer les sœurs de charité ! Les morts, ou ceux que l'on prend pour tels, sauront bien se réveiller sans nous et les vivants se sécher ! »

Charlotte ne dit mot et s'éloigna. Quelques personnes lui emboîtèrent le pas, bientôt imitées par d'autres ; finalement, personne ne voulut rester le dernier et tous suivirent. Édouard et Odile se retrouvèrent seuls sous les platanes. Il s'obstina à ne pas vouloir partir, malgré l'angoisse et l'insistance avec laquelle elle le pria de rentrer avec elle au château.

« Non, Odile ! s'écria-t-il, les choses extraordinaires n'arrivent jamais par des voies simples et ordinaires. L'incident inattendu de ce soir nous rapproche l'un de l'autre plus vite que nous ne l'imaginions. Tu es à moi ! Je te l'ai déjà dit et juré si souvent ! Mais il n'est plus l'heure de simplement le dire et le jurer, il est temps que cela soit ! »

La barque arriva depuis l'autre rive. C'était le valet de chambre, qui demanda d'un ton embarrassé ce qu'il allait advenir du feu d'artifice. « Tu n'as qu'à le tirer ! répliqua-t-il. Puisqu'il n'était prévu que pour toi, Odile, tu seras donc la seule à le voir ! Permets-moi simplement de m'asseoir près de toi et de jouir du spectacle avec toi ! » Et il s'assit doucement, timidement à ses côtés, sans la toucher.

Des fusées jaillirent, des coups de canon claquèrent en un roulement de tonnerre, des boules lumineuses s'élevèrent dans le ciel, des serpenteaux s'enroulèrent sur eux-mêmes et éclatèrent, des soleils se mirent à siffler, d'abord isolément, puis deux par deux et enfin tous à la fois, de plus en plus fort, les uns après les autres et tous ensemble. Édouard, dont la poitrine était en feu, suivait des yeux avec une vive satisfaction chacun de ces phénomènes pyrotechniques. Mais pour l'âme tendre et sensible d'Odile, toutes ces apparitions fugaces d'éclairs mêlés de bruits étaient plutôt source d'angoisse que de plaisir. Elle s'appuya timidement contre Édouard, à qui ce rapprochement, cette marque de confiance donna pleinement le sentiment qu'elle lui appartenait tout entière.

À peine la nuit avait-elle repris ses droits que la lune se leva et éclaira les pas des deux amants sur le chemin du retour. Un homme, le chapeau à la main, leur barra soudain le passage et les apostropha pour leur demander l'aumône, arguant qu'il avait été oublié en ce jour de fête. Le clair de lune tombait sur son visage et Édouard reconnut aussitôt les traits de ce mendiant trop importun. Mais heureux comme il l'était, il était impossible qu'il se laissât gagner par l'impatience, qu'il lui vînt à l'idée que la mendicité avait été strictement interdite en ce jour. Il fouilla rapidement dans sa poche et tendit une pièce d'or au mendiant. Il aurait voulu rendre tout le monde heureux, tant son bonheur était sans limite.

À la maison, tout s'était entre-temps déroulé au mieux. L'intervention du chirurgien, le fait que l'on avait disposé sur place de tout le nécessaire, l'assistance apportée par Charlotte : tout s'était conjugué pour ramener le garçon à la vie. Les invités se dispersèrent, autant pour essayer d'apercevoir encore de loin la fin du feu d'artifice que pour regagner leurs pénates après des moments aussi agités.

Le Capitaine, après s'être rapidement changé, avait également pris une part active aux soins donnés à l'enfant. Chacun était maintenant rassuré. Il se retrouva seul avec Charlotte. Il lui expliqua alors, avec toute la confiance qu'autorisait leur amitié, que son départ était imminent. Elle avait vécu ce soir-là tellement d'événements que cette révélation lui fit très peu d'effet. Elle avait vu son ami se sacrifier, sauver la vie des autres, avant d'avoir lui-même la vie sauve. Ces événements extraordinaires lui semblaient présager un avenir très riche, mais pas nécessairement malheureux.

À Édouard, qui entrait avec Odile, fut annoncé également le départ imminent du Capitaine. Il soupçonna que Charlotte était déjà au courant auparavant, mais il était trop occupé de lui-même et de ses projets pour prendre mal la chose.

C'est au contraire avec intérêt et satisfaction qu'il prit connaissance de la situation avantageuse et très honorable qui allait être celle du Capitaine. Ses désirs secrets devançaient irrésistiblement les événements. Il voyait déjà le Capitaine uni avec Charlotte, et lui-même avec Odile. On n'aurait pu lui faire plus beau cadeau pour cette fête !

Mais quelle ne fut pas la surprise d'Odile lorsque, en entrant dans sa chambre, elle trouva le précieux petit coffre sur sa table ! Elle se précipita pour l'ouvrir. Tout, à l'intérieur, y était si soigneusement rangé et empaqueté qu'elle ne voulut rien déplier ; c'est à peine si elle osa soulever légèrement le dessus. Des pièces de mousseline, de batiste, de soie, des châles et des dentelles, toutes plus précieuses les unes que les autres, rivalisaient de finesse et d'élégance. On n'avait pas oublié non plus les bijoux. Elle comprit l'intention de lui offrir ainsi plusieurs toilettes, pour se vêtir de la tête aux pieds, et lui permettre d'en changer plus d'une fois ; mais tout cela était si précieux et si rare pour elle qu'elle n'osait pas même s'approprier ces choses en pensée.

XVI

Le lendemain matin, le Capitaine avait déjà disparu, laissant à ses amis une lettre emplie de sentiments de gratitude. Le soir précédent, Charlotte et lui s'étaient déjà dit à moitié adieu, par quelques mots laconiques. C'était pour elle comme une séparation définitive, à laquelle elle devait se résigner ; car dans la seconde lettre du comte, que le Capitaine lui avait remise en dernier, il était question de la perspective d'un mariage avantageux ; et bien qu'il n'accordât aucune attention à ce point, elle tenait la chose pour certaine et avait déjà purement et simplement renoncé à lui.

En revanche, elle se croyait en mesure d'exiger des autres les mêmes efforts qu'elle avait exercés sur elle-même. Cela ne lui avait pas été impossible et, en conséquence, cela devait être possible pour d'autres. C'est en ce sens qu'elle commença à parler avec son mari, et ce, d'une manière d'autant plus ouverte et confiante qu'elle avait l'impression que la situation devait être définitivement réglée.

« Notre ami nous a quittés, dit-elle, nous nous retrouvons à nouveau l'un en face de l'autre, comme jadis, et il dépend de nous de revenir ou non totalement à l'état antérieur. »

Édouard, qui n'avait d'oreille que pour ce qui venait flatter sa passion, crut que Charlotte évoquait à travers ces mots son ancien état de veuve et, d'une manière certes indirecte, faisait allusion à l'éventualité d'un divorce. C'est pourquoi il répondit avec un sourire : « Pourquoi pas ? Il s'agirait seulement de se mettre d'accord. »

Il se sentit donc bien marri lorsque Charlotte répliqua : « Quant à Odile, nous avons maintenant le choix, pour lui offrir un autre séjour. Deux possibilités se présentent à nous, afin de lui trouver une situation à la mesure des espoirs que nous pouvons nourrir pour elle. Elle peut soit retourner à la pension, puisque ma fille a déménagé chez sa grand-tante, soit entrer dans une famille aisée pour y bénéficier de tous les avantages d'une éducation conforme à son rang, au même titre que la fille unique de la maison.

– Convenons cependant, objecta Édouard d'un ton assez calme, qu'Odile a été tellement choyée en notre amicale compagnie qu'elle aura beaucoup de mal à s'habituer à une autre société.

– Nous avons tous été gâtés, reprit Charlotte, et tu n'as pas été le dernier. Mais voici une époque qui nous invite à réfléchir, qui nous exhorte gravement à penser à ce qu'il y a de meilleur pour tous les membres de notre petit cercle et à ne refuser aucun sacrifice, quel qu'il soit.

– En tout cas, répondit Édouard, je ne trouve pas très juste qu'Odile soit sacrifiée, ce qui sera le cas si elle est transplantée dans un milieu étranger. C'est ici que la chance a souri au Capitaine ; nous pouvons désormais le voir partir tranquillement, et même avec plaisir. Mais qui sait ce qui attend Odile ? Faut-il vraiment précipiter les choses ?

– Nous savons tous à peu près ce qui nous attend », répondit Charlotte assez vivement. Et dans l'intention de s'expliquer une bonne fois pour toutes, elle poursuivit : « Tu aimes Odile, tu as pris l'habitude de sa présence. De son côté également est née une inclination, qu'elle nourrit jusqu'à la passion. Pourquoi ne mettrions-nous pas des mots sur ce que chaque heure nous révèle avec un peu plus d'évidence ? Pourquoi ne serions-nous pas assez prudents pour nous demander jusqu'où cela va nous mener ?

– Même s'il est impossible de répondre immédiatement à cette question, répliqua Édouard en essayant de se contenir, on peut tout au moins penser que c'est précisément lorsqu'il est difficile de prévoir comment une situation va évoluer qu'il convient d'attendre les leçons que l'avenir réserve.

– Il n'y a pas besoin d'être très perspicace pour prédire ce qui va se passer pour nous, répliqua Charlotte. Il est sûr, en tous les cas, que nous n'avons plus l'âge, l'un et l'autre, pour aller aveuglément là où nous ne voudrions ni ne devrions aller. Nous n'avons plus personne pour veiller sur nous. Nous n'avons d'autres amis que nous-mêmes, nous ne pouvons compter que sur nous-mêmes pour notre gouverne. Personne n'attend de nous que nous tombions dans les extrêmes, personne ne s'attend à nous trouver blâmables ni même ridicules.

– Peux-tu m'en vouloir, intervint Édouard, qui ne savait comment répondre au langage franc et direct de son épouse, peux-tu me tenir rigueur de prendre à cœur le destin d'Odile ? Non pas son bonheur futur, qu'il est difficile de concevoir, mais son bonheur immédiat. Peux-tu imaginer sincèrement, sans t'illusionner toi-même, qu'Odile soit arrachée à notre compagnie et placée sous l'autorité d'autres personnes ? Moi, en tout cas, je ne me sens pas assez cruel pour lui imposer ce changement. »

Charlotte perçut immédiatement toute la détermination qui se cachait derrière les propos de son époux. Elle mesura, à cet instant seulement, combien il s'était éloigné d'elle. En proie à une certaine émotion, elle s'écria : « Penses-tu qu'Odile puisse être heureuse en nous séparant l'un de l'autre, en m'arrachant un époux, en arrachant un père à ses enfants ?

– Je crois que nous n'avons plus de souci à nous faire pour nos enfants », répliqua-t-il sèchement, en souriant. Puis il ajouta d'un ton un peu plus aimable : « Pourquoi tomber tout de suite dans l'extrême ?

– Parce que la passion ne connaît justement que l'extrême, fit Charlotte. Ne repousse pas, tant qu'il en est encore temps, l'aide et le conseil que j'offre pour nous deux ! Dans les situations les plus troublées, il faut toujours laisser prendre l'initiative à celui qui reste le plus lucide. Et en l'occurrence, je suis cette personne.

Édouard, très cher Édouard, laisse-moi faire ! Peux-tu me demander de renoncer à toi, et avec toi au bonheur que j'ai mérité, aux droits qui sont les plus sacrés ?

– Qui te demande cela ? répondit Édouard avec un certain embarras.

– Mais toi-même ! s'exclama Charlotte. Proposer de garder Odile parmi nous ne revient-il pas à admettre tout ce qui va s'ensuivre ? Je ne veux pas trop insister auprès de toi. Mais si tu es incapable de prendre sur toi, sache au moins que tu ne pourras pas longtemps te tromper toi-même… »

Édouard sentit combien elle avait raison. Les paroles prononcées sont parfois terribles, lorsqu'elles traduisent soudain ce que le cœur s'est permis depuis longtemps de signifier. Édouard répliqua, simplement pour trouver une échappatoire : « Je ne vois pas encore très bien où tu veux en venir.

– Mon intention, reprit Charlotte, était de réfléchir avec toi aux deux possibilités. L'une et l'autre ont beaucoup d'avantages. Retourner à la pension serait sans doute ce qui conviendrait le mieux à Odile si l'on considère l'état dans lequel cette enfant se trouve aujourd'hui. Mais l'autre position, plus ouverte autant que plus élevée, paraît plus propice dans la perspective de son avenir… » Elle détailla ensuite devant son mari chacune des deux situations, avant de conclure par ces mots : « En ce qui me concerne, je privilégierais la maison de cette dame au pensionnat, cela pour plusieurs raisons, mais en particulier parce que je ne voudrais pas nourrir le penchant, voire la passion du jeune homme dont Odile a conquis le cœur là-bas. »

Édouard parut lui donner raison, mais uniquement pour essayer de gagner un peu de temps. Charlotte, qui tenait absolument à aboutir à une décision, saisit aussitôt l'occasion, puisque Édouard ne s'y opposait pas explicitement, pour fixer dans les jours prochains le départ d'Odile, pour lequel elle avait déjà tout préparé en secret.

Édouard tressaillit. Il se sentit trahi, pensa que les paroles aimables de son épouse n'étaient qu'un artifice, un stratagème délibéré pour le priver à jamais de son bonheur. Il feignit de lui abandonner la conduite des événements ; mais au fond de lui-même, sa résolution était déjà prise. Pour se donner simplement un temps de répit, pour éviter l'irrémédiable malheur du départ imminent d'Odile, il décida de quitter la maison, sans le cacher complètement à Charlotte, à qui il parvint toutefois à faire accroire qu'il ne voulait pas assister au départ d'Odile, et même qu'il ne voulait plus la voir désormais. Charlotte, qui pensait avoir gagné, lui apporta tout son soutien. Il commanda ses chevaux, donna à son valet de chambre toutes les instructions nécessaires sur ce qu'il devait emporter dans les bagages et sur la manière de le rejoindre ; enfin, comme s'il avait déjà le pied à l'étrier, il s'assit à sa table et écrivit :

ÉDOUARD À CHARLOTTE

« J'ignore, très chère, s'il nous sera possible de guérir du malheur qui nous a frappés ; mais je pressens seulement une chose : si je ne veux pas désespérer dans l'instant, il faut que je trouve un peu de répit, pour moi-même et pour nous tous. En me sacrifiant, je suis en mesure de poser mes exigences. Je quitte ma maison et n'y reviendrai que si une situation plus propice et plus sereine se présente. En attendant, c'est toi qui l'occuperas, mais avec Odile. Je veux la savoir auprès de toi, et non parmi des étrangers. Veille sur elle, traite-la comme d'habitude, comme auparavant, et même avec plus de gentillesse, de tendresse et de douceur. Je te promets que je ne chercherai pas à entretenir avec elle de liaison secrète. Laisse-moi plutôt, durant un moment, dans l'ignorance totale de ce qu'est votre vie ; je ne pourrai qu'imaginer le meilleur. Pensez la même chose de moi. Je ne te ferai qu'une seule prière, la plus pressante, la plus insistante qui soit : ne cherche pas à placer Odile quelque part ailleurs, à la transplanter dans un autre endroit ! Si elle venait à sortir de l'enceinte de ton château et de ton parc pour être confiée à d'autres personnes, elle m'appartiendrait et serait bientôt mienne. Mais si tu respectes mon inclination, mon désir, ma douleur, si tu nourris mes illusions et mes espoirs, je ne ferai pas obstacle à la guérison, si elle s'offre à moi. »

Cette dernière phrase sortit de sa plume, non de son cœur. Et lorsqu'il la découvrit sur le papier, il se mit à pleurer amèrement. Il se devait, de quelque manière que ce fût, de renoncer au bonheur, ou au malheur, d'aimer Odile ! C'est alors seulement qu'il commença à prendre conscience de ce qu'il était en train de faire. Il s'éloignait sans savoir ce qui allait en résulter. Il ne fallait pas, en tout cas, qu'il la revît maintenant ; mais la reverrait-il seulement un jour ? Quelle certitude pouvait-il avoir à ce sujet ? Mais la lettre était écrite, les chevaux attendaient devant la porte. Il craignait à chaque instant qu'Odile surgît quelque part devant lui et que sa résolution fût par là même ébranlée. Il se ressaisit ; il se dit qu'il lui était toujours possible de revenir en arrière et qu'en s'éloignant, il se rapprochait justement de la réalisation de ses vœux. Il imaginait que s'il restait sur place, au contraire, Odile serait contrainte de quitter la maison. Il cacheta la lettre, descendit l'escalier en courant et sauta en selle.

En passant devant l'auberge, il aperçut le mendiant à qui il avait fait le soir précédent une si riche aumône ; celui-ci était assis sous la tonnelle, confortablement installé devant son repas de midi. Il se leva, s'inclina avec respect et même vénération devant Édouard. Cet homme lui était apparu la veille, au moment où Odile se promenait à son bras ; le revoir lui rappelait douloureusement les heures les plus heureuses de sa vie ; sa douleur n'en était que plus vive encore : le sentiment de tout ce qu'il laissait derrière lui était insupportable. Il jeta un dernier regard en direction du mendiant : « Tu as bien de la chance, s'exclama-t-il, tu peux aujourd'hui encore profiter de l'aumône qui t'a été donnée hier, tandis que moi, il m'est désormais interdit de goûter au bonheur qui m'a été offert en même temps qu'à toi ! »

XVII

En entendant quelqu'un s'éloigner à cheval, Odile se mit à la fenêtre et eut le temps d'apercevoir Édouard de dos. Il lui sembla étrange qu'il quittât ainsi la maison sans être venu la voir et lui dire bonjour. Elle devint de plus en plus inquiète et soucieuse lorsque Charlotte l'emmena avec elle pour une longue promenade et se mit à parler avec elle de toutes sortes de sujets, mais en évitant délibérément – du moins lui sembla-t-il – d'évoquer son mari. Elle fut donc doublement décontenancée lorsqu'en rentrant, elle découvrit qu'il n'y avait que deux couverts sur la table.

Nous renonçons à regret à nos habitudes, même celles qui sont apparemment les plus insignifiantes, mais ce sentiment de manque devient douloureux en certaines circonstances. Édouard et le Capitaine n'étaient plus là ; pour la première fois depuis longtemps, Charlotte avait dressé la table elle-même. Odile eut l'impression d'être dépossédée. Les deux femmes étaient assises l'une en face de l'autre. Charlotte parla tout naturellement de la nouvelle situation du Capitaine et du peu d'espoir de le revoir prochainement. La seule consolation pour Odile, dans la situation qui était la sienne, était de pouvoir se dire qu'Édouard était sorti pour rattraper son ami et l'accompagner un bout de chemin.

Mais tandis que toutes deux se levaient de table, elles aperçurent la voiture d'Édouard sous la fenêtre ;

Charlotte demanda avec une certaine mauvaise humeur qui avait commandé qu'on l'amenât ici ; on lui répondit que c'était le valet de chambre, qui avait encore quelques bagages à charger. Odile dut se maîtriser pour dissimuler sa surprise et sa douleur.

Le valet de chambre entra et demanda à emporter quelques objets personnels de monsieur : une tasse, quelques cuillères en argent et diverses choses encore, ce qui, aux yeux d'Odile, semblait indiquer que l'on partait pour un grand voyage, une longue absence. Charlotte refusa d'un ton sec d'accéder à la demande du valet ; elle ne comprenait pas ce qu'il voulait : n'avait-il pas lui-même sous sa garde tout ce qui était nécessaire à son maître ? Le domestique rusé, qui n'avait à vrai dire d'autre intention que de pouvoir parler seul à seul à Odile et qui, pour cela, devait l'attirer hors de la pièce sous un prétexte quelconque, trouva quelques mots d'excuse et reformula sa demande ; Odile était prête à la satisfaire, mais Charlotte refusa ; le valet de chambre dut se retirer ; la voiture s'éloigna.

Ce fut pour Odile un terrible moment. Elle ne comprenait pas, ne saisissait pas ce qui arrivait ; mais elle sentait bien qu'Édouard lui était arraché pour longtemps. Charlotte, qui partageait ce sentiment, la laissa seule. Nous n'oserons décrire sa peine et ses larmes. Sa souffrance était immense. Elle pria Dieu de l'aider seulement à passer cette journée. Elle survécut à ce jour, à la nuit suivante et lorsqu'elle revint à elle-même, elle se crut en face d'une autre personne.

Elle ne s'était pas encore ressaisie, pas encore résignée, après le départ d'Édouard ; mais aussi grande que fût pour elle cette perte, elle-même était toujours là et avait désormais davantage à craindre. Sa première inquiétude, une fois qu'elle eut complètement recouvré ses esprits, était d'être à son tour contrainte à s'éloigner, à l'exemple des deux hommes de la maison. Elle ne soupçonnait rien des menaces d'Édouard, qui lui garantissaient de pouvoir rester auprès de Charlotte ; mais le comportement de Charlotte était de nature à la rassurer quelque peu. Celle-ci s'efforçait en effet de toujours occuper la chère enfant, en ne la laissant seule que très rarement, et à contrecœur. Et bien qu'elle sût parfaitement combien les mots sont impuissants pour agir contre une passion déclarée, elle mesurait néanmoins tout ce que pouvait apporter un effort de réflexion et de prise de conscience, raison pour laquelle elle provoqua maintes explications entre elle et Odile.

Ce fut par exemple pour cette dernière une grande consolation que d'entendre Charlotte laisser tomber à dessein et de propos délibéré cette sage remarque : « Quelle reconnaissance nous vouent ceux que nous aidons, par notre sérénité, à sortir de l'embarras dans lequel les plonge leur passion ! N'hésitons pas à intervenir d'un cœur léger là où les hommes nous ont laissé une situation inachevée ! C'est de cette manière que nous ouvrirons les plus heureuses perspectives de leur retour, en préservant et en faisant croître, grâce à notre modération, ce que leur nature impétueuse et impatiente voudrait détruire.

– Puisque vous parlez de modération, ma chère tante, répliqua Odile, je ne vous cacherai pas que je ne puis m'empêcher de penser, en vous entendant, à l'intempérance des hommes, en particulier pour ce qui touche à la boisson. Combien de fois ai-je été affligée et tourmentée de devoir constater que l'intelligence la plus fine, la raison, la délicatesse, la douceur et l'amabilité s'effaçaient pour quelques heures, qu'au lieu de tout le bien qu'un honnête homme peut faire, de l'influence bénéfique qu'il peut exercer autour de lui, l'on risquait de voir se répandre le malheur et le trouble. Combien de décisions brutales sont issues de ce genre de situations ! »

Charlotte lui donna raison, mais elle ne poursuivit pas la conversation ; elle ne devinait que trop bien qu'une fois de plus Odile n'avait en tête qu'Édouard qui, non pas certes régulièrement, mais plus souvent qu'il eût été souhaitable, avait coutume de stimuler sa joie, sa faconde, son plaisir d'entreprendre en abusant, à l'occasion, du vin.

Si le propos de Charlotte avait permis à Odile de se remémorer la présence des hommes, surtout d'Édouard, elle fut d'autant plus surprise en entendant Charlotte parler du mariage du Capitaine comme d'une chose déjà acquise et notoire, ce qui donnait à la situation un tour nouveau, différent de ce qu'elle avait pu imaginer d'après les premières affirmations d'Édouard. Dans ce contexte, Odile porta une attention accrue au moindre mot, aux plus petits faits et gestes, à chaque pas de Charlotte. Sans s'en rendre compte, Odile était devenue à la fois plus lucide, plus clairvoyante et plus soupçonneuse.

Charlotte, cependant, surveillait avec acuité tous les détails de la vie du domaine ; elle agissait avec habileté et sagacité pour obliger en permanence Odile à y participer. Elle ne craignit pas de restreindre au plus juste le train de la maison ; à tout bien regarder de près, elle considérait le récent épisode passionnel comme une sorte de heureux hasard. Car à continuer tel qu'auparavant, l'on eût facilement perdu toute mesure et, si l'on ne s'était pas ravisé à temps, l'on eût sinon détruit, du moins ébranlé par un comportement et des agissements inconsidérés le bel équilibre d'une confortable situation de fortune.

Elle ne toucha pas à tout ce qui était déjà en chantier concernant les aménagements du parc. Elle poursuivit au contraire tout ce qui devait constituer la base d'extensions futures ; mais elle s'en tint à cela, son mari devant encore trouver à s'occuper agréablement à son retour.

Dans l'exécution de tous ces projets et travaux, elle ne pouvait assez se féliciter du talent de l'architecte. Le lac s'étala bientôt devant ses yeux, avec ses nouvelles rives herbeuses agréablement plantées d'essences variées. Tout le gros œuvre du pavillon fut achevé ; tout ce qui était nécessaire à sa conservation fut réalisé. Elle arrêta les travaux là où l'on pourrait les reprendre avec plaisir. Elle vaquait à toutes ces occupations d'une humeur tranquille et sereine. Odile, quant à elle, en donnait seulement l'impression, car en toutes choses elle ne faisait que guetter les indices permettant de conclure que l'on attendait ou non le retour d'Édouard. Rien ne l'intéressait que cette considération.

Aussi trouva-t-elle à son goût une initiative pour laquelle on rassembla tous les petits paysans et qui avait pour but d'entretenir au mieux tout le parc, dont le périmètre n'avait cessé de grandir. Édouard avait déjà nourri cette idée auparavant. On fit confectionner pour les enfants une sorte d'uniforme aux couleurs plaisantes qu'ils endossaient vers le soir, après s'être soigneusement lavés et nettoyés ; toute la garde-robe était conservée au château, placée sous la surveillance du garçon le plus raisonnable, le plus minutieux. L'architecte avait la responsabilité de l'ensemble, et avant qu'on eût le temps de s'en aviser, les enfants avaient tous acquis une certaine dextérité dans leur travail. Ils étaient faciles à diriger et exécutaient leur tâche un peu comme une manœuvre militaire. Certes, lorsqu'ils défilaient armés de leurs binettes, raclettes et râteaux, avec leurs petites bêches, pioches et griffes en éventail, suivis par d'autres avec des corbeilles dans les bras pour enlever les mauvaises herbes et les cailloux, tandis que les derniers traînaient derrière eux un lourd et imposant rouleau de fer, cela formait un cortège réjouissant, l'image d'une suite charmante de gestes et de postures pouvant servir de modèle à l'architecte pour dessiner une frise au fronton d'un pavillon ; Odile, en revanche, n'y voyait qu'une sorte de parade destinée à saluer le retour attendu du maître de maison.

Cela lui donna l'envie et le courage de préparer à son tour quelque chose d'analogue pour l'accueillir. Depuis longtemps déjà, on avait encouragé les jeunes filles du village à essayer d'apprendre à coudre, à tricoter, à filer, à accomplir divers travaux féminins. Ces qualités s'étaient d'ailleurs développées, ce qui avait contribué à rendre le village plus propre et plus beau. Odile s'y était impliquée pour sa part, mais plutôt occasionnellement et par goût personnel. Elle entendait désormais le faire de manière plus systématique et conséquente. Mais il est beaucoup plus difficile de constituer un chœur harmonieux à partir d'un groupe de jeunes filles que d'une bande de garçons. Elle suivit son intuition et, sans s'en rendre compte clairement, elle ne chercha rien d'autre qu'à inspirer à chaque jeune fille l'attachement à sa maison, à ses parents, à ses frères et sœurs.

Elle y parvint d'ailleurs avec nombre d'entre elles, à l'exception d'une seule petite fille au caractère très vif dont tout le monde ne cessait de se plaindre, en l'accusant d'être trop maladroite et de ne vouloir rien faire, une fois pour toutes, dans la maison. Odile ne pouvait lui en vouloir, car celle-ci lui témoignait une affection particulière. Elle s'attachait à sa personne, ne la quittait plus d'un pas lorsqu'elle lui en donnait la permission. Elle se montrait alors active, alerte et infatigable. Il semblait que l'enfant eût le besoin de cet attachement à une belle maîtresse. Au début, Odile toléra simplement la compagnie de l'enfant ; mais elle-même se prit progressivement d'affection pour elle. À la fin, elles étaient devenues inséparables et Nanette accompagnait partout sa maîtresse.

Celle-ci allait souvent se promener dans le jardin, prenant plaisir à le voir si bien prospérer. Le temps des fraises et des cerises tirait à sa fin et Nanette goûtait avec délice les dernières d'entre elles. À propos de tous les autres fruits, qui promettaient de donner à l'automne une récolte si abondante, le jardinier évoquait constamment le maître de maison, dont il ne cessait de souhaiter le retour. Odile aimait à écouter le cher vieil homme. Il possédait parfaitement son métier et n'omettait jamais de lui parler d'Édouard.

Un jour qu'Odile se réjouissait que les greffons du printemps eussent si bien réussi, le jardinier lui répondit avec un air songeur : « J'espère simplement que notre bon maître y trouvera également plaisir. S'il était parmi nous cet automne, il verrait combien d'espèces précieuses, qui remontent à l'époque de son père, poussent encore dans l'ancien parc du château. Tous ces messieurs arboriculteurs d'aujourd'hui sont moins sûrs que les chartreux[47] d'autrefois. Les catalogues sont pleins de beaux noms ; en foi de quoi l'on fait des greffons, et lorsque enfin ceux-ci donnent des fruits, on s'aperçoit que cela ne valait pas la peine d'avoir ce genre d'arbres dans son jardin. »

Surtout, le fidèle serviteur, presque à chaque fois qu'il s'entretenait avec Odile, lui posait invariablement la question de savoir si Monsieur allait revenir et à quelle date. Et lorsque Odile avouait qu'elle ne savait quoi répondre et que le brave homme lui laissait alors entendre, non sans une secrète tristesse, qu'il croyait qu'elle ne lui faisait pas confiance, elle avait un sentiment très pénible de l'état d'ignorance qui s'imposait à elle de cette manière. Elle avait beaucoup de mal à se détourner de toutes ces plates-bandes et ces parterres. Tout ce qu'ils avaient en partie semé et planté ensemble se trouvait maintenant en pleine floraison. Il y avait à peine encore besoin d'y apporter quelque soin, sauf à laisser faire Nanette qui était toujours prête à arroser. Avec quelle émotion Odile contempla-t-elle les fleurs tardives qui n'étaient pas encore écloses à ce jour, et dont l'éclat et l'abondance devaient resplendir plus tard et servir à exprimer son inclination et sa gratitude à l'occasion de l'anniversaire d'Édouard ! Elle se promettait souvent de célébrer cette fête, mais l'espoir de voir celle-ci n'était pas toujours aussi inébranlable. Doutes et inquiétudes assaillaient sans cesse l'âme de la chère enfant.

Il était sans doute exclu de pouvoir restaurer une entente profonde et sincère avec Charlotte. Les deux femmes étaient dans une situation radicalement différente. Si rien ne changeait, si l'on revenait en arrière dans la voie toute tracée d'une vie ordinaire, Charlotte y trouverait un bonheur immédiat et verrait s'ouvrir devant elle d'heureuses perspectives d'avenir ; Odile, en revanche, y perdrait tout, on peut bien dire : tout. Elle avait trouvé pour la première fois la joie de vivre auprès d'Édouard et, dans les circonstances présentes, elle éprouvait comme un vide infini, comme elle n'aurait jamais cru l'imaginer auparavant. Car un cœur qui cherche sent qu'il lui manque quelque chose ; mais un cœur qui a perdu quelque chose éprouve un sentiment de vacuité. Le désir se mue en insatisfaction, en impatience ; une âme féminine, habituée à toujours attendre que les choses arrivent ou lui arrivent, voudrait sortir du cercle qui est le sien, faire, entreprendre enfin quelque chose pour travailler à son bonheur.

Odile n'avait pas renoncé à Édouard. Comment l'aurait-elle pu, bien que Charlotte, fort sagement et contre sa propre conviction, considérât la chose comme acquise et s'accrochât à l'hypothèse qu'Odile et son mari pussent entretenir une paisible relation amicale ? Combien de fois celle-ci resta-t-elle la nuit, après s'être enfermée dans sa chambre, agenouillée devant le petit coffre ouvert, à contempler tous ses cadeaux d'anniversaire, ces pièces d'étoffe qu'elle n'avait pas encore utilisées ou coupées pour se confectionner quelque chose ! Combien de fois la jeune fille se précipita-t-elle, au lever du soleil, hors de la maison dans laquelle elle avait coulé jadis des jours heureux pour aller respirer à l'air libre, dans cette campagne qui, autrefois, ne lui disait rien ! Elle avait même beaucoup de mal à rester sur la terre ferme. Elle sautait dans la barque et ramait jusqu'au milieu du lac ; elle sortait alors un livre de voyage qu'elle lisait en se laissant bercer par les flots ; elle se voyait en rêve dans des pays étrangers où elle retrouvait toujours son ami : elle était toujours aussi proche à son cœur et lui au sien.

XVIII

On peut facilement imaginer que Mittler, ce personnage débordant d'activités dont nous avons déjà fait la connaissance, après qu'il eut appris le malheur qui avait touché ses amis, fût tout disposé, bien qu'aucune des deux parties n'eût encore fait appel à lui, à leur prouver en la circonstance son sens de l'amitié et à mettre toute son habileté à leur service. Mais il lui parut cependant plus sage d'attendre un moment avant d'intervenir ; car il ne savait que trop qu'il est beaucoup plus difficile, dans les situations morales les plus embrouillées, de venir en aide à des personnes d'une certaine culture plutôt qu'à celles qui en sont dépourvues. C'est la raison pour laquelle il décida, dans un premier temps, de les abandonner à elles-mêmes. Mais à la fin, il ne pouvait plus y tenir. Il courut donc à la rencontre d'Édouard, dont il avait déjà retrouvé la trace.

Ses pas le conduisirent dans une agréable vallée, arrosée par les eaux abondantes d'un ruisseau qui ne tarissait jamais et qui tantôt serpentait, tantôt dévalait en bruissant entre les riantes prairies herbeuses, plantées de nombreux arbres. Sur les pentes douces s'étendaient des champs fertiles, des vergers soigneusement entretenus. Les villages n'étaient pas trop rapprochés les uns des autres, l'ensemble du paysage respirait une atmosphère paisible et les différentes parties qui le composaient semblaient particulièrement faites sinon pour le bonheur de les peindre, du moins pour celui d'y vivre.

Son regard fut bientôt attiré par une métairie bien entretenue, avec une modeste habitation très propre, entourée de jardins. Il supposa qu'il s'agissait là du séjour d'Édouard et il ne se trompait pas.

De notre ami solitaire, nous pouvons seulement dire qu'il s'abandonnait en secret, complètement, à sa passion et, ce faisant, nourrissait toutes sortes de projets et d'espoirs. Il ne pouvait se cacher qu'il désirait voir Odile le rejoindre en ce lieu, qu'il désirait l'y mener, l'y attirer, associant à cet endroit tout ce à quoi il ne se défendait pas de penser, dans et hors des limites du licite ! Il laissait son imagination vagabonder parmi toutes les possibilités. S'il ne devait pas la posséder ici, la posséder légalement, alors il était décidé à lui offrir la possession de ce domaine. Ces lieux devaient lui permettre de vivre à l'écart du monde, en toute indépendance. Elle y serait heureuse, et peut-être même, songeait-il en se laissant guider par son imagination torturante, en compagnie d'un autre.

Ses jours s'écoulaient ainsi, ballottés en permanence entre l'espoir et la douleur, entre les larmes et la gaîté, entre les projets, les préparatifs et le désespoir. La vue de Mittler ne le surprit pas. Il attendait depuis longtemps son arrivée, et celle-ci lui fut donc en partie agréable. Dans la mesure où il pouvait croire qu'il était envoyé par Charlotte, il s'était déjà préparé à toutes sortes d'excuses, de réponses dilatoires avant de passer à des propositions plus fermes ; mais dans la mesure où il espérait avoir des nouvelles d'Odile, Mittler lui était aussi cher qu'un envoyé du Ciel.

C'est la raison pour laquelle Édouard fut contrarié et désappointé lorsqu'il apprit que Mittler n'arrivait pas de là-bas, mais se présentait de sa propre initiative. Son cœur se ferma et la conversation s'engagea difficilement. Mais Mittler ne savait que trop bien qu'une âme préoccupée par des sentiments amoureux éprouve le besoin pressant de s'épancher, de confier à un ami tout ce qui l'agite. C'est pourquoi il consentit, après quelques échanges, à sortir de son rôle et à jouer cette fois le confident plus que le médiateur.

Après qu'il eut fait à Édouard quelques reproches amicaux sur sa vie solitaire, celui-ci répliqua :

« Je n'ai pas trouvé meilleure façon de passer le temps de manière agréable ! Je ne pense qu'à elle, je suis toujours auprès d'elle ! J'ai l'inestimable privilège de pouvoir imaginer où vit Odile, où elle va et vient, où elle s'endort. Je la vois devant moi vaquer à ses tâches quotidiennes, se donner toujours une occupation, il est vrai toujours celle qui me flatte le plus. Mais cela ne s'arrête pas là. Car comment pourrais-je être heureux en étant loin d'elle ? Alors mon imagination travaille et je me représente ce qu'Odile devrait faire pour se rapprocher de moi. Je m'écris à moi-même, en son nom à elle, des lettres tendres et intimes, j'y réponds et je conserve soigneusement le tout. J'ai promis de ne pas faire un pas vers elle et je tiendrai ma parole. Mais qu'est-ce qui l'empêche de se tourner vers moi ? Charlotte a-t-elle eu la cruauté d'exiger d'elle l'engagement, le serment de ne pas m'écrire, de ne pas me donner de nouvelles d'elle ? Cela paraît naturel, et même vraisemblable. Et pourtant, je trouve cela inouï, insupportable. Si elle m'aime, comme je le crois, comme je le sais, pourquoi ne se décide-t-elle pas, pourquoi n'ose-t-elle pas s'enfuir pour venir se jeter dans mes bras ? Voilà ce qu'elle devrait faire, ce qu'elle pourrait faire, me dis-je parfois. Lorsque j'entends quelque chose bouger dans le vestibule, je regarde aussitôt vers la porte. Elle va entrer ! Je l'imagine, je l'espère ! Hélas ! Comme le possible est incertain, je me figure que l'impossible se produira. Quand je m'éveille, la nuit, et que la lampe de chevet projette sa lumière tremblante dans ma chambre, j'ai le pressentiment que sa silhouette, son ombre va traverser la pièce, s'approcher de moi et me saisir, ne fût-ce qu'un instant, pour que je sois sûr qu'elle pense à moi, qu'elle est à moi.

« Il me reste cependant une seule joie. Lorsque j'étais auprès d'elle, je ne rêvais jamais d'elle ; mais aujourd'hui, tandis que je suis loin, nous sommes ensemble en rêve, et chose étrange ! il a suffi que je fasse connaissance, dans le voisinage, d'autres charmantes personnes, pour que son image m'apparaisse en rêve, comme pour me dire : "Tu peux bien regarder partout autour de toi ! Tu ne trouveras personne de plus joli et de plus aimable que moi !” C’est ainsi que son image s’immisce dans chacun de mes rêves. Toutes les scènes que je vis avec elle s’entremêlent, se superposent les unes aux autres : nous voici en train de signer un contrat, c’est son écriture à côté de la mienne, son nom à côté du mien ; ils s’effacent l’un l’autre, ils s’entrelacent… Ces voluptueuses fantasmagories nées de mon imagination ne vont d’ailleurs pas sans une certaine souffrance. Parfois, elle commet quelque chose qui vient dégrader l’idée pure que je me fais d’elle ; en proie à une indicible angoisse, je mesure alors seulement combien je l’aime. Parfois, elle me taquine, elle me torture d’une manière tout à fait contraire à sa nature. Mais son image, alors, change immédiatement : son joli petit visage rond aux traits angéliques s’allonge ; elle devient une autre. Mais je n’en suis pas moins ébranlé, tourmenté, anéanti.

« Ne souriez pas, mon cher Mittler, ou bien continuez de sourire, si vous voulez ! Je n’ai pas honte de cet attachement, de cette inclination qui peut vous paraître folle, insensée ! Non, je n’avais encore jamais aimé jusqu’à présent ; je sais seulement maintenant ce que cela veut dire. Tout dans ma vie, jusqu’à présent, n’avait été que prélude, attente, passe-temps et temps perdu, jusqu’au jour où je l’ai connue, où je l’ai aimée vraiment et du fond de mon être. On m’a fait souvent reproche, sinon ouvertement, du moins dans mon dos, de n’être qu’un dilettante, un éternel apprenti en toutes choses. C’est possible. Mais je n’avais pas encore trouvé le domaine où je pouvais passer maître. J’attends de rencontrer celui qui me surpasse dans l’art d’aimer ! C’est à vrai dire un talent lourd à porter, riche de larmes et de souffrances ; mais il m’est si naturel, si propre qu’il me serait difficile d’y renoncer… »

Ces propos vifs et sincères avaient sans doute permis à Édouard de se soulager ; mais chaque trait de sa situation singulière lui était également tout à coup apparu clairement, de sorte que, vaincu par cette douloureuse contradiction, il éclata en larmes, d'autant plus abondantes que ses épanchements avaient attendri son cœur.

Mittler, qui pouvait d'autant moins démentir sa brusquerie naturelle et son intelligence impitoyable que cette douloureuse explosion de la passion d'Édouard le rejetait loin du but de son voyage, exprima clairement et brutalement sa désapprobation. Édouard, dit-il, devait se comporter en homme, réfléchir à ce qu'exigeait de lui sa dignité, ne pas oublier que ce qui fait le plus honneur à la personne humaine, c'est de savoir se ressaisir dans le malheur, de supporter la souffrance avec dignité et égalité d'âme, pour être reconnu et honoré comme un exemple.

Agité, pénétré par les sentiments les plus douloureux comme l'était Édouard à cet instant, ces paroles devaient nécessairement lui paraître creuses et vaines. « Les gens heureux et contents de leur sort ont beau jeu de parler ainsi, s'écria-t-il, mais ils rougiraient de honte s'ils voyaient combien leur existence est insupportable aux yeux de ceux qui souffrent. On admet que la patience doit être infinie, mais les gens qui sont imperturbablement satisfaits de leur vie ne veulent pas reconnaître qu'il existe également un caractère infini dans la souffrance. Il y a effectivement des cas, des exemples où toute consolation est une vilenie, où le désespoir est le seul devoir[48]. Un noble Grec, qui possédait l'art de représenter des héros, dédaignait-il jamais de laisser pleurer les siens quand la douleur était trop forte[49] ? N'y a-t-il pas un dicton qui dit qu'un “homme qui pleure souvent ne peut être mauvais[50]” ? Loin de moi les cœurs secs, les yeux dépourvus de larmes ! Je maudis les gens heureux pour qui le malheur des autres n'est qu'un spectacle ! Plongés dans les plus cruels tourments du corps et de l'esprit, il faut encore que ces derniers conservent une attitude noble pour mériter leurs applaudissements au moment où ils rendent l'âme, tels des gladiateurs qui succombent avec fierté sous leurs yeux. Mon cher Mittler, je vous remercie de votre visite. Mais vous me feriez un grand plaisir si vous alliez maintenant découvrir le jardin et la campagne environnante. Nous nous retrouverons plus tard. Je vais essayer de me ressaisir et de prendre modèle sur vous. »

Mittler préférait changer de sujet plutôt que d'interrompre là une conversation qu'il aurait du mal à renouer. Quant à Édouard, il ne lui déplaisait pas de poursuivre une conversation qui, d'ailleurs, tendait à le rapprocher de ses fins.

« À dire vrai, fit Édouard, il est évident que de toujours ressasser les mêmes idées, les mêmes mots n'amène à rien. Mais à travers toutes ces discussions, j'ai appris à me connaître moi-même, j'ai clairement perçu ce à quoi je devais me résoudre, ce à quoi je suis résolu. Je vois devant moi toute ma vie présente, ma vie future ; je n'ai d'autre choix qu'entre la détresse et la félicité. Faites en sorte, mon bon ami, d'accélérer un divorce qui est devenu si nécessaire, et qui est déjà accompli ! Obtenez-moi le consentement de Charlotte ! Je ne développerai pas davantage les raisons pour lesquelles je crois qu'elle le donnera. Allez là-bas, cher ami, apportez-nous à tous la paix, faites notre bonheur ! »

Mittler ne disait mot. Édouard poursuivit :

« Ma destinée est inséparable de celle d'Odile, et nous ne succomberons pas ! Regardez ce verre ! Nos noms y sont gravés. Un joyeux luron l'a jeté en l'air dans un moment d'allégresse, pour que plus personne ne boive dedans après lui ; mais avant qu'il se brisât en retombant sur la pierre, quelqu'un l'a rattrapé. Je l'ai racheté très cher et je bois désormais chaque jour dedans, pour me convaincre chaque jour que les liens que la destinée a noués sont indestructibles.

– Pauvre de moi ! s'exclama Mittler, quelle patience ne dois-je pas avoir avec mon ami ! Voilà maintenant qu'entre en jeu même la superstition, qui est la pire chose à laquelle un homme puisse succomber et que je déteste au plus haut point ! Nous jouons avec les rêves et les prémonitions pour donner du sens à notre vie quotidienne. Mais lorsque celle-ci prend véritablement un sens par elle-même, lorsque tout s'agite et gronde autour de nous, l'orage n'en devient que plus terrifiant par la présence de tous ces fantômes.

– Dans cette incertitude de la vie, s'écria Édouard, dans cette hésitation permanente entre l'espoir et l'angoisse, offrez au moins à un cœur en détresse une sorte d'étoile vers laquelle il pourra regarder, même si elle ne l'aide pas à se diriger !

– Je le ferais volontiers, répliqua Mittler, si l'on pouvait en attendre que s'installât quelque logique dans les comportements. Mais j'ai toujours pu observer que personne ne prend garde aux mauvais présages, que l'on ne veut prêter attention qu'aux signes flatteurs et prometteurs, ce pourquoi seule la croyance en ces derniers demeure si vivace. »

Comme Mittler se voyait entraîné vers des régions obscures dans lesquelles il se sentait de moins en moins à l'aise à mesure qu'il y demeurait, il accéda un peu plus volontiers au désir pressant exprimé par Édouard de le voir se rendre auprès de Charlotte. Que pouvait-il en effet encore lui opposer, dans cet instant ? Gagner du temps, analyser la situation dans laquelle les deux femmes se trouvaient, voilà tout ce qui lui restait à faire, même au nom de ses propres convictions.

Il se rendit donc au plus vite auprès de Charlotte, qu'il trouva, comme d'habitude, calme et sereine. Elle l'instruisit volontiers de tous les événements qui s'étaient passés et dont il ne connaissait, à travers les propos d'Édouard, que les effets. De son côté, il avançait avec précaution, mais sans pouvoir prendre sur lui de prononcer, ne fût-ce qu'en passant, le mot « divorce ». Aussi, quelle ne fut pas sa surprise, sa stupeur et – conformément à l'état d'esprit qui était le sien – sa joie lorsqu'il entendit Charlotte lui dire enfin, à la suite d'un certain nombre de choses peu réjouissantes : « Il me faut croire, il me faut espérer que tout va s'arranger et qu'Édouard va revenir. Comment pourrait-il en être autrement, puisque, telle que vous me voyez, je suis enceinte.

– Vous ai-je bien entendu ? intervint Mittler.

– Parfaitement, répliqua Charlotte.

– Que cette nouvelle soit mille fois bénie ! s'écria-t-il en joignant les mains. Je connais la force de cet argument sur le cœur d'un homme. Combien de mariages ont-ils été ainsi accélérés, confortés, reconstitués ? Une telle promesse fait plus d'effet que mille mots, une promesse qui est à vrai dire la plus belle qui puisse être donnée. Et pourtant, poursuivit-il, en ce qui me concerne, j'aurais toutes les raisons d'être fâché. Car je vois bien qu'en la circonstance, mon amour-propre n'est pas flatté. Je ne mérite aucune gratitude de votre part pour mon action. J'ai l'impression d'être comme ce médecin de mes amis dont tous les soins qu'il prescrivait aux pauvres pour l'amour de Dieu réussissaient, mais qui ne parvenait que rarement à guérir une personne riche susceptible de le payer [51]. Par bonheur, la situation se dénoue par elle-même, car tous mes efforts, mes tentatives de persuasion seraient restés sans résultat. »

Charlotte lui demanda alors d'annoncer la nouvelle à Édouard, de lui porter une lettre de sa part et de voir ce qu'il convenait de faire, quelles dispositions prendre. Il s'y refusa. « Tout est déjà réglé ! s'écria-t-il. Écrivez tout de suite ! N'importe quel messager fera aussi bien l'affaire que moi. Je dois diriger mes pas là où je suis beaucoup plus utile. Je reviendrai vous voir pour vous présenter mes vœux de bonheur. Je serai là pour le baptême. »

Comme plus d'une fois auparavant, Charlotte fut mécontente de la réaction de Mittler. Son caractère vif pouvait certes produire des effets bénéfiques, mais son manque de patience était également responsable de bien des échecs. Personne n'était plus dépendant que lui des opinions préconçues du moment.

Le messager de Charlotte arriva chez Édouard, qui le reçut avec quelque appréhension. La lettre pouvait contenir une réponse affirmative aussi bien que négative. Longtemps il n'osa pas l'ouvrir. Quelle ne fut pas sa stupéfaction en la lisant ! Il demeura comme pétrifié en découvrant le passage suivant, par lequel la lettre se terminait : « Songe à ces heures nocturnes où tu visitas ton épouse comme un amant, un héros d'aventures, où tu la serras irrésistiblement contre toi, où tu refermas tes bras sur elle comme sur une maîtresse, une jeune mariée. Respectons dans cette étrange conjonction une volonté du ciel, qui a fait en sorte de resserrer nos liens à un moment où le bonheur de nos jours menaçait de se désagréger et de s'évanouir. »

Il serait difficile de décrire ce qui se passa, à partir de ce moment, dans l'âme d'Édouard. Dans une pareille tourmente, de vieilles habitudes, d'anciens penchants finissent par réapparaître, pour tuer le temps et remplir le vide de l'existence. La chasse et la guerre constituent toujours, pour le gentilhomme, un précieux secours de ce genre. Édouard aspirait à affronter un danger extérieur, pour tenir l'équilibre avec celui auquel il était exposé à l'intérieur de sa personne. Il aspirait à la mort, parce que l'existence menaçait de devenir insupportable pour lui ; ce lui était une consolation de penser qu'il pourrait ne plus être et, justement, par là, rendre heureux ses amis, ceux qui lui étaient chers. Personne ne fit obstacle à sa volonté, car il tint sa résolution secrète. Il rédigea son testament, en bonne et due forme ; il lui fut doux de penser qu'il pouvait léguer son domaine à Odile. Il prit des dispositions en faveur de Charlotte, de l'enfant à naître, du Capitaine, de tous ses domestiques. La guerre, qui venait de recommencer, favorisa ses desseins. Il avait eu maille à partir, dans sa jeunesse, avec des chefs militaires médiocres ; c'est la raison pour laquelle il avait quitté l'armée. Ce fut donc pour lui une magnifique sensation de partir en campagne avec un général dont il pouvait se dire que sous son commandement, la victoire était certaine et la mort probable.

Odile, après qu'elle eut à son tour appris le secret de Charlotte, fut aussi stupéfaite qu'Édouard, et même davantage. Elle rentra en elle-même. Elle n'avait plus rien à dire désormais : il lui était impossible d'espérer, interdit de désirer quoi que ce fût. Son journal, dont nous nous proposons de reproduire quelques extraits, nous permet cependant de jeter un regard à l'intérieur de son âme.

SECONDE PARTIE

I

Dans la vie ordinaire, il nous arrive souvent ce que l'épopée nous donne d'habitude à reconnaître comme un procédé habile de la part du poète, à savoir que, lorsque les personnages principaux s'éloignent, disparaissent ou s'abandonnent à l'inaction, une figure de second ou de troisième plan entre en scène, restée inaperçue jusque-là, qui vient remplir la place vide et, en donnant toute sa mesure, nous apparaît également digne d'attention, d'intérêt, de louange et d'estime [1].

C'est ainsi qu'aussitôt après le départ du Capitaine et d'Édouard, la présence de l'architecte gagna chaque jour en importance, car de lui seul dépendaient toute la conduite et la réalisation des nombreux chantiers en cours. Il s'acquittait de cette tâche avec rigueur, compétence et zèle ; en même temps, il rendait service aux dames de multiples manières et savait les distraire durant les longues heures de calme et d'ennui. Déjà sa personne, par elle-même, était de nature à inspirer la confiance, à éveiller la sympathie. C'était un jeune homme dans la pleine acception du terme, de belle stature, mince, plutôt un peu trop grand, timide sans être craintif, avenant, mais sans excès de familiarité. Il se chargeait avec plaisir de la moindre difficulté, prenait volontiers sa part de tous les soucis ; comme il démontrait quotidiennement de grandes facilités en calcul, toute l'organisation du domaine n'eut bientôt plus aucun secret pour lui, et son influence bénéfique se fit partout sentir. On lui laissait habituellement accueillir les étrangers et il savait parfaitement comment écarter une visite importune ou tout au moins y préparer les dames de telle manière qu'aucun désagrément ne s'ensuivît pour elles.

Parmi d'autres, un jeune juriste lui donna un jour du fil à retordre. Il était envoyé par un gentilhomme des environs pour discuter d'une affaire qui, bien que sans importance particulière, n'en touchait pas moins profondément Charlotte. Il nous faut rappeler cet événement, dans la mesure où celui-ci donna une impulsion à différentes choses qui, sans cela, n'auraient peut-être jamais bougé avant longtemps.

Rappelons-nous les transformations auxquelles Charlotte avait procédé dans le cimetière. L'ensemble des monuments avait été déplacé et réinstallé le long du mur, contre le soubassement de l'église. Le reste du terrain avait été nivelé. À l'exception d'une large allée qui conduisait jusqu'à l'église et, longeant celle-ci, aboutissait à la petite porte de l'autre côté, tout l'espace avait été semé de différentes sortes de trèfle, qui verdoyaient et fleurissaient de la plus belle façon. Les nouvelles tombes devaient être rangées selon un certain ordre en partant de l'extrémité, mais l'endroit devait être à chaque fois à nouveau aplani et ensemencé. Personne ne pouvait nier que cette disposition, pour tous ceux qui, les dimanches ou jours de fête, fréquentaient l'église, offrait un aspect empreint de sérénité et de dignité. Même le pasteur d'un âge avancé, attaché à ses vieilles habitudes et qui, au début, n'avait pas particulièrement prisé le nouvel aménagement, trouvait désormais un certain plaisir, lorsqu'il se reposait devant sa porte, tel Philémon avec sa Baucis [2] sous les antiques tilleuls, à voir s'étendre sous ses yeux, au lieu du terrain raboteux autour des tombes, un superbe tapis de toutes les couleurs, destiné en outre à profiter à sa propre maison, dans la mesure où Charlotte avait concédé au presbytère la jouissance du terrain.

Mais nonobstant cela, un certain nombre de paroissiens avaient déjà exprimé leur désapprobation que l'on eût enlevé l'indication de l'endroit où reposaient leurs ancêtres et que l'on eût ainsi en quelque sorte effacé leur souvenir. Car les monuments soigneusement entretenus indiquent sans doute le nom de la personne qui est inhumée, mais non pas l'endroit où elle est enterrée, et c'est le lieu qui importe le plus, aux dires de beaucoup.

Telle était l'opinion d'une famille du voisinage qui avait acquis plusieurs années auparavant un emplacement pour elle et les siens dans ce lieu de repos destiné à toute la communauté, en échange d'une petite fondation en faveur de l'église. Le jeune juriste avait été dépêché pour révoquer cette fondation, notifier que l'argent ne serait plus versé, au motif que la condition sous laquelle les versements s'effectuaient jusqu'à présent avait été unilatéralement suspendue, sans considération des observations et objections de l'autre partie. Charlotte, qui était à l'origine de ce changement, voulut parler elle-même au jeune homme, qui exposa avec conviction, mais sans vindicte, quelles étaient ses raisons et celles de son client, donnant ainsi à réfléchir à la société sur bien des aspects.

« Vous voyez bien, dit-il après un bref préambule où il justifia le caractère insistant de sa démarche, vous voyez bien qu'il importe pour chacun, du plus humble au plus fortuné, de pouvoir marquer l'endroit où reposent les siens. Pour le plus pauvre des paysans qui enterre son enfant, c'est une sorte de consolation de planter sur la tombe une simple croix de bois et d'y accrocher une couronne, pour perpétuer le souvenir au moins aussi longtemps que persistera la douleur, même si le symbole, comme le deuil lui-même, finit par disparaître avec le temps. Les gens aisés transforment ces croix de bois en croix de fer, les fixent et les protègent de différentes manières, assurant ainsi leur pérennité pour quelques années. Mais comme celles-ci finissent également par se renverser et disparaître à la vue, les gens fortunés tiennent à ériger une pierre censée durer plusieurs générations et susceptible d'être entretenue, restaurée par les descendants. La pierre, par elle-même, n'a pas d'attrait pour nous ; ce qui compte, c'est ce qu'elle recouvre, ce qui a été confié à la terre. Il ne s'agit pas tant de la mémoire du défunt que de la personne elle-même, non pas tant du souvenir que du présent. Je serre plus volontiers et plus affectueusement entre mes bras un cher disparu enterré sous un tertre mortuaire que sous un monument ; car celui-ci, en soi, n'a à vrai dire que très peu de valeur ; mais autour de celui-là doivent encore pouvoir se rassembler, comme autour d'une pierre commémorative, même après leur mort, les époux, les parents, les amis ; et celui qui survit doit conserver le droit d'écarter, d'éloigner de l'être cher qui repose en paix les étrangers et les malveillants.

« C'est pourquoi je soutiens que mon client est parfaitement dans son droit en réclamant l'annulation de la fondation. Et c'est encore une exigence minimale, dans la mesure où rien ne peut compenser le préjudice subi par les membres de la famille. Ils doivent renoncer à la douce et douloureuse joie de pouvoir offrir à leurs chers disparus une offrande funèbre, abandonner l'espoir consolant de reposer un jour tout près d'eux.

– L'affaire n'est pas si importante, répliqua Charlotte, que nous nous embarrassions d'une procédure juridique. J'ai d'autant moins de regret que je suis prête à dédommager l'église pour le tort que je lui ai fait. Mais je dois vous avouer sincèrement que vos arguments ne m'ont pas convaincue. Le sentiment qu'il existe enfin, au moins après la mort, une égalité entre tous les hommes me semble plus apaisant que cette manière égoïste et obstinée de prolonger nos personnalités, notre condition sociale et tout ce à quoi nous sommes attachés. Qu'en dites-vous ? demanda-t-elle à l'architecte.

– Je ne veux, sur ce sujet, ni engager un débat, ni emporter la décision, répondit-il. Permettez-moi d'exprimer modestement ce qui touche de plus près à mon savoir-faire, à ma façon de penser. Nous n'avons plus, aujourd'hui, d'urnes funéraires qui nous donnent le bonheur de pouvoir encore presser sur notre cœur les restes de ceux que nous avons chéris ; dans la mesure où, par ailleurs, nous ne sommes pas assez riches et n'avons pas l'âme assez sereine pour conserver ceux-ci intacts dans de grands sarcophages soigneusement décorés, et puisque nous ne disposons même plus d'assez de place pour accueillir nos proches dans l'enceinte des églises et que nous sommes contraints d'aller à l'extérieur, nous avons toutes les raisons, chère madame, d'approuver les dispositions que vous avez initiées. Lorsque les membres d'une paroisse sont enterrés les uns à côté des autres, sur plusieurs rangées, ils reposent auprès et au milieu des leurs ; et puisque nous devons tous un jour retourner à la terre, rien ne me semble plus naturel et plus sain que d'aplanir sans retard les tertres qui se sont formés au hasard et s'affaissent avec le temps, et de rendre ainsi plus léger pour chacun, en le faisant porter par tous, le linceul qui nous recouvre.

– Et cela sans conserver le moindre souvenir, le moindre signe qui puisse entretenir la mémoire ? repartit Odile.

– En aucun cas ! poursuivit l'architecte. Nous ne devons pas nous détacher du souvenir, mais seulement de sa matérialisation. L'architecte, le sculpteur sont intéressés au plus haut point au fait que chaque homme attend de leur part, de leur art et de leur savoir-faire, une pérennisation de son existence. C'est la raison pour laquelle je souhaiterais que les monuments funéraires fussent bien conçus, bien réalisés, qu'ils ne fussent pas isolés et répartis au hasard, mais érigés en un endroit qui leur garantît une certaine durée. Dans la mesure où même les grands de ce monde et les âmes pieuses renoncent au privilège que leur corps repose à l'intérieur des églises, il convient d'installer, au moins à cet endroit ou dans des déambulatoires autour des lieux d'inhumation, des symboles, des inscriptions commémoratives. Il y a mille formes possibles, mille espèces d'ornements dont ils peuvent s'inspirer.

– Si les artistes disposent de ressources aussi riches, reprit Charlotte, alors expliquez-moi pourquoi ils ne parviennent pas à s'affranchir des mêmes formes d'obélisque miniature, de colonne tronquée et d'urne cinéraire ? Je n'ai jamais constaté, au lieu des milliers de créations originales dont vous vous vantez, qu'une multiplication des mêmes choses à des milliers d'exemplaires.

– Cela est sans doute vrai chez nous, répliqua l'architecte, mais pas partout. La capacité d'invention et l'habileté d'exécution sont d'ailleurs en ce domaine quelque chose de bien particulier. Il faut tenir compte, dans ce cas, de toute la difficulté qu'il y a à traiter avec légèreté d'un thème grave et à ne pas se laisser entraîner, sur un sujet peu réjouissant, vers l'affliction. J'ai réuni toute une collection d'esquisses de monuments funéraires que je vous montrerai, à l'occasion. Mais à mon sens, le plus beau des monuments reste pour chacun son propre portrait. Celui-ci donne mieux que toute autre chose l'idée de ce qu'il a été. C'est le meilleur des textes, développé par de nombreuses ou rares notes. Mais il faudrait qu'il ait été réalisé dans le plus bel âge, ce que l'on néglige de faire la plupart du temps. Personne ne songe à fixer les traits d'une forme vivante et, lorsque cela se produit, cela se fait toujours de manière partielle. On se dépêche de mouler le visage d'un défunt, on plaque tel ou tel masque sur un bloc de pierre et l'on baptise cela un buste. Très rares sont les artistes qui sont capables de donner vie à ce genre d'œuvre !

– Sans le savoir ou même le vouloir, reprit Charlotte, vous avez mené notre discussion de telle manière qu'elle tourne à mon avantage. L'image de chaque homme doit être considérée indépendamment de son support ; quel que soit le lieu, elle vaut par elle-même et nous n'attendons pas qu'elle serve à indiquer une tombe. Dois-je vous avouer une étrange impression personnelle ? J'éprouve une sorte d'aversion devant les portraits ; car ceux-ci nous adressent toujours, me semble-t-il, un reproche muet. Ils renvoient à un univers lointain et disparu, me rappellent combien il est difficile d'honorer pleinement le moment présent [3]. Si nous songeons au nombre de personnes que nous avons croisées et connues, et si nous nous avouons combien elles ont peu compté pour nous et nous pour elles, quels ne sont pas nos sentiments ! Nous avons rencontré des gens d'esprit sans profiter de leur conversation, des gens savants sans nous nourrir de leur savoir, des grands voyageurs sans nous instruire de leur expérience, des gens aimables sans leur donner de marques d'affection.

« Et malheureusement, cela ne se produit pas seulement avec les personnes qui passent dans nos vies. Les sociétés, les familles se comportent ainsi à l'égard de leurs membres les plus chers, les cités à l'égard de leurs citoyens les plus dignes, les peuples à l'égard de leurs princes les plus avisés, les nations à l'égard de leurs représentants les plus remarquables.

« J'ai entendu quelqu'un demander, autour de moi, pourquoi l'on dit toujours spontanément beaucoup de bien des morts tandis que l'on s'exprime toujours avec une certaine réserve à l'endroit des vivants. La réponse a été que nous n'avons plus rien à craindre des premiers, alors que les seconds sont toujours en mesure de se trouver un jour sur notre chemin. Le souvenir que nous entretenons des autres manque à ce point d'idéal ! Cela correspond simplement, la plupart du temps, à un jeu égoïste, alors que cela devrait être chose grave et sacrée que de maintenir toujours vivant et vivace le lien avec ceux qui restent. »

II

Sous l'effet de l'incident et de toutes les discussions qui s'étaient ensuivies, on se rendit le lendemain au cimetière. L'architecte avança plusieurs propositions heureuses afin de rendre l'endroit plus agréable, moins austère. Mais sa sollicitude devait également s'étendre à l'église, un édifice qui avait immédiatement attiré son attention.

C'était un bâtiment vieux de plusieurs siècles, bien équilibré, selon le style et le goût allemands [4], avec des ornements heureusement choisis. On pouvait aisément se rendre compte que le maître d'œuvre d'un couvent voisin avait voulu également exercer son talent, avec discernement, sur cet édifice plus modeste ; celui-ci produisait une impression à la fois grave et agréable, bien que le nouvel aménagement intérieur imposé par le culte protestant lui eût enlevé un peu de sa tranquille majesté.

L'architecte n'eut pas grand mal à obtenir de Charlotte une somme raisonnable avec laquelle il se proposait de restaurer dans le style primitif à la fois l'intérieur et l'extérieur, et de mettre l'ensemble en harmonie avec l'espace voué au repos des morts qui s'étendait devant l'église. Lui-même avait une grande habileté manuelle et l'on était prêt à garder quelques ouvriers, qui étaient encore occupés sur le chantier de la maison, aussi longtemps que nécessaire pour achever également cette œuvre pieuse.

Dès lors que l'on fut amené à inspecter en détail le bâtiment lui-même, avec tout ce qui l'entourait et lui avait été adjoint, on découvrit, au plus grand étonnement et pour le plus grand plaisir de l'architecte, une petite chapelle située sur le côté, à laquelle personne n'avait jamais véritablement prêté attention, d'une architecture encore plus légère, plus subtile, avec des ornements encore plus travaillés et plus charmants. Elle contenait également maints vestiges, peints ou sculptés, de l'ancien culte [5], qui pouvait se prévaloir de disposer pour toutes les fêtes religieuses d'une iconographie autant que d'accessoires variés, et de fêter chacune de celles-ci de manière singulière.

L'architecte ne put manquer d'inscrire aussitôt la chapelle dans ses plans, de nourrir en particulier le projet de restaurer cet espace comme témoignage des temps anciens et du style qui les caractérise. Il avait déjà choisi en pensée tous les ornements qui allaient embellir les surfaces vides, et se réjouissait à l'avance de pouvoir exercer son talent de peintre ; mais il préféra n'en parler encore à personne parmi ceux qui l'accompagnaient.

Comme il l'avait promis, il s'attacha avant tout à montrer aux dames les différentes reproductions et esquisses de monuments funéraires, d'urnes antiques et autres choses de ce genre qui étaient en sa possession ; et lorsque l'on en vint à évoquer, au cours de la conversation, les tertres beaucoup plus modestes des peuples nordiques, il sortit sa collection d'armes et d'ustensiles divers qui avaient été retrouvés dans ces tombes. Tout était soigneusement classé dans des petits tiroirs et des casiers faciles à transporter, rangé sur des planchettes munies d'encoches et habillées de tissu, de sorte que tous ces objets antiques et vénérables, par la manière dont ils étaient présentés, prenaient comme un air de coquetterie et s'offraient aux regards comme les boîtes d'une modiste. À partir du moment où il avait montré une première fois ses trésors, et comme la solitude exigeait quelque distraction, il prit l'habitude de déballer chaque soir une partie de ceux-ci. Ils étaient pour la plupart d'entre eux d'origine allemande : des bractéates [6], des monnaies épaisses, des sceaux et toutes choses de cet ordre. Tous ces objets orientaient l'imagination vers les temps anciens ; comme l'architecte, enfin, agrémentait son discours en produisant des premiers essais d'imprimerie, des bois anciens sculptés, de vieilles gravures sur cuivre, comme il décorait également chaque jour l'église selon son goût, avec des peintures et des enjolivures diverses qui invitaient en quelque sorte à remonter le temps, on ne pouvait manquer de se demander si l'on vivait réellement dans l'époque moderne, si ce n'était pas un rêve que d'habiter désormais un monde régi par des mœurs, des habitudes, des modes de vie et de pensée radicalement différents.

Après avoir ainsi préparé les esprits, il fit le plus grand effet en sortant pour finir un grand portefeuille, qui ne contenait certes que des esquisses, mais qui avaient conservé pleinement leur caractère ancien, dans la mesure où elles avaient été calquées directement sur le modèle lui-même. Quel ravissement pour les yeux que ces figures à peine ébauchées ! Toutes irradiaient une existence idéale ; il n'y en avait aucune qu'on ne pût tenir pour noble ou à qui, à tout le moins, on ne pût prêter de la bonté ! Recueillement, sérénité, vénération sincère de l'être suprême, tranquille abandon dans l'amour et l'espérance se lisaient sur tous les visages, s'exprimaient dans toutes les attitudes. Le vieillard au crâne chauve, le jeune garçon à la chevelure toute bouclée, l'adolescent plein de vie, l'adulte à la mine grave, le saint au visage transfiguré, l'ange dans les airs : tous semblaient connaître la félicité, dans leur innocente satisfaction et leur attente pieuse. Les actes les plus ordinaires renvoyaient à une vie céleste, à chaque caractère semblait correspondre une manière propre de rendre grâce à la divinité.

La plupart des gens lèvent les yeux vers ces sphères comme vers un âge d'or disparu, un paradis perdu. Seule Odile semblait peut-être en situation de s'y sentir chez elle, parmi les siens.

Qui aurait pu, dès lors, objecter quoi que ce fût lorsque l'architecte s'offrit à peindre selon ces modèles primitifs les espaces entre les voûtes de la chapelle et à laisser ainsi son empreinte en un lieu où il s'était senti si bien ? Il expliqua son projet avec quelque nostalgie ; il pouvait en effet parfaitement juger de la situation et en conclure que son séjour au sein d'une société si parfaite ne pouvait durer infiniment et devait même éventuellement s'achever bientôt.

S'ils n'étaient pas riches en événements, tous ces jours étaient néanmoins l'occasion de maintes discussions sur des sujets sérieux. Nous en profitons pour reproduire ci-après une partie de ce qu'Odile en a retranscrit dans son journal, sans trouver de meilleure transition qu'une comparaison qui nous est venue à l'esprit à la lecture de ces feuillets si chers à notre cœur.

Il y a dans la marine anglaise, dit-on, une pratique singulière. Tous les cordages de la flotte royale, du plus gros au plus fin, sont tressés de telle manière qu'un fil rouge les parcourt d'un bout à l'autre, qu'il est impossible de dévider sans défaire l'ensemble et dont les moindres fragments permettent de reconnaître qu'ils appartiennent à la Couronne[7].

De la même manière, il passe à travers tout le journal d'Odile un courant de sympathie et de tendresse qui relie entre elles toutes les parties et constitue la caractéristique de l'ensemble. C'est ce qui fait que toutes les remarques, les considérations, les sentences, les diverses opinions qui s'y rencontrent appartiennent en propre à celle qui les a écrites et prennent sens par rapport à elle. Même pris isolément, chaque passage choisi par nous en fournit l'incontestable démonstration.

Extraits du journal d'Odile [8]

« Reposer un jour auprès de ceux que l'on aime est l'idée la plus douce que l'homme peut nourrir lorsqu'il se projette en pensée au-delà de sa propre vie. L'expression "Être réuni avec les siens" traduit véritablement quelque chose qui nous habite au fond du cœur !

« Il y a toutes sortes d'édifices commémoratifs et de signes matériels qui permettent de nous rapprocher de ceux qui sont loin ou qui sont disparus. Aucun ne vaut le portrait. Parler avec un portrait, même si celui-ci n'est pas ressemblant, a toujours quelque chose de charmant, tout comme il peut y avoir parfois un charme à se quereller avec un ami. L'on ressent de la manière la plus agréable, en cette circonstance, que l'on est encore deux et que l'on ne peut se séparer l'un et l'autre.

« Il arrive que l'on s'entretienne avec la personne que l'on a en face de soi comme avec un portrait. Elle n'a nul besoin de parler, de nous regarder, de s'occuper de nous ; il nous suffit de la voir pour ressentir les liens qui nous attachent à elle et qui peuvent même devenir encore plus forts sans qu'elle s'en rende compte, sans qu'elle ait conscience d'apparaître à nos yeux comme un simple portrait.

« L'on n'est jamais satisfait du portrait de personnes que l'on connaît. J'ai toujours plaint, pour cette raison, les portraitistes. L'on exige d'eux l'impossible alors qu'on le demande si rarement à tous les autres gens ! On voudrait qu'ils parviennent à mettre dans leur tableau tout le rapport que chacun a entretenu avec le modèle, toute l'aversion ou l'inclination que celui-ci a suscitée ; on voudrait qu'ils soient capables de représenter non pas simplement la manière dont ils voient leur modèle, mais la manière dont chacun pourrait le voir. Je ne m'étonne pas que les artistes de ce genre deviennent peu à peu insensibles, indifférents aux autres, et finissent par se replier sur eux-mêmes. Peu importe ce qu'il en résulte pourvu que cela ne nous prive pas de nous entourer des portraits de tous les êtres chers à notre cœur !

« La collection rassemblée par l'architecte – cet ensemble d'armes et d'ustensiles anciens ensevelis avec les corps sous des tertres et des blocs de rocher – nous prouve combien sont vaines les dispositions que les hommes prennent pour pérenniser leur personne au-delà de la mort. Comme nous sommes contradictoires ! L'architecte avoue avoir ouvert lui-même tous ces tombeaux d'ancêtres, tout en continuant à s'occuper de monuments censés entretenir le souvenir des disparus chez leurs descendants.

« Mais pourquoi prendre la chose avec autant de rigueur ? Tout ce que nous faisons, le faisons-nous pour l'éternité ? Est-ce que nous ne nous habillons pas le matin pour nous déshabiller le soir ? Est-ce que nous ne partons pas en voyage pour finalement revenir ? Pourquoi nous interdirions-nous de désirer reposer auprès des nôtres, même si cela ne devait durer qu'un siècle ?

« Lorsque nous regardons toutes ces pierres tombales ensevelies, usées sous les pas des fidèles arpentant les déambulatoires, enfouis sous les ruines des églises, la vie après la mort peut apparaître comme une seconde vie qui nous est donnée à travers une inscription, un symbole, et dont nous profitons plus longtemps que de la vie réelle. Mais cette seconde existence s'efface à son tour, tôt ou tard. Le temps ne perd jamais ses droits, pas plus sur les monuments funéraires que sur les hommes. »

III

Se mêler de quelque chose que l'on ne sait faire qu'à moitié procure une impression si agréable que personne ne devrait reprocher à un amateur de s'adonner à un art qu'il n'apprendra jamais ni blâmer un artiste de céder à l'envie de franchir les frontières de son art pour s'aventurer dans un domaine voisin[9].

C'est dans cet état d'esprit bienveillant que l'on suivit tous les préparatifs de l'architecte en vue de peindre la chapelle. Les couleurs étaient prêtes, les mesures relevées, les cartons dessinés ; il avait renoncé à faire œuvre d'originalité : il s'agissait simplement pour lui de s'en tenir à ses esquisses, de répartir habilement les personnages censés planer dans les airs ou assis par terre, afin de décorer l'espace avec goût.

L'échafaudage était dressé ; le travail avançait. Comme un certain nombre de choses étaient déjà achevées et attiraient le regard, il ne pouvait lui être désagréable que Charlotte lui rendît visite en compagnie d'Odile. Les visages d'ange pleins de vie, avec leurs voiles flottant sur le fond bleuté du ciel, réjouissaient la vue, tandis que leur air pieux et recueilli invitait à la méditation et produisait une impression de grande douceur.

Les dames avaient rejoint l'architecte sur l'échafaudage ; Odile n'avait pas véritablement mesuré avec quelle facilité et quelle régularité l'ouvrage avait progressé ; ce qui lui restait de l'enseignement qu'elle avait reçu parut soudain remonter à la surface : prenant en main pinceaux et couleurs, elle entreprit d'exécuter avec autant d'habileté que d'application, en respectant toutes les indications, le riche plissé d'une draperie.

Charlotte, qui aimait à voir Odile s'occuper et se distraire de quelque manière, les laissa faire tous les deux et s'éloigna pour vaquer à ses propres occupations, s'abîmer dans ses pensées et ses réflexions qu'elle ne pouvait confier à personne.

Les gens ordinaires que nous voyons en proie à une vive anxiété en raison des petits soucis qu'ils rencontrent dans leur vie quotidienne nous arrachent un sourire de compassion ; nous considérons en revanche avec respect une âme dans laquelle a été semée la graine d'une grande destinée et qui doit attendre que celle-ci germe, sans avoir la capacité d'accélérer le processus ni s'en donner le droit, quel que soit le bien ou le mal, le bonheur ou le malheur qui doit en résulter.

Par l'intermédiaire du messager que Charlotte avait envoyé dans sa retraite, Édouard lui avait fait parvenir une réponse amicale et compréhensive, mais d'un ton empreint de gravité plutôt que d'affection, de réserve plutôt que de confiance. Il avait disparu aussitôt après ; son épouse n'avait plus reçu aucune nouvelle de lui jusqu'à ce qu'elle découvrît par hasard son nom dans les journaux, salué avec d'autres qui s'étaient particulièrement distingués dans une importante opération militaire. Elle savait désormais quel chemin il avait suivi, à quels dangers il avait échappé ; mais elle se convainquit aussitôt qu'il était prêt à s'exposer à des périls encore plus grands et ne put qu'en déduire de manière trop certaine que rien ne pourrait le détourner de solutions extrêmes. Cette inquiétude habita désormais en permanence toutes ses pensées intimes ; elle avait beau les tourner et retourner dans sa tête, elle ne trouvait pas le repos, quel que fût le point de vue auquel elle s'arrêtait.

Odile, qui ne soupçonnait rien de tout cela, avait entre-temps appris à aimer le travail qu'elle était en train d'accomplir ; elle avait même obtenu facilement de Charlotte l'autorisation de s'y adonner régulièrement. Le chantier progressa à grands pas et le ciel bleu azur fut bientôt peuplé d'habitants tout à fait respectables. Grâce à leur pratique continue, Odile et l'architecte conquirent peu à peu, avec les derniers tableaux, une plus grande marge de liberté ; tous deux s'amélioraient à vue d'œil. Les visages des différents personnages, laissés au seul bon soin de l'architecte, prenaient tous, peu à peu, une expression tout à fait particulière : ils commencèrent à ressembler à Odile. Sur l'âme du jeune homme, qui n'avait encore en tête aucune typologie en matière de physionomie – fût-elle inspirée par la nature ou par l'art –, la proximité de cette belle enfant avait sans doute produit une impression si vive qu'insensiblement toute médiation entre l'œil et la main s'était abolie et que tous deux travaillaient à l'unisson [10]. En un mot, le visage de l'un des derniers personnages fut si bien réussi que l'on eût dit que c'était Odile qui regardait la scène du haut des cieux.

La voûte était terminée ; on s'était proposé de laisser les murs en l'état et de les peindre simplement d'une couleur brune assez claire, sur laquelle se détacherait la teinte un peu plus foncée des fines colonnades et des ornements sculptés. Mais comme souvent dans ce genre de travail où l'on est amené à passer d'une chose à l'autre, on décida finalement d'ajouter encore des fleurs et des guirlandes de fruits, qui devaient en quelque sorte réunir ciel et terre. Odile était ici parfaitement dans son élément. Les jardins alentour offraient les plus beaux modèles et, bien que les guirlandes fussent très richement garnies, on en vint à bout plus tôt qu'on l'eût pensé.

Mais tout paraissait encore inachevé, à l'état de chantier. Les échafaudages s'entassaient les uns sur les autres, les planches étaient jetées pêle-mêle, le sol inégal était souillé par toutes sortes de peintures que l'on avait renversées. L'architecte pria donc les dames de lui donner encore une huitaine de jours avant d'entrer dans la chapelle. Enfin, par une belle soirée, il les invita à se rendre sur place ; lui-même ne souhaita pas les accompagner et se retira aussitôt.

« Quelle que soit la surprise qu'il nous a préparée, fit Charlotte lorsqu'il fut parti, je n'ai aucune envie de descendre là-bas maintenant. Charge-toi seule d'aller voir, tu me raconteras ensuite. Il a certainement réalisé quelque chose de très bien, que je découvrirai d'abord à travers ce que tu m'en diras, avant de le voir avec grand plaisir en réalité. »

Odile, qui savait combien Charlotte, en toutes circonstances, se tenait sur la réserve et s'efforçait d'éviter toute émotion, en particulier tout effet de surprise, se mit aussitôt seule en chemin ; elle chercha involontairement des yeux l'architecte, mais celui-ci ne se montra pas, comme s'il s'était caché quelque part. Elle pénétra dans l'église, qui était ouverte. Celle-ci ayant été achevée bien auparavant, tout était ici depuis longtemps nettoyé et consacré. Elle franchit la porte de la chapelle, dont le lourd battant garni de bronze s'effaça facilement devant elle, et découvrit à sa grande surprise un spectacle inattendu dans ces lieux qui lui étaient familiers.

Depuis l'unique et haute fenêtre tombait une lumière irisée, filtrée par les vitraux de différentes couleurs, qui prêtait à l'ensemble une tonalité étrange, charmante et grave à la fois, et qui invitait à un état d'âme particulier. La beauté de la voûte et des murs était rehaussée par le décor du pavage, constitué de briques spécialement moulées, posées de manière à composer un beau motif et jointoyées par un enduit de plâtre. L'architecte les avait fait fabriquer en secret, de même que les carreaux colorés des vitraux, et n'avait pu assembler l'ensemble qu'au dernier moment. On avait également prévu des sièges pour se reposer. Parmi les antiquités de l'église s'étaient trouvées quelques vieilles chaises de chœur joliment sculptées que l'on avait disposées avec goût le long des murs, tout autour.

De voir toutes ces choses singulières qu'elle connaissait présenter désormais l'aspect d'un ensemble entièrement neuf réjouit le cœur d'Odile. Elle allait et venait, s'arrêtait pour regarder, regarder encore ; elle s'assit enfin sur l'une des chaises et, tandis qu'elle levait les yeux et promenait ses regards autour d'elle, il lui sembla que ce n'était pas elle qui se trouvait là, à éprouver sur le moment cette sensation, comme si tout ce qui s'offrait à sa vue allait disparaître ; ce n'est que lorsque le soleil s'effaça de la fenêtre sur laquelle il jetait jusqu'alors une vive lumière qu'Odile revint à elle ; elle se hâta de regagner le château.

Elle ne se dissimula pas à elle-même que cette aventure surprenante coïncidait avec une époque particulière. C'était la veille de l'anniversaire d'Édouard. Elle aurait effectivement souhaité le célébrer autrement ! Tout aurait dû être réuni afin de lui préparer une belle fête. Alors que maintenant, toutes les fleurs d'automne fleurissaient au jardin sans qu'une main vînt les cueillir. Les tournesols tournaient toujours leur tête vers le ciel, les asters regardaient toujours humblement devant eux [11], tout ce qui avait été employé à tresser des couronnes avait servi de modèle pour décorer un lieu qui, s'il ne devait pas rester une simple lubie d'artiste mais répondre à une quelconque utilité, ne semblait propre qu'à abriter une sépulture commune [12].

Elle ne pouvait s'empêcher de songer à toute la bruyante activité qu'avait déployée Édouard pour fêter son propre anniversaire. Le souvenir du pavillon que l'on venait d'aménager et dont on espérait qu'il serait le théâtre de tant d'événements plaisants resurgissait à sa mémoire. Elle revoyait le feu d'artifice, entendait encore claquer les fusées autour d'elle ; plus elle s'enfermait dans la solitude, plus son imagination travaillait ; mais à la fin, elle ne ressentait que d'autant plus vivement son absence : elle ne s'appuierait plus sur son bras et n'avait plus aucun espoir qu'il pût jamais lui offrir à nouveau un soutien.

Extraits du journal d'Odile

« Il faut que je consigne la remarque que m'a faite le jeune artiste : “À regarder travailler l'artisan comme le sculpteur, on mesure de la façon la plus nette que l'homme s'approprie le plus difficilement ce qu'il possède déjà en lui. Ses œuvres se détachent de lui comme l'oiseau quitte le nid où il a été couvé.”

« C'est surtout l'architecte qui a la plus étrange destinée. Combien de fois ne doit-il pas employer tout son esprit, faire appel à son sens esthétique pour concevoir des espaces dont il doit lui-même s'exclure ! Les salles royales lui doivent leur magnificence, sans qu'il puisse jouir de l'effet produit. À l'intérieur des temples, il trace une frontière entre lui et le saint des saints ; il n'a plus le droit de fouler les marches qu'il a construites pour élever l'âme à l'heure solennelle, de même que l'orfèvre ne peut adorer que de loin l'ostensoir qu'il a lui-même émaillé et incrusté de pierres précieuses. Avec la clef du palais qu'il a construit, l'architecte offre au propriétaire fortuné tous les agréments d'un séjour luxueux, sans en avoir pour lui-même la moindre part de jouissance. L'art, de cette façon, ne devient-il pas inéluctablement peu à peu indifférent à l'artiste, dès lors que l'œuvre, tel l'enfant auquel le père a donné les moyens de s'établir, ne paie pas de retour son créateur ? Combien l'art a dû progresser lorsqu'il avait vocation à se charger presque exclusivement des bâtiments publics, qui appartiennent à tous, et par conséquent aussi à l'artiste !

« Il y a chez les anciens un mythe qu'ils prennent très au sérieux et qui peut sembler effrayant. Ils imaginent leurs ancêtres assis en cercle, sur des trônes, au creux de cavernes profondes, plongés dans des discussions muettes. Lorsqu'un nouveau venu se présente et qu'il leur paraît suffisamment digne, ils se lèvent et s'inclinent pour le saluer [13]. Hier, lorsque j'étais assise dans la chapelle et que je contemplais toutes les autres stalles sculptées autour de moi, cette idée me parut agréable, séduisante. “Pourquoi ne peux-tu pas rester assise ? me disais-je. Rester assise sans un mot, plongée en toi-même, longtemps, longtemps, jusqu'à ce que ceux que tu aimes arrivent enfin, que tu te lèves et que tu t'inclines en un geste amical pour leur montrer la place qui leur revient…” Les vitraux colorés transforment le jour en une pénombre austère, quelqu'un devrait faire don d'une lumière perpétuelle afin que la nuit ne restât pas complètement obscure…

« Quoi qu'on fasse, on se pense toujours dans la position de quelqu'un qui voit [14]. Je crois que l'homme ne rêve que pour ne jamais cesser de voir. Il se pourrait qu'un jour une lumière intérieure émane de notre être, qui ferait que nous n'aurions plus besoin d'aucune autre.

« La fin de l'année approche. Le vent balaie les chaumes et ne fait plus ondoyer les blés ; seules les baies rouges, sur les arbustes élancés, semblent vouloir nous rappeler encore le souvenir d'une nature pleine de vie, comme les coups de fléau, dans la grange, nous font penser que les épis moissonnés recèlent en eux une promesse de vie et de nourriture. »

IV

Après avoir vécu de tels événements et avoir été ainsi envahi par le sentiment de la fugacité et de la fragilité des choses, comment Odile n'aurait-elle pas dû être étrangement touchée par la nouvelle, qui ne pouvait plus lui être cachée plus longtemps, annonçant qu'Édouard avait choisi de s'en remettre au sort changeant de la guerre ? Elle ne manqua pas, malheureusement, de se faire à elle-même toutes les réflexions que cette circonstance devait lui inspirer. Par bonheur, l'homme ne peut jamais appréhender qu'une partie du malheur qui le frappe ; tout ce qui va au-delà le détruit ou le laisse indifférent. Il y a des situations où l'angoisse et l'espoir ne font qu'un, s'annihilent l'un l'autre et se dissolvent dans une sombre ataraxie. Comment pourrions-nous, sinon, savoir que les êtres les plus chers à notre cœur et qui sont loin de nous se trouvent exposés en permanence au danger, tout en continuant à vaquer à nos occupations ordinaires et quotidiennes ?

C'est pourquoi il faut croire qu'un bon génie veillait sur Odile, lequel, dans le silence de sa retraite où elle paraissait s'enfoncer peu à peu dans la solitude et l'inaction, déclencha une invasion qui, en lui donnant suffisamment d'occupations extérieures et en l'arrachant à elle-même, réveilla en même temps chez elle le sentiment de sa propre force.

À peine Lucienne, la fille de Charlotte, avait-elle quitté la pension pour entrer dans le grand monde, à peine s'était-elle vue entourée, dans la maison de sa tante, par une nombreuse société, que, voulant plaire à toute fin, elle y parvint effectivement, et qu'un jeune homme très riche nourrit très vite le désir ardent de l'épouser. Sa fortune considérable lui donnait le droit de toujours prétendre au meilleur en chaque chose et il ne semblait plus rien lui manquer qu'une femme parfaite que le monde lui envierait, comme il lui enviait déjà tout le reste.

C'est cette affaire de famille qui avait donné jusqu'à présent beaucoup de travail à Charlotte ; elle mobilisait toute sa réflexion et constituait le seul sujet de sa correspondance, mis à part les lettres destinées à recueillir des nouvelles d'Édouard ; c'était également la raison pour laquelle Odile, dans les derniers temps, était restée plus souvent seule. Elle n'ignorait pas l'arrivée prochaine de Lucienne ; elle avait pris à cet effet toutes les dispositions nécessaires dans la maison ; mais on ne pensait pas que cette visite était aussi imminente. On croyait encore pouvoir se donner le temps d'écrire quelques lettres, de discuter, de décider de certaines choses lorsque soudain la tempête s'abattit sur le château et sur Odile.

On vit arriver une armée des femmes de chambre et des domestiques, des fourgons chargés de coffres et de malles ; on eût dit que deux ou trois familles d'aristocrates s'installaient dans la maison. Alors seulement les invités firent leur apparition : la grand-tante accompagnée de Lucienne et de quelques amies, ainsi que le fiancé qui, lui non plus, ne s'était pas déplacé sans compagnie. Tout le vestibule du château était encombré de paquets, de sacs et autres bagages de cuir. On avait beaucoup de mal à faire le tri entre les nombreux cartons et les étuis. On n'arrêtait pas de déballer, d'étaler. Entre-temps, une grosse pluie s'était mise à tomber, ce qui rendait l'opération plus incommode encore. Odile affrontait toute cette agitation débridée avec sérénité, s'affairant sans précipitation ; son habileté, sa tranquillité d'âme apparaissaient dans tout leur éclat. Elle eut tôt fait de tout ranger et mettre en place. Chacun trouva sa chambre, aménagée selon son goût, et tous se dirent satisfaits du service, dans la mesure où il ne leur était pas interdit de se servir eux-mêmes.

Après un voyage extrêmement éprouvant, tous auraient souhaité prendre quelque repos ; le fiancé aurait voulu se rapprocher de sa belle-mère, pour l'assurer de toute son affection, de sa bonne volonté. Mais Lucienne ne tenait pas en place. Elle avait enfin la chance de pouvoir monter à cheval ; son fiancé disposant de beaux chevaux de selle, elle n'eut de cesse d'enfourcher aussitôt une monture. Peu importait le temps, que la pluie tombât, que soufflât le vent ou la tempête. C'était comme si l'on était arrivé là sans autre fin que de se mouiller et de se sécher ensuite. S'il lui venait à l'esprit de sortir à pied, elle ne s'avisait jamais des vêtements ou des chaussures qu'elle portait : il fallait que, séance tenante, elle visitât les aménagements dont elle avait tant entendu parler. Ce qui ne pouvait être fait à cheval s'accomplissait à pied, au pas de course. Elle eut bientôt tout vu et jugé de tout. Comme elle était toujours prompte à réagir, il n'était pas facile de la contredire. Tout son entourage devait endurer beaucoup, surtout les femmes de chambre, qui n'avaient jamais fini de laver, de repasser, de découdre et de recoudre.

À peine eut-elle fini d'épuiser les plaisirs du château et des environs qu'elle se mit en devoir de faire des visites dans le voisinage. Comme on se déplaçait très vite, à cheval ou en voiture, ce voisinage s'étendait assez loin. Le château fut bientôt submergé par toutes les personnes qui venaient rendre la visite qu'elles avaient reçue et, afin de ne pas se manquer, il fallut très vite fixer certains jours précis.

Tandis que Charlotte s'employait avec la tante et le fondé de pouvoir du fiancé à régler toutes les dispositions contractuelles, tandis qu'Odile veillait avec tous les gens de maison à ce que rien ne manquât au milieu de toutes ces allées et venues qui obligeaient à requérir tous les fournisseurs de fruits et de légumes, de gibier et de poisson de la contrée, Lucienne apparaissait toujours comme le noyau incandescent d'une comète traînant après elle une longue queue. Les conversations ordinaires, au cours des visites, lui parurent bientôt beaucoup trop insipides. C'est à peine si elle accordait aux personnes les plus âgées de prendre quelque repos à la table de jeux : qui était encore à peu près en capacité de se mouvoir – et qui ne se serait pas bougé pour répondre à ses charmantes sollicitations ? – devait absolument se lever pour se mêler, sinon à une danse, du moins à un jeu de société avec gages et farces et attrapes. Et bien que tout cela, comme d'ailleurs le rachat des gages qui s'ensuivait, fût centré sur sa seule personne, aucun des autres joueurs – et en particulier aucun homme, quel qu'il fût – ne se retirait de la partie les mains vides ; elle parvint même à se concilier les bonnes grâces de plusieurs vieilles personnes d'un certain rang en recherchant la date de leur anniversaire et de leur fête et en célébrant ces jours avec une attention particulière. Ce faisant, elle usait si habilement de ses talents innés que tous se voyaient favorisés, en même temps que chacun pouvait croire l'être plus que les autres – une faiblesse dont se rendit même coupable, de manière particulièrement visible, le doyen d'âge de la société.

Si elle paraissait s'être donné comme plan de s'attirer la bienveillance de tous les hommes qui comptaient, qui représentaient quelque chose par leur rang, leur fortune ou leur réputation ; si elle n'hésitait pas à bafouer toute sagesse ou raison pour gagner à la cause de ses extravagances les esprits les plus pondérés, la jeunesse ne perdait pas pour autant ses droits. Chacun recevait bien sa part, avait son jour et son heure qu'elle mettait à profit pour le séduire et l'enchaîner. C'est ainsi qu'elle repéra très vite l'architecte qui avait pourtant un air si ingénu avec ses longues boucles brunes, qui se tenait toujours tranquillement à l'écart, répondait brièvement et avec bon sens à toutes les questions qu'on lui posait, apparemment peu enclin à se laisser entraîner sur d'autres sujets ; de telle sorte qu'elle finit par se décider, à moitié par caprice, à moitié par dépit, à faire de celui-ci le héros du jour et à l'enrôler ainsi dans la petite cour autour d'elle.

Ce n'est pas en vain qu'elle avait emmené autant de bagages avec elle et que d'autres avaient suivi. Elle avait prévu de pouvoir varier infiniment ses toilettes. Si l'envie la prenait souvent de se changer trois ou quatre fois dans la même journée et de mettre tour à tour, depuis le matin jusque très tard le soir, tous les vêtements en usage dans la bonne société, il lui arrivait également, entre-temps, d'apparaître parfois sous un authentique déguisement, habillée en paysanne ou en femme de pêcheur, en fée ou en bouquetière. Elle ne dédaignait pas de se déguiser en vieille femme, pour faire d'autant mieux ressortir, sous son fichu, la fraîcheur de son teint et la jeunesse de ses traits ; et elle parvenait ainsi, effectivement, à mélanger le réel et l'imaginaire, au point de se croire apparentée et alliée à l'ondine de la Saale [15].

Mais la finalité principale de tous ces travestissements était de lui permettre de participer à certaines pantomimes ou danses dans lesquelles elle excellait à jouer différents rôles. Un cavalier de sa suite s'était exercé à accompagner ses gestes au piano, en jouant les quelques notes indispensables ; il leur suffisait d'un petit signe de connivence pour être immédiatement à l'unisson.

Un jour, alors que l'on faisait une pause au cours d'un bal très animé et qu'on l'invitait, pour répondre à son vœu secret, à se livrer à ce genre d'improvisation, elle parut surprise et embarrassée et, contre son habitude, se fit longtemps prier. Elle se montra indécise, laissa le choix aux spectateurs, demanda qu'on lui fournît un thème, comme pour un impromptu, jusqu'à ce qu'enfin son accompagnateur, comme ils en étaient probablement convenus tous les deux, se mît au piano, entamât une marche funèbre et l'invitât à jouer le rôle d'Artémise [16], qu'elle avait si parfaitement étudié et répété. Elle se laissa convaincre et, après une courte absence, elle apparut aux accents émouvants de la marche des morts dans le costume de la veuve royale, marchant à pas mesurés et portant devant elle une urne cinéraire. Derrière elle, on apporta un grand tableau noir avec, dans un étui doré, un bout de craie bien taillé.

L'un de ses admirateurs et chevaliers servants, à qui elle murmura quelque chose à l'oreille, se dirigea vers le jeune architecte pour le prier de venir l'aider et d'user de tout son talent pour dessiner en sa qualité de maître d'œuvre le tombeau de Mausole, en ne se contentant donc pas de jouer un simple figurant, mais en participant véritablement à la mise en scène. Aussi embarrassé que parût extérieurement l'architecte à cet instant – dans son habit civil moderne et sobre, de couleur noire, il formait en effet un contraste étonnant avec tous ces voiles, ces crêpes, ces jais, ces houppes et couronnes –, il se ressaisit aussitôt intérieurement, ce qui était cependant d'autant plus étonnant à voir. Il se planta avec le plus grand sérieux devant le tableau tenu par quelques pages et se mit à dessiner avec soin et précision un tombeau qui, certes, convenait plus à un roi lombard qu'à un monarque de la Carie, mais dont les proportions étaient si parfaites, les diverses parties si rigoureuses, la décoration si originale que les spectateurs prirent plaisir à le voir prendre forme peu à peu et, lorsqu'il fut achevé, ne cachèrent pas leur admiration.

Pendant tout ce temps, l'architecte ne s'était presque jamais tourné vers la reine et avait concentré toute son attention sur son travail. Lorsque, enfin, il s'inclina devant elle et lui signifia qu'il croyait avoir parfaitement obéi à sa volonté, elle lui présenta l'urne et exprima le désir qu'il dessinât celle-ci sur le sommet du tombeau. Il s'exécuta, bien que de mauvaise grâce, dans la mesure où l'objet ne correspondait pas à l'esprit général de son esquisse. Quant à Lucienne, elle était enfin délivrée de son impatience ; car son intention n'était absolument pas d'obtenir de lui un dessin parfait. Se serait-il contenté d'ébaucher à grands traits quelque chose ressemblant vaguement à un monument pour s'occuper d'elle le reste du temps que cela eût été finalement plus conforme à ses projets et à ses vœux. Mais son attitude la plongeait dans le plus grand embarras. Bien qu'elle s'efforçât, à mesure que le dessin prenait corps, d'alterner diverses expressions – laisser parler sa douleur, donner des directives, faire des suggestions, signifier son approbation –, et bien qu'elle le houspillât presque à plusieurs reprises, simplement pour établir une sorte de lien personnel avec lui, celui-ci ne se départit pas de sa raideur, de sorte qu'elle n'eut d'autre issue que de se servir de son urne, la pressant contre son cœur tout en levant les yeux au ciel et, dans la mesure où ce genre de situation tend toujours vers l'excès, de ressembler finalement à une veuve d'Éphèse [17] plus qu'à la reine de la Carie. La représentation traîna donc en longueur ; le pianiste, qui se montrait d'habitude fort patient, ne savait plus dans quelle tonalité il devait passer ; il remercia Dieu lorsqu'il vit l'urne posée sur la pyramide et retomba involontairement, au moment où la reine voulut exprimer ses remerciements, dans un thème comique, ce qui sans doute ruina tout le caractère de la représentation, mais en revanche égaya fort la société qui se sépara aussitôt afin de témoigner à la dame son admiration, son engouement devant sa remarquable prestation et de féliciter l'architecte pour l'élégance de sa production artistique.

Le fiancé, en particulier, s'entretint avec l'architecte. « Je suis désolé, lui dit-il, que ce dessin soit si périssable. Permettez-moi au moins de le faire transporter dans ma chambre afin que nous puissions en parler tous les deux !

– Si cela peut vous faire plaisir, répondit l'architecte, je peux vous présenter d'autres dessins d'édifices et de monuments beaucoup plus élaborés que cette esquisse rapide et improvisée. »

Odile, qui se tenait à proximité, s'approcha. « Ne manquez pas, dit-elle à l'architecte, de montrer à l'occasion à monsieur le baron toute votre collection. C'est un ami des arts, passionné par l'Antiquité. J'espère que vous ferez plus ample connaissance. »

Lucienne survint en trombe et demanda : « De quoi parlez-vous donc ?

– D'une collection d'œuvres d'art, répondit le baron, que ce Monsieur possède et qu'il veut nous montrer, à l'occasion.

– Qu'il aille la chercher tout de suite ! s'écria Lucienne. Vous voulez bien, n'est-ce pas ? ajouta-t-elle d'un ton enjôleur en lui prenant les deux mains d'un geste amical.

– Ce n'est peut-être pas le bon moment, répliqua l'architecte.

– Quoi ? s'écria-t-elle d'une voix impérieuse, vous refusez d'obéir à un ordre de votre reine ? » Puis elle changea de registre et se mit à l'implorer d'un ton moqueur.

« Ne soyez pas si obstinée ! » dit Odile à mi-voix.

L'architecte s'éloigna après s'être incliné, sans qu'on pût deviner si cela signifiait qu'il acceptait ou refusait.

À peine était-il parti que Lucienne se mit à courir en tous sens à travers la pièce en jouant avec son chien lévrier. « Quel dommage ! dit-elle en venant buter sur sa mère, je suis bien malheureuse ! Je n'ai pas emmené mon petit singe. On m'a convaincue de ne pas le faire, mais c'est seulement pour leur propre confort que mes gens m'ont privée de ce plaisir ! Mais je vais le faire venir, je vais envoyer quelqu'un le chercher. Si seulement je pouvais voir son portrait, je serais déjà contente ! Je vais d'ailleurs le faire peindre et ainsi, il ne me quittera plus !

– Je peux peut-être te consoler, intervint Charlotte, en faisant venir de la bibliothèque un ouvrage qui comporte d'étonnantes illustrations sur les singes. »

Lucienne poussa un cri de joie ; on apporta l'in-folio. La vue de ces affreuses créatures semblables à l'homme – un anthropomorphisme encore accentué par la main de l'artiste – procura une joie intense à Lucienne. Mais elle éprouva une jouissance particulière à découvrir, pour chaque animal, une ressemblance avec une personne de sa connaissance. « Est-ce que celui-ci n'a pas la même allure que notre oncle ? s'écria-t-elle en observateur impitoyable, et celui-là ne fait-il pas penser à M…, le marchand de nouveautés, cet autre au pasteur S…, et ce dernier, ne dirait-on pas monsieur…, monsieur… Machin, en chair et en os ? Au fond, les singes sont les seuls vrais Incroyables [18] et il est incompréhensible que l'on puisse les exclure de la bonne société. »

Bien qu'elle prononçât ces mots, précisément, devant des gens de la meilleure société, personne ne le prit mal. On était tellement habitué à lui autoriser nombre de choses au nom de son charme que l'on pouvait finalement tout lui permettre au nom de ses mauvaises manières.

Odile, entre-temps, s'entretint avec le fiancé. Elle espérait que l'architecte revînt bientôt et que la présentation de ses collections, en donnant à la conversation un tour plus sérieux et de meilleur goût, les libérerait de toutes ces considérations sur la gent simiesque. C'est dans cet espoir qu'elle avait commencé à parler avec le baron, en s'efforçant d'attirer son attention sur tel ou tel sujet. Mais l'architecte se faisait attendre. Lorsqu'il arriva enfin, il avait les mains vides ; il alla se perdre au milieu de la foule, faisant comme si de rien n'était. Sur le moment, Odile demeura – comment dire ? – comme interloquée, contrariée, piquée au vif. Elle avait eu pour lui des mots aimables, elle voulait procurer au fiancé un moment agréable correspondant à ses goûts, car malgré l'immense amour qu'il vouait à Lucienne, il semblait néanmoins souffrir de son comportement.

Les singes durent faire place à une collation. On joua à des jeux de société, on dansa, on se résigna à se rasseoir, on tenta de réveiller un plaisir déjà évanoui : tout cela dura, comme de coutume, bien au-delà de minuit, car Lucienne avait déjà pris l'habitude de ne pouvoir sortir du lit de bon matin et de regagner celui-ci tard le soir.

Le journal d'Odile ne mentionne qu'assez rarement les événements de cette époque ; en revanche, il recèle nombre de maximes et de sentences concernant la vie en général et les leçons que l'on peut en tirer. Mais dans la mesure où la plupart de celles-ci ne peuvent certainement être issues de sa propre réflexion, il est vraisemblable qu'on lui a procuré un recueil de ce genre sur lequel elle a recopié les phrases qui la touchaient de près. Les passages plus personnels, plus intimes se reconnaîtront au fil rouge qui les relie.

EXTRAIT DU JOURNAL D'ODILE

« Nous aimons regarder vers le futur parce que nous voudrions bien que, sous l'effet de nos désirs secrets, les choses approximatives que cet avenir agite sous nos yeux tournent à notre avantage.

« Il nous est difficile de nous trouver en nombreuse compagnie sans penser que le hasard qui rassemble tant de gens ne peut conduire vers nous nos amis également.

« On a beau vivre aussi retiré que possible, on n'en devient pas moins, avant que l'on ait eu le temps de s'en apercevoir, le débiteur ou le créancier de quelqu'un.

« Si nous rencontrons quelqu'un qui nous est redevable de quelque chose, nous nous en souvenons immédiatement. Combien de gens rencontrons-nous envers qui, sans en avoir conscience, nous sommes redevables de quelque chose !

« Vouloir se confier à quelqu'un est dans notre nature ; accepter tel quel ce que l'on veut bien nous confier est une question de culture.

« Nul ne parlerait beaucoup en société s'il avait conscience du nombre de fois où il comprend mal ce que les autres veulent dire.

« On déforme d'autant plus les propos des autres qu'on les a mal compris.

« Celui qui tient de longs discours sans flatter son auditoire finit par déplaire à tout le monde.

« Chaque mot que l'on prononce éveille la contradiction.

« L'esprit de contradiction et la flatterie ne font jamais bon ménage.

« Les sociétés les plus agréables sont celles dont les membres entretiennent, en toute sérénité, une forme de respect réciproque.

« C'est à travers ce qu'ils jugent risible que se révèle le mieux le caractère des hommes.

« Le ridicule naît d'un effet de contraste au plan moral, perçu comme inoffensif au niveau des sens physiques.

« Celui qui perçoit le monde à travers ses sens physiques rit souvent là où il n'y a pas matière à rire. Quoi que ce soit qui le fasse réagir, la satisfaction qu'il éprouve intérieurement se traduit à l'extérieur.

« L'homme raisonnable trouve presque tout ridicule, l'homme de raison presque rien.

« Un homme d'un certain âge qui se voit reprocher de s'intéresser encore aux jeunes femmes s'avisera de répliquer : "C'est le seul moyen de rester jeune, ce que chacun ne peut que souhaiter [19] !"

« On se laisse reprocher ses défauts, on accepte d'en être puni, d'endurer maintes souffrances à cause d'eux ; mais on perd toute patience dès lors que l'on doit s'en défaire.

« Certains défauts sont nécessaires à l'existence de l'individu. Il nous serait désagréable de voir de vieux amis renoncer à certains traits qui constituent leur caractère propre.

« De quelqu'un qui agit d'une manière contraire à toute sa nature, on dira qu'il s'approche de sa fin.

« Quelle sorte de défauts devons-nous conserver en nous, et même cultiver ? Ceux qui flattent les autres plutôt qu'ils ne les blessent.

« Les passions constituent soit des défauts, soit des vertus, simplement sous une forme exacerbée.

« Nos passions sont comme le Phénix : à peine l'ancienne s'est-elle éteinte qu'une nouvelle renaît immédiatement des cendres de celle-ci.

« Les grandes passions sont des maladies incurables : tout ce qui pourrait les guérir ne fait que les aggraver.

« La passion s'exalte et s'apaise à travers l'aveu que l'on en fait. Il n'y a peut-être aucun domaine où le juste milieu soit plus souhaitable que dans ce que nous confions ou, au contraire, dans ce que nous taisons face à ceux qui nous sont chers. »

V

C'est ainsi que Lucienne exacerbait chez les gens autour d'elle le désir de s'enivrer des plaisirs de l'existence, les emportant dans le tourbillon de la vie mondaine. Sa cour s'agrandissait chaque jour, en partie parce que son comportement suscitait chez plus d'un à la fois curiosité et excitation, en partie parce qu'elle savait s'attacher la sympathie des autres par son amabilité et sa gentillesse. Elle se montrait extrêmement généreuse ; dans la mesure où l'affection de sa tante et celle de son fiancé lui avaient valu un afflux soudain d'agréables et précieux bienfaits, elle semblait ne plus rien posséder en propre et ne plus connaître la valeur des choses qui s'accumulaient autour d'elle. C'est ainsi qu'elle n'hésita pas un instant à se défaire d'un châle d'un très grand prix pour le mettre autour du cou d'une femme qui lui paraissait trop pauvrement vêtue en comparaison des autres : elle accomplit ce geste d'une manière si habile, si désinvolte que personne n'eût pu refuser un tel cadeau. Quelqu'un, parmi sa cour, avait en permanence une bourse sur lui avec pour mission de s'enquérir, sur tous les lieux qu'ils visitaient, des personnes les plus âgées et les plus malades pour soulager leur situation, au moins momentanément. Ce qui lui valut dans toute la contrée une réputation de parfaite bonté qui ne manquait pas, par ailleurs, de la gêner parfois dans la mesure où elle attirait à elle beaucoup trop de nécessiteux importuns.

Mais rien n'accrut autant sa réputation que sa remarquable attitude, empreinte à la fois de bonté et de persévérance, vis-à-vis du malheur d'un jeune homme qui, quoique bien fait de sa personne, fuyait la société parce qu'il avait perdu sa main droite au cours d'une bataille, dans des circonstances par ailleurs tout à sa gloire. Cette mutilation avait si profondément altéré son caractère, il lui était devenu tellement insupportable de voir chaque personne nouvelle dont il faisait la connaissance se renseigner sur l'origine de son malheur qu'il préférait se cacher aux regards des autres, s'adonner à la lecture et à d'autres études, ne voulant définitivement plus rien avoir à faire avec la société.

L'existence de ce jeune homme n'échappa point à Lucienne. Elle tint absolument à ce qu'il lui rendît visite, d'abord dans un cercle restreint, puis en plus large compagnie, et enfin devant la société tout entière. Elle se montrait beaucoup plus aimable envers lui qu'envers quiconque ; elle avait l'art, en particulier, de déployer une obligeance empressée pour valoriser à ses propres yeux, en s'efforçant de la compenser, l'amputation qu'il avait subie. Il fallait qu'il fût assis à table à côté d'elle ; elle lui coupait ses aliments, pour qu'il n'eût besoin de se servir que de sa fourchette. Si des personnes plus âgées ou d'un rang plus important occupaient la place, elle ne gardait pas moins un œil attentif sur lui, d'un bout à l'autre de la table, et les serviteurs empressés devaient la suppléer pour accomplir auprès de lui ce dont la distance risquait de le priver. Finalement, elle l'encouragea à apprendre à écrire de la main gauche ; il fallait qu'il lui adressât tous ses brouillons ; de cette manière, elle restait en permanence, de près ou de loin, en relation avec lui. Le jeune homme n'aurait su dire ce qui lui arrivait ; une nouvelle vie commença effectivement pour lui à partir de ce moment.

On pourrait croire qu'un tel comportement dût déplaire au fiancé. C'était tout le contraire. Il mettait tous les efforts qu'elle faisait à son crédit et il avait d'autant plus l'esprit tranquille qu'il connaissait sa prédisposition presque exagérée à écarter tout ce qui pouvait paraître suspect. Elle voulait agir à sa guise avec tout un chacun, et chacun courait le risque de se voir un jour bousculé, houspillé ou taquiné par elle. Mais personne ne pouvait se permettre de lui rendre la pareille, d'oser l'aborder directement, de s'autoriser envers elle, fût-ce de très loin, de la même liberté qu'elle s'accordait ; elle maintenait toujours les autres dans les limites strictes de la bienséance, alors qu'elle semblait elle-même toujours prête à les franchir vis-à-vis d'eux.

D'une manière générale, on aurait pu croire qu'elle se fût donné pour maxime de s'exposer indifféremment à la louange et au blâme, à la sympathie et à l'antipathie. Car si elle cherchait à se concilier de toutes les façons la bienveillance les gens, elle s'aliénait habituellement aussitôt celle-ci par sa mauvaise langue, qui n'épargnait personne. Elle ne faisait aucune visite dans le voisinage, elle et toute sa compagnie n'étaient nulle part reçues, dans aucun château, aucune demeure, sans qu'elle abandonnât toute retenue sur le chemin du retour et laissât paraître combien elle était encline à ne considérer les rapports humains que sous l'angle du ridicule. Ici, c'étaient trois frères que l'âge avait rattrapés alors qu'ils se faisaient encore des politesses pour savoir lequel d'entre eux convolerait le premier ; là, c'était une jeune femme toute menue mariée à un vieil homme corpulent ; ailleurs, inversement, un jeune homme plein d'entrain avec une géante poussive ; dans telle maison, on trébuchait à chaque pas sur un enfant ; telle autre ne lui paraissait jamais pleine quel que fût le nombre de personnes qui s'y trouvaient, simplement parce qu'il n'y avait aucun enfant. Tous ces vieux maris n'avaient qu'à se faire enterrer au plus vite, afin que quelqu'un au moins, dans la maison, pût à nouveau éclater de rire, dans la mesure où ils mourraient sans héritiers légaux. Ces jeunes mariés seraient mieux inspirés de partir en voyage, car ils n'étaient pas faits pour tenir un ménage. Au-delà des personnes, elle traitait de la même manière toutes les choses qu'elle avait vues chez celles-ci, le mobilier autant que la vaisselle. Toutes les décorations murales, en particulier, suscitaient chez elle des remarques acerbes. Depuis les plus anciennes tapisseries de haute lisse jusqu'aux plus modernes papiers, depuis les plus vénérables portraits de famille jusqu'aux gravures sur cuivre les plus frivoles, il n'y avait rien qui ne souffrît ses remarques ironiques, rien qu'elle ne déchirât en quelque sorte à belles dents, si bien que l'on aurait pu s'étonner qu'il existât encore quelque chose jusqu'à cinq lieues à la ronde.

Il n'y avait peut-être pas de véritable méchanceté dans ce comportement qui tendait à tout dénigrer ; elle obéissait peut-être, par habitude, à son caractère espiègle et égoïste ; mais une certaine aigreur marquait désormais ses rapports avec Odile. Elle regardait de haut, avec mépris, l'inlassable et silencieuse activité à laquelle s'adonnait la chère enfant, que chacun pouvait remarquer et qui était l'objet de louanges. Comme on évoquait un jour le soin apporté par Odile à l'entretien des jardins et des serres, elle ne se contenta pas d'ironiser en faisant semblant de s'étonner que l'on n'aperçût ni fleurs ni fruits – oubliant que l'on était au cœur de l'hiver –, mais elle envoya chercher à partir de ce moment tant de verdure, de rameaux, de jeunes pousses pour décorer quotidiennement la table et toutes les pièces qu'Odile et le jardinier furent mortifiés de voir ainsi ruinées toutes leurs espérances pour l'année suivante et peut-être pour plus longtemps encore.

Elle n'accordait pas davantage à Odile de pouvoir vaquer tranquillement à la conduite des activités domestiques, dans lesquelles elle se sentait particulièrement à l'aise. Elle l'obligeait à l'accompagner dans toutes les excursions, les sorties en traîneau, dans tous les bals organisés dans le voisinage ; Odile n'avait à redouter, selon elle, ni le froid, ni la neige, ni les violentes tempêtes nocturnes puisque tant de gens n'en mouraient pas. La délicate enfant en souffrit néanmoins beaucoup, sans que Lucienne y gagnât quelque chose : car bien qu'Odile fût toujours vêtue très simplement, elle était toujours la plus belle – ou du moins le paraissait-elle – aux yeux des hommes. Il émanait de sa personne un charme qui rassemblait les hommes autour d'elle, qu'elle se trouvât au premier ou au dernier rang, quelle que fût la salle. Même le fiancé de Lucienne s'entretenait souvent avec elle, et ce, d'autant plus qu'il voulait solliciter son conseil et son aide dans une affaire qui l'occupait.

Il avait appris à mieux connaître l'architecte ; il avait beaucoup parlé histoire avec lui à propos de sa collection d'œuvres d'art, mais il avait également appris à apprécier son talent dans d'autres circonstances, en particulier en visitant la chapelle. Le baron était jeune, riche ; il avait l'ambition de bâtir, de se constituer des collections. Son goût pour les arts était vif, mais ses connaissances étaient restreintes ; il croyait trouver en la personne de l'architecte l'homme qu'il lui fallait, grâce à qui il pourrait réaliser plus d'un projet. Il avait parlé à sa fiancée de ses intentions ; elle l'en félicita et se montra extrêmement satisfaite de sa proposition, mais peut-être davantage pour soustraire ce jeune homme à Odile – elle croyait en effet deviner chez lui quelque chose comme une inclination – que parce qu'elle pensait pouvoir utiliser son talent pour servir ses propres fins. Car bien qu'il fût très actif lors des fêtes qu'elle improvisait et qu'il se montrât plein de ressources dans l'organisation de telle ou telle réception, elle était toujours persuadée qu'elle s'y entendait mieux. Et comme tout ce qu'elle inventait, en la matière, demeurait en général fort ordinaire, l'habileté d'un domestique un peu adroit suffisait tout aussi bien pour le réaliser que le talent du plus remarquable artiste.

Lorsqu'elle voulait honorer quelqu'un, célébrer son anniversaire ou sa fête, son imagination n'allait pas beaucoup plus loin que la création d'un autel destiné à recevoir des offrandes ou la mise en scène d'un couronnement sur une tête bien vivante ou sur une tête en plâtre.

Lorsque le fiancé l'interrogea sur les rapports de l'architecte avec les personnes de la maison, Odile put lui fournir les informations les plus positives. Elle savait que Charlotte s'était déjà mise en quête d'un emploi pour lui ; car si tout ce monde n'était pas arrivé, le jeune homme serait parti aussitôt après avoir achevé les travaux de la chapelle, dans la mesure où les chantiers devaient nécessairement s'arrêter durant l'hiver ; il était pour cette raison très souhaitable que le remarquable artiste qu'il était trouvât un autre mécène pour l'employer et l'aider à développer son talent.

La relation personnelle entre Odile et l'architecte était tout à fait pure et innocente. Elle avait pris plaisir et s'était réjouie de la présence agréable de celui-ci comme de la proximité d'un grand frère. Ses sentiments pour lui étaient exempts de passion, empreints de toute la sérénité d'une relation de parenté ; car il n'y avait plus de place dans son cœur, empli tout entier par son amour pour Édouard : seul Dieu, qui habite toute chose, pouvait partager ce cœur avec lui.

Cependant, plus l'hiver avançait, plus le temps devenait rude et rendait les chemins impraticables, et plus on trouvait goût à passer en si bonne compagnie ces jours qui raccourcissaient. Entre de brefs moments de reflux, la foule submergeait de temps en temps la maison. Depuis les garnisons les plus lointaines affluaient des officiers, les plus cultivés pour leur plus grand avantage, les plus frustes pour le plus grand désagrément de la société ; les civils n'étaient pas non plus les derniers et, un jour, tout à fait à l'improviste, le comte et la baronne arrivèrent en voiture.

Il semblait que leur seule présence suffisait à constituer une véritable cour. Les hommes de qualité et d'un certain rang se regroupèrent autour du baron, les femmes rendirent à la baronne l'hommage qu'elle méritait. On ne s'étonna pas longtemps de les voir tous les deux ensemble et si joyeux. On apprit en effet que l'épouse du baron était décédée et qu'une nouvelle union allait être scellée dès que les convenances le permettraient. Odile se souvenait de leur première visite, de toutes les paroles qui avaient été prononcées, en cette circonstance, sur le mariage et le divorce, sur l'union de deux êtres et leur séparation, sur l'espoir, l'attente, le renoncement et la résignation. Ces deux personnes qui, à l'époque, n'avaient pas la moindre perspective d'avenir, étaient maintenant devant elle et touchaient enfin au bonheur tant espéré : elle ne put réprimer le soupir qui s'échappait du fond de son cœur.

À peine Lucienne apprit-elle que le baron était amateur de musique qu'elle se mit en tête d'organiser un concert ; elle entendait en profiter pour jouer elle-même de la guitare et chanter. Et il en fut ainsi. Elle ne jouait pas maladroitement de cet instrument et n'avait pas une voix désagréable ; mais en ce qui concerne les paroles, on avait du mal à les comprendre, autant de mal que de coutume, dès qu'une belle Allemande chante en s'accompagnant à la guitare. Cependant chacun l'assura qu'elle avait su chanter avec beaucoup d'expression, de sorte qu'elle put être satisfaite du succès remporté. Il se produisit néanmoins, en la circonstance, un curieux incident. Il se trouvait dans l'assistance un poète dont elle souhaitait également s'attirer les bonnes grâces afin qu'il lui dédiât quelques *Lieder* [20], raison pour laquelle elle avait choisi de présenter ce soir-là presque exclusivement des œuvres de sa composition. Il se montra, comme tout le monde, très poli envers elle ; mais elle espérait davantage de sa part. Elle le lui fit comprendre à plusieurs reprises, mais n'obtint pas d'autre commentaire, jusqu'à ce qu'elle perdît patience et dépêchât auprès de lui l'un de ses courtisans pour en avoir le cœur net et lui demander s'il n'avait pas été tout à fait ravi d'entendre ainsi ses excellents poèmes si excellemment présentés. « Mes poèmes ? » demanda-t-il avec étonnement. « Excusez-moi, monsieur, ajouta-t-il, je n'ai rien entendu que quelques voyelles, et encore, pas toutes ! Mais il est néanmoins de mon devoir de témoigner ma reconnaissance pour une si aimable intention. » Le courtisan se tut et garda cela pour lui, tandis que l'autre tentait de se tirer d'affaire par quelques vagues compliments habilement tournés. Elle signifia sans détour son désir qu'il composât quelque chose exprès pour elle. Si cela n'avait pas paru trop inamical, il lui aurait bien offert un abécédaire pour l'aider à inventer pour elle-même un quelconque hymne sur la première mélodie venue. Mais elle n'allait pas pour autant se sortir indemne de la situation. Peu de temps après, en effet, elle apprit que ce même soir, il avait composé le plus charmant poème sur l'une des mélodies préférées d'Odile, ce qui était bien plus qu'une simple marque de courtoisie.

Lucienne, comme tous les gens de sa sorte qui ne savent faire le partage entre ce qui est à leur avantage et à leur désavantage, voulut alors s'essayer à l'art de la déclamation. Elle avait une bonne mémoire mais, pour être tout à fait honnête, il faut dire que sa diction était trop précipitée, dépourvue d'esprit autant que de passion. Elle récitait des ballades, des petites fables, tout ce que l'on a coutume d'entendre dans ce genre de prestation. Elle avait pris la malheureuse habitude d'accompagner sa récitation de gestes qui avaient pour effet de confondre de manière désagréable, plutôt que de réunir, les éléments de nature épique ou lyrique avec le genre dramatique.

Le comte, dont l'esprit sagace avait très vite jaugé la société et discerné les centres d'intérêt, les aspirations et les engouements de celle-ci, amena Lucienne, pour le meilleur ou pour le pire, à adopter un nouveau genre de représentation, plus conforme à sa nature. « Il se trouve ici, dit-il, plusieurs invités bien faits de leur personne qui ont certainement le talent nécessaire pour imiter des attitudes et reproduire des gestes. Ne devraient-ils pas essayer de nous présenter des tableaux vivants [21], d'après des œuvres connues ? Un tel travail de reproduction, même s'il exige beaucoup d'effort et de préparation, offre en revanche un charme certain. »

Lucienne comprit immédiatement qu'avec cette proposition, elle serait tout à fait dans son élément. Sa belle taille élancée, ses jolies formes, son visage régulier et néanmoins expressif, sa chevelure d'un brun lumineux, son cou gracile – tout la prédisposait, en quelque sorte, à poser pour un tableau. Et si elle avait su qu'elle était plus belle en restant immobile que lorsqu'elle était en mouvement (dans la mesure où il lui échappait parfois, en ce dernier cas, quelque geste gênant et dépourvu de grâce), elle se serait adonnée avec un zèle encore plus grand à cette forme de statuaire vivante.

On se mit donc à la recherche de gravures sur cuivre et de tableaux célèbres ; on choisit en premier lieu le *Bélisaire* d'après Van Dyck [22]. Un homme de forte stature et d'un âge certain devait représenter le général aveugle en position assise, l'architecte devait prendre la posture du guerrier debout devant lui, l'air triste et compatissant (il y avait effectivement quelque ressemblance entre les deux). Lucienne s'était réservé quant à elle, avec une certaine modestie, le rôle de la jeune femme à l'arrière-plan qui puise de riches aumônes dans une bourse et les compte sur la paume de sa main, tandis qu'une vieille personne tente de la dissuader en lui démontrant qu'elle en fait trop. On n'avait pas oublié non plus l'autre personnage féminin, qui tend effectivement une aumône au vieil homme.

On prit très au sérieux cette nouvelle occupation, pour ce premier tableau et pour les autres. À partir de quelques indications fournies par le comte sur la façon d'agencer les lieux, l'architecte aménagea une scène spéciale et prit les dispositions nécessaires en matière d'éclairage. On était déjà totalement investi dans ces préparatifs lorsque l'on se rendit compte qu'une telle entreprise exigeait beaucoup de moyens et qu'il était impossible, à la campagne et en plein hiver, de pourvoir à tous les besoins. C'est la raison pour laquelle Lucienne, afin que rien ne vînt retarder le projet, accepta de sacrifier presque toute sa garde-robe pour que l'on pût couper les différents costumes choisis par les artistes, non sans un certain arbitraire.

La soirée tant attendue arriva : la représentation eut lieu devant un public nombreux et remporta un succès unanime. Une musique d'ouverture, spécialement choisie, fit monter la tension dans la salle ; Bélisaire entra en scène le premier. Les personnages étaient si remarquablement campés, les couleurs si heureusement réparties, les éclairages si harmonieusement réglés que l'on se croyait effectivement transporté dans un autre monde, si ce n'est que la présence du réel, au lieu de l'illusion, produisait une sorte de sensation d'angoisse [23].

Le rideau tomba, mais fut relevé à plusieurs reprises, à la demande du public. Un intermède musical vint distraire la société, à qui l'on réservait la surprise d'un autre tableau, d'un genre plus noble encore : la présentation d'*Esther devant Assuérus*, de Poussin [24]. Lucienne s'était, cette fois-ci, réservé une meilleure part. Elle déploya tous ses charmes dans le rôle de la reine tombant inanimée, en ayant eu l'habileté de choisir, pour représenter les jeunes filles qui devaient l'entourer et la soutenir, des personnes toutes jolies et bien faites, mais dont aucune ne pouvait soutenir la comparaison avec elle. Odile demeura exclue de ce tableau comme des autres. Pour incarner le roi trônant tel Zeus sur un trône doré, on avait désigné le plus bel homme de la société, et le plus vigoureux, si bien que ce tableau atteignit véritablement à une incomparable perfection.

Comme troisième tableau, on avait retenu *La Remontrance paternelle*, de Terborch : qui ne connaît la superbe gravure qu'en a faite notre Wille[25] ? Un père à l'allure noble et chevaleresque est assis, les jambes croisées, et semble faire la leçon à sa fille, debout devant lui. Celle-ci, superbe silhouette drapée dans une robe de satin blanc à grands plis, n'est certes vue que de dos, mais tout son être semble indiquer qu'elle se contient. Mais au geste et à la mine de son père, on devine que la remontrance qu'il lui adresse n'est pas très sévère et mortifiante ; quant à la mère, elle semble vouloir dissimuler un certain embarras en gardant les yeux fixés sur le verre de vin qu'elle est sur le point de vider.

Lucienne devait apparaître en la circonstance dans son plus bel éclat. Ses tresses, son cou, sa nuque étaient d'une beauté au-delà de toute expression ; sa taille fine, très élégante et élancée (les vêtements à la mode antiquisante d'aujourd'hui dérobent presque entièrement à la vue cette partie du corps), s'offrait aux regards pour son plus grand avantage dans son costume ancien. L'architecte avait pris soin de disposer avec art, de la manière la plus naturelle possible, les larges plis de satin blanc, de sorte que cette imitation en forme de tableau vivant l'emportait sans conteste sur l'original. La scène ravit toute la société, qui n'en finit pas de redemander le tableau ; le désir tout à fait naturel de contempler le visage d'une si belle créature que l'on n'avait pu apercevoir que de dos devint si fort qu'un joyeux luron, dans son impatience, lança ces mots que l'on écrit parfois au bas d'une feuille : « *Tournez, s'il vous plaît*[26] *!* » Il recueillit l'approbation unanime. Mais les acteurs étaient parfaitement conscients de ce qui pouvait être à leur avantage, ils avaient trop bien compris le sens de leur prestation artistique pour céder ainsi à la demande générale. La jeune fille à l'attitude contrite ne bougea pas de place ni n'accorda aux spectateurs le loisir de voir l'expression de son visage ; le père garda sa posture d'admonestation, la mère ne détourna ni le regard ni le nez du verre transparent qu'elle tenait en main et dont le contenu, bien qu'elle donnât l'impression de boire, ne diminuait pas… Que dire encore des baissers de rideau qui suivirent, composés à partir de scènes d'auberge et de marché empruntées à la peinture hollandaise ?

Le comte et la baronne partirent en promettant de revenir après leur mariage, dès les premières semaines de leur bonheur conjugal. Charlotte espérait maintenant, après ces deux mois éprouvants, voir partir également tout le reste de la société. Elle était désormais certaine que sa fille serait heureuse lorsque serait retombée toute l'effervescence de la jeunesse et des fiançailles ; car son fiancé se considérait comme le plus heureux des hommes. Malgré sa grande fortune et son tempérament modéré, il se sentait merveilleusement flatté, semblait-il, de posséder une femme qui allait plaire au monde entier. Il avait une manière tout à fait particulière de tout rapporter à elle et, à travers elle seulement, à lui-même, de sorte qu'il ressentait une impression désagréable lorsqu'un nouveau venu ne concentrait pas immédiatement son attention sur elle et, comme cela arrivait assez souvent en raison de ses qualités avec les personnes d'un certain âge, cherchait à nouer une relation plus étroite avec lui sans se soucier particulièrement d'elle. Au sujet de l'architecte, l'affaire fut bientôt réglée. Au nouvel an, celui-ci les suivrait et passerait le carnaval en leur compagnie, en ville ; Lucienne se promettait de trouver là-bas le plus grand des bonheurs à reproduire les tableaux vivants qu'ils avaient si bien préparés, ainsi qu'à faire mille autres choses encore, et cela d'autant plus que sa tante et son fiancé semblaient tenir pour négligeables les dépenses exigées par ses plaisirs.

Il fallait maintenant se séparer. Mais cela ne pouvait se faire de manière ordinaire. Il arriva un jour que l'on se mit à plaisanter presque ouvertement sur le fait que les provisions d'hiver de Charlotte allaient bientôt être épuisées ; c'est alors que le gentilhomme qui avait joué le rôle de Bélisaire, par ailleurs fort riche de son état, subjugué par les charmes de Lucienne auxquels il rendait hommage depuis longtemps déjà, s'écria sans réfléchir : « Eh bien ! procédons à la polonaise ! Venez chez moi et dévorez tout ce que j'ai, et nous continuerons ainsi avec chacun, à tour de rôle ! » Aussitôt dit, aussitôt fait : Lucienne acquiesça. Le lendemain, on plia bagages et tout l'essaim s'abattit sur un autre domaine. Celui-ci offrait suffisamment de place, mais moins de commodités et de confort. Ce qui généra quelques entorses à la bienséance, pour le plus grand bonheur de Lucienne. On menait un train de vie de plus en plus effréné, de plus en plus débridé. On organisa des battues en pleine neige et autres choses du même genre, tout ce que l'on pouvait imaginer de plus incommode. Les femmes n'avaient pas plus que les hommes le droit de s'en dispenser. Et c'est ainsi qu'on passa d'un domaine à l'autre, en se transportant à chaque fois bruyamment à l'occasion d'une chasse, d'une course à cheval ou en traîneau, jusqu'à ce que l'on se rapprochât enfin de la capitale princière. C'est alors que les nouvelles et les récits sur la manière dont les gens se distrayaient à la cour et à la ville donnèrent un autre cours à l'imagination et plongèrent irrésistiblement Lucienne avec toute sa suite dans un autre monde, où sa tante l'avait déjà précédée.

EXTRAITS DU JOURNAL D'ODILE

« Dans le monde, on prend chacun pour ce qu'il prétend être ; encore faut-il qu'il prétende être quelque chose. On supporte les personnes dérangeantes plus volontiers que celles qui sont insignifiantes.

« On peut tout imposer à une société, sauf ce qui peut entraîner la moindre suite.

« Nous ne connaissons pas les gens qui viennent vers nous ; il faut que nous allions vers eux pour apprendre quelque chose d'eux.

« Je considère presque comme naturel que nous ayons beaucoup à redire sur le comportement de ceux qui nous rendent visite et que, dès qu'ils sont partis, nous rendions sur eux les jugements les moins indulgents ; car nous avons en quelque sorte le droit de les mesurer à notre propre aune. Même les personnes raisonnables et justes ne se privent guère, dans ce cas, d'exercer la plus sévère critique.

« En revanche, lorsque l'on s'est trouvé soi-même chez les autres et que l'on a pu les observer dans leur cadre quotidien, avec toutes les nécessités auxquelles ils ne peuvent échapper, dans leur façon d'agir ou de s'adapter, il faudrait être déraisonnable ou malveillant pour juger ridicule tout ce qui devrait nous apparaître respectable sous plus d'un aspect.

« Grâce à ce que nous appelons les règles de conduite et de bonnes mœurs devrait être conquis ce qui, autrement, n'est accessible que par la force, et encore.

« La manière de se comporter envers les femmes est le critère des bonnes mœurs.

« Comment la nature, le caractère propre de chacun peut-il perdurer en se pliant aux règles du savoir-vivre ?

« Le caractère propre de chacun devrait au contraire être exhaussé par les règles du savoir-vivre. Tout le monde recherche ce qui peut le rendre important, à condition que cela n'affecte pas son confort.

« Ce sont les militaires doués d'un esprit cultivé qui, dans la vie en général comme dans la société, jouissent des plus grands avantages.

« Les gens de guerre grossiers, au moins, ne font jamais violence à leur nature ; mais dans la mesure où leur force physique cache la plupart du temps une forme de bonhomie, il est toujours possible, en cas de besoin, de s'entendre avec eux.

« Il n'y a personne de plus insupportable qu'un être fruste qui n'appartient pas à la condition militaire. On pourrait justement attendre de lui qu'il soit un peu plus délicat, dans la mesure où il n'a pas à s'occuper de choses grossières.

« Lorsque nous vivons avec des personnes qui ont un sens aigu de la bienséance, nous tremblons qu'elles soient confrontées avec quelque événement inconvenant. C'est ce que je ressens toujours pour et avec Charlotte, lorsque quelqu'un commence à se balancer sur sa chaise devant elle, ce qu'elle déteste au plus haut point.

« Personne n'entrerait dans un appartement privé avec ses lunettes sur le nez s'il savait que nous autres femmes perdons alors immédiatement toute envie de le regarder et de nous entretenir avec lui [27].

« Il est toujours ridicule que la familiarité vienne se substituer au respect. Nul n'ôterait son chapeau à peine après avoir présenté ses compliments, s'il savait l'effet comique que cela produit.

« Il n'y a aucun signe extérieur de politesse qui n'ait une raison morale profonde. La bonne éducation serait celle qui transmettrait à la fois ce signe et cette raison.

« La façon de se comporter est un miroir où chacun montre son image [28].

« Il y a une politesse du cœur, qui s'apparente à l'amour. C'est elle qui génère la forme la plus naturelle des politesses dans le comportement extérieur.

« Consentir à vivre dans la dépendance de quelqu'un constitue l'état le plus enviable qui soit : comment cela serait-il possible sans l'amour ?

« Nous ne sommes jamais si éloignés de nos désirs que lorsque nous nous imaginons posséder l'objet de ces mêmes désirs.

« Nul n'est davantage esclave que celui qui se croit libre alors qu'il ne l'est pas

« Il suffit que quelqu'un se dise libre pour se sentir, à l'instant même, soumis à certaines déterminations ; si en revanche il ose reconnaître cette soumission, il se sentira pleinement libre.

« Face aux grands mérites d'une tierce personne, il n'y a d'autre forme de salut que l'amour [29].

« Rien n'est plus effrayant qu'un homme de grand mérite dont les sots se prévalent.

« On dit qu'aux yeux du valet de chambre, il n'y a pas de héros. Mais cela provient uniquement du fait que seuls les héros peuvent reconnaître les héros. Le valet de chambre sait probablement très bien apprécier les gens comme lui.

« Il n'y a pas de plus grande consolation, pour la médiocrité, que de penser que le génie n'est pas immortel [30].

« Les plus grands hommes sont toujours de leur siècle par une quelconque de leurs faiblesses.

« On a coutume de tenir les hommes pour plus dangereux qu'ils ne sont.

…nt que les gens sages sont pareillement …lus dangereux sont ceux qui sont à moi-…oitié sages.

« Il n'y … s de moyen plus sûr, pour échapper au monde, que l'art ; mais il n'y a pas non plus de plus sûr moyen que l'art pour s'unir à lui.

« Même dans les moments de bonheur suprême ou de profonde détresse, nous avons encore besoin de l'artiste.

« L'objet de l'art est de s'occuper de ce qui fait à la fois la difficulté et la valeur des choses.

« Voir traiter sans effort apparent des choses les plus difficiles nous donne une image de ce que signifie réaliser l'impossible.

« Les difficultés croissent toujours à mesure que l'on se rapproche du but.

« Il est toujours beaucoup plus aisé de semer que de moissonner. »

VI

Le grand trouble ressenti par Charlotte à l'occasion de cette visite fut compensé par le fait qu'elle apprit ainsi à comprendre pleinement sa fille, ce en quoi sa connaissance du monde l'aida beaucoup. Ce n'était pas la première fois qu'elle rencontrait un caractère aussi singulier, bien que ce ne fût encore jamais, lui semblait-il, à ce degré. Elle savait cependant par expérience que de telles personnes, instruites par la vie, les événements divers et les responsabilités parentales, peuvent acquérir une aimable et agréable maturité à mesure que leur égocentrisme s'atténue et que leur soif d'activité se concentre dans une direction donnée. Charlotte, en tant que mère, trouvait d'autant moins à redire à ce phénomène peut-être dérangeant aux yeux des autres qu'il sied aux parents d'espérer justement là où les étrangers ne désirent que prendre du plaisir ou tout du moins ne pas être importunés.

Charlotte devait cependant être bientôt touchée, d'une manière inattendue et bien particulière, par la mauvaise réputation laissée par sa fille après son départ, et qui concernait moins ce que l'on pouvait trouver de blâmable dans sa conduite que ce que celle-ci avait de louable. Lucienne semblait s'être fait une loi non seulement de se montrer gaie avec les gens gais et triste avec les gens tristes mais, par esprit de contradiction, d'attrister parfois les caractères les plus gais et d'égayer les personnes les plus tristes. Dans toutes les familles qu'elle fréquentait, elle s'enquérait des malades, de ceux qui se sentaient trop affaiblis pour paraître en société. Elle allait les voir dans leur chambre, jouait auprès d'eux le rôle du médecin, imposait à chacun des remèdes énergiques puisés dans sa pharmacie de voyage, dont elle ne se séparait jamais ; il dépendait du hasard, comme on peut bien l'imaginer, qu'un tel traitement réussît ou non.

Dans ce genre d'acte de bienfaisance, elle se montrait tout à fait cruelle, ne voulant rien démordre, persuadée qu'elle agissait pour le mieux. Mais elle échoua aussi dans une tentative d'ordre moral qui fit beaucoup de souci à Charlotte, dans la mesure où cela entraîna des conséquences et où tout le monde en parla. Elle n'en eut connaissance qu'après le départ de Lucienne. Odile, qui justement l'avait accompagnée lors de cette visite, dut lui en rendre compte en détail.

L'une des filles d'une famille très honorablement connue avait eu le malheur d'être responsable de la mort de l'un de ses plus jeunes frères ; elle ne parvenait pas à s'en remettre, à s'en consoler. Elle vivait retirée dans sa chambre, ne voulant parler à personne et ne supportant la vue de ses proches que lorsqu'ils venaient la voir un par un ; car dès qu'ils étaient plusieurs, elle soupçonnait immédiatement qu'ils pussent parler d'elle entre eux et commenter son état. Mais en tête à tête avec chacun, elle tenait des propos tout à fait raisonnables et était capable de s'entretenir durant des heures.

Dès qu'elle avait entendu parler de son cas, Lucienne s'était promis de profiter de sa présence dans cette maison pour accomplir une sorte de miracle et rendre cette jeune femme à la vie sociale. Elle agit cette fois de manière beaucoup plus prudente que d'habitude, trouva le moyen de s'introduire seule auprès de cette âme en souffrance et sut gagner sa confiance grâce à la musique. Ce n'est qu'à la fin qu'elle commit une erreur. Elle voulut faire sensation en amenant un soir inopinément la belle enfant pâle, qu'elle croyait suffisamment prête pour cela, au milieu de la brillante et nombreuse société. Cela aurait d'ailleurs pu réussir si les gens eux-mêmes, par curiosité et par appréhension, ne s'étaient pas comportés de façon très maladroite envers la malade, si elle n'avait été jetée dans le trouble et le désarroi par leur façon de s'attrouper autour d'elle avant de l'éviter aussitôt après, de chuchoter entre eux et de se parler à l'oreille. Sa sensibilité à fleur de peau ne le supporta pas. Elle s'enfuit en poussant des cris affreux, comme si elle était frappée d'horreur par l'irruption d'un monstre. Toute la société, saisie d'effroi, s'égaya dans tous les sens ; Odile, avec quelques autres, raccompagna dans sa chambre la jeune fille inconsciente.

Durant ce temps, Lucienne adressa à toute la société un discours à sa façon, en forme de sévère réquisitoire, sans songer un instant qu'elle seule était responsable de ce qui était arrivé, sans remettre un seul instant en question, à partir de cet échec ou de tel autre, sa manière de faire.

L'état de la malade, depuis cette soirée, devint de plus en plus préoccupant. Le mal ne fit qu'empirer, au point que les parents ne purent bientôt plus garder leur fille à la maison et furent contraints de la confier à une institution publique. Il ne resta plus à Charlotte qu'à se montrer particulièrement attentionnée à l'égard de cette famille, afin d'adoucir un peu la peine qu'elle endurait à cause de sa fille. L'événement marqua profondément Odile. Elle plaignait d'autant plus la pauvre fille qu'elle était convaincue – ainsi qu'elle ne le cacha pas devant Charlotte – que celle-ci aurait certainement pu se rétablir en suivant un traitement approprié.

Parce que l'on a coutume d'évoquer les souvenirs désagréables plus que les autres, on en vint à parler d'un petit malentendu qui avait dérouté Odile, le soir où l'architecte n'avait pas voulu montrer sa collection, bien qu'elle l'en eût si aimablement prié. Ce refus lui était toujours resté sur le cœur, sans qu'elle sût pourquoi. Son intuition ne la trompait pas, elle avait raison : ce qu'une jeune personne comme Odile peut demander, un jeune homme comme l'architecte ne saurait le lui refuser. Mais celui-ci, face aux légers reproches qu'elle lui adressa à l'occasion, fit valoir un certain nombre d'excuses assez fondées :

« Si vous saviez, dit-il, combien même les gens les plus cultivés peuvent se comporter de manière grossière devant les objets d'art les plus précieux, vous me pardonneriez de ne pas exposer les miens aux yeux de tout le monde. Personne ne sait prendre en main une médaille par les bords ; ils mettent leurs doigts sur le plus fin relief, le fond le plus pur, manipulent en tous sens, entre le pouce et l'index, les pièces les plus délicates, comme si l'on appréciait de cette façon la qualité d'une œuvre d'art. Sans penser qu'une feuille de grand format doit toujours être prise sur deux côtés à la fois, ils empoignent d'une seule main une inestimable gravure sur cuivre ou un dessin d'une valeur irremplaçable, comme un politicien présomptueux se saisit d'un journal et, par sa manière de froisser le papier, laisse déjà deviner le jugement qu'il porte sur les affaires du monde. Nul ne songe que, si vingt personnes seulement agissent ainsi, les unes après les autres, avec un objet d'art, le vingt et unième n'aura plus grand-chose à admirer.

– Ne vous ai-je pas moi-même parfois mis dans cet embarras ? demanda Odile. N'ai-je pas à l'occasion, sans le savoir, causé quelque dommage à vos trésors ?

– Jamais ! répondit l'architecte, au grand jamais ! Vous êtes incapable de ce genre de chose. Vous sentez instinctivement ce qu'il convient de faire ou de ne pas faire.

– En tout cas, reprit Odile, il ne serait pas mauvais, à l'avenir, de compléter dans les manuels de savoir-vivre les chapitres consacrés à la manière de boire et de manger en société par quelques pages détaillées sur la façon de se comporter dans les musées et devant une collection d'œuvres d'art.

– Il est certain, poursuivit l'architecte, que les gardiens de musée et les amateurs d'art auraient alors beaucoup plus de plaisir à montrer leurs trésors. »

Odile lui avait pardonné depuis longtemps ; mais lorsqu'elle vit qu'il prenait son reproche tant à cœur et qu'il protestait à nouveau de sa volonté de ne rien garder pour lui-même et de s'employer volontiers pour ses amis, elle devina qu'elle avait blessé ses sentiments délicats et qu'elle avait une dette à son endroit. Aussi ne put-elle repousser tout net la demande qu'il lui fit à l'issue de cette conversation ; mais bien qu'elle fût prête à écouter aussitôt ce que pouvait lui dicter son cœur, elle n'entrevoyait aucun moyen d'accéder à son désir.

Voici de quoi il s'agissait. Il avait été très affecté qu'Odile, par la jalousie de Lucienne, fût exclue des tableaux vivants ; il avait également noté avec regret que Charlotte n'avait pu assister que par intermittence à ce brillant divertissement mondain, car elle ne se sentait pas assez bien. Il ne voulait pas partir sans manifester sa gratitude en organisant, en l'honneur de l'une et pour le plaisir de l'autre, une représentation bien plus belle que ne l'avaient été les précédentes. Peut-être s'y ajoutait-il, sans qu'il en eût conscience, une autre motivation secrète : il avait beaucoup de peine à quitter cette maison, il lui paraissait impossible de ne plus vivre sous les yeux d'Odile, dont le regard apaisant et bienveillant avait été sa seule raison de vivre ces derniers temps.

Les fêtes de Noël approchaient ; il s'avisa soudain que la pratique de ces reproductions de tableaux en ronde bosse, en vérité, était issue de ce que l'on nomme *præsepe* [31], ces mises en scène pieuses, au moment de l'Avent, dédiées à la Vierge et l'Enfant que viennent adorer, dans le décor le plus simple, d'abord les bergers, puis les rois.

Il s'était parfaitement représenté la possibilité de réaliser un tableau de ce genre. On avait trouvé un bel enfant, tout frais et tout rose ; on ne manquait pas non plus de bergers et de bergères. Mais sans Odile, rien ne pouvait se faire. Le jeune homme, dans son esprit, l'avait élevée au rang de Mère de Dieu et il était évident à ses yeux qu'en cas de refus de sa part toute l'entreprise serait infailliblement vouée à l'échec. Un peu embarrassée par cette requête, Odile le renvoya vers Charlotte. Celle-ci lui donna volontiers sa permission ; elle usa par ailleurs de son influence amicale auprès d'Odile pour qu'elle surmontât sa timidité, qui lui faisait scrupule de se mesurer avec un personnage sacré. L'architecte travailla jour et nuit afin que tout fût prêt pour le soir de Noël.

Le jour et la nuit, au sens propre. Il n'avait d'ailleurs que très peu d'exigences et la présence d'Odile semblait lui tenir lieu de tout réconfort. On eût dit que travailler pour elle le dispensait de dormir, que se préoccuper de sa personne le dispensait de se nourrir. Aussi tout fut-il parfaitement prêt à l'heure solennelle. Il avait réussi à réunir quelques instruments à vent, choisis pour la qualité de leur timbre, pour interpréter un prélude ; celui-ci suscita immédiatement l'atmosphère désirée. Lorsque le rideau se leva, Charlotte fut véritablement surprise. Le spectacle qui s'offrait à sa vue avait déjà été si souvent reproduit dans le monde qu'il était difficile d'en attendre un effet inédit. Mais la réalité sous sa forme figurée avait ici ses qualités propres. L'espace tout entier présentait un aspect nocturne plutôt que crépusculaire, sans pour autant que le moindre détail, dans tout l'environnement, pût être distingué. Quant à l'idée inouïe qui voulait que toute la lumière émanât de l'enfant, l'artiste avait su la réaliser grâce à un ingénieux dispositif d'éclairage dissimulé par les personnages du devant de la scène, qui ne sortaient de l'ombre qu'à travers la projection de quelques reflets. Des jeunes filles et des garçonnets à l'air joyeux entouraient toute la scène, avec leurs frais visages éclairés par une lumière vive venant du dessous. Il y avait aussi bon nombre d'anges, dont la luminescence était comme affaiblie par le rayonnement divin et dont le corps éthéré, devant celui de l'homme-Dieu, semblait fait d'une matière plus dense et plus opaque.

Par bonheur, l'enfant s'était endormi dans la plus gracieuse attitude, de sorte que rien ne venait troubler la contemplation lorsque le regard s'attardait sur celle qui jouait le personnage de la Mère soulevant un voile avec une grâce infinie pour découvrir son trésor caché. L'image s'était comme arrêtée et figée à cet instant. Le regard littéralement aveuglé et l'esprit médusé, les gens du peuple qui se pressaient alentour semblaient juste à ce moment faire un mouvement pour détourner leurs yeux éblouis avant de céder à la curiosité et de lorgner à nouveau vers la scène, manifestant plus d'étonnement et d'allégresse que d'admiration et de vénération, autant de sentiments que l'artiste n'avait eu garde d'oublier, mais dont il avait en quelque sorte confié l'expression à quelques figurants plus âgés.

Par sa personne, ses gestes, l'expression de son visage et de son regard, Odile surpassait tout ce qu'un peintre avait jamais représenté. Tout connaisseur sensible aux choses de l'art, en voyant cette apparition, aurait immédiatement tremblé que se dessinât le moindre mouvement, craignant qu'il n'eût plus jamais l'occasion de découvrir un spectacle susceptible de lui plaire à ce point. Mais il n'y avait malheureusement personne, dans l'assistance, qui fût capable de saisir tout cet effet. L'architecte, qui dans le rôle d'un berger grand et maigre observait la scène depuis le côté, par-dessus tous les personnages à genoux, était encore celui qui pouvait en jouir le mieux, bien qu'il ne fût pas placé au meilleur endroit. Et qui pourrait décrire l'expression du visage de celle qui venait d'être ainsi intronisée reine des cieux ? Un sentiment très pur d'humilité et d'aimable modestie, en même temps que d'un grand honneur immérité et d'une inconcevable félicité suprême transparaissait dans ses traits, traduisant aussi bien ce qu'elle ressentait au fond d'elle-même que l'idée qu'elle se faisait de la scène qu'elle était en train de jouer.

Charlotte fut sensible à la beauté du tableau, mais c'est surtout la figure de l'enfant qui fit impression sur elle. Son visage ruisselait de larmes, elle se projetait elle-même dans l'avenir par sa vive imagination, nourrissant l'espoir de tenir bientôt sur ses genoux, elle aussi, une aussi chère créature.

On avait baissé le rideau, à la fois pour procurer un peu de répit aux figurants et pour procéder à un changement de tableau. L'artiste s'était en effet proposé de transformer la première scène nocturne du dénuement en une seconde scène de jour et de glorification ; il avait préparé dans ce dessein, sur tous les côtés, une débauche de moyens d'éclairage que l'on devait allumer dans l'intervalle.

Mal à l'aise dans sa posture quasi théâtrale, Odile s'était jusqu'à présent surtout rassurée en songeant qu'à part Charlotte et quelques familiers de la maison, personne n'était témoin de cette pieuse mascarade. Elle fut donc quelque peu troublée lorsqu'elle apprit qu'un étranger était arrivé entre-temps, que Charlotte avait aimablement accueilli dans la salle. On ne put lui dire de qui il s'agissait. Elle renonça à savoir, pour ne pas perturber la société. Toutes les lumières et les lampes étaient allumées, répandant autour d'elle une prodigieuse clarté. Le rideau se leva, découvrant aux yeux de l'assistance un spectacle surprenant : toute la scène n'était que lumière, toutes les ombres avaient disparu, il ne restait que des couleurs dont le choix judicieux adoucissait heureusement la vivacité de l'ensemble. En clignant des yeux sous ses longs cils, elle aperçut un homme assis à côté de Charlotte. Elle ne le reconnut pas, mais elle crut entendre la voix du directeur d'études de la pension. Un sentiment singulier l'envahit. Que n'avait-elle pas vécu depuis qu'elle avait entendu pour la dernière fois la voix de ce fidèle ami ! Comme un éclair zébrant le ciel défilèrent alors rapidement dans son esprit toutes les joies et toutes les peines qu'elle avait connues, suscitant cette question : « Pourrais-tu tout lui dire, tout lui avouer ? N'as-tu pas honte d'apparaître ainsi devant lui dans ce rôle de figure sainte ? Comme il doit lui sembler étrange, lui qui t'a toujours connue sans le moindre fard, de te voir ainsi déguisée ! » Des sentiments et des pensées contraires se succédaient en elle à une incroyable rapidité. Elle avait le cœur serré ; ses yeux se remplirent de larmes tandis qu'elle se forçait à garder la pose qu'elle avait prise. Quelle ne fut pas sa joie lorsque l'enfant commença à s'agiter et contraignit l'artiste à donner le signal pour que l'on baissât à nouveau le rideau !

Le sentiment pénible de ne pouvoir courir au-devant de l'ami très cher était venu s'ajouter, au cours de ces derniers instants, aux autres impressions d'Odile ; mais elle était maintenant plongée dans un embarras encore plus grand : devait-elle aller à sa rencontre dans cet appareil et ce costume ? Devait-elle se changer ? C'est ce qu'elle fit, sans véritablement choisir. Pendant ce temps, elle s'efforça de se calmer et de rassembler ses esprits ; il lui sembla n'être à nouveau en accord avec elle-même qu'au moment où elle put enfin aller saluer le nouveau venu dans ses vêtements ordinaires.

VII

Dans la mesure où l'architecte ne souhaitait que du bien à ses protectrices, il lui était agréable, puisqu'il lui fallait enfin prendre congé, de les savoir en l'excellente compagnie de l'estimable directeur d'études ; mais comme il rapportait à sa propre personne la faveur qu'on lui témoignait, il conçut quelque amertume de voir qu'on l'avait si vite et – se disait-il en toute modestie – si avantageusement remplacé. Il avait toujours repoussé le moment de partir ; il lui tardait maintenant de s'éloigner. Car ce qu'il ne pourrait éviter après son départ, tout au moins ne voulait-il pas avoir à le vivre en présence des autres.

Pour dissiper son humeur quelque peu mélancolique, les dames, à son départ, lui firent cadeau d'un gilet qu'elles avaient toutes deux patiemment brodé à la main ; en les observant durant ce temps, il avait secrètement envié l'heureux inconnu auquel le gilet allait échoir. Un tel cadeau est en effet le plus agréable présent que puisse recevoir un homme aimant et respectueux ; car lorsqu'il songe aux jolis doigts agiles qui se sont inlassablement affairés pour lui, il ne peut s'empêcher de se flatter que le cœur ait été aussi pour quelque chose dans cet ouvrage de longue haleine.

Les dames avaient maintenant un nouvel hôte à prendre en charge, à qui elles ne voulaient que du bien et qui devait également se sentir bien chez elles. Les femmes obéissent en général à un intérêt propre, intimement ancré, dont rien ne peut les détourner ; mais dans les relations sociales, en revanche, elles se laissent volontiers et facilement déterminer par l'homme qui est au centre de leurs préoccupations du moment. C'est ainsi que, par leur manière de repousser ou d'accéder à telle ou telle demande, de s'obstiner ou de céder en telle ou telle circonstance, ce sont elles qui possèdent véritablement l'autorité, une autorité à laquelle aucun homme, dans une société policée, n'ose se soustraire.

L'architecte avait eu tout loisir d'exercer et de démontrer son talent devant les dames, pour le plus grand plaisir et l'avantage de celles-ci : toutes les activités avaient été organisées, toutes les conversations dirigées dans ce sens et dans cette intention. Avec la présence du directeur d'études, c'est un autre mode de vie qui s'imposa rapidement. Son grand talent était de savoir bien parler et traiter dans la conversation des relations humaines, en particulier pour tout ce qui concerne l'éducation de la jeunesse. C'est ainsi que l'on prit bientôt des habitudes formant un contraste assez sensible avec le mode de vie précédent, et ce, d'autant plus que le directeur d'études n'approuvait pas entièrement la façon dont la société avait auparavant exclusivement occupé son temps.

Il ne revint pas une seule fois sur le tableau vivant qui avait salué son arrivée. En revanche, lorsqu'on lui fit visiter, avec un certain sentiment de satisfaction, l'église, la chapelle et tout ce qui s'y rapportait, il ne put se retenir d'exprimer longuement son opinion, son commentaire : « En ce qui me concerne, fit-il, cette manière de rapprocher, de mélanger la sphère du sacré avec le domaine des sens ne me plaît guère. Je n'aime pas que l'on dédie, que l'on consacre, que l'on décore spécialement certaines pièces à dessein de nourrir, d'entretenir la ferveur religieuse. Il n'y a aucun espace, fût-ce le plus ordinaire, qui doive venir troubler en nous le sentiment de Dieu. Ce sentiment peut nous accompagner partout et faire de chaque lieu un temple à sa gloire. J'aime assister à un service religieux dans un cadre domestique, où l'on a l'habitude de manger, de se réunir en société pour se distraire, jouer et danser. Ce qu'il y a en l'homme de plus élevé et de plus remarquable n'est lié à aucune forme précise et l'on doit se garder de lui en prêter une autre que celle d'une noble action. »

Charlotte, qui déjà connaissait un peu ses conceptions et en apprit encore davantage sur celles-ci en peu de temps, lui donna bientôt l'occasion d'exercer ses compétences dans le domaine qui était le sien : elle fit défiler dans la grande salle les petits jardiniers que l'architecte avait passés en revue avant son départ et qui, dans leurs uniformes gais et proprets, présentaient fort bien, avec leurs gestes bien réglés et leur vivacité naturelle. Le directeur d'études leur fit passer un examen à sa manière ; à travers toutes sortes de questions et de circonlocutions, il réussit très vite à deviner l'état d'esprit et les aptitudes des enfants et, sans en avoir l'air, parvint en moins d'une heure à leur apprendre réellement certaines choses et à les faire progresser considérablement.

« Comment faites-vous ? » lui demanda Charlotte au moment où les enfants se retiraient. « Je vous ai écouté très attentivement. Vous n'avez évoqué que des choses très connues et pourtant je ne saurais pas comment m'y prendre si je devais être amenée, dans un délai si court, à en parler de façon cohérente, avec tous les arguments du pour et du contre.

– Peut-être, reprit le directeur d'études, peut-être devrait-on toujours garder pour soi les secrets de son métier. Mais je ne veux pas vous cacher la maxime toute simple qui permet d'obtenir un tel résultat et bien d'autres encore. Saisissez-vous d'un objet, d'un thème, d'un concept, appelez cela comme vous voudrez ; creusez-le sans relâche, jusqu'à en connaître toutes les subtilités. Il vous sera alors très facile de deviner, en conversant avec une bande d'enfants, ce qu'ils en savent déjà et ce que l'on peut encore leur apprendre, leur suggérer. Leurs réponses à vos questions pourront sans doute vous paraître d'abord incongrues et hors de propos ; mais à partir du moment où vous êtes en mesure, par d'autres questions en retour, de les recentrer sur l'esprit et le sens dont elles procèdent, à partir du moment où vous ne vous laissez pas détourner de votre point de vue initial, les enfants finissent nécessairement par se laisser convaincre, par admettre et comprendre ce que le maître attend et la manière dont il l'attend. Sa plus lourde erreur serait de se laisser entraîner par ses élèves, de ne pas toujours revenir au sujet qu'il s'agit de traiter à ce moment. Faites-en vous-même prochainement l'expérience et vous en aurez grand avantage.

– Voilà qui est charmant ! dit Charlotte. La bonne pédagogie est donc exactement l'inverse des bonnes manières. Il conviendrait en société de ne s'appesantir sur rien, tandis qu'en matière d'enseignement, l'exigence suprême serait de résister à toute forme de dispersion.

– Introduire de la variété sans pour autant distraire les esprits : telle serait la plus belle devise, autant dans la vie que dans le domaine de l'enseignement ! Mais combien cet équilibre est difficile à atteindre ! » répondit le directeur d'études. Il s'apprêtait à poursuivre lorsqu'il fut interpellé par Charlotte, qui lui demanda de bien vouloir regarder encore une fois les petits garçons qui juste à ce moment traversaient la cour en cortège. Il dit sa satisfaction qu'on eût décidé de faire porter l'uniforme aux enfants. « Les hommes, dit-il, devraient porter l'uniforme dès l'enfance, dans la mesure où il faut qu'ils s'habituent à œuvrer ensemble, à se fondre dans un groupe, à obéir collectivement et à travailler pour le bien général. Chaque sorte d'uniforme développe un esprit militaire et renforce la discipline et la rigueur des comportements ; tous les garçons ne sont-ils pas, d'ailleurs, de petits soldats nés ? Il suffit d'observer la manière dont ils jouent à se quereller et à se battre, à se lancer à l'assaut et à escalader des places fortes.

– Vous ne me blâmerez donc pas, en revanche, intervint Odile, de ne pas imposer une tenue identique à toutes les petites filles. Je souhaite, lorsque je vous les présenterai, que vous soyez ravi par leur costume bigarré.

– Je vous approuve pleinement, reprit-il. Les femmes doivent absolument porter des vêtements différents, chacune selon son goût et sa nature, afin que chacune puisse apprendre à reconnaître ce qui lui convient et lui sied le mieux. Et il y a une autre raison plus importante à cela : elles sont destinées à ne vivre et à ne toujours agir que de manière solitaire.

– Cela me paraît très paradoxal, répliqua Charlotte, car nous n'existons presque jamais pour nous-mêmes.

– Oh que si ! rétorqua le directeur d'études, au regard des autres femmes très certainement. Que l'on considère une femme comme amante, comme fiancée, comme épouse, comme maîtresse de maison ou comme mère, elle est toujours vue isolément, elle est toujours seule et unique, et revendique de le rester. Même celles qui auraient le caractère le plus vaniteux n'échappent pas à cette règle. Chaque femme tend, par nature, à exclure l'autre. On exige de chacune d'entre elles tout ce qui incombe au sexe tout entier. Il n'en va pas ainsi avec la gent masculine. L'homme a besoin de l'homme ; le cas échéant, s'il se retrouvait seul, il pourrait chercher à créer son pareil ; tandis qu'une femme pourrait vivre une éternité sans imaginer un seul instant créer son pendant.

– Il suffit, dit Charlotte, de considérer que ce qui est vrai est étrange pour que l'étrange devienne vrai. Je veux retenir le meilleur de vos remarques. Mais en même temps, en tant que femme, je suis solidaire avec les autres femmes ; je veux agir avec elles pour ne pas concéder aux hommes de trop grands avantages sur nous. Vous ne nous en voudrez pas d'éprouver une petite joie maligne – que nous ressentirons d'ailleurs plus vivement encore à l'avenir – en voyant que les hommes ne se supportent pas trop bien entre eux. »

Depuis ce moment, cet esprit avisé se mit à étudier soigneusement la façon dont Odile traitait ses petites élèves ; il exprima une approbation sans réserve : « Vous avez parfaitement raison, fit-il, de former vos protégées uniquement dans la perspective de ce qui est immédiatement utile. Le respect de la propreté amène les enfants à renforcer leur estime de soi et tout est gagné lorsqu'ils sont incités à accomplir leur tâche avec enthousiasme et fierté. »

Au reste, à sa plus grande satisfaction, il ne trouva rien qui fût fait pour l'extérieur et les apparences ; tout répondait à une nécessité intérieure et était tourné vers les besoins essentiels : « Il suffirait de peu de mots, s'écria-t-il, pour résumer tout un programme d'éducation, si l'on voulait bien écouter !

– Ne voulez-vous pas essayer avec moi ? demanda Odile d'un ton amical.

– Très volontiers, répliqua celui-ci. Mais à condition que vous ne me trahissiez pas. Il suffirait d'enseigner aux garçons le rôle de serviteur et aux filles celui de mère, et tout irait bien [32].

– Toutes les femmes, rétorqua Odile, pourraient à la rigueur consentir au rôle de mère, dans la mesure où de toute façon, même si elles ne deviennent pas mères elles-mêmes, elles devront accepter de s'occuper d'enfants. Mais les jeunes gens, en revanche, se jugeraient au-dessus des fonctions de serviteur. On peut voir à l'air de chacun d'entre eux qu'il se croit beaucoup plus d'aptitudes à commander qu'à servir.

– C'est la raison pour laquelle nous ne devons rien leur cacher, dit le directeur d'études. On se flatte de beaucoup de choses, au moment d'entrer dans la vie ; mais la vie ne nous flatte pas. Combien de gens sont prêts à accepter volontairement ce à quoi ils seront finalement contraints ? Mais laissons là ces considérations, qui ne nous concernent point ici.

« Je vous félicite de pouvoir employer avec vos élèves la méthode adéquate. Quand les petites filles se promènent avec des poupées et cousent quelques chiffons pour leur faire des habits, quand les grandes sœurs s'occupent des plus jeunes, quand on trouve au sein de la maison les ressources pour assurer le service et l'entretien de celle-ci, il ne reste plus qu'un petit pas à franchir pour entrer pleinement dans la vie : une jeune fille, dans cette situation, trouvera toujours auprès de son mari ce qu'elle a laissé chez ses parents.

« Mais pour nos élèves issues des classes cultivées, la tâche est beaucoup plus compliquée. Nous devons tenir compte de leur condition sociale plus élevée, avec leurs manières plus délicates, plus raffinées, et surtout leurs relations mondaines. Nous autres éducateurs devons, pour cette raison, former nos élèves en fonction de l'extérieur ; cela est nécessaire, indispensable, et cela serait tout à fait excellent si l'on savait, en la matière, ne pas dépasser la mesure. Car en croyant préparer les enfants à entrer dans un cercle plus large, on court le risque de ne plus leur donner de limites, de perdre de vue ce qu'exige la nature intérieure de chacun. C'est là tout le problème qu'affrontent, avec plus ou moins de bonheur, tous les éducateurs.

« Je suis quelquefois un peu effrayé en voyant tout ce que nous inculquons à nos pensionnaires, alors que l'expérience m'a appris le peu d'usage qu'elles en auront dans leur vie future. Qu'est-ce qui leur restera, qu'est-ce qui ne sombrera pas dans l'oubli lorsqu'elles se retrouveront dans la situation de maîtresse de maison ou de mère ?

« Et cependant, dès lors que j'ai choisi de me consacrer à ce métier, je ne peux renoncer à l'innocent souhait de réussir un jour, avec l'aide d'une fidèle compagne, à développer et à parfaire chez mes élèves les aptitudes qui leur seront nécessaires lorsqu'elles franchiront le pas pour mener une vie active et indépendante. Je pourrais alors me dire qu'en ce sens, leur éducation est achevée. Il est vrai qu'il y en a alors toujours une autre qui commence, avec chaque année de notre vie qui passe, que ce soit à notre initiative ou en vertu des circonstances. »

Combien cette remarque parut vraie à Odile ! Quel apprentissage avait été, pour elle, la passion qui s'était inopinément emparée de son cœur au cours de l'année dernière ! Quelles épreuves n'entrevoyait-elle pas lorsqu'elle essayait d'imaginer l'avenir, son plus proche avenir !

Le jeune homme n'avait pas sans raison évoqué la présence à ses côtés d'une compagne, d'une épouse. Malgré toute la réserve dont il faisait preuve, il ne pouvait s'empêcher de laisser transparaître de manière allusive ses intentions ; diverses circonstances, divers événements l'avaient même incité à profiter de sa visite pour se rapprocher de quelques pas de son but.

La directrice de la pension était déjà assez âgée ; depuis longtemps déjà, elle cherchait parmi ses collaborateurs et collaboratrices une personne avec qui elle pût s'associer ; elle avait finalement proposé au maître d'études, en qui elle avait toute raison d'avoir confiance, de diriger désormais avec elle l'institution, de faire comme si celle-ci lui appartenait déjà, avant d'en devenir après sa mort l'héritier et le seul propriétaire. L'essentiel semblait être pour lui, d'ici là, de se trouver une épouse qui partageât son projet. Odile habitait en secret son cœur et son esprit ; mais il était assailli de quelques doutes, contrebalancés à leur tour par divers événements favorables. Lucienne avait désormais quitté la pension, ce qui laissait à Odile plus de latitude pour y revenir ; sa relation avec Édouard avait sans doute fait un certain bruit, mais l'on prenait la chose, comme beaucoup d'autres du même genre, avec indifférence ; cela pouvait même contribuer au retour d'Odile. Mais aucune décision n'eût été prise, aucun pas n'eût été franchi si une visite inattendue n'était venue donner une impulsion particulière, tant il est vrai que l'apparition de personnalités marquantes, au sein d'un cercle donné, ne reste jamais sans conséquence.

Le comte et la baronne, à qui il arrivait si souvent d'être interrogés sur la valeur de telle ou telle pension, parce que tout le monde se pose des questions sur l'éducation de ses enfants, s'étaient promis d'aller voir de plus près celle-ci, dont on disait tant de bien ; leur nouvelle situation leur permettait désormais d'entreprendre ensemble une telle visite. Mais la baronne avait d'autres intentions encore. Lors de son dernier séjour auprès de Charlotte, elle s'était longuement entretenue avec elle de tout ce qui concernait Édouard et Odile. Elle ne démordait pas de l'idée qu'il fallait qu'Odile fût éloignée. Elle le répéta à plusieurs reprises, s'efforçant d'insuffler le courage nécessaire à Charlotte, qui craignait toujours les menaces d'Édouard. On envisagea divers expédients et, lorsqu'il fut question de la pension, on évoqua l'inclination du directeur d'études, ce qui conforta d'autant plus la baronne dans sa décision d'aller sur place.

À peine arrivés, ils firent la connaissance du directeur d'études, visitèrent l'institution et commencèrent à parler d'Odile. Le comte lui-même s'entretint volontiers à son sujet, car il avait appris à mieux la connaître lors de sa dernière visite. Elle s'était rapprochée de lui et s'était même sentie attirée par lui parce qu'elle croyait découvrir à travers ses paroles profondes tout ce qui lui était resté inconnu jusqu'alors. Tandis que son commerce avec Édouard lui faisait oublier le monde, la présence du comte semblait le lui rappeler et le rendre désirable à ses yeux. Une attirance est toujours réciproque. Le comte avait de l'inclination pour Odile, qu'il considérait volontiers comme sa fille. C'était une raison supplémentaire, encore plus déterminante que la première, pour que la baronne vît en elle un obstacle. Qui sait, à une période de passion plus ardente, ce qu'elle n'aurait pas entrepris à son encontre ! Mais maintenant, elle pouvait se contenter d'un mariage qui la rendrait définitivement inoffensive à l'endroit de toutes les autres épouses.

C'est pourquoi elle suggéra subtilement, de manière discrète mais non moins efficace, au directeur d'études d'organiser une petite visite au château, pour travailler sans tarder à la réalisation de ses vœux et de ses projets, dont il ne lui avait point fait mystère.

En plein accord avec la directrice, il se mit donc en route, le cœur empli des plus belles espérances. Il savait qu'Odile ne lui était pas hostile ; s'il existait entre eux quelques différences de condition, l'esprit du temps pouvait les aplanir aisément. La baronne lui avait d'ailleurs fait comprendre qu'Odile n'aurait jamais de fortune. Être simplement parent avec une famille riche n'a jamais été d'aucune aide à personne, car même dans le cas d'une très grande fortune, on aurait toujours scrupule à retirer une somme importante à ceux qui, en vertu d'un lien de parenté plus direct, paraissent plus légitimes à revendiquer la propriété des biens. Il est certainement toujours étrange de constater que les hommes font très rarement usage du grand privilège de pouvoir disposer de leurs biens après leur mort au profit des êtres qui leur sont chers et, sans doute par respect de la tradition, n'avantagent que ceux à qui reviendrait de toute façon leur fortune, même s'ils n'en exprimaient pas la volonté.

Tels qu'étaient ses sentiments durant le voyage, la différence de condition avec Odile ne comptait plus d'aucune manière. L'accueil cordial qu'il reçut accrut ses espérances. Certes, il ne trouva pas Odile aussi ouverte que d'habitude à son égard. Mais elle avait en revanche un caractère plus mûr, plus policé et, d'une façon générale, en quelque sorte plus sociable que lorsqu'il l'avait connue. En toute confiance, on le laissa jeter un regard dans nombre de domaines, surtout ceux qui touchaient à son état. Mais dès qu'il pensait se rapprocher de son but, une certaine timidité intérieure le retenait toujours.

Un jour pourtant, Charlotte lui en offrit l'occasion, en lui demandant en présence d'Odile : « Maintenant que vous vous êtes fait à peu près une idée de tous les talents qui se développent autour de moi, dites-moi, que pensez-vous d'Odile ? Vous pouvez parler librement devant elle. »

Le directeur d'études décrivit alors avec beaucoup de calme et de sagacité combien il l'avait trouvée changée à son avantage ; elle avait sans doute acquis beaucoup plus d'aisance dans ses manières, une plus grande facilité d'expression et une certaine hauteur de vue sur les choses de ce monde ; néanmoins, elle aurait à son avis grand profit à retourner pour quelque temps à la pension, afin de consolider et de s'approprier définitivement ce que le monde ne nous apprend jamais que sous une forme ponctuelle et qui, souvent, contribue davantage à nous troubler qu'à nous satisfaire, quand cela n'arrive pas déjà trop tard ; Odile, conclut-il, était mieux placée que quiconque pour juger de la cohérence de l'enseignement qu'elle avait reçu autrefois et auquel elle avait été soustraite.

Odile ne pouvait le nier ; mais elle ne pouvait pas non plus avouer ce qu'elle ressentait à ces mots, dans la mesure où elle-même se l'expliquait à peine. Lorsqu'elle pensait à l'objet de son amour, il n'y avait plus rien dans le monde qui ne prît un sens cohérent à ses yeux et elle ne comprenait pas comment, hors de la présence de celui-ci, quelque chose pût apparaître cohérent.

Charlotte répondit à la proposition avec une prudente amabilité. Toutes deux, reprit-elle, elle-même autant qu'Odile, avaient désiré depuis longtemps ce retour à la pension. Mais durant ces derniers temps, la présence à ses côtés d'une amie si chère et si serviable lui avait paru indispensable ; cependant, elle n'entendait surtout pas constituer à l'avenir un obstacle si Odile persistait dans son souhait de retourner là-bas et d'y rester le temps nécessaire pour poursuivre ce qui avait été commencé et parachever ce qui avait été interrompu.

Le directeur d'études accueillit cette offre avec joie ; Odile ne pouvait rien objecter, bien que cette seule pensée la fît frémir. Charlotte, en revanche, songeait à gagner du temps. Elle espérait que le bonheur d'être père rendrait Édouard à lui-même et à sa famille ; elle était convaincue qu'ensuite tout se réglerait de soi-même et que, d'une manière ou d'une autre, on trouverait également le moyen de pourvoir au sort d'Odile.

Comme d'habitude à l'issue d'une conversation importante qui donne beaucoup à méditer à tous ceux qui y ont participé, un moment de silence s'installa, donnant l'impression d'une perplexité générale. On se mit à marcher de long en large dans la pièce ; le directeur d'études feuilleta quelques livres et tomba finalement sur l'ouvrage in-folio qui était resté là depuis le temps où Lucienne était encore dans la maison. Lorsqu'il vit que celui-ci ne contenait que des images de singes, il le referma aussitôt. C'est probablement cet incident, néanmoins, qui fournit le prétexte de la conversation dont nous trouvons trace dans le journal d'Odile.

EXTRAITS DU JOURNAL D'ODILE

« Comment peut-on avoir le cœur de représenter avec autant de soin toutes ces affreuses figures de singe ? On s'abaisse déjà dès lors qu'on les considère comme de simples animaux ; mais c'est vraiment méchanceté que de succomber au plaisir de rechercher les personnes connues qui se cachent sous ce masque.

« Il faut avoir l'esprit quelque peu déformé pour s'adonner à des caricatures et autres formes de grotesques [33]. Je dois à notre bon directeur d'études de n'avoir pas été tourmentée avec l'histoire naturelle ; je n'ai jamais pu éprouver de la sympathie pour les coléoptères et les petits vers.

« Il m'a avoué qu'en la matière il était exactement comme moi. “Nous ne devrions connaître de la nature que ce qui vit dans notre entourage immédiat, me disait-il. Avec les arbres que nous voyons verdir, fleurir et porter leurs fruits tout autour de nous, avec les buissons le long desquels nous marchons, avec l'herbe que nous foulons, nous avons une réelle relation ; ils sont nos véritables compatriotes sur cette terre. Les oiseaux qui sautillent sur les branches et chantent dans le feuillage appartiennent à notre monde, ils nous parlent depuis l'enfance et nous apprenons leur langage. Une quelconque créature étrangère, arrachée à son milieu, ne produit-elle pas toujours sur nous une certaine impression d'angoisse qui ne s'atténue que par la force de l'habitude ? Il faut déjà mener soi-même une vie pleine d'agitation et de bruit pour souffrir autour de soi la présence de singes, de perroquets ou de barbaresques !”

« Parfois, lorsqu'il me prenait la curiosité de ces choses exotiques, j'enviais le voyageur qui découvre toutes ces merveilles au milieu d'autres, dans leur cadre naturel et ordinaire. Ce faisant, il devient d'ailleurs un autre homme. Personne ne peut errer impunément sous les palmiers, les mentalités changent inévitablement là où les éléphants et les tigres sont chez eux [34].

« Le seul naturaliste qui mérite toute notre admiration est celui qui est capable de décrire et de nous représenter les éléments les plus curieux, les plus étranges en les replaçant à chaque fois dans leur milieu, dans leur élément propre, avec tout ce qui s'y rapporte. Que j'aimerais assister, ne serait-ce qu'une seule fois, à une conférence de Humboldt [35] !

« Un cabinet d'histoire naturelle peut nous apparaître comme un tombeau égyptien habité d'idoles embaumées, animaux ou végétaux. Il convient certes à une caste de prêtres de s'occuper de celles-ci dans le mystère de la pénombre ; mais cette pratique ne doit pas s'insinuer dans une relation pédagogique, d'autant qu'elle occulterait d'autres objets, à la fois plus proches et plus dignes d'intérêt.

« Un maître capable de toucher le cœur de ses élèves à travers la seule lecture d'un poème ou la simple relation d'une action morale fait œuvre beaucoup plus utile que celui qui veut nous faire retenir, par leur nom et par leur forme, des classes entières de créations mineures de la Nature, avec pour seul résultat – ce que nous savions par avance sans cela – le fait de reconnaître que c'est encore l'image de l'homme qui offre la métaphore la plus achevée, la plus appropriée de l'image de la divinité !

« Laissons à chaque individu la liberté de s'occuper de ce qui l'intéresse, de ce qui lui fait plaisir, de ce qui lui paraît utile ; le seul véritable sujet d'étude, pour l'humanité, c'est l'homme lui-même [36]. »

VIII

Il y a peu de gens qui sachent s'occuper du passé immédiat. Soit nous sommes arrimés au moment présent, soit nous nous perdons dans le passé et cherchons par tous les moyens à recomposer, à restaurer ce que nous avons définitivement perdu. Même dans les grandes familles, les familles riches qui doivent tout à leurs ancêtres, on a coutume de penser à l'aïeul plus qu'au père.

C'est à ce genre de considérations que fut conduit notre directeur d'études, par une de ces belles journées où l'hiver finissant donne une impression trompeuse de printemps, alors qu'il venait de se promener dans l'ancien parc du château, admirant les grandes allées de tilleuls, les plantations régulières qui venaient du père d'Édouard. Elles avaient remarquablement prospéré, exactement selon le plan prévu par leur créateur ; mais maintenant que ce plan s'offrait à la vue, pour le plaisir de chacun, plus personne ne parlait d'elles ; c'est à peine si l'on venait encore les voir ; l'objet de l'intérêt et de la dépense s'était porté ailleurs, vers des espaces plus ouverts et plus vastes [37].

À son retour, il en fit la remarque à Charlotte, qui ne l'accueillit pas défavorablement. « Tandis que la vie nous entraîne, répondit-elle, nous croyons agir par nous-mêmes, choisir nos travaux, nos plaisirs. Mais en vérité, à y regarder de près, nous ne faisons que suivre les tendances et les goûts de notre temps.

– Certes, fit le directeur d'études, qui pourrait résister au courant emportant le monde qui l'entoure ? Le temps est en marche et, avec lui, les mentalités, les opinions, les préjugés, les engouements évoluent. Si la jeunesse d'un fils coïncide avec une période de changement profond, on peut être sûr qu'il n'aura rien de commun avec son père. Si celui-ci vivait à une époque où l'on avait le désir d'acquérir des biens et de garantir leur propriété, de se replier, de se retrancher sur ses terres pour en jouir en toute sécurité à l'écart du monde, celui-là s'efforcera ensuite de lever toutes les barrières, de s'étendre, de s'ouvrir, de se tourner vers l'extérieur.

– Il y a des époques entières, reprit Charlotte, qui ressemblent à ce père et à ce fils que vous décrivez. On ne peut avoir qu'une idée très vague de ces temps où chaque petite ville devait nécessairement être entourée de remparts et de fossés, où l'on construisait chaque gentilhommière au milieu de ce qui n'était encore qu'un marais, où les plus petits châteaux n'étaient accessibles que par un pont-levis. Aujourd'hui, même les grandes cités abattent leurs remparts, on comble les fossés des résidences princières, les villes ne forment plus que de gros bourgs ; le voyageur qui découvre ces paysages pourrait croire que la paix éternelle est assurée et que l'âge d'or est à nos portes. Personne ne se sent plus à l'aise au milieu d'un jardin qui ne ressemble pas à une vaste campagne ; rien ne doit rappeler la contrainte ou l'artifice ; nous voulons respirer en toute liberté et sans aucune gêne. Pensez-vous donc, mon ami, que l'on puisse retourner en arrière, de cet état vers un précédent ?

– Pourquoi pas ? poursuivit le directeur d'études. Chaque état comporte ses propres désagréments, celui qui se donne des limites autant que celui qui n'en connaît pas. Ce dernier suppose une surabondance de biens et conduit au gaspillage. Reprenons votre exemple, qui est suffisamment frappant. Dès que le manque s'installe, on s'enferme aussitôt soi-même à l'intérieur de limites. Les gens qui sont contraints d'exploiter leur propriété foncière dressent à nouveau des murs autour de leur jardin, pour assurer la protection de leur production. Ce qui génère petit à petit une nouvelle vision des choses. Le critère d'utilité reprend le dessus et même ceux qui sont à la tête de nombreuses propriétés estiment qu'il leur faut exploiter la moindre parcelle. Croyez-moi : il est possible que votre fils en vienne à négliger tous les aménagements du parc et se retire de nouveau derrière les murs sévères, sous les hauts tilleuls de son grand-père. »

Charlotte se réjouit en secret de s'entendre prédire la naissance d'un fils et, pour cette raison, pardonna au directeur d'études sa prophétie quelque peu inamicale sur le devenir du parc qui lui était si cher. C'est pourquoi elle répliqua d'un ton aimable : « Nous ne sommes l'un et l'autre pas encore assez âgés pour avoir été plusieurs fois témoins de ce genre de contradictions. Si néanmoins nous nous remémorons notre jeunesse et nous souvenons de ce dont se plaignaient les vieilles personnes, si nous regardons nos villes et nos campagnes, il n'y a certainement rien à objecter à votre remarque. Cependant, ne pourrait-on pas essayer de contrecarrer ce phénomène naturel et de réconcilier père et fils, parents et enfants ?

Vous m'avez aimablement prédit la naissance d'un garçon : faudra-t-il nécessairement qu'il soit en contradiction avec son père, qu'il détruise ce que ses parents ont édifié au lieu de le parachever, de le développer en travaillant dans le même sens ?

– Il y a bien un moyen commode pour cela, répliqua le directeur d'études, mais qui n'est que rarement employé. Il suffit que le père donne à son fils le statut de copropriétaire, qu'il le fasse participer aux travaux de construction, de plantation, qu'il lui accorde, comme à lui-même, de prendre d'inoffensives libertés. Les différentes activités s'interpénètrent les unes les autres pour former une seule trame, elles ne s'additionnent pas par morceaux. Un jeune rameau s'adjoint facilement et très volontiers à un vieux tronc, sur lequel il serait impossible d'enter une branche déjà mature. »

Le directeur d'études se réjouit, au moment où il se voyait contraint de prendre congé, d'avoir eu l'occasion de dire quelque chose d'agréable à Charlotte et d'avoir ainsi conforté la faveur dont il bénéficiait de sa part. Cela faisait déjà trop longtemps qu'il était loin de chez lui ; il ne pouvait cependant se décider à partir avant d'avoir acquis la ferme conviction qu'il lui fallait d'abord laisser passer l'accouchement imminent de Charlotte avant de pouvoir espérer une décision au sujet d'Odile. Il se plia donc aux circonstances et, fort de cet espoir, de cette perspective, s'en retourna vers la directrice de la pension.

L'accouchement de Charlotte approchait. Elle ne sortait plus beaucoup de ses appartements. Elle ne fréquentait que le cercle fermé des quelques femmes réunies autour d'elle. Odile s'occupait de la maison, sans pouvoir songer vraiment à ce qu'elle faisait ; elle avait certes pris son parti de la situation ; elle désirait continuer à se rendre utile, au service de Charlotte, de l'enfant, d'Édouard, mais ne voyait pas très bien comment cela serait possible. Rien ne pouvait mieux la protéger d'une totale confusion d'esprit que d'accomplir chaque jour son devoir [38].

Un fils vint donc au monde, en d'heureuses conditions ; toutes les femmes affirmèrent aussitôt d'une même voix qu'il était le portrait vivant de son père. Seule Odile ne partageait pas au fond d'elle-même cet avis, lorsqu'elle vint présenter tous ses vœux à la parturiente et saluer l'enfant de tout cœur. Charlotte avait déjà ressenti péniblement l'absence de son mari durant les préparatifs du mariage de sa fille ; il ne serait pas non plus auprès d'elle lors de la naissance de son fils ; il ne choisirait pas le nom par lequel on l'appellerait plus tard.

Parmi tous les amis, Mittler fut le premier à venir présenter ses félicitations ; il avait dépêché ses indicateurs afin d'être aussitôt informé de l'événement. Il arriva donc sur place et parut, en la circonstance, fort à son aise. Cachant à peine son air de triomphe en présence d'Odile, il s'exprima sans détour en face de Charlotte, se présentant comme l'homme capable de résoudre toutes les difficultés et de lever tous les obstacles du moment. Il ne fallait pas, à son avis, repousser trop longtemps la date du baptême. Le vieux pasteur, qui avait déjà un pied dans la tombe, allait pouvoir à travers sa bénédiction relier le passé à l'avenir. L'enfant se prénommerait Othon. Il ne pouvait porter un autre nom que celui de son père et de son ami [39].

Il fallut toute l'obstination, la persévérance de cet homme pour écarter les hésitations, les doutes, les objections de ceux qui savent toujours tout mieux que les autres, les atermoiements de ceux qui sont toujours prêts à donner un avis et à en changer aussitôt après ; dans ce genre de situation, à peine a-t-on levé un premier scrupule qu'un autre surgit immanquablement ; et, en voulant respecter toutes les convenances, on finit toujours par faire entorse à quelques-unes.

Mittler se chargea des lettres de faire-part et des invitations ; il fallait qu'elles fussent envoyées immédiatement, car il lui tenait à cœur que ce bonheur si important pour la famille fût porté à la connaissance de tout le monde, y compris de ceux qui s'étaient montrés si malveillants ou médisants. Il est vrai que les épisodes passionnels qui s'étaient déroulés naguère n'avaient pas échappé à l'opinion publique, convaincue que tous les événements qui arrivent ne se produisent que pour qu'il y ait quelque chose à en dire.

La cérémonie du baptême devait être digne, mais rester sobre et brève. On se réunit ; Mittler et Odile, comme parrain et marraine, portaient l'enfant. Le vieux pasteur, soutenu par le sacristain, s'avança à pas lents. On récita la prière. Lorsque Odile baissa tendrement son regard sur l'enfant qui reposait au creux de son bras, elle ne fut pas peu effrayée devant ses yeux grands ouverts, car elle crut voir les siens propres. Une telle ressemblance aurait dû étonner tout le monde. Mittler, qui reçut l'enfant le premier, resta également interloqué en découvrant une similitude de traits, en l'occurrence avec le Capitaine, comme il n'en avait encore jamais vue d'aussi frappante [40].

La faiblesse du bon vieux pasteur l'avait empêché d'ajouter au rituel du baptême d'autres éléments que ceux de la liturgie ordinaire. Mais Mittler, totalement habité par son sujet, se souvint de ses anciennes fonctions ; d'une manière générale, il savait toujours prendre immédiatement la mesure d'une situation, trouver les mots qu'il fallait dire. Cette fois, il put d'autant moins se retenir qu'il était en cercle restreint, entouré uniquement d'amis. C'est la raison pour laquelle, vers la fin de la cérémonie, il commença sans aucune gêne à se substituer au pasteur, exposant dans un discours enlevé ses devoirs et ses espoirs de parrain, et cela avec d'autant plus de détails qu'il croyait deviner sur le visage satisfait de Charlotte comme un air d'approbation.

Le cher vieil homme aurait préféré s'asseoir ; mais cela échappa à l'orateur plein d'allant qui ne s'avisa pas qu'il était sur le point de provoquer un malheur encore plus grand ; car après qu'il eut décrit avec insistance la relation de chacun des membres de l'assistance avec l'enfant, mettant ainsi à rude épreuve la capacité d'Odile à se contenir, il se tourna à la fin vers le vieillard, avec ces mots : « Et vous, vénérable patriarche, vous pourrez désormais dire avec Siméon : Seigneur, laisse ton serviteur aller en paix, car mes yeux ont vu le Sauveur de cette maison [41]. »

Il allait conclure brillamment lorsque le vieillard à qui il tendait l'enfant et qui donnait l'impression de vouloir se pencher sur celui-ci s'affaissa subitement en arrière. On le retint de tomber au dernier moment, on l'assit dans un fauteuil ; en dépit du secours qu'on lui porta sur-le-champ, on ne put que constater son trépas.

Concevoir et découvrir ainsi la proximité immédiate de la naissance et de la mort, du berceau et du tombeau ; non seulement se représenter en imagination, mais voir de ses propres yeux la contiguïté terrifiante de ces contraires constituait une rude épreuve pour tous les témoins de la scène, et ce d'autant plus qu'elle s'imposait à eux de manière inopinée. Seule Odile considérait avec une sorte d'envie le visage de celui qui s'était assoupi et qui avait conservé son air aimable et bienveillant. La vie s'était éteinte en son âme ; pourquoi le corps perdurerait-il plus longtemps [42] ?

Si les tristes événements de la journée l'invitaient ainsi à méditer sur le caractère éphémère de toutes les choses humaines vouées inéluctablement à s'effacer et à disparaître, les nuits lui offraient en revanche une consolation à travers de merveilleuses apparitions qui la rassuraient sur l'existence de son bien-aimé et venaient conforter, redonner vie à la sienne propre. Lorsqu'elle se couchait le soir et s'abandonnait à la douce sensation de voguer entre le sommeil et la veille, elle avait l'impression de plonger son regard dans un espace totalement clair, baigné par une douce lumière. Elle y apercevait très distinctement Édouard, non pas sous les vêtements qu'elle lui connaissait, mais en uniforme et à chaque fois dans une position différente, tout à fait naturelle pourtant et qui n'avait rien de fantastique : tour à tour debout, à cheval, en train de marcher ou couché sur le sol. La silhouette, qu'elle pouvait se représenter dans ses moindres détails, se mouvait spontanément sous ses yeux, sans qu'elle eût besoin de faire quoi que ce fût, sans qu'elle le voulût ou dût forcer son imagination. Il arrivait parfois aussi qu'elle le vît entouré par quelque chose de mobile, de plus sombre se détachant sur le fond clair de l'arrière-plan ; mais elle distinguait à peine ces ombres, qui lui donnaient l'impression d'avoir la forme d'êtres humains, de chevaux, d'arbres ou de montagnes. Elle s'endormait d'ordinaire avec cette vision ; et lorsqu'elle se réveillait le matin après une nuit paisible, elle se sentait réconfortée, consolée, convaincue qu'Édouard était encore vivant et que tous deux étaient encore intimement unis l'un à l'autre [43].

IX

Le printemps était arrivé, plus tardivement que d'habitude, mais d'une manière plus soudaine et sous des dehors beaucoup plus riants. Odile découvrait dans le jardin le fruit de ses desseins mûrement réfléchis : tout germait, verdissait et fleurissait au bon moment ; maintes plantations préparées sous des serres et des châssis bien protégés affrontaient enfin les effets extérieurs de la nature ; tous les travaux qui restaient à réaliser n'étaient plus seulement la source, comme auparavant, d'un labeur riche d'espoir, mais d'un plaisir sans mélange.

Il lui fallut cependant consoler le jardinier pour tous les dégâts que la fougue de Lucienne avait occasionnés, les ravages parmi les pots de fleurs, les ruptures de symétrie dans la taille des arbres. Elle lui redonna courage en l'assurant que tout serait bientôt réparé ; mais il avait de son métier un sentiment trop ancré et une trop haute idée pour que ce raisonnement pût porter ses fruits. De même que le jardinier ne peut se laisser distraire par d'autres goûts ou d'autres activités favorites, de même le processus tranquille qui permet à la plante de parvenir à une forme de maturation, définitive ou transitoire, ne saurait être interrompu. Elle ressemble à ces gens entêtés dont on peut tout obtenir si on les traite en respectant leur nature. Du jardinier plus que de tout autre, on exige un coup d'œil sûr, un esprit posé et conséquent pour mener toutes les actions appropriées à chaque heure de chaque saison.

Le brave homme possédait ces qualités au plus haut degré ; c'est pourquoi Odile travaillait si volontiers avec lui. Mais depuis quelque temps déjà, il n'était plus en mesure d'exercer sereinement son talent. Car bien qu'il s'entendît parfaitement à exécuter toutes les tâches concernant le verger et le potager, et même à satisfaire aux exigences d'un jardin d'agrément à l'ancienne mode – en général, chacun réussit plus ou moins bien dans ces diverses spécialités –, et bien qu'il eût pu rivaliser avec la nature dans le soin donné aux orangers, aux oignons à fleurs, aux plants d'œillets et d'oreilles d'ours, néanmoins les nouveaux arbustes d'agrément et les fleurs en vogue lui demeuraient passablement étrangers ; et, devant le champ infini de la botanique qui s'ouvrait peu à peu devant lui, avec tous ces noms exotiques qui bourdonnaient à ses oreilles, il éprouvait une sorte de recul qui le contrariait beaucoup. Il tenait pour dépense inutile et gaspillage tout ce que les maîtres de maison lui avaient enjoint de faire l'année précédente, d'autant plus qu'il voyait plus d'une plante précieuse dépérir sous ses yeux et qu'il n'était pas en très bons termes avec les pépiniéristes qui, à ce qu'il croyait, ne le servaient pas honnêtement.

Après plusieurs tentatives, il avait échafaudé à ce sujet avec Odile une sorte de plan ; elle l'y poussa d'autant plus volontiers que celui-ci était fondé sur le retour d'Édouard dont l'absence, dans ce domaine comme dans d'autres, se faisait chaque jour sentir davantage.

À mesure que toutes les racines des plantes se développaient et que leurs rameaux se multipliaient, Odile se sentait de plus en plus liée à ces lieux. Voici juste un an qu'elle était arrivée ici comme une étrangère, un être insignifiant. Que n'avait-elle pas appris depuis lors ! Mais que n'avait-elle pas malheureusement aussi désappris depuis ce temps ! Elle n'avait jamais été à la fois aussi riche et aussi pauvre. Les deux certitudes alternaient en elle d'un instant sur l'autre, s'imbriquaient intimement, de sorte qu'elle n'avait d'autre issue que de s'attacher toujours, avec intérêt et passion, aux tâches les plus immédiates.

On peut facilement imaginer que tout ce qui était cher à Édouard était l'objet d'un soin tout particulier de sa part. Pourquoi ne devrait-elle pas espérer qu'il revînt un jour prochain et qu'il se montrât reconnaissant pour toute la sollicitude et l'attention qu'elle aurait témoignées envers l'absent ?

Mais elle était encore amenée à œuvrer pour lui d'une tout autre manière. Elle avait pris en charge l'enfant de façon privilégiée ; elle pouvait s'occuper d'autant plus directement de lui que l'on ne songeait pas à le confier à une nourrice et que l'on avait décidé de l'élever avec du lait et de l'eau. Il fallait profiter de la belle saison pour qu'il prît l'air. C'est ainsi qu'elle aimait à le sortir elle-même, promenant le petit être dormant d'un sommeil profond entre les parterres et les arbres fleuris qui bientôt souriraient si aimablement à sa figure d'enfant, entre les buissons et les plantes qui, du fait de leur caractère de jeunes pousses, semblaient destinés à grandir avec lui. Lorsqu'elle regardait autour d'elle, elle ne pouvait se cacher que l'enfant était appelé à hériter d'une grande fortune. Presque tout ce qu'elle pouvait apercevoir, aussi loin que portât son regard, était destiné à lui appartenir un jour. Pour tout cela, il lui semblait hautement souhaitable qu'il grandît sous les yeux de son père et de sa mère et qu'il confortât ainsi, une nouvelle fois, leur heureuse union !

Odile pressentait toutes ces choses si nettement qu'elle imaginait qu'elles étaient déjà réalisées ; elle-même n'avait pas l'impression d'appartenir à cette réalité. Sous ce ciel sans nuage, sous ce soleil radieux, elle comprenait tout à coup que son amour ne pouvait être parfait qu'à la condition d'être totalement désintéressé ; à certains moments, elle croyait avoir déjà atteint cette dimension supérieure[44]. Elle ne souhaitait que le bien de son ami, elle se croyait capable de renoncer à lui et même de ne plus jamais le revoir pourvu qu'elle le sût heureux. Mais quant à elle, elle était pleinement résolue à ne jamais appartenir à quelqu'un d'autre.

On avait fait en sorte que les jardins d'automne fussent aussi splendides que ceux de printemps. Toutes les plantes dites d'été, toutes ces fleurs qui n'en finissent pas de fleurir pendant l'automne et continuent de pousser en bravant les premiers frimas, en particulier les asters, toutes ces variétés avaient été soigneusement semées et repiquées un peu partout, dessinant comme un ciel étoilé sur la terre.

Extraits du journal d'Odile

« Nous nous plaisons à recueillir dans notre journal une belle pensée que nous venons de lire, une formule intéressante que nous avons entendue. Si nous nous donnions la peine de noter également les remarques pertinentes, les points de vue originaux, les bons mots distillés dans les lettres de nos amis, nous serions très riches. On conserve les lettres, mais on ne les relit jamais ; on finit par les détruire par souci de discrétion et ainsi disparaît irrévocablement pour nous-mêmes et les autres, dans son immédiateté, le plus beau souffle de vie. Je me propose de réparer cette négligence.

« C'est ainsi que chaque année recommence le même conte de fées du cycle des saisons. Nous en sommes, Dieu merci ! au chapitre le plus prometteur. Les violettes et le muguet lui servent de frontispice ou de vignette. C'est toujours, pour nous, une impression agréable que de les redécouvrir en ouvrant le grand livre de la nature.

« Nous blâmons les pauvres gens, en particulier ceux qui ne sont pas encore adultes, qui traînent dans les rues et mendient. Ne voyons-nous pas qu'ils s'activent dès qu'il y a quelque chose à faire ? À peine la nature a-t-elle déployé ses aimables trésors que les enfants se ruent pour ouvrir un négoce avec ceux-ci ; plus aucun ne mendie ; chacun vous tend un bouquet cueilli avant que vous ayez eu le temps de vous réveiller, et le regard de celui qui vient quémander est alors aussi charmant que l'offrande qu'il vous présente. Nul ne paraît misérable qui se sent fondé à exiger quelque chose.

« Pourquoi donc l'année est-elle parfois si courte, parfois si longue ? Pourquoi semble-t-elle à la fois si courte et si longue dans notre souvenir ? C'est l'impression que je garde de l'année qui vient de s'écouler, une impression qui n'est nulle part aussi sensible qu'au sein du parc, où s'enchevêtrent l'éphémère et le pérenne. Et pourtant, rien n'est assez fugace pour ne laisser derrière soi aucune trace, aucune marque à sa ressemblance.

« Nous finissons par trouver un charme également à l'hiver. Nous croyons voir se dégager notre horizon lorsque les arbres ne dressent plus devant nous que leurs silhouettes fantomatiques, presque transparentes. Ils ne sont plus rien, mais ils ne cachent également plus rien à notre vue. Pourtant, dès que sortent les premiers bourgeons, qu'apparaissent les premières fleurs, nous attendons avec impatience que le feuillage s'épanouisse pleinement, que le paysage prenne corps et que l'arbre prenne forme devant nous.

« Tout ce qui atteint une forme d'achèvement de sa nature doit dépasser cette nature pour devenir quelque chose d'autre et d'incomparable. Le chant du rossignol, à travers maintes modulations, ressemble à celui d'un oiseau comme un autre ; mais il parvient à s'élever au-dessus de son espèce et semble vouloir révéler à toute la gent ailée le sens profond du chant[45].

« Une vie sans amour, loin de l'être aimé, n'est qu'une mauvaise "*comédie à tiroirs*[46]". On les tire l'un après l'autre, on les repousse et l'on passe au suivant. Quoi qu'il arrive de bien et d'important, rien ne s'inscrit dans un ensemble véritablement cohérent. Il faut partout et à chaque fois recommencer depuis le début alors que l'on voudrait trouver une fin. »

X

Charlotte, de son côté, se sent de belle humeur et pleine d'entrain. Ce petit garçon déjà bien vigoureux et qui promet beaucoup fait toute sa joie, occupe à toute heure son attention et son cœur. Elle découvre à travers lui une nouvelle relation au monde et un sens nouveau de la propriété. Sa présence réveille toutes les activités auxquelles elle s'est adonnée ; où qu'elle regarde, elle s'aperçoit qu'elle a beaucoup fait au cours de l'année passée et se réjouit de ce qui a été réalisé. Ce sentiment propre la pousse à monter jusqu'à la cabane aux pierres moussues, en compagnie d'Odile et de l'enfant ; en posant celui-ci sur la petite table comme sur un autel domestique et en voyant les deux places qui restent vides, elle songe au temps passé et un nouvel espoir l'envahit, pour elle et pour Odile.

Il arrive que des demoiselles jettent un œil timide, dans leur entourage, vers tel ou tel jeune homme pour essayer de deviner s'il fera ou non un bon mari ; mais qui veut établir sa fille ou sa pupille porte plus loin son regard. C'était le cas de Charlotte. À cet instant, un mariage entre Odile et le Capitaine ne lui paraissait pas impossible. N'avaient-ils pas été déjà autrefois assis l'un près de l'autre, à ce même endroit ? Mais la perspective d'un mariage avantageux, elle ne l'ignorait pas, s'était évanouie.

Charlotte poursuivait son chemin vers le sommet de la colline. Odile portait l'enfant, tout en se livrant à maintes réflexions. Il peut se produire des naufrages y compris sur la terre ferme ; il est louable et méritoire d'essayer de s'en remettre au plus vite et de retrouver son équilibre. La vie n'est-elle pas une somme de gains et de pertes ? Qui n'a jamais misé sur quelque chose et tout perdu ? Combien de fois prenons-nous tel ou tel chemin avant de nous en détourner ? Combien de fois nous écartons-nous du but que nous nous étions fixé pour en atteindre un autre, encore plus élevé ? Le voyageur a parfois le grand désagrément de briser une roue en chemin, mais ce hasard malheureux lui vaut de nouer les connaissances et les relations les plus agréables, qui influenceront toute sa vie future [47]. Le destin exauce nos vœux, mais toujours à sa manière, afin de nous offrir quelque chose en plus de ceux-ci.

C'est au milieu de ces considérations, et de quelques autres du même genre, que Charlotte parvint jusqu'au nouveau pavillon, sur la colline. Elle y trouva la vérification de ses réflexions, dans la mesure où tout l'environnement était bien plus beau qu'on eût pu l'imaginer. Il n'y avait pas le plus petit détail, aux alentours, susceptible de gâter la vue ; tout ce qu'il y avait de remarquable dans le paysage, tout ce que la nature et le temps avaient façonné en lui, ressortait parfaitement et attirait le regard ; les récentes plantations, destinées à remplir quelques vides et à relier agréablement entre elles les diverses parties, commençaient déjà à verdir.

Le pavillon lui-même était presque habitable ; la vue qu'il offrait, en particulier depuis les fenêtres de l'étage, était extrêmement variée. Plus on contemplait le panorama, plus on y découvrait de belles choses. Quels effets ne devaient pas produire ici les différentes heures du jour, le soleil et la lune ! On ne pouvait que souhaiter séjourner en cet endroit. L'envie de construire et de créer se réveilla très vite en Charlotte, quand elle vit que tout le gros œuvre était achevé. Il suffisait de faire venir un menuisier, un tapissier, un peintre assez habile pour reproduire des modèles et réaliser de fines dorures ; et en un tour de main, toute la maison fut bientôt en état. On aménagea sans tarder la cave et la cuisine, dans la mesure où l'éloignement par rapport au château imposait que l'on disposât sur place de tout le nécessaire. C'est ainsi que les deux femmes emménagèrent en compagnie de l'enfant dans le pavillon sur la colline ; depuis ce séjour, qui leur offrait comme un nouveau point de départ, s'ouvrirent à elles des chemins de promenade qu'elles ne connaissaient pas encore ; c'était pour elles un bonheur de respirer ainsi, par un temps radieux, le grand air frais de ces espaces un peu en altitude.

La promenade que préférait Odile et qu'elle faisait tantôt seule, tantôt avec l'enfant, conduisait en bas vers les platanes, par un sentier commode qui aboutissait à l'endroit où était amarrée l'une des barques avec lesquelles on avait coutume de traverser. Elle s'offrait parfois le plaisir d'une promenade sur l'eau en solitaire, sans l'enfant, car Charlotte montrait quelque inquiétude à ce sujet. Elle ne manquait pas non plus de rendre visite chaque jour au jardinier, dans le parc du château, et de prendre aimablement part aux soins qu'il prodiguait à toutes les jeunes pousses qui s'épanouissaient maintenant en plein air.

Durant ces beaux jours s'annonça un visiteur qui tombait fort à propos pour Charlotte, en la personne d'un Anglais dont Édouard avait fait la connaissance au cours de ses voyages, qu'il avait rencontré à plusieurs reprises et qui s'était montré curieux de découvrir les jardins dont il avait entendu dire tant de bien. Il montra une lettre de recommandation de la part du comte et présenta en même temps comme son compagnon de voyage un homme qui, bien qu'il gardât le silence, n'en paraissait pas moins très aimable. Il se mit à parcourir bientôt toute la contrée, tantôt avec Charlotte et Odile, tantôt avec les jardiniers et les chasseurs, mais le plus souvent avec son compagnon ou parfois encore tout seul ; on pouvait s'apercevoir, à travers ses remarques, qu'il était un grand amateur et connaisseur de jardins – il avait d'ailleurs lui-même réalisé les plans de quelques-uns. Bien qu'il fût déjà avancé en âge, il avait un plaisir manifeste à prendre part à tout ce qui peut rendre la vie plus belle et digne d'intérêt.

Grâce à sa présence, les dames apprirent enfin à jouir pleinement du paysage. Son œil exercé repérait immédiatement l'effet inédit du moindre détail et il avait d'autant plus de plaisir à découvrir l'œuvre réalisée qu'il ne connaissait pas la contrée auparavant, qu'il était à peine en mesure de distinguer ce qui était le produit de la main de l'homme ou le fruit de la nature.

On pouvait presque dire qu'à travers ses commentaires, le parc s'embellissait, s'enrichissait. Il devinait ce qu'allait donner telle ou telle plantation nouvelle, encore en pleine croissance. Aucun endroit ne lui échappait, dont la beauté méritait d'être davantage mise en valeur ou rehaussée par un élément nouveau : ici, une source qui, une fois nettoyée, promettait de constituer l'ornement de tout un bosquet ; là, une grotte qui, une fois dégagée et agrandie, pouvait offrir un lieu de repos, dans la mesure où il suffisait d'abattre seulement quelques arbres pour apercevoir de superbes empilements rocheux.

Il félicita les gens du domaine d'avoir encore beaucoup de travail devant eux, leur recommanda de ne pas se hâter, mais au contraire de se réserver, pour chaque année à venir, le plaisir de créer, d'aménager quelque chose.

Par ailleurs, en dehors de ces heures passées en compagnie des autres, il ne se montrait nullement importun ; il passait le plus clair de son temps à relever, à dessiner grâce à une chambre noire portative [48] les vues les plus pittoresques du parc afin de conserver pour lui-même et pour les autres le fruit précieux de ses voyages. Il avait commencé à faire cela depuis plusieurs années, à travers les plus intéressantes contrées qu'il avait traversées, et s'était constitué ainsi la plus remarquable et la plus charmante des collections. Il exhibait devant les dames un épais portefeuille qu'il avait toujours sur lui et captivait leur attention en partie par l'image, en partie par les commentaires qu'il en faisait. Elles avaient plaisir, dans leur solitude, à découvrir ainsi le vaste monde en toute tranquillité, à voir défiler sous leurs yeux les rivages et les ports, les montagnes, les rivières et les lacs, les villes et les châteaux et bien d'autres sites dont le nom est entré dans l'histoire.

Chacune des deux dames avait un centre d'intérêt particulier ; Charlotte s'attachait davantage aux endroits qui revêtaient une signification de portée générale, présentant une curiosité historique, tandis qu'Odile s'attardait de préférence à ceux dont Édouard lui avait souvent parlé, où il aimait à séjourner et où il retournait souvent. Car tout être humain est toujours attiré par certains lieux particuliers, très éloignés ou tout proches, qui, parce qu'ils correspondent à son caractère, lui deviennent chers et restent pour lui chargés d'émotion en raison de la première impression, de certaines circonstances, de l'habitude.

C'est pourquoi elle demanda au lord où il se plaisait le plus et où il s'établirait le plus volontiers, s'il avait le choix. Il lui présenta alors toute une série de belles contrées, en lui relatant longuement, dans un français accentué à sa façon, toutes les choses qui lui étaient personnellement arrivées dans chacune d'entre elles et qui l'avaient rendue si chère et si précieuse à ses yeux.

Mais quand elle lui posa la question de savoir où il avait l'habitude de séjourner en ce moment et où il préférait toujours retourner, il répondit sans ambages, au plus grand étonnement des deux dames :

« J'ai pris l'habitude de me sentir chez moi partout et je ne vois que des avantages à ce que d'autres bâtissent, plantent et gèrent pour moi les affaires domestiques. Je n'aspire nullement à retourner sur mes anciennes propriétés, en partie pour des raisons politiques, mais principalement parce que mon fils, pour qui j'ai créé et aménagé le domaine, à qui j'espérais le transmettre et en jouir encore avec lui, ne manifeste aucun intérêt pour ces choses et a préféré partir aux Indes pour essayer, comme tant d'autres, de donner un sens à sa vie, au risque de la gâcher.

« Nous gaspillons beaucoup trop de moyens à vouloir toujours préparer l'avenir. Au lieu de commencer par nous accommoder de notre modeste état, nous repoussons toujours plus loin les limites de notre condition, au point de la rendre de plus en plus inconfortable. Qui, aujourd'hui, a la jouissance de mes demeures, de mon parc et de mes jardins ? Ni moi ni même les miens, mais des hôtes étrangers, des curieux, des visiteurs d'un jour.

« Même en dépensant beaucoup d'argent, nous ne nous sentons jamais qu'à moitié chez nous, surtout à la campagne, là où nous manquent beaucoup des habitudes de la ville. C'est justement le livre que nous avons le plus envie de lire que nous n'avons pas sous la main, justement ce dont nous avons le plus besoin que nous avons oublié. Nous élisons à chaque fois domicile quelque part, mais pour déménager à nouveau et, si nous ne le faisons pas volontairement ou par caprice, nous y sommes poussés par les circonstances, le hasard des sentiments, les nécessités, que sais-je encore ? »

Le lord ne soupçonnait pas à quel point ses propos avaient touché les deux amies. Que de fois ne s'expose-t-on pas à ce risque en formulant des considérations générales, même devant des gens que l'on connaît par ailleurs très bien ! Se sentir ainsi blessée par une remarque involontaire de la part de personnes bienveillantes et bien intentionnées n'était pas quelque chose de nouveau pour Charlotte. Le spectacle du monde s'offrait si clairement à ses yeux qu'elle n'éprouvait aucune peine particulière lorsque quelqu'un l'obligeait par inadvertance ou imprudence à diriger son regard sur tel ou tel point sensible. Odile, en revanche, qui dans la demi-conscience de sa jeunesse devinait les choses plus qu'elle ne les percevait, qui avait la possibilité et même le devoir de détourner le regard de ce qu'elle n'avait ni le désir ni le droit de voir, Odile fut plongée dans le plus terrible état par ces confidences ; car celles-ci déchiraient brutalement l'aimable voile devant ses yeux et c'était comme si tout ce qu'elle avait fait jusqu'à présent pour la maison et le domaine, pour le parc, les jardins et tous les alentours avait été accompli en vain parce que celui qui en était le propriétaire ne pouvait en jouir, dans la mesure où lui aussi, à l'image de l'hôte actuel du château, avait été contraint par les personnes les plus chères et les plus proches à errer de par le monde, pour mener une vie des plus périlleuses. Même si elle s'était habituée à toujours écouter sans rien dire, elle se retrouvait cette fois-ci dans une situation extrêmement pénible, qui ne fit que s'aggraver encore lorsque l'étranger poursuivit son propos de sa manière à la fois enjouée et sentencieuse :

« Je crois être désormais sur la bonne voie, fit-il. Je me considère comme un éternel voyageur, qui renonce à beaucoup de choses pour en savourer encore davantage. Je me suis habitué au changement ; c'est devenu chez moi un besoin comme chez le spectateur qui, à l'opéra, attend toujours un nouveau décor, tant il en a déjà vu auparavant. Je sais parfaitement évaluer ce que me promet chaque auberge, de la meilleure à la plus médiocre ; mais quelle que soit sa qualité, qu'elle soit bonne ou mauvaise, je n'y prends jamais mes habitudes, et, en fin de compte, cela revient au même de dépendre d'une habitude devenue une nécessité ou du hasard le plus arbitraire. Maintenant, au moins, je n'ai pas le désagrément de constater que des objets personnels ont été perdus ou changés de place, que la pièce où je séjourne habituellement est devenue inhabitable parce qu'il faut la remettre en état, que ma tasse préférée, dans laquelle je bois mon café, a été cassée et que je n'en ai encore retrouvé aucune qui me donne le même goût. Je suis désormais libéré de tout cela, et si le toit que j'ai au-dessus de ma tête prend feu, mes gens replieront tranquillement mes affaires et nous quitterons le domaine et la ville. Et en comptant bien, avec tous ces avantages, je n'aurai pas dépensé à la fin de l'année plus que si j'étais resté chez moi. »

En entendant le visiteur faire cette description, Odile n'avait que l'image d'Édouard devant les yeux : elle le voyait s'en aller par des chemins inconnus, affrontant les privations et les souffrances d'une campagne militaire, s'exposant à tous les dangers, prenant l'habitude, face à ces situations trop incertaines et trop risquées, de vivre sans ami et sans attache, toujours prêt à tout abandonner pour n'avoir rien à perdre. Par bonheur, la société se dispersa durant quelque temps. Odile trouva un endroit où elle put pleurer tout son soûl dans la solitude. Nulle souffrance sourde ne l'avait encore saisie plus violemment que cette soudaine lucidité, dont elle s'efforçait de prendre encore davantage conscience, selon l'habitude que nous avons de nous torturer nous-mêmes lorsque nous nous trouvons en passe d'être soumis à la torture.

La situation d'Édouard lui apparut si misérable, si lamentable qu'elle décida, quoi qu'il lui en coûtât, de tout faire pour le réconcilier avec Charlotte et d'aller quant à elle cacher dans une retraite solitaire son amour et sa peine, en donnant le change par une activité quelconque.

Cependant, le compagnon de voyage du lord, un homme raisonnable, placide et fin observateur, avait remarqué la maladresse commise dans la conversation et attiré l'attention de son ami sur la similitude des situations. Ce dernier ignorait tout de l'état des relations entre les personnes au sein de la famille qui les accueillait ; mais l'autre, que rien n'intéressait davantage, en voyage, que les événements singuliers suscités par des circonstances naturelles ou conventionnelles, par des conflits entre la loi et tout ce qui lui échappe, entre l'entendement et la raison, les passions et les préjugés [49], celui-là s'était déjà renseigné bien auparavant, et plus encore depuis qu'il était arrivé dans la maison, sur tout ce qui s'était passé et se passait encore.

Le lord en fut affecté, mais n'en parut pas pour autant vraiment embarrassé. Il faudrait accepter de rester totalement muet en société, pour ne pas risquer de se retrouver parfois dans pareil cas ; car les remarques les plus réfléchies comme les paroles les plus banales peuvent toujours heurter les personnes présentes et produire un effet discordant par rapport à leur intérêt particulier. « Nous allons réparer tout cela ce soir, fit le lord, et nous nous abstiendrons de toute conversation sur des sujets d'ordre général ! Vous nous offrirez quelques-unes des anecdotes et histoires les plus savoureuses et les plus significatives dont vous avez enrichi votre mémoire et vos carnets au cours de notre voyage ! »

Cependant, même animés par les meilleures intentions, les visiteurs ne parvinrent pas durant cette soirée à distraire leurs hôtes par une conversation anodine. Car après avoir éveillé l'attention des auditeurs et piqué au plus haut point leur curiosité par diverses histoires singulières et riches de sens, tantôt amusantes, tantôt émouvantes ou effrayantes, le compagnon de voyage crut bon de terminer par le récit d'une aventure étrange, mais d'une tonalité beaucoup plus tendre, sans soupçonner combien celle-ci pouvait toucher de près ses auditeurs [50].

DEUX JEUNES VOISINS BIEN SINGULIERS
Nouvelle

« Il y avait deux jeunes voisins de bonne maison, un garçon et une fille, dont l'âge tout à fait compatible permettait de penser qu'ils pourraient un jour devenir mari et femme ; ils avaient grandi ensemble dans cette agréable perspective, et leurs parents respectifs se réjouissaient de cette future union. Mais on se rendit compte bientôt que ce projet semblait compromis dans la mesure où ces deux caractères, qui étaient l'un et l'autre remplis de qualités, manifestaient une étrange antipathie. Peut-être étaient-ils trop semblables. Chacun d'eux était tourné vers lui-même, animé d'un esprit lucide, ferme et décidé ; chacun d'eux en particulier était aimé et respecté par ses camarades ; mais quand ils se retrouvaient ensemble, ils s'opposaient toujours l'un à l'autre, chacun travaillant pour soi et détruisant l'œuvre de l'autre, où qu'ils se rencontrassent ; ils ne rivalisaient jamais pour atteindre un même but, mais bataillaient toujours pour un objet, chacun pour soi ; fondamentalement bons et aimables, ils ne se montraient méchants et haineux que l'un envers l'autre.

« Cette singulière disposition, qui apparaissait déjà dans leurs jeux d'enfants, s'était accentuée avec l'âge. À l'image des petits garçons qui ont coutume de jouer à la guerre en formant des clans ennemis qui se livrent bataille, la petite fille téméraire avait pris la tête de l'une de ces armées pour défier l'autre, menant un combat si âpre, si violent que celle-ci aurait été lamentablement mise en fuite si son ennemi personnel ne s'était pas courageusement conduit et n'avait finalement désarmé et fait prisonnière sa rivale. Même alors, elle se défendit si violemment que le garçon, pour préserver ses yeux autant que pour ne pas blesser son ennemie, dut arracher le foulard qu'il portait au cou pour lui lier les mains derrière le dos.

« Elle ne le lui pardonna jamais, ourdit maints projets, prépara maintes tentatives pour le mettre à mal ; de sorte que les parents, qui depuis longtemps déjà surveillaient ces étranges comportements passionnels, s'accordèrent pour décider de séparer les deux parties ennemies et renoncer à leurs chères espérances.

« Le jeune homme tira très vite profit de la nouvelle situation. Toutes les formes d'études lui étaient propices. Ses protecteurs et ses propres goûts le destinaient à la condition militaire. Partout où il allait, il se faisait aimer et respecter. Il semblait n'exercer ses talents naturels que pour la satisfaction et le bien-être des autres ; sans en avoir pleinement conscience, il était au fond de lui très heureux d'avoir perdu l'unique adversaire que la nature lui eût réservé.

« La jeune fille, en revanche, changea brutalement d'état d'âme. L'âge, une culture de plus en plus vaste et, davantage, un certain sentiment intérieur la détachèrent des jeux violents auxquels elle s'était livrée jusqu'à présent en compagnie des garçons. Mais dans l'ensemble, il semblait que quelque chose lui manquât ; il n'y avait plus rien autour d'elle qui méritât d'exciter sa haine. Elle n'avait encore trouvé personne qui lui parût digne d'être aimé.

« Un jeune homme, plus âgé que son ancien voisin et ennemi intime, qui avait naissance, fortune et renom, qui était apprécié en société et dont la compagnie était recherchée par les femmes, conçut de l'amour pour elle. C'était la première fois qu'un ami, un soupirant, un serviteur s'empressait autour d'elle. Elle ne fut que trop flattée par la préférence qu'il lui donnait sur tant d'autres, plus âgées, plus cultivées, plus brillantes et plus ambitieuses qu'elle. L'attention qu'il lui portait continûment sans pour autant être importun, le fidèle soutien qu'il lui apporta en divers concours de circonstances désagréables, sa manière de signifier à ses parents son intention de demander la main de leur fille en se déclarant ouvertement mais avec réserve, faisant en sorte que cette démarche fût interprétée simplement comme l'expression d'un espoir, dans la mesure où elle était sans doute très jeune encore, tout cela la prévint en sa faveur. L'habitude, les rapports qu'ils entretenaient à l'extérieur, et qui étaient désormais admis par le monde, jouèrent également leur rôle. On lui avait donné si souvent le titre de fiancée qu'elle finit par se considérer comme telle ; ni elle ni personne ne songeait qu'il fût nécessaire de mettre davantage leurs sentiments à l'épreuve lorsqu'elle échangea l'anneau avec celui qui passait depuis si longtemps déjà pour son fiancé.

« Le cours tranquille qu'avait pris toute cette affaire ne fut d'ailleurs pas accéléré par les fiançailles. Des deux côtés, on laissa les choses suivre leur train ; on se réjouissait d'être ensemble, on voulait profiter encore de la belle saison comme du printemps d'une vie future qui serait moins insouciante.

« Mais entre-temps, l'autre – celui qui était parti au loin – avait eu loisir de développer pleinement sa personnalité et avait gravi par son mérite les marches de la carrière à laquelle il se destinait. Il revint un jour en permission, pour visiter les siens. Il se retrouva face à sa belle voisine, d'une façon toute naturelle et néanmoins étrange. Dans les derniers temps, elle n'avait nourri que des sentiments amicaux dans le cercle de famille, comme il sied à une future mariée ; elle était en harmonie avec tout son entourage. Elle croyait être heureuse et elle l'était d'ailleurs, d'une certaine façon. Mais voilà que, pour la première fois depuis longtemps, elle se trouvait confrontée à un obstacle. Il n'avait rien de haïssable ; elle était devenue incapable de haine ; sa haine enfantine, qui n'avait été, à proprement parler, qu'une manière de reconnaître obscurément la nature profonde de l'autre, s'exprima alors à travers un mouvement de surprise et de joie, une aimable curiosité, une envie de confidences, un rapprochement à demi volontaire, à demi involontaire et néanmoins nécessaire. Tout cela fut réciproque. Leur longue séparation donna matière à de non moins longues conversations. Même les débordements auxquels ils avaient cédé dans leur enfance fournirent des souvenirs amusés aux esprits éclairés qu'ils étaient devenus ; c'était comme s'il leur fallait compenser leurs taquineries de naguère par d'amicales attentions, comme si le fait de s'être méconnu et comporté sans ménagement l'un envers l'autre dans le passé les obligeait maintenant à exprimer une reconnaissance mutuelle.

« De son côté, le jeune homme adopta l'attitude sage et mesurée qui était souhaitable. Il était si préoccupé de sa situation, de sa carrière et de ses ambitions qu'il accueillit la démonstration d'amitié de la belle fiancée comme une marque d'intérêt qui méritait sa gratitude et qu'il savait apprécier ; mais il se garda de rapporter cela à sa personne et d'envier le fiancé, avec lequel il entretenait d'ailleurs les meilleures relations.

« Mais il en allait tout autrement pour elle. Elle semblait se réveiller d'un rêve. La lutte permanente avec son jeune voisin avait été sa première passion, et cette opposition violente ne faisait que traduire, sur le mode de la répulsion, une inclination tout aussi violente, pour ainsi dire innée. Elle ne gardait en mémoire d'autre souvenir que celui de l'avoir toujours aimé. La manière qu'elle avait eue de toujours le défier, l'arme à la main, la faisait sourire. Elle voulait se convaincre d'avoir éprouvé les plus agréables sentiments lorsqu'il l'avait désarmée ; elle s'imaginait avoir ressenti le plus grand bonheur lorsqu'il lui avait lié les mains ; tout ce qu'elle avait entrepris pour lui causer du tort ou du désagrément ne lui apparaissait plus que comme un stratagème innocent pour attirer son attention. Elle déplorait leur séparation, elle maudissait le sommeil dans lequel elle était tombée, elle détestait l'attitude rêveuse et languissante qui l'avait conduite à accepter, par la force de l'habitude, un fiancé aussi insignifiant ; elle était transformée, doublement transformée, autant pour ce qui concerne le passé que l'avenir, comme l'on voudra.

« Si quelqu'un avait pu analyser et partager avec elle les sentiments qu'elle cachait au fond d'elle-même, il ne l'aurait pas blâmée. Car en vérité, dès qu'on les apercevait l'un à côté de l'autre, il était évident que le fiancé ne pouvait soutenir la comparaison avec l'ancien voisin. Si l'on pouvait se fier au premier dans une certaine mesure, l'autre inspirait une totale confiance ; si l'on pouvait se plaire dans la compagnie de celui-là, l'on ne pouvait souhaiter que celui-ci comme compagnon. Et si l'on venait à imaginer des relations de sympathie plus étroites, dans des situations moins banales, l'on pouvait douter de l'un, mais compter absolument sur l'autre. Les femmes ont un sens inné pour deviner ce genre de choses et elles trouvent des raisons, autant que des occasions, de le développer.

« Plus la future mariée nourrissait en secret de telles pensées, moins il se trouvait de gens pour dire un mot qui eût plaidé en faveur du fiancé, exprimer ce que les circonstances et le devoir semblaient conseiller et commander, voire ce qu'une inéluctable nécessité semblait exiger irrévocablement ; et plus ce noble cœur cultivait son parti pris. D'une part, elle se sentait indissolublement liée par le monde, la famille, par la présence de son fiancé et la promesse donnée ; d'autre part, le jeune homme plein d'ambition ne faisait pas mystère de ses aspirations, de ses projets et de ses espérances ; il se comportait envers elle comme un simple frère, animé par un souvenir fidèle mais qui ne manifestait aucune tendresse particulière et parlait même de son départ imminent ; de sorte que l'esprit de son enfance sembla se réveiller en elle, avec toute sa perfidie et sa violence, et vouloir à un âge plus avancé de la vie s'armer de dépit pour provoquer des effets encore plus graves et dévastateurs. Elle décida de mourir pour punir de son indifférence celui qu'elle avait autrefois aussi violemment haï que chéri et, puisqu'elle ne pouvait le posséder, pour s'unir éternellement à son imagination et à son remords. Il ne pourrait se délivrer de son image funèbre, ne cesserait jamais de se reprocher de n'avoir pas deviné, pénétré, reconnu ses sentiments.

« Cette étrange folie l'accompagnait partout. Elle la dissimulait sous toutes sortes de masques. Bien que son comportement parût curieux aux yeux de beaucoup, personne n'était suffisamment attentif ou avisé pour en découvrir l'origine profonde et véritable.

« Durant tout ce temps, les amis, les parents, les connaissances des futurs époux s'épuisaient à organiser maintes fêtes. Il ne se passait pas une journée sans que quelque chose de nouveau et d'inattendu fût proposé. Il ne restait presque plus aucun endroit dans le parc qui n'eût été embelli et aménagé pour accueillir une foule de joyeux invités. Notre nouvel arrivant voulut lui aussi y contribuer avant son départ ; il invita pour une promenade sur l'eau le jeune couple, avec un cercle restreint de parents. On monta à bord d'un grand bateau, superbement décoré, une de ces embarcations de croisière qui offrent un petit salon et quelques chambres permettant de retrouver sur l'eau le même confort qu'à terre.

« On navigua sur le large fleuve au son de la musique. Au plus chaud de la journée, la société se répartit dans les cabines du bas pour se divertir en s'adonnant à quelques jeux d'esprit et de hasard. Le jeune amphitryon, qui ne pouvait jamais rester inactif, s'était mis au gouvernail, pour prendre la relève du vieux patron du bateau qui s'était endormi à ses côtés. Il fallait que le pilote, justement à cet instant, se montrât particulièrement vigilant, car l'on approchait d'un endroit où le lit du fleuve se resserrait entre deux îles qui, étalant tantôt d'un côté, tantôt de l'autre leurs rives plates de galets, formaient un chenal dangereux. Prudent, l'œil aux aguets, notre pilote fut presque tenté de réveiller le patron, mais il crut pouvoir s'en sortir par lui-même et se dirigea vers la passe. À cet instant apparut sur le pont sa belle ennemie, une couronne de fleurs dans les cheveux. Elle détacha celle-ci et la lui jeta, tandis qu'il était à la manœuvre. “Prends cela en souvenir ! s'écria-t-elle.

« – Ne viens pas me troubler ! rétorqua-t-il en attrapant la couronne, j'ai besoin de toutes mes forces et de toute mon attention !

« – Je ne veux pas te troubler davantage, tu ne me reverras plus !”

« Elle se précipita vers l'avant du bateau et sauta dans les flots.

« Quelques cris retentirent :

« “Au secours ! Au secours ! Elle se noie !”

« Notre jeune homme était dans le plus terrible embarras. Le bruit réveilla le vieux patron, qui fit un geste pour saisir le gouvernail ; l'autre voulut le lui donner, mais ils n'eurent pas le temps de se passer les commandes : le bateau s'échoua. Au même instant, il se dépouilla de ses vêtements superflus qui pouvaient le gêner, se jeta à l'eau et nagea vers sa belle ennemie.

« L'eau est un élément propice pour qui le connaît et le maîtrise. Porté par lui, le nageur habile sut en jouer et rejoignit très vite la belle emportée par les flots. Il l'agrippa, parvint à la tirer à lui, à la soulever. Tous deux furent entraînés par le courant violent ; ils laissèrent bientôt les îles et les grèves loin derrière eux, jusqu'à l'endroit où le fleuve reprend son cours normal, large et paisible. C'est alors seulement qu'il recouvra ses esprits et mesura le danger pressant auquel il venait d'échapper en réagissant de manière tout à fait mécanique. Il releva la tête, regarda autour de lui, nagea comme il pouvait vers un endroit plat et buissonneux, d'accès commode, qui descendait en pente douce dans le fleuve. C'est là qu'il déposa au sec son précieux butin. Mais il ne sentait plus en elle aucun souffle de vie. Il était au désespoir lorsque apparut à ses yeux, comme dans une illumination, un sentier qui courait à travers les broussailles. Il se chargea à nouveau de son cher fardeau, aperçut bientôt une maison isolée vers laquelle il se dirigea. Il y trouva de braves gens, un jeune couple. Le malheur, la détresse eurent tôt fait de s'exprimer ! On fit tout ce qu'il demandait, après qu'il eut pris un temps de réflexion. On alluma un grand feu, on étendit sur un lit des couvertures de laine, on apporta au plus vite des fourrures, des peaux, tout ce que l'on avait pour la réchauffer. Le désir de lui sauver la vie l'emportait sur toute autre considération. On ne négligea aucun moyen pour rappeler à la vie ce beau corps nu, déjà à demi engourdi. On y parvint. Elle ouvrit les yeux, aperçut l'ami, passa autour de son cou ses bras d'une divine beauté. Elle resta longtemps ainsi. Un flot de larmes jaillit de ses yeux, achevant sa guérison. "Tu veux toujours m'abandonner, s'écria-t-elle, au moment où je te retrouve ? – Jamais ! rétorqua-t-il, au grand jamais !" Il ne savait plus ce qu'il disait, ce qu'il faisait. "Épargne tes forces ! ajouta-t-il, pense à toi, par amour pour toi et par amour pour moi !"

« Elle pensa alors à elle et, à cet instant seulement, se rendit compte de l'état dans lequel elle se trouvait. Elle n'avait aucune honte à avoir devant son bien-aimé, devant son sauveur ! Mais elle lui demanda bien volontiers de s'éloigner pour qu'il prît soin de lui-même, car tout ce qu'il avait sur lui était mouillé et dégoulinait d'eau.

« Le jeune couple se concerta : ils proposèrent d'offrir, lui au jeune homme, elle à la belle jeune fille, leurs habits de noces qu'ils gardaient au complet dans l'armoire et qui suffisaient à vêtir un couple de la tête au pied, sous-vêtements compris. En un clin d'œil, nos deux aventuriers se retrouvèrent non seulement habillés, mais endimanchés. Ils avaient l'air tout à fait charmant ; ils ouvrirent de grands yeux lorsqu'ils se retrouvèrent et, emportés par un brusque mouvement de passion en même temps qu'amusés par leur accoutrement, ils tombèrent dans les bras l'un de l'autre. Grâce à la force de la jeunesse, à la fougue de leur amour, il leur suffit de quelques instants pour se rétablir pleinement ; il ne manquait que la musique pour ouvrir le bal.

« Passer ainsi en un temps très court de l'eau à la terre ferme, de la mort à la vie, du giron familial au désert, du désespoir au ravissement, de l'indifférence à l'amour et à la passion, tout cela sans transition – voilà qui touche aux limites de l'entendement, de quoi avoir la tête qui éclate, l'esprit qui divague ! C'est alors au cœur de jouer pleinement son rôle, pour aider à supporter un tel changement inopiné !

« Complètement absorbés l'un par l'autre, ce n'est qu'au bout d'un certain temps qu'ils songèrent à l'angoisse, à l'inquiétude de ceux qu'ils avaient laissés ; eux-mêmes ne pouvaient penser sans angoisse au moment où ils allaient les retrouver. “Devons-nous nous enfuir ? Nous cacher ?” fit le jeune homme. “Nous allons rester ensemble”, répondit-elle en se pendant à son cou.

« Le paysan qui avait appris de leur bouche l'échouage du bateau courut vers la rive, sans poser davantage de questions. L'embarcation arriva sans encombre, au fil de l'eau. On avait eu beaucoup de mal à la dégager. On avait pris le parti de continuer à tout hasard, dans l'espoir de retrouver les deux jeunes gens. Le paysan, après avoir attiré l'attention des personnes à bord en poussant de grands cris et en faisant de grands gestes, courut à un endroit où il était apparemment commode de débarquer, tout en ne cessant d'appeler et de gesticuler ; le bateau vira alors de bord, en direction de la rive. Quel spectacle ce fut, lorsqu'ils mirent pied à terre ! Les parents des deux fiancés se précipitèrent les premiers. Le fiancé amoureux avait presque perdu connaissance. À peine eurent-ils appris que les deux chers enfants étaient sains et saufs que ceux-ci apparurent de derrière les buissons, dans leur étrange accoutrement. On les reconnut seulement lorsqu'ils se furent approchés tout près. "Qui vois-je ?" s'écrièrent d'une même voix les deux mères. "Que vois-je ?" s'exclamèrent ensemble les deux pères. Les jeunes gens, qui venaient d'échapper à la mort, se jetèrent à leurs pieds. "Ce sont vos enfants ! s'écrièrent-ils, désormais unis !" – "Pardonnez-nous !" fit la jeune fille – "Donnez-nous votre bénédiction !" fit le jeune homme. "Donnez-nous votre bénédiction !" reprirent-ils ensemble, tandis que l'assemblée restait muette d'étonnement. "Votre bénédiction !" répétèrent-ils pour la troisième fois. Qui, dès lors, aurait pu la leur refuser ? »

XI

Le narrateur marqua une pause ; plus exactement, il avait déjà achevé son récit lorsqu'il ne put lui échapper à quel point Charlotte était émue. Elle se leva et quitta la pièce en s'excusant d'un geste. Car l'histoire lui était connue. Cette aventure était réellement arrivée au Capitaine et à une voisine ; elle ne s'était certes pas passée exactement comme l'Anglais l'avait décrite, mais celui-ci n'avait pas déformé les faits, pour l'essentiel ; il avait plutôt développé et embelli certains aspects particuliers, comme il arrive d'habitude pour ce genre d'histoires colportées dans le public et qui sont rapportées par l'intermédiaire d'un narrateur doué d'imagination, homme d'esprit et de goût. En fin de compte, tous les éléments originels s'y retrouvent, mais sans être tout à fait les mêmes[51].

Odile suivit Charlotte, ainsi que les deux étrangers eux-mêmes l'en prièrent ; puis ce fut au tour du lord de remarquer que l'on avait peut-être de nouveau commis une erreur en relatant des événements connus de la famille ou la touchant de près. « Gardons-nous, poursuivit-il, de faire davantage de mal encore. En échange de toutes les choses agréables dont nous avons bénéficié en ces lieux, il semble que nous n'apportions pas beaucoup de bonheur à nos hôtesses. Nous allons essayer de prendre congé de manière convenable.

– Je dois avouer, répondit son compagnon de voyage, qu'il y a encore un élément qui me retient ici. Je ne voudrais pas quitter cette maison sans avoir clarifié les choses, sans en avoir appris davantage. Vous étiez hier, Milord, au moment où nous avons traversé le parc avec la chambre noire portative, beaucoup trop occupé à chercher un point de vue vraiment pittoresque pour remarquer ce qui se passait à côté. Vous vous êtes écarté de l'allée principale pour atteindre un endroit peu fréquenté au bord du lac, qui offrait une charmante perspective. Odile, qui nous accompagnait, hésita à nous suivre et demanda la permission de s'y rendre en barque. J'embarquai avec elle et j'eus le plaisir d'admirer l'habileté de la belle batelière. Je l'assurai que je n'avais jamais été aussi agréablement bercé par les flots depuis mon séjour en Suisse où même les plus charmantes demoiselles remplacent l'homme de barre ; mais je ne pus m'empêcher de lui demander pourquoi elle n'avait pas voulu prendre le chemin de traverse, car j'avais perçu dans son refus une forme d'anxiété et d'embarras.

« “Si vous me promettez de ne pas vous moquer de moi, répondit-elle d'un ton aimable, je peux bien vous donner quelques éclaircissements à ce sujet, bien qu'il y ait là un certain mystère, y compris pour moi. Je n'ai jamais emprunté ce chemin sans être saisie d'un effroi singulier, comme je n'en ai éprouvé nulle part ailleurs, et que je ne parviens pas à m'expliquer. C'est pourquoi je préfère ne pas m'exposer à ce genre d'impression, d'autant plus qu'à chaque fois je ressens aussitôt après une migraine du côté gauche, dont je souffre d'ailleurs de temps en temps [52]."

« Nous accostâmes ; Odile s'entretint avec vous, tandis que j'allai inspecter l'endroit qu'elle m'avait désigné de loin. Quelle ne fut pas ma surprise lorsque je découvris des traces très nettes de houille qui me convainquirent qu'en creusant un peu en profondeur, on trouverait probablement là un abondant gisement.

« Pardonnez-moi, Milord, je vous vois sourire et je sais très bien que seules la sagesse et l'amitié vous portent à une certaine indulgence à l'égard de mon intérêt passionné pour ces choses auxquelles vous ne croyez pas. Mais il m'est impossible de quitter ces lieux sans faire avec cette belle enfant l'expérience du pendule. »

Chaque fois que le sujet venait en discussion, le lord ne manquait jamais de répéter toutes ses objections, que son compagnon écoutait avec patience et réserve, même s'il s'en tenait finalement à son opinion et à ce qu'il voulait croire. Il ne cessait de répéter qu'il ne fallait pas renoncer sous prétexte que ces expériences ne réussissaient pas avec tout le monde, qu'il fallait au contraire persévérer et poursuivre celles-ci de manière d'autant plus sérieuse et approfondie, dans la mesure où se révéleraient certainement encore maintes relations et affinités au sein des êtres inorganiques, entre ceux-ci et les êtres organiques, et enfin au sein des êtres organiques eux-mêmes, qui nous demeurent aujourd'hui encore cachées.

Il déballa tout son attirail d'anneaux d'or, de marcassites [53] et autres substances métalliques, qu'il transportait toujours avec lui dans une jolie cassette ; il fit une première expérience en promenant au bout d'un fil divers métaux au-dessus d'autres minerais disposés horizontalement. « Je conçois la joie maligne qui se lit sur votre visage, Milord, en voyant que rien ne se décide à bouger, avec moi ou pour moi. Mais toute cette opération n'est qu'un prétexte. Lorsque ces dames reviendront, elles seront curieuses de connaître l'étrange travail auquel nous nous livrons. »

Ces dames revinrent. Charlotte comprit immédiatement ce qui se passait. « J'ai souvent entendu parler de ces choses, dit-elle, mais je n'ai jamais constaté de mes yeux aucun effet concret. Comme vous avez si joliment tout préparé, laissez-moi essayer, pour voir si cela peut marcher avec moi. »

Elle saisit le fil ; prenant la chose très au sérieux, elle le tint fermement, sans trahir la moindre émotion ; on ne remarqua pas la plus petite oscillation. Puis ce fut au tour d'Odile. Elle tint le pendule avec encore plus de calme, d'ingénuité et de détachement au-dessus des minerais. L'instant d'après, l'objet en suspens fut entraîné comme dans un véritable tourbillon et se mit à tourner, selon le support sur lequel on le plaçait, tantôt dans un sens, tantôt dans l'autre, puis en cercle et en ellipse, avant de se balancer de droite et de gauche en ligne droite, exactement comme pouvait l'espérer, et même au-delà, notre compagnon de voyage.

Le lord lui-même resta quelque peu interdit ; mais l'autre, tout à sa joie de pouvoir satisfaire sa curiosité, pria que l'on renouvelât l'expérience sous de multiples formes. Odile se montra suffisamment obligeante pour accéder à son désir, jusqu'à ce qu'à la fin elle lui demandât aimablement de la laisser en paix, car sa migraine la reprenait. C'est alors que lui-même, émerveillé et même ravi de cette demande, l'assura avec enthousiasme qu'il la guérirait complètement de ce mal si elle lui faisait confiance pour la soigner. Il y eut un moment d'hésitation ; mais Charlotte, qui avait très vite compris de quoi il s'agissait, repoussa aussitôt cette offre qui partait d'un bon sentiment, parce qu'elle n'était pas disposée à admettre que l'on se livrât dans son entourage immédiat à quelque chose qui avait toujours suscité chez elle une forte appréhension [54].

Les hôtes étrangers étaient maintenant partis et, en dépit de l'impression singulière qu'ils avaient produite, on avait le désir de les revoir, d'une manière ou d'une autre. Charlotte profita désormais des beaux jours pour achever de rendre ses visites dans le voisinage, ce qu'elle avait beaucoup de mal à faire, car toute la contrée, soit par sympathie réelle, soit par simple habitude, s'était jusqu'alors beaucoup inquiétée d'elle. À la maison, la présence de l'enfant était une joie pour tous ; il savait mériter l'affection et la sollicitude de chacun. On voyait en lui un prodige, une merveille, qui réjouissait au plus haut degré tous les regards par son physique harmonieux, sa taille, sa vitalité et la santé qu'il respirait ; mais ce qui était plus étonnant encore, c'était cette double ressemblance qui s'accentuait toujours davantage ; par les traits de son visage et toute sa physionomie, l'enfant était de plus en plus à l'image du Capitaine ; tandis que ses yeux étaient chaque jour de moins en moins différents de ceux d'Odile.

Guidée par cette étrange affinité et peut-être plus encore par ce noble sentiment propre aux femmes qui les pousse à toujours entourer de tendresse l'enfant d'un homme aimé, fût-il l'enfant d'une autre, Odile devint pour ce petit être comme une mère, ou plus exactement une autre sorte de mère. Dès que Charlotte s'absentait, elle restait seule avec l'enfant et la jeune femme qui le gardait. Nanette, jalouse du nourrisson auquel sa maîtresse semblait vouer toute son affection, s'était depuis quelque temps éloignée d'elle avec dépit et était retournée chez ses parents. Odile continua à sortir l'enfant au grand air et prit l'habitude de faire des promenades de plus en plus longues. Elle emmenait avec elle un petit biberon de lait pour le nourrir quand cela était nécessaire. Elle négligeait rarement d'emporter également un livre ; tandis qu'elle marchait ainsi, tout en lisant avec l'enfant dans les bras, elle offrait l'image d'une très gracieuse *Penserosa*[55].

XII

Après que le but premier de la campagne militaire eut été atteint, Édouard fut rendu à la vie civile, couvert d'honneurs et de décorations. Il retourna aussitôt dans son petit domaine où l'attendaient des nouvelles détaillées des siens, qu'il avait fait surveiller de très près, sans qu'ils s'en rendissent compte de quelque manière. Sa tranquille retraite lui promettait le plus aimable séjour. En son absence, on avait procédé selon ses instructions à quelques arrangements, aménagements et améliorations, si bien que les jardins et les dépendances suppléaient leur manque d'ampleur et d'étendue par l'intimité et l'agrément immédiat qu'ils offraient.

Habitué par sa vie trépidante à prendre de rapides et fermes résolutions, Édouard entreprit désormais de mettre à exécution tout ce à quoi il avait eu le temps de penser. Avant toute chose, il fit venir le Commandant[56] auprès de lui. Le plaisir des retrouvailles fut grand. Les amitiés de jeunesse, comme les parentés de sang, présentent cet avantage important que les errements et les malentendus, de quelque nature qu'ils soient, ne peuvent jamais les altérer fondamentalement et que les anciennes relations se restaurent toujours au bout de quelque temps.

Réservant à son ami un joyeux accueil, Édouard s'enquit de la situation de celui-ci et apprit combien la fortune avait favorisé tous ses désirs. Il lui demanda alors sur le ton de la confidence, et en plaisantant à moitié, si un beau mariage n'était pas en préparation. L'ami répondit par la négative, avec un air de profonde gravité.

« Je ne peux ni ne veux rien te cacher, poursuivit Édouard, il faut que je dise toute de suite mes pensées et mes intentions. Tu connais ma passion pour Odile et tu as compris depuis longtemps que c'est à cause d'elle que je me suis engagé dans cette campagne. Je ne nie pas avoir désiré perdre cette vie qui, sans elle, n'avait plus de sens pour moi. Mais en même temps, il faut que je t'avoue que je n'ai pas pu me résoudre à désespérer complètement. Le bonheur avec elle a été si beau, si complet qu'il m'a été impossible d'y renoncer totalement. Tant de pressentiments consolants, tant de signes prometteurs m'ont conforté dans la croyance, dans le fol espoir qu'Odile pourrait être mienne. Le jour de la pose de la première pierre, le verre gravé à nos noms que l'on a jeté en l'air ne s'est pas brisé. Quelqu'un l'a rattrapé et il est aujourd'hui à nouveau entre mes mains. “Il en sera de même avec moi !” me suis-je dit après avoir passé dans ce lieu solitaire beaucoup d'heures à douter, “je veux me mettre à la place de ce verre, pour vérifier si notre union est possible ou non. Je vais partir, aller à la rencontre de la mort, non pas comme un fou furieux, mais comme quelqu'un qui, au contraire, espère vivre. Odile sera le prix de mon combat. C'est elle que derrière chaque ligne ennemie, dans chaque retranchement, au cœur de chaque forteresse assiégée, je chercherai à gagner, à conquérir. Je veux accomplir des miracles avec le désir d'être épargné, avec la seule pensée de gagner le cœur d'Odile, de ne pas la perdre. Ce sont ces sentiments qui m'ont guidé, qui m'ont soutenu à travers tous les dangers ; et maintenant, je me retrouve comme quelqu'un qui a atteint son but, qui a vaincu toutes les difficultés, qui n'a plus d'obstacle sur son chemin. Désormais, Odile est mienne et je peux considérer comme insignifiant l'écart qui sépare cette idée de sa réalisation.

– Tu effaces trop sommairement tout ce que l'on pourrait ou devrait t'objecter, rétorqua le Commandant. Il faut pourtant que cela soit dit. Je te laisse le soin de te rappeler toi-même tout ce qui fait la valeur des liens qui t'unissent à ta femme ; tu lui dois, tu te dois de ne pas t'abuser là-dessus. Comment songer qu'il vous a été donné un fils sans affirmer en même temps que vous appartenez pour toujours l'un à l'autre et que vous vous devez, pour l'amour de cet enfant, de rester unis afin de veiller conjointement à son éducation et à son bien-être futur ?

– C'est une simple vanité des parents, reprit Édouard, que de s'imaginer qu'ils sont indispensables à l'existence de leurs enfants. Tout ce qui vit trouve nourriture et assistance ; et si après la mort prématurée de son père un fils n'a pas la jeunesse protégée et confortable qu'il pouvait espérer, peut-être y gagne-t-il la possibilité de se former plus vite pour affronter le monde, car il reconnaîtra précocement la nécessité de s'accommoder des autres, ce que nous sommes tous obligés de faire tôt ou tard. Mais il n'est ici pas même question de cela : nous sommes suffisamment riches pour établir plusieurs enfants, et ce n'est pour nous ni un devoir ni un bienfait d'accumuler sur une seule tête autant de biens. »

Au moment où le Commandant s'apprêtait à évoquer à grands traits tous les mérites de Charlotte et la longévité de sa relation avec Édouard, celui-ci l'interrompit brusquement :

« Nous avons commis une folie, que je ne mesure que trop bien ! Qui prétend, à un certain âge, réaliser des rêves et des espérances de jeunesse se trompe toujours ! À chaque décennie d'une vie d'homme correspond une forme de bonheur, avec ses attentes et ses espoirs propres. Malheur à celui qui, poussé par les circonstances ou l'illusion qu'il nourrit, est incité à revenir en arrière ou à anticiper ! Nous avons commis une folie. Doit-elle durer toute notre vie ? Devons-nous, au nom de je ne sais quelle forme de scrupule, nous refuser ce que les mœurs de notre époque ne nous interdisent pas [57] ? Dans combien de domaines l'homme ne revient-il pas sur ses actions, ne révise-t-il pas ses projets ? Il serait ici impossible de le faire, alors que justement il s'agit d'une vie entière et non d'un point de détail, non pas de telle ou telle situation mais de la trame même d'une existence ? »

Le Commandant ne manqua pas de présenter à Édouard, avec autant d'habileté que d'insistance, tous les liens qui l'attachaient à son épouse, à sa famille, au monde, aux terres qu'il possédait. Mais il ne parvint pas à éveiller la moindre compréhension.

« Tout cela, reprit Édouard, a souvent habité mon esprit tandis que j'étais au cœur de la bataille, que la terre tremblait sous le tonnerre incessant du canon, que la mitraille fusait et sifflait autour de nous, que mes compagnons tombaient à mes côtés, que mon cheval était criblé, mon couvre-chef troué de balles ; j'avais encore tout cela en tête lorsque, dans le calme de la nuit, je me retrouvais près du feu de bivouac, sous la voûte étoilée du ciel. Le souvenir de tous les engagements que j'avais contractés resurgissait devant mon âme, me fournissant un sujet de méditation autant que d'émotion. J'ai pris mes responsabilités, je les ai assumées à plusieurs reprises, et désormais pour toujours.

« Dans tous ces moments, je ne te le cacherai pas, tu étais présent : ne fais-tu pas partie du cercle de mes intimes ? Ne sommes-nous pas depuis longtemps liés l'un à l'autre ? Si je te suis redevable de quelque chose, je suis maintenant en mesure de te payer ma dette, avec les intérêts ; si tu m'es redevable de quelque chose, te voici bientôt en état de me rembourser. Je sais que tu aimes Charlotte, et elle est digne de ton amour. Je sais que tu ne lui es pas indifférent, pourquoi ne reconnaîtrait-elle pas ton mérite ? Reçois-la de ma main, donne-moi celle d'Odile et nous serons les êtres les plus heureux de la terre !

– C'est justement parce que tu veux me corrompre avec ces biens les plus précieux, rétorqua le Commandant, que je dois me montrer d'autant plus prudent, d'autant plus intransigeant. Au lieu de faciliter les choses, ta proposition, que je m'interdis de juger, ne fait au contraire que les compliquer. Il n'est plus maintenant seulement question de toi, mais également de moi, non seulement du destin, mais aussi de la réputation, de l'honneur de deux hommes qui étaient jusqu'à présent sans reproche et qui, par cette décision surprenante – on la qualifiera ainsi, faute de mieux –, courent le risque de paraître aux yeux du monde sous un jour extrêmement singulier.

– C'est justement parce que nous sommes irréprochables, répliqua Édouard, que cela nous donne le droit, pour une fois, d'encourir un reproche. Celui qui, toute sa vie, s'est comporté en homme honnête, prête cette qualité à toute action qui, chez d'autres, apparaîtrait douteuse. Pour ce qui me concerne, je considère que les dernières épreuves que je me suis imposées, les actions difficiles et périlleuses que j'ai accomplies pour les autres m'autorisent à faire désormais aussi quelque chose pour moi. Pour ce qui vous concerne, Charlotte et toi, l'avenir en décidera ! Quant à moi, ni toi ni personne ne me détournera de mon projet. Si l'on veut bien me tendre la main, je suis disposé à me prêter à tout ; si au contraire l'on m'abandonne à moi-même ou si l'on se met en travers de mon chemin, j'en viendrai immanquablement aux solutions extrêmes, quoi qu'il en coûte. »

Le Commandant considérait comme de son devoir de résister le plus longtemps possible au projet d'Édouard ; il se servit, face à son ami, d'un habile détour en faisant semblant de céder sur le fond pour ne plus parler que de la forme, des démarches à entreprendre pour entériner le divorce et les différents mariages envisagés. Apparurent alors tant de difficultés, d'ennuis et d'inconvénients qu'Édouard se sentit finalement de très mauvaise humeur.

« Je vois bien, s'écria-t-il finalement, que ce n'est pas seulement face à ses ennemis, mais aussi face à ses propres amis qu'il faut monter à l'assaut pour obtenir ce que l'on désire. Je ne perds pas de vue ce que je veux, ce qui m'est indispensable. J'y parviendrai, sans faiblir, et certainement très bientôt. Je sais bien que de tels liens ne s'effacent ni ne se construisent sans détruire certaines choses qui existent, sans en faire sombrer d'autres qui demandent à perdurer. On ne résout pas ce genre de situation par la réflexion ; tous les droits se valent devant la raison, et il se trouve toujours un contrepoids pour équilibrer le plateau de la balance qui pencherait d'un seul côté. Décide-toi, mon ami, à agir à la fois pour moi et pour toi, à délier, à dénouer, puis à renouer tous les fils de cette trame, à la fois dans ton intérêt et dans le mien ! Ne te laisse retenir par aucune considération ! On a déjà, de toute façon, beaucoup jasé dans le monde à notre propos. On va encore parler de nous et puis, comme pour tout ce qui cesse d'être nouveau, on finira par nous oublier et nous laisser agir comme nous le pourrons, sans s'intéresser davantage à nous. »

Le Commandant n'avait désormais plus d'autre issue que d'accepter qu'Édouard considérât la situation comme étant acquise et connue de tous, qu'il discutât des mesures à prendre dans le détail, envisageât l'avenir avec la plus grande sérénité, et même sur le mode de la plaisanterie.

Puis il redevint sérieux, prit un air pensif et poursuivit :

« Si nous étions tentés de céder au désir et à l'espoir que tout va s'arranger de soi-même, qu'il suffit de laisser faire le hasard pour favoriser nos desseins, nous succomberions à une illusion coupable. Il est exclu que nous puissions nous sauver de cette manière et restaurer la paix autour de nous ; comment pourrais-je me consoler alors que je suis coupable de tout, en toute innocence ? C'est par mon insistance que j'ai convaincu Charlotte de te recevoir dans notre maison, et ce n'est qu'à la suite de ce changement qu'Odile est également entrée chez nous. Nous ne sommes plus maîtres des conséquences qui en sont résultées, mais nous sommes aujourd'hui maîtres de débarrasser celles-ci de leur caractère pernicieux et de faire en sorte qu'elles concourent à notre bonheur. Prétendrais-tu détourner les yeux des aimables et riantes perspectives qui s'ouvrent à nous, prétendrais-tu m'imposer à moi, nous imposer à tous un triste renoncement, pour autant que tu imagines que cela soit encore en ton pouvoir et reste du domaine du possible : revenir à la situation ancienne n'impliquerait-il pas de supporter maint désagrément, chagrin et embarras, sans qu'il en résulte quoi que ce soit de bénéfique et de plaisant ? Est-ce que l'heureuse situation dans laquelle tu te trouves continuerait à te contenter si tu étais empêché de me voir, de vivre près de moi ? Après tout ce qui s'est passé, ce serait toujours une épreuve pour toi. Charlotte et moi, avec toute notre fortune, nous serions simplement plongés dans la tristesse. Si tu crois, comme certains hommes du monde, que les années, que l'éloignement émoussent ces sentiments et éteignent ces traits si profondément gravés, songe qu'il s'agit précisément des années que l'on veut passer non pas dans l'affliction et le renoncement, mais dans la joie et le bonheur de vivre. Enfin, j'en arrive à l'essentiel : si, à la rigueur, nous sommes quant à nous encore en mesure d'attendre, en vertu de notre situation matérielle et psychologique, qu'adviendrait-il d'Odile si elle devait quitter notre maison, être privée de notre soutien pour survivre dans la société et errer misérablement dans un monde froid et maudit ? Décris-moi dans quelles conditions Odile pourrait être heureuse sans moi, sans nous : tu tiendras alors un argument plus fort que tous les autres et que, même si je ne l'admets pas et si je n'y cède pas, je consentirai néanmoins volontiers à faire entrer en ligne de compte. »

La tâche n'était pas facile. Du moins l'ami ne trouva-t-il, sur le moment, rien de pertinent à répondre. Il ne lui resta plus qu'à insister à nouveau sur la gravité, le risque, le caractère inquiétant à maints égards de toute cette entreprise ; au moins fallait-il réfléchir très sérieusement à la manière de l'aborder. Édouard y consentit, mais seulement à la condition que l'ami ne le quitte pas avant qu'ils fussent entièrement d'accord sur cette question et que l'on eût déjà entamé les premières démarches.

XIII

Deux personnes complètement étrangères et indifférentes l'une à l'autre, mais qui vivent ensemble pendant un certain temps, finissent par se dévoiler réciproquement leurs sentiments profonds, et il se crée nécessairement entre elles une forme d'intimité. On pouvait donc s'attendre à plus forte raison à ce que nos deux amis, dès lors qu'ils vivaient à nouveau sous le même toit, qu'ils se voyaient quotidiennement, à chaque heure du jour, n'eussent plus de secret l'un pour l'autre. Ils évoquèrent leurs souvenirs d'autrefois et le Commandant ne cacha pas que Charlotte avait à l'époque, en pensée, destiné Odile à Édouard, lorsqu'il serait revenu de ses voyages, et qu'elle avait même songé à le marier par la suite à la belle enfant. À la fois ravi et troublé par cette révélation, Édouard évoqua sans retenue l'inclination réciproque de Charlotte et du Commandant, qu'il peignit sous les couleurs les plus vives, parce que cela lui était propice et bénéfique.

Le Commandant ne pouvait ni tout à fait nier ni complètement avouer ; mais Édouard ne faisait que renforcer, conforter sa conviction : il lui paraissait que tout cela était non seulement possible, mais déjà acquis. Toutes les parties n'avaient plus qu'à consentir à ce vers quoi elles aspiraient : on allait certainement obtenir le divorce, qui serait aussitôt suivi par le mariage, qui verrait ensuite Édouard partir en voyage avec Odile…

Parmi toutes les choses agréables que l'on se représente en imagination, il n'y a peut-être rien de plus charmant que la façon dont deux amants, deux jeunes époux se projettent dans l'avenir, nourrissent l'espoir de jouir de leurs liens nouveaux au sein d'un monde neuf, de confronter la solidité de leur union à tous les aléas de la vie. Le Commandant et Charlotte auraient pleins pouvoirs pour régler et organiser selon le droit et l'équité, à la satisfaction de toutes les parties, tout ce qui concerne l'administration du domaine, des biens et des affaires ordinaires indispensables. Mais l'argument sur lequel Édouard comptait le plus, celui dont il espérait apparemment tirer le plus grand avantage, était celui-ci : puisque l'enfant devait rester auprès de sa mère, le Commandant pourrait l'élever, le guider selon ses principes, l'aider à développer toutes ses capacités. Ce n'était pas pour rien qu'on l'avait baptisé sous le même nom d'Otto.

Le projet avait si bien mûri dans l'esprit d'Édouard qu'il ne voulut pas attendre un jour de plus pour passer à la réalisation de celui-ci. Ils se mirent en route pour rejoindre le domaine. En chemin, ils s'arrêtèrent dans une petite ville où Édouard possédait une maison, dans laquelle il avait l'intention de séjourner en attendant que le Commandant le rejoignît. Mais il ne put prendre sur lui d'y faire halte et accompagna son ami pour traverser la ville. Ils poursuivirent leur chemin ensemble, chevauchant de conserve, plongés dans une conversation très sérieuse.

Tout à coup, ils aperçurent au loin, sur la colline, la nouvelle maison dont ils voyaient pour la première fois étinceler les tuiles rouges. Édouard fut envahi par une irrésistible nostalgie. Il fallait absolument que tout fût réglé le soir même. Il resterait caché dans un village à proximité ; pendant ce temps, le Commandant exposerait à Charlotte la situation d'urgence, surprendrait sa prudence et, par sa demande inattendue, l'obligerait à révéler ses sentiments. Car Édouard, qui lui avait attribué ses propres désirs, était persuadé qu'il allait véritablement au-devant de ceux-ci, et n'espérait pas autre chose d'elle qu'un prompt assentiment, dans la mesure où il n'avait pas d'autre volonté.

Tout à sa joie, il voyait déjà l'heureuse issue : il guetterait les quelques coups de feu ou, si la nuit était déjà tombée, les quelques fusées que l'on tirerait pour lui annoncer la bonne nouvelle.

Le Commandant se rendit au château. Il n'y trouva pas Charlotte, apprit en revanche qu'elle habitait désormais la maison neuve sur la colline, mais qu'elle était en ce moment partie rendre une visite dans le voisinage et ne rentrerait sans doute pas de bonne heure. Il retourna à l'auberge où il avait laissé son cheval.

Entre-temps, Édouard, poussé par une irrésistible impatience, s'était glissé hors de sa retraite et, par des sentiers solitaires connus seulement des chasseurs et des pêcheurs, était parvenu à rejoindre le parc de sa propriété ; il se retrouva le soir dans un bosquet à proximité du lac, dont il apercevait pour la première fois, dans leur totalité et leur pureté, le miroir des eaux.

Cet après-midi-là, Odile avait décidé de faire une promenade au lac. Comme à son habitude, elle portait l'enfant dans ses bras et lisait en marchant. Elle atteignit ainsi la plantation des chênes, à l'endroit de l'embarcadère. L'enfant s'était endormi. Elle s'assit, le coucha à côté d'elle et continua sa lecture. Son livre était de ceux qui émeuvent les âmes sensibles, qui les captivent. Elle oublia le temps et l'heure, ne songea plus qu'elle avait encore un long chemin à faire pour regagner la nouvelle maison. Elle était plongée dans sa lecture, dans ses pensées, si charmante à regarder qu'il ne manquait aux arbres et aux buissons alentour que de pouvoir s'animer afin de l'admirer de leurs yeux et de jouir du spectacle. À cet instant précis, un rayon rouge du soleil couchant tomba juste derrière elle, dorant ses joues et ses épaules [58].

Édouard, qui avait réussi jusqu'à présent à progresser sans se faire remarquer, trouvant le parc désert et ne rencontrant âme qui vive dans la campagne, s'aventura de plus en plus loin. Il déboucha finalement entre les buissons, près des chênes [59].

Il aperçoit Odile ; elle le voit ; il vole vers elle, se jette à ses pieds. Après un long silence, au cours duquel tous deux cherchent à reprendre leurs esprits, il lui explique en peu de mots pourquoi et comment il est venu jusqu'ici. Il lui dit qu'il a dépêché le Commandant auprès de Charlotte et que leur sort commun est peut-être en train de se décider en cet instant. Jamais il n'a douté de son amour, de même qu'elle n'a certainement jamais douté du sien. Il lui demande son consentement. Elle hésite, il l'implore ; il veut faire valoir ses anciens droits et la prendre dans ses bras. Elle montre l'enfant.

Édouard le regarde et s'étonne : « Grand Dieu ! s'exclame-t-il, si j'avais des raisons de douter de ma femme et de mon ami, ce visage serait un témoignage accablant contre eux ! Ne sont-ce pas là les traits du Commandant ? Je n'ai jamais vu pareille ressemblance.

– Absolument pas ! réplique Odile, tout le monde dit qu'il me ressemble.

– Serait-ce possible ? » s'écrie Édouard.

À cet instant, l'enfant ouvrit les yeux, deux grands yeux noirs, avec un regard intense, profond et plein de douceur. Le petit garçon regardait déjà le monde tel un être raisonnable ; il semblait connaître les deux personnes qui étaient face à lui. Édouard mit un genou en terre à côté de l'enfant, s'inclina à deux reprises devant Odile : « C'est toi ! s'écria-t-il, ce sont tes yeux ! Ah ! Laisse-moi regarder seulement dans les tiens ! Laisse-moi jeter un voile sur cette heure fatale qui donna naissance à ce petit être ! Dois-je effrayer ton âme pure avec la pensée funeste qu'un homme et une femme devenus étrangers l'un à l'autres peuvent s'étreindre et profaner par leurs désirs ardents le lien qui les unit par la loi ? Mais puisque nous en sommes maintenant à ce point, puisque mon mariage avec Charlotte doit nécessairement être dissous pour que tu deviennes mienne, pourquoi ne te le dirais-je pas ? Pourquoi avoir peur des mots ? Cet enfant est le fruit d'un double adultère ! Il me sépare de mon épouse et mon épouse de moi, alors qu'il aurait dû nous unir. Qu'il porte donc témoignage contre moi, que ces yeux magnifiques disent aux tiens que c'est à toi que j'appartenais dans les bras d'une autre ; puisses-tu sentir, sentir profondément que je ne peux expier cette faute, ce crime que dans tes bras !

« Écoute ! » s'écria-t-il en se levant d'un bond, croyant avoir entendu un coup de feu, le signal que le Commandant devait donner. Mais ce n'était qu'un chasseur qui venait de tirer dans les montagnes voisines. Rien ne s'ensuivit. Édouard s'impatientait.

C'est alors seulement qu'Odile s'aperçut que le soleil déclinait à l'horizon. Une dernière fois, ses rayons étincelèrent dans les vitres, à l'étage de la maison. « Éloigne-toi, Édouard ! s'écria Odile, nous avons été si longtemps privés l'un de l'autre, nous avons si longtemps patienté… Pense à ce que nous devons tous les deux à Charlotte. C'est elle qui doit décider de notre destin. Ne précipitons rien ! Je serai tienne à condition qu'elle nous le permette ; dans le cas contraire, il me faudra renoncer à toi. Puisque tu crois que la décision est imminente, attendons ! Retourne au village, là où te croit le Commandant. Bien des choses peuvent arriver, qui exigeront une explication ! Est-il vraisemblable qu'un brutal coup de feu t'annonce le succès de ses négociations ? Peut-être est-il en train de te chercher en ce moment. Il n'a pas trouvé Charlotte, je le sais. Il est possible qu'il soit allé au-devant d'elle, car on sait où elle est partie. On peut envisager toutes les hypothèses ! Laisse-moi, maintenant. Elle doit être rentrée, à présent. Elle nous attend là-haut, moi et l'enfant. »

Odile parlait en hâte. Elle récapitulait toutes les éventualités. Elle était heureuse auprès d'Édouard, mais pressentait qu'elle devait absolument l'éloigner maintenant. « Je t'en prie, je t'en conjure, mon amour ! s'écria-t-elle, retourne au village pour attendre le Commandant !

– J'obéis à tes ordres », fit Édouard, en la regardant d'abord avec passion, puis en la serrant très fort dans ses bras. Elle entoura les siens autour de son cou, le pressa très tendrement contre sa poitrine. Un rayon d'espoir passa sur eux, comme une étoile tombe du ciel. Ils crurent qu'ils appartenaient l'un à l'autre ; ils échangèrent pour la première fois de vrais baisers passionnés, puis se firent violence pour se séparer, dans la douleur.

Le soleil est couché. Déjà le soir tombe et un parfum d'humidité flotte autour du lac. Odile est au comble du trouble et de l'émotion. Elle jette un œil vers la maison de la colline, sur l'autre rive, et croit apercevoir sur le balcon la robe blanche de Charlotte. Longer le lac lui ferait faire un grand détour. Elle sait avec quelle impatience Charlotte attend le retour de l'enfant. Elle voit les platanes juste en face d'elle, de l'autre côté ; une simple étendue d'eau la sépare du sentier qui monte directement à la maison[60]. Elle est déjà là-bas par la pensée et par les yeux. La conscience du risque qu'elle encourt à s'aventurer sur l'eau avec l'enfant disparaît dans l'urgence de la situation. Elle court vers le canot, ne sent pas que son cœur bat à tout rompre, que ses jambes vacillent, qu'elle est sur le point de perdre connaissance.

Elle saute dans le canot, saisit la rame, donne une poussée pour s'éloigner de la rive. Elle doit redoubler d'efforts, recommencer ; le canot oscille et s'écarte un peu du bord. Tenant l'enfant sur son bras gauche, avec dans la main gauche le livre, dans la droite la rame, elle chancelle et tombe dans le canot. La rame lui échappe d'un côté et de l'autre, tandis qu'elle veut se retenir, l'enfant et le livre également : tout tombe à l'eau. Elle tient encore le vêtement de l'enfant ; mais sa position incommode l'empêche de se relever elle-même. Sa main droite, qui est restée libre, ne lui suffit pas pour se retourner, se redresser ; elle finit par y parvenir, clle retire l'enfant de l'eau, mais ses yeux sont fermés, il a cessé de respirer.

À cet instant, elle recouvre toute sa présence d'esprit, mais sa douleur est d'autant plus vive ; le canot a dérivé presque jusqu'au milieu du lac, la rame flotte au loin, elle n'aperçoit personne sur la rive ; de toute façon, à quoi cela lui servirait-il d'apercevoir quelqu'un ! Abandonnée à elle-même, elle vogue au gré de l'élément perfide et impénétrable.

Elle ne peut compter que sur ses propres moyens. Elle a souvent entendu parler de noyés que l'on ramène à la vie. Elle l'a encore vécu le soir de son anniversaire. Elle déshabille l'enfant, le sèche avec son vêtement de mousseline. Elle dévoile sa poitrine, découvrant pour la première fois son corps au grand jour ; et pour la première fois, elle presse quelqu'un contre son sein pur et dénudé, mais hélas ! quelqu'un qui n'est déjà plus en vie. Les membres froids de la malheureuse créature lui glacent le sang jusqu'au tréfonds de son cœur. Des flots infinis de larmes coulent de ses yeux et communiquent un semblant de chaleur et de vie au petit corps déjà raidi. Elle ne relâche pas ses efforts, elle l'enveloppe dans son châle et, en le caressant, en le pressant contre elle, en le réchauffant par son souffle, ses baisers et ses larmes, elle croit suppléer aux secours qui lui sont refusés, dans la solitude où elle se trouve.

Tout cela en vain. L'enfant gît dans ses bras, inanimé ; le canot s'est immobilisé sur l'eau. En cet instant encore, sa grande âme lui suggère un ultime recours. Elle se tourne vers le Ciel. Elle tombe à genoux dans le canot et de ses deux bras, soulève l'enfant inerte au-dessus de son sein innocent, pareil au marbre par sa blancheur, mais hélas également par sa froideur. Elle lève vers le Ciel ses yeux humides, implore de l'aide depuis ce lieu où tout cœur tendre espère qu'elle ne lui sera pas comptée, quand il n'en trouve plus nulle part.

Elle ne se tourne d'ailleurs pas en vain vers les étoiles qui commencent déjà à scintiller dans la nuit, les unes après les autres. Une légère brise se lève et pousse le canot vers les platanes.

XIV

Elle court vers la nouvelle maison, appelle le chirurgien, remet l'enfant entre ses mains. Celui-ci, préparé à affronter toutes les situations, s'occupe méthodiquement, selon la procédure habituelle, du petit corps. Odile l'assiste en tout ; elle lui apporte ce dont il a besoin, elle s'empresse et se démène ; elle semble se mouvoir dans un autre monde, car le plus grand malheur, tout comme le plus grand bonheur, change l'aspect de toute chose ; finalement, le brave médecin, après avoir tout essayé, secoue la tête, reste d'abord muet quand elle l'interroge pour savoir s'il reste encore un espoir, puis répond tout bas par la négative ; c'est alors seulement qu'elle sort de la chambre de Charlotte, où tout s'est déroulé ; à peine est-elle entrée dans le salon que, sans pouvoir atteindre le sofa, elle s'effondre d'épuisement sur le tapis, le visage contre le sol.

À cet instant, on entend la voiture de Charlotte. Le chirurgien prie instamment les personnes présentes de rester ; il veut aller à sa rencontre, la préparer. Mais déjà, elle pénètre dans l'appartement. Elle trouve Odile qui gît sur le sol ; une servante se précipite au milieu des pleurs et des cris. Le chirurgien entre, elle apprend tout à la fois. Mais faut-il qu'elle abandonne d'un seul coup tout espoir ? L'homme expérimenté, habile et sage, la prie seulement de ne pas venir voir l'enfant. Il s'éloigne, pour faire semblant de préparer quelque chose. Elle s'est assise sur le sofa ; Odile est encore étendue par terre, mais elle s'est hissée jusqu'aux genoux de son amie, sur qui elle a posé sa jolie tête. Le médecin ami de la famille va et vient : il fait mine de s'occuper de l'enfant, mais s'occupe en réalité des deux femmes. Minuit approche. Un silence de mort s'est installé, qui devient de plus en plus profond. Charlotte ne peut plus se cacher que l'enfant ne reviendra plus à la vie. Elle demande à le voir. On l'a enveloppé dans de chaudes couvertures de laine, couché dans une sorte de corbeille que l'on dépose à côté d'elle, sur le sofa ; on ne voit que son petit visage, paisible et beau.

La nouvelle de l'accident avait mis aussitôt le village en émoi et était parvenue sans tarder jusqu'à l'auberge. Le Commandant gravit la colline par les chemins habituels ; il fit le tour de la maison, arrêta un domestique qui était sorti pour chercher quelque chose dans la remise, demanda des informations plus précises sur ce qui s'était passé et fit appeler le chirurgien. Celui-ci, étonné de retrouver ainsi son ancien bienfaiteur, lui décrivit la situation et se chargea de préparer Charlotte à le voir paraître. Rentré au château, il entama une conversation anodine, passant d'un sujet à l'autre pour éveiller l'intérêt, jusqu'à ce qu'enfin il évoquât devant Charlotte l'ami qui avait toujours été proche d'elle par l'esprit et par le cœur, dont la sympathie lui était acquise, une présence amicale qui pouvait devenir réalité… En un mot, elle apprit que celui-ci attendait derrière la porte, qu'il était au courant de tout et désirait lui parler.

Le Commandant entra. Charlotte l'accueillit avec un sourire douloureux. Il était debout devant elle. Elle souleva la couverture de soie verte qui dissimulait le petit corps et il reconnut alors, non sans un secret effroi, son propre portrait figé dans la mort. Charlotte lui désigna une chaise et ils restèrent sans rien dire, assis l'un en face de l'autre, durant toute la nuit. Odile n'avait pas bougé, la tête toujours posée sur les genoux de Charlotte ; elle respirait doucement ; elle dormait, ou semblait dormir.

L'aube commençait à poindre, on éteignit la lumière. Les deux amis semblaient se réveiller d'un rêve morne. Charlotte regarda le Commandant et lui dit d'un ton assuré : « Expliquez-moi, mon ami, par quelle coïncidence vous vous trouvez ici, pour partager avec moi la douleur de mon deuil ? »

Le Commandant lui répondit tout bas, sur le même ton que sa question, comme si tous deux veillaient à ne pas éveiller Odile :

« Ce n'est ici ni le lieu ni l'heure pour tergiverser, se payer de mots ou user de précautions oratoires. La situation dans laquelle je vous trouve est si terrible que, devant celle-ci, ma démarche, aussi importante soit-elle, perd tout son sens. »

Il lui avoua alors, très calmement et simplement, l'objet de la mission que lui avait confiée Édouard, ainsi que le but de sa visite, dans la mesure où sa volonté, son propre intérêt étaient également impliqués. Il présenta l'un et l'autre avec délicatesse, mais en toute sincérité. Charlotte l'écouta tranquillement, apparemment sans la moindre expression de surprise ou de contrariété.

Lorsque le Commandant eut achevé, Charlotte lui répondit à voix très basse, si bien qu'il dut rapprocher sa chaise pour l'entendre :

« Je ne me suis encore jamais retrouvée dans une situation comme celle-ci, mais dans des cas semblables, je me suis toujours dit : “De quoi demain sera-t-il fait ?” Je sens très bien que le sort de plusieurs personnes se trouve aujourd’hui entre mes mains. Ce que j’ai à faire ne souffre aucun doute et tient en peu de mots. J’accepte le divorce. J’aurais dû m’y résoudre plus tôt. Par mon hésitation, par mon opposition, j’ai tué cet enfant. Il y a certaines choses que le destin décide obstinément pour nous. Il est vain d’essayer de le contrecarrer par la raison, la vertu, le sens du devoir ou du sacré : quelque chose doit s’accomplir selon sa volonté, et malgré que nous en ayons. C’est lui qui tranche finalement, quoi que nous fassions pour nous y soustraire.

« Mais que dis-je ! En vérité, la destinée ne fait que donner une impulsion nouvelle à mon propre dessein, mon propre projet. N’ai-je pas déjà marié en pensée Odile et Édouard, considérant qu’ils formaient le couple le mieux assorti ? N’ai-je pas moi-même œuvré à les rapprocher l’un de l’autre ? N’étiez-vous pas vous-même, mon ami, au courant de ce dessein ? Pourquoi n’ai-je pas su distinguer, chez le même homme, l’entêtement du véritable amour ? Pourquoi ai-je accepté sa main, alors qu’en restant son amie je l’aurais rendu heureux, lui et une autre épouse [61] ? Regardez cette malheureuse assoupie sur mes genoux ! Je tremble en songeant à l’instant où elle va se réveiller de son demi-sommeil léthargique pour reprendre conscience. Comment pourra-t-elle vivre, comment pourrai-je la consoler, si elle ne peut plus espérer dédommager Édouard par son amour de ce qu’elle lui a ravi en devenant l’instrument du plus extraordinaire des hasards ? Elle peut tout lui rendre, si j’en juge par l’inclination, l’amour, la passion qu’elle a pour lui ! Si l’amour permet de tout supporter, il permet encore davantage de tout remplacer. En cet instant, je ne veux absolument pas penser à moi.

« Éloignez-vous sans faire de bruit, cher Commandant. Dites à Édouard que j’accepte le divorce, que je lui laisse le soin, ainsi qu’à vous et à Mittler, d’instruire l'affaire en sorte que je sois dégagée de tout souci pour ma situation future, que je puisse l'être à tous égards. Je suis prête à signer tous les papiers que l'on voudra. Mais que l'on n'exige pas de moi que j'apporte mon concours, mon avis, mon conseil. »

Le Commandant se leva. Elle lui tendit la main pardessus Odile. Il posa ses lèvres sur cette main qui lui était si chère. « Et en ce qui me concerne, que puis-je espérer ? murmura-t-il tout bas.

– Laissez-moi vous devoir ma réponse, répondit Charlotte. Nous ne sommes pas responsables du malheur qui nous frappe, mais nous n'avons pas non plus mérité d'être heureux ensemble. »

Le Commandant s'éloigna, le cœur empli de profonde commisération pour Charlotte, mais sans pouvoir plaindre le pauvre enfant qui n'était plus de ce monde. Il lui semblait que le sacrifice de cette vie était nécessaire au bonheur de tous. Il imaginait Odile avec un enfant à elle dans les bras, la plus belle manière de rendre à Édouard ce qu'elle lui avait ravi. Il se voyait jouant avec son fils sur ses genoux, un fils qui, beaucoup plus légitimement que l'enfant disparu, lui ressemblerait trait pour trait.

Autant d'espérances, d'images flatteuses qui lui passaient par la tête quand, sur le chemin qui le ramenait à l'auberge, il trouva Édouard qui avait passé toute la nuit dehors à attendre le Commandant, puisque aucun signal lumineux, aucun coup de feu ne lui avait annoncé le succès de l'entreprise. Il était déjà au courant de l'accident et, lui aussi, au lieu de plaindre la pauvre créature, voyait dans cette circonstance, sans se l'avouer tout à fait, une intervention du destin qui venait lever un dernier obstacle à son bonheur. C'est la raison pour laquelle il se laissa très facilement convaincre par le Commandant, qui lui annonça aussitôt la décision de son épouse, de retourner au village et ensuite à la petite ville, où ils réfléchiraient ensemble et discuteraient des premières mesures à prendre.

Après que le Commandant l'eut quittée, Charlotte ne resta assise que quelques minutes seulement, abîmée dans ses pensées ; car Odile redressa aussitôt la tête, regardant son amie avec de grands yeux ; elle se releva d'abord des genoux de celle-ci, puis se mit sur ses pieds, face à Charlotte :

« C'est la seconde fois, dit la noble enfant, avec une gravité et un charme irrésistible, c'est la seconde fois qu'il m'arrive ce genre de choses. Tu me disais autrefois qu'il advient souvent aux gens, au cours de leur vie, deux fois la même chose, de la même manière, et cela toujours dans des moments décisifs. Cette remarque me paraît très vraie et il faut que je te fasse un aveu. Juste après la mort de ma mère, alors que j'étais encore une enfant, j'avais un jour rapproché mon petit tabouret vers toi, qui étais assise sur le sofa, comme aujourd'hui ; j'avais posé ma tête sur tes genoux ; je ne dormais pas, je n'étais pas non plus éveillée ; j'étais assoupie. Je percevais tout ce qui se passait autour de moi, en particulier toutes les paroles, très distinctement. Et pourtant, j'étais incapable de bouger, de dire un mot et, l'aurais-je voulu, de signifier que j'étais parfaitement consciente. Tu parlais de moi avec une amie. Tu t'apitoyais sur mon sort de pauvre orpheline, restée seule au monde ; tu dépeignais ma situation de dépendance, une situation qui pouvait devenir critique si une bonne étoile ne veillait pas sur moi. Je saisissais fort bien et très précisément, peut-être avec trop de rigueur, ce que cela signifiait, ce que tu semblais souhaiter, exiger de moi. Je me donnais à ce sujet des règles de conduite, correspondant à mes vues limitées. J'ai toujours vécu selon celles-ci, m'y conformant dans tous mes faits et gestes à l'époque où tu m'aimais et prenais soin de moi, où tu m'accueillais dans ta maison, et même après.

« Mais je suis sortie de la voie que je m'étais tracée, j'ai enfreint mes règles, j'en ai même perdu la notion et, après ce terrible événement, voici que tu m'éclaires à nouveau sur mon état, qui est encore plus misérable qu'autrefois. La tête posée sur tes genoux, plongée dans une demi-torpeur, j'entends à nouveau ta douce voix à mon oreille, qui semble me parvenir d'un autre monde ; j'apprends ce qu'il en est désormais de moi ; je m'effraie moi-même ; mais comme jadis, je me suis à nouveau tracé pour moi-même une voie, dans mon demi-sommeil léthargique.

« Je suis résolue, comme jadis, et tu vas savoir tout de suite à quoi. Je ne serai jamais la femme d'Édouard ! D'une terrible manière, Dieu m'a ouvert les yeux sur le crime dont je suis prisonnière. Je veux l'expier. Et personne ne pourra me détourner de mon intention ! Prends tes dispositions en conséquence, toi ma très chère, ma meilleure amie ! Rappelle le Commandant ; écris-lui, qu'il n'entreprenne aucune démarche. Quelle n'était pas mon angoisse de ne pouvoir bouger et faire le moindre geste, au moment où il s'en est allé ! J'aurais voulu me lever et crier que tu ne devais pas le congédier ainsi, en lui laissant de si coupables espérances ! »

Charlotte se rendait compte de l'état d'Odile, qu'elle ressentait profondément ; elle espérait pourtant, avec le temps et à force d'arguments, reprendre un peu d'influence sur elle. Mais à peine eut-elle prononcé quelques paroles évoquant allusivement un avenir meilleur, l'espoir de voir la douleur s'apaiser, qu'Odile s'écria d'un ton exalté : « Non, ne cherchez pas à m'ébranler, à m'abuser ! À l'instant où j'apprendrai que tu as consenti au divorce, j'expierai dans le même lac ma faute et mon crime. »

XV

Si, dans le bonheur et la paix d'une vie en commun, des parents, des amis, des hôtes d'une même maison commencent à s'entretenir, plus souvent qu'il est nécessaire et raisonnable, de tout ce qui arrive et va arriver autour d'eux ; s'ils exposent en permanence leurs projets, leurs entreprises, leurs activités, sans accepter véritablement les conseils des uns et des autres mais en passant néanmoins tout leur temps pour ainsi dire à tenir conseil, on constate en revanche que, dans les circonstances importantes, là où il semblerait que l'on eût le plus besoin du concours et du soutien des autres, c'est justement dans ces moments où l'on voit chacun agir pour soi, se replier sur sa personne, ne procéder qu'à sa manière ; chacun dissimule aux autres les moyens particuliers qu'il requiert et seuls les résultats, les fins et les effets obtenus redeviennent partie du bien commun.

Après tant d'événements étranges et malheureux, une certaine gravité silencieuse s'était installée entre les deux amies, qui se traduisait par le souci de se montrer aimable, de se ménager l'une l'autre. En grand secret, Charlotte avait fait transporter l'enfant dans la chapelle. Il y reposait, première victime d'une funeste destinée.

Pour autant qu'elle le pouvait, Charlotte se tourna à nouveau vers la vie ; ce chemin l'amena d'abord vers Odile, qui avait besoin de son aide. Sans le laisser paraître, elle s'occupait d'elle en priorité. Elle savait combien cette enfant céleste aimait Édouard ; elle avait recomposé peu à peu la scène qui avait précédé l'accident, avait appris tous les détails, en partie de la bouche d'Odile elle-même, en partie grâce à des lettres du Commandant.

Odile, de son côté, s'attachait à rendre plus léger à Charlotte chaque instant de la vie quotidienne. Elle se montrait ouverte, même loquace ; mais il n'était jamais question ni du moment présent ni du passé immédiat. Elle avait toujours beaucoup observé, noté et retenu. Tout cela ressortait maintenant. Par sa conversation, elle s'employait à distraire Charlotte, qui nourrissait toujours le secret espoir de voir réuni le couple qui lui était si cher.

Mais il en allait tout autrement pour Odile. Elle avait révélé à son amie le secret de toute son existence. Elle était délivrée de sa servitude de naguère, des bornes qui lui étaient imposées. Par son remords, par la décision qu'elle avait prise, elle se sentait également libérée du poids de la faute et de ce malheur. Elle n'avait pas besoin de se faire violence ; au plus profond de son cœur, elle ne s'était accordé le pardon qu'à la condition d'un absolu renoncement, condition à jamais irrévocable.

Quelque temps s'écoula ainsi. Charlotte sentait combien cette maison, avec le parc, ses lacs, ses rochers, ses plantations d'arbres, ravivait quotidiennement chez toutes les deux des souvenirs douloureux. Il n'était que trop évident qu'il fallait changer d'endroit ; comment faire ? Voilà qui n'était pas facile à décider.

Les deux femmes devaient-elles encore rester ensemble ? Cela semblait correspondre à la volonté jadis exprimée par Édouard ; ses explications, ses menaces semblaient l'imposer. Mais comment ignorer que les deux femmes, en dépit de leur bonne volonté, de tous leurs efforts et de leur caractère raisonnable, se trouvaient dans une situation difficile pour cohabiter ? Elles n'échangeaient que des propos évasifs, que l'on aurait voulu parfois n'entendre qu'à demi-mot, mais dont une simple expression, souvent, était mal interprétée sinon par la raison, du moins par le cœur. Chacune avait peur de blesser l'autre et cette crainte, justement, était blessante et apparaissait comme telle.

Si l'on voulait changer d'endroit et en même temps se séparer l'une de l'autre, du moins pour un certain temps, se reposait immédiatement l'ancienne question, celle de savoir où irait Odile. Cette grande famille fortunée avait déjà fait de vaines tentatives pour procurer à la jeune héritière pleine d'espérances des compagnes agréables à vivre et susceptibles de lui apporter une forme d'émulation. Déjà lors de sa dernière visite, et récemment encore par lettre, la baronne avait invité Charlotte à lui envoyer Odile. Elle évoqua à nouveau cette possibilité. Mais Odile refusa expressément de se rendre en un lieu où elle trouverait ce que l'on appelait communément « le grand monde ».

« Permettez-moi, ma chère tante, afin de ne pas vous paraître têtue ou bornée, de vous dire ce qu'en d'autres circonstances j'aurais le devoir de vous taire, de vous cacher. Une personne qui a subi un étrange malheur, même si elle est innocente, reste marquée de terrible manière. Sa présence suscite chez tous ceux qui la voient, qui l'aperçoivent, une sorte d'effroi. Chacun veut découvrir sur elle la trace du sort monstrueux qui lui a été infligé ; chacun est à la fois curieux et anxieux. C'est ainsi qu'une maison, qu'une ville où un acte horrible a été commis demeure terrifiante pour quiconque y pénètre. La lumière du jour n'y est pas aussi claire, les étoiles n'y semblent pas aussi brillantes qu'ailleurs.

« Grande, mais sans doute excusable, est l'indiscrétion des gens à l'égard de cette malheureuse personne, leur stupide insistance, leur maladroite bienveillance ! Pardonnez-moi de vous parler ainsi ; mais j'ai incroyablement souffert pour cette pauvre jeune fille, lorsque Lucienne l'a tirée de l'appartement où elle se cachait, qu'elle s'est gentiment occupée d'elle, l'a contrainte, avec les meilleures intentions du monde, à participer à nos jeux et à nos danses. Lorsque la pauvre enfant, de plus en plus apeurée, a fini par s'enfuir et s'évanouir, que je l'ai prise dans mes bras tandis que les gens tout autour s'agitaient, s'effrayaient et que chacun était d'autant plus saisi de curiosité pour la malheureuse, je ne pensais pas qu'un sort semblable m'attendait. Mais le véritable et profond sentiment de compassion que j'éprouvai alors à son endroit est resté toujours aussi vif. Je peux maintenant me l'appliquer et me garder de fournir le prétexte de ce genre de scènes.

– Mais, ma chère enfant, répliqua Charlotte, tu ne pourras jamais te dérober aux regards des autres. Nous n'avons plus de ces couvents qui offraient autrefois asile à ce genre de sentiments.

– La solitude n'est pas nécessairement le meilleur asile, ma chère tante, répondit Odile. Le plus sûr des asiles est à chercher là où nous pouvons avoir une activité. Toutes les pénitences, toutes les privations ne sauraient nous soustraire à un destin funeste, s'il est écrit qu'il doit nous poursuivre [62]. Le monde ne me répugne et ne m'angoisse que si je dois me donner en spectacle à ses yeux, en restant oisive. Mais si l'on me voit à l'ouvrage, pleine d'entrain, accomplissant inlassablement mon devoir, je pourrai supporter le regard des autres, parce que je n'aurai pas à redouter celui de Dieu.

– Me tromperais-je beaucoup, intervint Charlotte, si je te disais que tu inclines à retourner à la pension ?

– Non, répondit Odile, je ne le nie pas. Je pense que c'est une heureuse destinée que de pourvoir à l'éducation des autres par des voies ordinaires, lorsqu'on a reçu la sienne par les voies les plus singulières. Ne voyons-nous pas dans l'histoire l'exemple d'hommes qui, à la suite de graves fautes morales, se sont retirés dans le désert et n'y ont aucunement trouvé le refuge, la retraite qu'ils espéraient ? Ils ont été rappelés dans le monde, pour ramener dans le droit chemin des âmes égarées. Et qui était mieux à même de le faire qu'eux, déjà initiés aux chemins tortueux de l'existence ? Ils ont reçu pour mission de porter assistance aux âmes touchées par le malheur. Et qui en était plus capable que ceux qu'aucun mal terrestre ne pouvait plus atteindre ?

– Tu choisis une destinée bien singulière, reprit Charlotte. Je ne veux pas m'opposer à ta volonté. Qu'il en soit donc ainsi, mais, espérons-le, pour peu de temps !

– Soyez remerciée, fit Odile, de bien vouloir m'accorder de faire cette tentative, cette expérience ! Sans vouloir me flatter, je crois que je vais réussir. Là-bas, je me souviendrai de toutes les épreuves que j'ai subies et combien elles étaient insignifiantes en comparaison de toutes celles que j'ai vécues par la suite. Avec quelle sérénité vais-je observer les états d'âme des jeunes pensionnaires, pouvoir sourire devant leurs peines enfantines et les aider d'une main douce à surmonter tous leurs petits égarements ! Il ne faut pas nécessairement être un esprit heureux pour diriger des gens heureux. Il est dans la nature humaine de toujours exiger davantage de soi et des autres, et ce, d'autant plus que l'on a soi-même beaucoup reçu. Seul celui qui a connu le malheur et qui s'en est relevé est en mesure de nourrir, chez lui-même et chez les autres, le sentiment qu'il faut savoir goûter avec délice même le bonheur le plus modeste.

– Permets-moi, dit finalement Charlotte après un temps de réflexion, d'avancer une dernière objection à ton projet, qui me paraît la plus importante. En l'occurrence, il ne s'agit pas de toi, mais d'une tierce personne. Les sentiments à ton égard du directeur d'études, cette bonne âme pieuse et sage, te sont connus. Sur le chemin où tu t'engages, tu lui seras chaque jour plus chère et plus indispensable. Et comme, déjà aujourd'hui, la vie sans toi lui paraît sans attrait, il est sûr qu'à l'avenir, lorsqu'il aura pris l'habitude de te voir œuvrer à ses côtés, il ne pourra plus gérer son affaire sans toi. Tu vas l'y aider au début, mais ensuite, tu risques de lui gâter la tâche.

– Le destin n'a pas été tendre avec moi, intervint Odile, et ceux qui m'aiment n'ont peut-être pas beaucoup mieux à attendre. Mais cet ami est si bon et si sage qu'il sera capable, je l'espère, de nourrir pour moi une affection désintéressée ; il verra en moi une personne qui ne peut sans doute expier une terrible faute, pour elle-même et pour d'autres, qu'en se vouant au sacré qui nous entoure de sa présence invisible et peut seul nous protéger des puissances du mal qui nous assaillent. »

Charlotte écouta tout ce que la chère enfant lui confiait avec tant de franchise et réfléchit, sans mot dire. Elle avait essayé de diverses manières, mais toujours avec une extrême discrétion, de deviner si un rapprochement entre Odile et Édouard était envisageable ; mais la plus légère allusion, l'espoir le plus timide, le plus petit soupçon semblait bouleverser Odile au plus profond d'elle-même. Un jour, ne pouvant éluder plus longtemps le sujet, elle s'expliqua de manière très claire.

« Si ta résolution de renoncer à Édouard, lui répliqua alors Charlotte, est aussi ferme et irrévocable, prends garde au danger de le revoir ! Loin de l'objet aimé, il nous semble que, plus notre passion est vive, plus nous sommes maîtres de nous-mêmes, dans la mesure où nous intériorisons toute la violence de la passion qui s'exprimait vers l'extérieur ; mais avec quelle soudaineté, avec quelle rapidité sommes-nous arrachés à cette erreur lorsque celui dont nous avions cru pouvoir nous passer offre à nouveau à nos yeux sa présence, qui nous redevient indispensable ! Fais ce que tu juges le plus conforme à ton état d'âme ; interroge tes sentiments, et change plutôt de décision ; mais que ce soit par toi-même, d'un cœur libre et résolu ! Ne te laisse pas ramener à la situation antérieure simplement par surprise ou par un effet du hasard ! Car c'est alors que ton âme connaîtrait un insupportable dilemme. Ainsi que je te l'ai dit, avant de franchir le pas, avant de t'éloigner de moi et de commencer une nouvelle vie qui te conduira sur je ne sais quels chemins, demande-toi encore une fois si tu peux véritablement renoncer à Édouard pour toujours. Si tu y es déterminée, alors concluons un pacte : tu n'auras aucun contact avec lui, ne serait-ce qu'une conversation, même s'il devait venir te trouver chez toi, forcer ta porte. »

Odile réfléchit un instant et fit à Charlotte la promesse qu'elle s'était déjà faite à elle-même.

Cependant Charlotte gardait toujours à l'esprit la menace d'Édouard, déclarant qu'il n'était capable de renoncer à Odile qu'aussi longtemps qu'elle n'était pas séparée de Charlotte. Les circonstances avaient sans doute beaucoup changé depuis cette époque, il s'était produit tant de choses que cet engagement, prononcé dans l'urgence de l'instant, pouvait être considéré comme caduc eu égard aux événements qui avaient suivi. Cependant, elle ne voulait pour rien au monde risquer, entreprendre quoi que ce fût qui pût le blesser ; c'est pourquoi Mittler fut chargé de sonder sur ce point les sentiments d'Édouard.

Depuis la mort de l'enfant, Mittler avait rendu à Charlotte de fréquentes visites, même pour un temps très court. Cet accident, qui l'invitait à considérer comme éminemment improbable la réconciliation des deux époux, le marqua profondément ; mais obéissant à son tempérament, il continuait à espérer et à œuvrer ; il se réjouissait en secret de la résolution d'Odile. Il faisait confiance au temps qui passe et qui apaise les souffrances ; il pensait encore pouvoir maintenir les liens des époux et ne voyait dans tous ces mouvements de la passion qu'une mise à l'épreuve de l'amour et de la fidélité conjugales.

Charlotte avait dès le début informé par écrit le Commandant de la première déclaration d'Odile et l'avait prié instamment d'obtenir d'Édouard qu'aucune démarche supplémentaire ne fût entreprise, que l'on se tînt tranquille, que l'on attendît et permît au cœur de la belle enfant de se remettre. Elle avait également dit l'essentiel sur les événements ultérieurs et les sentiments qu'ils avaient suscités ; la mission délicate de préparer Édouard à un changement de situation incombait désormais à Mittler. Mais celui-ci, sachant bien qu'on se résigne plus volontiers à ce qui est déjà arrivé que l'on ne consent à ce qui arrivera, convainquit Charlotte que le mieux était d'envoyer tout de suite Odile à la pension.

C'est pourquoi, dès qu'il fut parti, on commença les préparatifs du voyage. Odile fit ses bagages, mais Charlotte voyait bien qu'elle n'était disposée à emporter ni le joli petit coffre ni aucun des objets qu'il contenait. Par amitié, elle ne dit rien et laissa faire la silencieuse enfant. Le jour du départ arriva. La voiture de Charlotte devait, le premier jour, conduire Odile jusqu'à un relais bien connu puis, le lendemain, jusqu'à la pension. Nanette devait l'accompagner et rester à son service. Aussitôt après la mort de l'enfant, la jeune fille au caractère passionné avait repris sa place auprès d'Odile et lui était désormais attachée comme avant, par nature autant que par inclination ; il semblait qu'en essayant de la distraire par ses bavardages, elle voulût rattraper le temps perdu et se consacrer entièrement à sa chère maîtresse. Elle était transportée de joie à l'idée de l'accompagner dans son voyage, de découvrir des contrées nouvelles, car elle n'était jamais sortie de son village natal. Elle courut du château jusqu'au village, pour aller annoncer son bonheur à ses parents et à sa famille, et prendre congé d'eux. Le malheur voulut qu'elle rendît visite à des personnes malades de la rougeole ; elle ne tarda pas à sentir les effets de la contagion. On ne voulut pas repousser le départ ; Odile elle-même insistait ; elle avait déjà fait la route, elle connaissait les aubergistes chez qui elle allait loger ; le cocher la conduirait depuis le château, il n'y avait rien à craindre.

Charlotte ne formula pas d'opposition ; en pensée, elle avait déjà quitté ces lieux ; elle voulait seulement avoir encore le temps de réaménager à l'intention d'Édouard les pièces qu'avait habitées Odile au sein du château, de les remettre dans l'état où elles étaient avant l'arrivée du Capitaine. L'espoir de restaurer un ancien bonheur se rallume toujours dans le cœur de l'homme, et Charlotte était une fois encore fondée, voire contrainte, à nourrir ce genre d'espoir.

XVI

Lorsque Mittler arriva pour s'entretenir avec Édouard, il le trouva seul, la tête appuyée sur sa main droite, le bras posé sur la table. Il semblait beaucoup souffrir.

« Votre migraine vous tourmente à nouveau ? demanda Mittler.

– Elle me tourmente, en effet, répliqua celui-ci. Et pourtant, je ne peux pas la détester, car elle me rappelle Odile. Je me dis qu'elle est peut-être, elle aussi, en train de souffrir, appuyée sur son bras gauche. Peut-être souffre-t-elle plus que moi. Pourquoi ne devrais-je pas le supporter, comme elle ? Ces douleurs me sont salutaires, je dirais presque qu'elles sont désirables ; car l'image de sa patience, avec tous les traits positifs qui l'accompagnent, apparaît alors à mon esprit d'autant plus forte, d'autant plus nette et plus vive ; c'est seulement dans la souffrance que nous éprouvons pleinement toutes les grandes qualités qui sont nécessaires pour supporter celle-ci. »

Voyant son ami à ce point résigné, Mittler n'hésita pas à lui transmettre son message, qu'il lui présenta cependant par étapes, en en retraçant l'historique : comment l'idée était née chez les deux femmes, comment elle avait mûri en un projet. Édouard ne fit que quelques timides objections. Du peu de paroles qu'il prononça, il semblait ressortir qu'il leur abandonnait tout ; sa souffrance présente semblait l'avoir rendu indifférent au monde.

À peine fut-il seul qu'il se leva et se mit à marcher de long en large dans sa chambre. Il ne ressentait plus sa souffrance, entièrement accaparé par des préoccupations extérieures. Pendant le récit de Mittler, déjà, l'imagination de l'amant avait commencé à s'exalter. Il voyait Odile seule, ou pour ainsi dire seule, cheminant sur une route qui lui était bien connue, arrivant à l'auberge habituelle, dans laquelle il était si souvent descendu ; il songeait, il réfléchissait, ou plus exactement il était perdu dans ses pensées, incapable de réfléchir ; il ne faisait que projeter un désir, une volonté. Il fallait qu'il la voie, qu'il lui parle. Dans quel but, pourquoi ? Qu'en résulterait-il ? Il n'était pas question de tout cela. Il abandonnait toute résistance ; il ne pouvait faire autrement.

Le valet de chambre fut mis dans la confidence et parvint immédiatement à connaître le jour et l'heure du départ d'Odile. Le matin se levait. Édouard ne perdit pas de temps et se rendit à cheval, sans personne pour l'accompagner, là où Odile devait passer la nuit. Il arriva beaucoup trop tôt. Surprise, la femme de l'aubergiste le reçut très aimablement ; elle lui était redevable d'un grand bonheur familial. Il avait fait en sorte que son fils, qui s'était très bravement comporté à la guerre, fût décoré ; pour cela, il avait déployé beaucoup de zèle à mettre en valeur, jusque devant le général, une action d'éclat dont il avait été le seul témoin, et il avait finalement vaincu les réticences de quelques esprits malveillants. Depuis, elle ne savait que faire pour lui être agréable. Elle rangea au plus vite et de son mieux la chambre d'apparat qui, à vrai dire, servait à la fois de garde-robe et de garde-manger. Il lui annonça l'arrivée imminente d'une jeune femme qui allait y loger et fit sommairement préparer, pour lui-même, une petite pièce donnant sur le couloir, à l'arrière. Toutes ces dispositions paraissaient bien mystérieuses à la femme de l'aubergiste, mais il lui était agréable de rendre service à son bienfaiteur, qui montrait beaucoup d'empressement et d'ardeur dans cette affaire. Quant à lui, dans quels sentiments passa-t-il les longues heures qui le séparaient du soir ! Il regardait autour de lui la chambre dans laquelle il devait la voir apparaître. Elle lui semblait offrir, dans sa singularité rustique, un séjour céleste. Que n'imaginait-il pas ! Fallait-il surprendre Odile, ou au contraire la préparer ? C'est finalement ce dernier parti qui prévalut. Il s'assit à la table et écrivit cette lettre, qu'elle devait trouver en arrivant.

ÉDOUARD À ODILE

« Tandis que tu lis cette lettre, ma bien-aimée, je suis auprès de toi. Mais tu n'as aucune raison d'avoir peur, de t'effrayer ; tu n'as rien à craindre de moi. Je ne veux pas m'imposer. Tu ne me verras pas avant de me l'avoir permis.

« Mais auparavant, songe à ta situation, songe à la mienne ! Comme je te suis reconnaissant de ne pas projeter de franchir un pas décisif ! Mais celui que tu vas accomplir est déjà significatif. Garde-toi d'aller plus loin ! Tu es en quelque sorte à la croisée des chemins. Réfléchis encore une fois : peux-tu, veux-tu être mienne ? Cela serait pour nous tous un très grand, et pour moi-même un immense bonheur !

« Permets-moi de te revoir, donne-moi cette joie ! Permets que je te pose de vive voix la plus belle des questions et que ta simple présence, la plus belle qui soit, constitue ta réponse ! Viens sur mon cœur, Odile, là où tu as quelquefois reposé, là où est ta place pour toujours ! »

Tandis qu'il écrivait ces lignes, il fut saisi par le pressentiment que le plus cher objet de son désir était tout proche et allait bientôt paraître. Elle allait franchir le seuil de cette porte, lire cette lettre et se retrouver réellement devant lui comme autrefois, comme il l'avait si souvent appelé de ses vœux ! Ses traits, ses sentiments ont-ils changé ? Il tenait encore la plume à la main, il voulait écrire ce qui lui venait à l'esprit. À cet instant, la voiture entra dans la cour. D'une main hâtive, il ajouta : « Je t'entends venir. À tout de suite ! »

Il plia la lettre, écrivit le nom du destinataire ; il n'avait plus le temps de la cacheter. Il se précipita dans la petite pièce, par laquelle il pourrait ensuite gagner le couloir et, à cet instant, il se rendit compte qu'il avait oublié sur la table sa montre avec le cachet. Il ne fallait pas qu'elle la vît en premier. Il revint en hâte sur ses pas et réussit à la reprendre. Il entendait déjà dans le vestibule la voix de l'hôtesse, qui se dirigeait vers la chambre pour montrer les lieux à la personne qui venait d'arriver. Il courut vers la porte, mais elle s'était refermée, avec la clef à l'intérieur, qu'il avait fait tomber en entrant précipitamment.

La serrure s'était enclenchée, il n'avait plus d'échappatoire. Il poussa violemment la porte ; elle ne céda pas. Comme il aurait voulu être un pur esprit pour pouvoir se glisser dans les plus petits interstices ! Hélas ! Il cacha son visage contre le chambranle. Odile entra ; dès qu'elle aperçut Édouard, l'hôtesse recula ; dans la même seconde, le regard d'Odile tomba également sur lui. Il se tourna vers elle ; c'est ainsi que les deux amants se retrouvèrent une nouvelle fois face à face, de la plus étrange manière. Elle le regarda avec un air calme et grave, sans avancer ni reculer. Lorsqu'il esquissa un mouvement pour s'approcher d'elle, elle fit quelques pas en arrière, jusqu'à la table. Lui aussi recula. « Odile ! s'écria-t-il, laisse-moi briser ce terrible silence ! Ne sommes-nous que des ombres qui se font face ? Avant tout, écoute-moi ! C'est un hasard que tu me trouves ici, alors que tu viens d'arriver. Regarde à côté de toi : il y a une lettre qui était censée te préparer à me voir. Lis-la, je t'en prie, lis-la, et décide ensuite ce que tu pourras ! »

Elle baissa les yeux sur la lettre et, après un temps de réflexion, la prit en main, l'ouvrit et la lut. Après l'avoir lue sans changer de visage, elle la reposa doucement ; puis elle joignit les paumes de ses mains, les leva devant elle, puis les ramena contre sa poitrine en se penchant légèrement en avant, et jeta à celui qui l'implorait si instamment un regard tel que celui-ci ne pouvait faire autrement que de renoncer à tout ce qu'il prétendait et désirait. Ce geste lui déchira le cœur. Il ne pouvait supporter le regard, l'attitude d'Odile. Il semblait qu'elle fût près de s'effondrer, s'il persistait. Au désespoir, il sortit de la pièce en courant et envoya ensuite l'hôtesse s'occuper de la jeune fille laissée à sa solitude.

Il allait et venait dans l'entrée. La nuit tomba, il n'y avait pas un bruit dans la chambre. Enfin, l'hôtesse sortit et retira la clef. La brave femme était émue, embarrassée ; elle ne savait que faire. En partant, à la fin, elle offrit la clef à Édouard, qui refusa de la prendre. Elle lui laissa la lumière et s'éloigna.

Accablé de chagrin, Édouard se jeta sur le seuil d'Odile, qu'il baigna de ses pleurs. Jamais peut-être les deux amants ne passèrent, en étant aussi près l'un de l'autre, une nuit aussi épouvantable.

Le jour se lève ; le cocher avance la voiture, l'hôtesse entre dans la chambre. Elle trouve Odile endormie tout habillée ; elle se retire et fait un signe à Édouard, avec un sourire compatissant. Tous les deux s'approchent de la jeune fille endormie. Mais Édouard ne peut soutenir cette vue plus longtemps. L'hôtesse n'ose pas sortir l'enfant de son sommeil, elle s'assied en face d'elle. Finalement, Odile ouvre ses beaux yeux et se met debout. Elle repousse le petit déjeuner qu'on lui apporte ; c'est au tour d'Édouard de s'avancer. Il la supplie de dire un seul mot, d'exprimer sa volonté. Il se pliera à celle-ci, il le jure ; mais elle se tait. Il lui demande encore une fois, sur un ton tendre et pressant, si elle veut lui appartenir. Avec quelle grâce infinie secoue-t-elle la tête, tout en fermant les yeux, pour signifier son refus avec délicatesse ! Il lui demande si elle veut repartir à la pension. Elle répond par la négative, d'un air indifférent. Lorsqu'il lui demande s'il peut la ramener auprès de Charlotte, elle accepte aussitôt d'un signe de tête qui manifeste un soulagement. Il se précipite à la fenêtre, pour donner ses ordres au cocher ; mais derrière lui, elle s'est déjà promptement esquivée ; elle descend l'escalier, gagne la voiture. Le cocher reprend le chemin du château. Édouard les suit à cheval, à quelque distance.

XVII

Quelle n'est pas la surprise de Charlotte quand elle voit arriver la voiture d'Odile et, aussitôt après, Édouard entrer à cheval dans la cour du château ! Elle court à la porte de la maison. Odile descend de voiture et s'approche avec Édouard. Elle saisit avec force et ardeur les mains des deux époux, les unit l'une à l'autre et se précipite dans sa chambre. Édouard se jette au cou de Charlotte et fond en larmes ; il est incapable de donner une explication, il lui demande seulement d'avoir de la patience avec lui, d'aller porter aide et secours à Odile. Charlotte monte en hâte dans la chambre d'Odile. Elle frémit en entrant ; la pièce a déjà été entièrement débarrassée, il ne reste que les murs nus. Elle semble aussi vaste qu'inhospitalière. On a tout emporté, il ne reste que le petit coffre que l'on n'a pas su où ranger et que l'on a laissé au milieu de la pièce. Odile est étendue sur le sol, le bras et la tête posés sur le coffre. Charlotte s'empresse autour d'elle, lui demande ce qui s'est passé, n'obtient aucune réponse.

Elle laisse auprès d'Odile sa servante, qui est accourue avec des cordiaux, et rejoint Édouard. Elle le trouve dans la grande salle ; lui non plus ne lui apprend rien. Il se jette à ses pieds, il baigne ses mains de ses pleurs, il s'enfuit dans sa chambre ; au moment où elle veut le suivre, elle croise le valet de chambre qui lui donne les éclaircissements qu'il peut. Elle imagine le reste et envisage immédiatement avec détermination ce qu'exigent les circonstances du moment. La chambre d'Odile est réinstallée au plus vite. Édouard retrouve ses appartements exactement en l'état, jusqu'au moindre papier qu'il y a laissé.

Tous les trois semblent reprendre leur place les uns par rapport aux autres, mais Odile continue de garder le silence ; Édouard ne sait que prier sa femme de faire preuve de la patience qui paraît lui manquer à lui.

Charlotte envoie des messages à Mittler et au Commandant. Celui-ci n'est pas joignable, celui-là annonce sa venue. Devant lui, Édouard épanche son cœur ; il lui avoue tout dans les moindres détails et c'est ainsi que Charlotte apprend ce qui est arrivé, ce qui a modifié si étrangement la situation, ce qui trouble les cœurs.

Elle parle avec son époux sur le ton le plus aimable. Elle ne sait lui adresser d'autre prière que de lui demander de ne pas importuner en ce moment la pauvre enfant. Édouard ressent tout le mérite de son épouse, tout l'amour qu'elle porte en elle, la sagesse dont elle est capable ; mais sa passion le domine tout entier. Charlotte lui donne de l'espoir, lui promet de consentir au divorce. Il ne s'y fie pas ; il est si malade que l'espoir, la confiance l'abandonnent tour à tour. Il presse Charlotte d'accorder sa main au Commandant ; une sorte de folle agressivité le saisit. Pour le calmer, pour le contenir, Charlotte fait ce qu'il exige. Elle promet d'accorder sa main au Commandant dans le cas où Odile s'unirait à Édouard, mais à la condition expresse que les deux hommes, dans l'instant, partent ensemble en voyage. Le Commandant a reçu une mission à l'étranger de la part de la Cour qui l'emploie, Édouard promet de l'accompagner. On commence les préparatifs et l'on s'apaise un peu, dans la mesure où, au moins, il se passe quelque chose.

Cependant, on peut remarquer qu'Odile accepte à peine de boire et de manger et s'obstine à se taire. On l'exhorte, on ne fait que la rendre plus anxieuse ; on renonce. N'avons-nous pas, la plupart du temps, cette faiblesse de répugner à tourmenter quelqu'un, même pour son bien ? Charlotte réfléchit à tous les moyens possibles et, finalement, elle a l'idée de faire venir de la pension le directeur d'études, qui a une si grande influence sur Odile, qui a exprimé aimablement sa surprise de ne pas la voir arriver, mais n'a reçu encore aucune réponse.

Pour ne pas prendre Odile au dépourvu, on évoque le projet en sa présence. Elle ne semble pas être d'accord ;

elle veut réfléchir. Finalement, sa décision semble mûrir en elle, elle regagne précipitamment sa chambre et envoie, dès avant la fin de la journée, la lettre suivante à l'ensemble de ses amis réunis.

ODILE À SES AMIS

« Pourquoi, mes chers amis, dois-je exprimer explicitement ce qui s'entend de soi-même ? Je suis sortie de la voie que je m'étais tracée et je ne vais pas y revenir. Un démon hostile a pris possession de moi et semble m'opposer des obstacles depuis l'extérieur, quand bien même je serais à nouveau en paix avec moi-même.

« Tout à fait sincère était mon intention de renoncer à Édouard, de m'éloigner de lui. J'espérais ne plus jamais le revoir. Mais il en est advenu autrement. Je me suis retrouvée en face de lui, contre sa volonté. J'ai sans doute pris et interprété trop au pied de la lettre ma promesse de n'échanger aucun mot avec lui. Sur le moment, obéissant à mes sentiments et à ma conscience, je suis restée muette devant mon ami ; et maintenant, je n'ai plus rien à dire. Je me suis imposé, en vertu de ce que me dictaient les circonstances et mon cœur, un vœu monacal si sévère qu'il peut paraître trop lourd et exigeant à celui qui le prononce en toute connaissance de cause. Laissez-moi rester fidèle à cet engagement, aussi longtemps que mon cœur me l'ordonne ! Ne faites pas appel à un médiateur ! Ne me pressez pas de parler, de m'alimenter plus qu'il m'est rigoureusement nécessaire ! Aidez-moi, par votre patience et votre indulgence, à passer cette période ! Je suis jeune, et la force de la jeunesse se reconstitue toujours, de manière imprévisible. Souffrez ma présence parmi vous, laissez-moi jouir de votre affection, m'instruire par votre conversation, mais ne tentez pas de percer les secrets de mon cœur ! »

Le départ des deux hommes, qui se préparait depuis longtemps, n'avait toujours pas eu lieu, car la mission à l'étranger du Commandant était différée. Édouard ne pouvait souhaiter mieux ! Rendu à lui-même par la lettre d'Odile, encouragé par ses paroles consolatrices qui lui redonnaient espoir, se croyant fondé à ne pas faiblir et à persévérer dans ses intentions, il déclara soudain qu'il ne partirait pas. « Ce serait folie, s'écria-t-il, que de rejeter délibérément et prématurément ce qui nous est le plus indispensable, le plus nécessaire alors que, même si nous courons le risque de tout perdre, il y a encore une possibilité de le conserver ! Qu'est-ce que cela signifie ? Uniquement que l'homme veut se donner l'apparence d'être en mesure de décider et de choisir. C'est ainsi que moi-même, dominé par cette sotte prétention, je me suis souvent arraché à des amis, bien des heures, bien des jours trop tôt, uniquement pour ne pas être contraint d'obéir au dernier délai impérativement fixé. Mais cette fois-ci, je veux rester. Pourquoi m'éloigner ? Ne s'est-elle pas déjà éloignée de moi ? Il ne me vient pas à l'idée de prendre sa main, de la presser contre mon cœur ; je ne peux même pas y songer sans trembler. Elle ne s'est pas détachée de moi, elle s'est élevée au-dessus de moi ! »

Et c'est ainsi qu'il resta : il le voulait, il ne pouvait faire autrement. Mais quel bonheur sans égal, lorsqu'il se retrouvait avec elle ! Leurs sentiments étaient restés les mêmes. Elle non plus ne pouvait se soustraire à cette douce nécessité. Comme auparavant, ils exerçaient l'un sur l'autre une attraction indescriptible, presque magique. Ils habitaient sous le même toit. Même sans penser précisément l'un à l'autre, même absorbés par d'autres choses, tiraillés par telle ou telle obligation, ils se rapprochaient l'un de l'autre. S'ils se retrouvaient dans la même pièce, ils ne tardaient pas à être assis ou debout l'un à côté de l'autre. Seule cette proximité immédiate semblait pouvoir leur apporter l'apaisement ; cet apaisement était complet, et cette proximité suffisait. Il n'était besoin d'aucun regard, d'aucune parole, d'aucun geste, d'aucun contact : il leur suffisait simplement d'être ensemble. Il n'y avait plus, dès lors, deux personnes côte à côte, mais un seul être, plongé dans une béatitude totale, en paix avec lui-même et avec le monde [63]. Si l'on avait essayé de cantonner l'un d'eux à l'extrémité de la maison, l'autre l'aurait peu à peu rejoint, de lui-même, spontanément. La vie était pour eux une énigme, dont ils ne trouvaient la solution qu'à la condition d'être ensemble.

Odile était tout à fait sereine et tranquille, de sorte que personne n'avait la moindre inquiétude à son sujet. Elle était la plupart du temps en société, mais avait obtenu de manger seule, avec uniquement Nanette pour la servir.

Les événements qui arrivent communément à chacun de nous se répètent plus souvent que nous le croyons, dans la mesure où ils sont prioritairement déterminés par notre nature. Le caractère, l'individualité, les penchants, les tendances, le lieu, l'environnement, les habitudes constituent un tout au sein duquel chaque homme évolue comme dans son élément, baigne dans une atmosphère, la seule où il se sente pleinement à l'aise. C'est ainsi que les hommes dont nous déplorons si souvent l'inconstance nous étonnent lorsque nous constatons qu'ils ne changent pas malgré le nombre d'années, qu'ils restent identiques à eux-mêmes en dépit des infinies vicissitudes intérieures et extérieures.

C'est ainsi que, dans la vie commune quotidienne de nos amis, tout avait presque repris son cours ancien. Odile continuait d'exprimer en silence, à travers maintes attentions, sa nature prévenante, et chacun agissait de même, à sa manière. De sorte que le cercle familial semblait présenter l'image de la situation antérieure, donner l'illusion que tout était encore comme avant.

Les jours d'automne, comparables en longueur aux journées de printemps, rappelaient à la même heure toute la société à l'intérieur de la maison. Les décorations de fleurs et de fruits, propres à cette saison, donnaient l'impression que cet automne prolongeait le printemps, les jours qui s'étaient écoulés entre les deux ayant sombré dans l'oubli. Car les fleurs qui s'épanouissaient alors étaient les mêmes que celles que l'on avait semées aux premiers jours de l'année ; et sur les arbres mûrissaient les fruits dont on avait alors vu les fleurs sur les branches.

Le Commandant allait et venait. Mittler aussi se montrait souvent. La société se réunissait régulièrement le soir. D'ordinaire, Édouard faisait la lecture, avec davantage de vivacité, de sensibilité, de talent et même, si l'on peut dire, de gaîté qu'autrefois. C'était comme s'il voulait, aussi bien par son humeur enjouée que par ses sentiments, tirer Odile de son apathie, lui faire rompre son silence. Comme jadis, il s'asseyait de manière qu'elle pût lire dans son livre ; il devenait inquiet, distrait lorsqu'elle regardait ailleurs, lorsqu'il n'était plus certain qu'elle pût suivre avec les yeux ses paroles.

Tout sentiment désagréable et pénible lié à ce qui s'était passé entre-temps était effacé. Nul n'en gardait rigueur à l'autre. Toute trace d'amertume avait disparu. Charlotte jouait du piano, accompagnée au violon par le Commandant et comme jadis, la flûte d'Édouard s'accordait parfaitement avec le jeu d'Odile sur l'instrument à cordes. C'est ainsi qu'approchait l'anniversaire d'Édouard, que l'on n'avait pu fêter l'année précédente. On devait cette fois-ci se contenter de marquer discrètement l'événement, dans une atmosphère amicale. On était convenu de ce point, de manière ni tout à fait tacite ni tout à fait explicite. Mais plus la date approchait, plus s'accentuait dans la nature d'Odile ce sens de la solennité que l'on avait jusqu'alors deviné chez elle plus que constaté. Elle paraissait souvent inspecter les parterres de fleurs ; elle avait recommandé au jardinier de préserver particulièrement toutes les plantes d'été et s'arrêtait souvent devant les asters qui, justement cette année, fleurissaient à profusion.

XVIII

Mais le fait le plus significatif relevé par tous les amis qui, sans dire mot, observaient Odile avec attention, fut celui-ci : pour la première fois, elle avait ouvert le petit coffre, y avait choisi différents tissus dans lesquels elle avait coupé de quoi se confectionner une toilette complète. Quand, avec l'aide de Nanette, elle voulut emballer à nouveau tout ce qui restait, elle y réussit à peine. Il n'y avait plus de place, bien qu'elle eût utilisé une partie du contenu. La jeune servante ne pouvait se lasser de regarder tout cela avec des yeux avides, surtout lorsqu'elle vit que l'on n'avait négligé aucun détail de la toilette. Il restait encore des chaussures, des bas, des jarretières brodées de devises, des gants et tant d'autres choses encore. Elle demanda à Odile de lui faire un cadeau, fût-il le plus petit. Celle-ci refusa, mais tira en même temps un tiroir de la commode et laissa l'enfant choisir ; maladroitement, elle s'empressa de saisir quelque chose et déguerpit avec son butin, pour annoncer et exhiber devant les autres sa bonne fortune.

Finalement, Odile réussit à tout remettre soigneusement en place ; puis elle ouvrit un compartiment secret, aménagé dans le couvercle. Elle y avait caché des petits billets et des lettres d'Édouard, quelques fleurs séchées, souvenirs de promenades d'autrefois, une mèche de cheveux de son bien-aimé et diverses choses encore. Elle en ajouta une dernière – le portrait de son père –, referma le tout, puis raccrocha la fine clef à la petite chaîne en or qu'elle portait au cou, contre sa poitrine.

Cependant, toutes sortes d'espoir renaissaient dans le cœur des amis. Charlotte était convaincue qu'Odile, le jour dit, sortirait de son mutisme. Car elle s'était beaucoup démenée en secret, affichant une sorte de sereine satisfaction, avec un sourire comme l'on en voit passer sur le visage de ceux qui réservent à leur bien-aimée une agréable surprise qui fera leur joie. Personne ne savait qu'Odile passait des heures dans un état de grande faiblesse dont elle ne se relevait, à force de volonté, que pour les courtes périodes où elle paraissait en société.

Mittler se montrait maintenant plus souvent et restait plus longtemps que d'ordinaire. Cet homme obstiné ne savait que trop qu'il faut battre le fer quand il est chaud. Il interprétait à son avantage le mutisme et le refus d'Odile. Aucune démarche n'avait été entreprise, jusqu'à ce jour, en vue du divorce des époux. Il espérait, de quelque façon, orienter la destinée de la jeune fille vers une issue heureuse, qu'elle méritait ; il savait écouter, faire des concessions, donner à entendre ; à sa manière, il se conduisait assez habilement.

Mais il se laissait constamment entraîner dès qu'il trouvait matière à raisonner sur tous les sujets auxquels il accordait une grande importance. Il vivait très replié sur lui-même et lorsqu'il se trouvait en présence d'autres personnes, il poursuivait d'ordinaire un but précis à l'endroit de celles-ci. Quand il se lançait dans un discours devant des amis, il ne prenait aucune précaution pour savoir si ses paroles étaient de nature à blesser ou à consoler, à porter préjudice ou à conforter, comme cela se trouvait.

La veille de l'anniversaire d'Édouard, Charlotte et le Commandant étaient assis ensemble et attendaient le retour d'Édouard, qui avait fait une sortie à cheval ; Mittler allait et venait dans la pièce ; Odile était restée dans sa chambre ; elle avait étalé sur le lit sa toilette du lendemain, donnant quelques indications à sa femme de chambre, qui la comprenait parfaitement et exécutait avec habileté ses instructions muettes.

Mittler en était justement arrivé, dans la conversation, à l'un de ses thèmes favoris. Il aimait à soutenir qu'aussi bien dans l'éducation des enfants que dans le gouvernement des peuples, rien n'est plus maladroit et plus barbare que de proscrire, de promulguer des lois, des règlements d'interdiction. « L'homme est actif par nature, dit-il, et si l'on sait lui donner des ordres, il s'y plie aussitôt, les applique, les exécute. Pour ma part, j'aime mieux tolérer dans mon entourage quelques manquements ou défauts jusqu'à ce que je sois en mesure d'imposer les vertus contraires, que d'écarter ceux-ci sans avoir rien de bon à mettre à leur place. L'homme accomplit très volontiers ce qui est juste et pertinent, pourvu qu'on lui en donne l'occasion ; il le fait pour se donner quelque chose à faire et n'y réfléchit pas davantage qu'à toutes les sottises qu'il commet par ennui ou oisiveté.

« Comme je suis agacé d'entendre la façon dont on fait répéter aux enfants, au catéchisme, les dix commandements ! Le quatrième est une très belle, très sage et exigeante prescription : "Tes père et mère honoreras." Si les enfants se le gravent bien dans la tête, ils peuvent s'y exercer toute la journée. Mais que dire du cinquième ? "Tu ne tueras point." Comme si n'importe qui pouvait avoir l'envie soudaine de tuer son prochain ! On peut haïr quelqu'un, se fâcher, s'emporter et, à la suite de telle ou telle circonstance, il peut sans doute arriver qu'on le tue ; mais n'est-ce pas une pratique barbare que de dire aux enfants que le meurtre et l'assassinat sont interdits ? Si, en revanche, on leur disait : "Prends soin de la vie de ton prochain, écarte tout ce qui peut la mettre en péril, porte-lui secours même au prix de tes jours ; songe que si tu lui fais tort, c'est à toi-même que tu fais tort" : voilà les commandements qui devraient avoir cours au sein des peuples cultivés et raisonnables et que l'on ressasse à la fin du cours de catéchisme, englobés dans une pauvre petite question : "Qu'est-ce que tout cela veut dire ?"

« Quant au sixième, je le trouve proprement abominable ! Quoi ? Exciter la curiosité des enfants déjà habités de pressentiments pour de dangereux mystères, ouvrir leur imagination sur de singulières représentations qui les confrontent avec brutalité à ce dont on voudrait justement les préserver ! Il vaudrait bien mieux que ce genre de choses fût arbitrairement condamné par un tribunal secret que d'être l'objet de commérages au sein de toute la paroisse ! »

Odile entra à cet instant. « "Tu ne commettras point d'adultère !" poursuivit Mittler. Quelle grossièreté, quelle indécence ! Ne serait-ce pas tout à fait différent si l'on disait : "Tu respecteras les liens du mariage ; lorsque tu verras deux époux qui s'aiment, tu te réjouiras de leur bonheur et tu y participeras comme à celui d'une belle journée. Si quelque chose vient troubler leur union, tu t'efforceras de le dissiper ; tu feras en sorte de les apaiser, de les rassurer, de leur faire toucher du doigt ce qu'ils s'apportent l'un à l'autre, de contribuer avec un noble désintéressement au bien d'autrui en leur faisant sentir la félicité que procure l'accomplissement du devoir, en particulier de celui par lequel un homme et une femme sont indissolublement unis." »

Charlotte était comme sur des charbons ardents. La situation était d'autant plus angoissante qu'elle était persuadée que Mittler ne se rendait pas compte de ce qu'il disait et devant qui il le disait ; avant qu'elle ait eu le temps de l'interrompre, elle vit Odile changer de visage et sortir de la pièce.

« Faites-nous grâce, au moins, du septième commandement ! fit Charlotte avec un sourire forcé.

– De tous les autres, répliqua Mittler, pourvu que je garde celui qui est la clef de tous ! »

Nanette fit irruption dans la pièce, en poussant un cri effroyable :

« Elle meurt ! Mademoiselle se meurt ! Venez ! Venez ! »

Lorsque Odile était retournée dans sa chambre en chancelant, sa toilette du lendemain était étalée sur plusieurs chaises ; sa femme de chambre allait et venait, admirant l'ensemble, arrangeant quelques détails ; toute à sa joie, elle s'écria : « Voyez donc, chère mademoiselle, c'est une toilette de mariée, tout à fait digne de vous ! »

En entendant ces mots, Odile s'affaisse sur le sofa. Nanette voit sa maîtresse blêmir, son corps se raidir ; elle court chercher Charlotte ; on vient. Le médecin, ami de la famille, accourt lui aussi. Il ne voit là qu'un simple effet de l'épuisement. Il fait apporter un peu de bouillon qu'Odile repousse avec dégoût ; elle est même presque saisie de convulsions lorsqu'on approche la tasse de ses lèvres. D'un ton grave, comme le lui commande la situation, il s'empresse de demander ce qu'Odile a consommé ce jour. La servante hésite ; il repose sa question ; elle avoue qu'Odile n'a rien pris.

Nanette lui paraît plus anxieuse que de raison. Il l'entraîne avec lui dans la pièce d'à côté, suivi par Charlotte. La jeune fille se jette à genoux, avoue qu'Odile ne s'alimente presque plus, depuis longtemps déjà. C'est Odile qui a insisté pour qu'elle mange à sa place. Elle n'a rien dit, obéissant aux gestes de prière et de menace de sa maîtresse et aussi, ajoute-t-elle innocemment, parce que cela lui a semblé bon.

Le Commandant et Mittler arrivent sur place ; ils trouvent Charlotte en train de s'affairer en compagnie du médecin. La pâle et céleste enfant est assise, apparemment consciente, sur un coin du sofa. On la prie de s'allonger ; elle refuse, mais fait signe qu'on lui apporte le petit coffre. Elle pose ses pieds dessus, se trouve ainsi à moitié couchée, dans une position plus confortable. Elle semble vouloir prendre congé ; ses gestes expriment envers ceux qui l'entourent l'attachement le plus tendre, l'amour, la reconnaissance, la demande de pardon, le plus émouvant des adieux.

Édouard apprend en descendant de cheval l'état d'Odile ; il se précipite dans la chambre, s'agenouille à côté d'elle, saisit sa main et la baigne de ses larmes muettes. Il reste longtemps ainsi. Enfin, il s'écrie : « N'entendrai-je plus jamais ta voix ? Ne reviendras-tu pas à la vie avec une parole pour moi ? Il suffit ! Je vais donc te suivre là-bas ! Nous inventerons d'autres langages pour nous parler ! »

Elle lui presse avec force la main, lui jette un regard plein d'un amour ardent et après un profond soupir, remue ses lèvres muettes en une expression céleste : « Promets-moi de vivre ! » souffle-t-elle au prix d'un effort empreint de grâce et de délicatesse ; mais elle retombe aussitôt. « Je te le promets ! » répond-il dans un cri qui n'est déjà plus qu'un écho : elle est déjà partie [64].

Après une nuit de larmes, c'est à Charlotte qu'échut la charge d'ensevelir les restes chéris. Le Commandant et Mittler l'assistèrent. Édouard était dans un état trop misérable. Dès qu'il put émerger de son désespoir et reprendre quelque peu ses esprits, il insista pour qu'Odile ne fût pas transportée hors du château, pour qu'elle fût veillée, soignée, traitée comme si elle était encore en vie ; car elle n'était pas morte, elle ne pouvait l'être. On fit selon sa volonté, en ce sens où, du moins, on évita de faire ce qu'il avait interdit. Il ne demanda pas à la voir.

Une autre frayeur saisit les amis, une autre inquiétude les envahit. Nanette, après avoir été sévèrement tancée par le médecin, contrainte sous la menace de tout avouer et finalement accablée de reproches, s'était enfuie. On la chercha longtemps avant de la retrouver ; elle semblait ne plus être elle-même. Ses parents la reprirent chez eux. Tous les soins qu'on lui prodigua semblaient sans effet, il fallut l'enfermer, car elle menaçait de s'enfuir à nouveau.

On parvint progressivement à arracher Édouard à son violent désespoir, mais ce fut pour son malheur. Car il devint évident pour lui qu'il avait perdu pour toujours le bonheur de sa vie. On se risqua à lui représenter qu'en inhumant Odile dans la chapelle, elle serait toujours parmi les vivants et trouverait là une demeure accueillante et paisible. On eut beaucoup de mal à obtenir son consentement ; il se laissa finalement convaincre et ne sembla se résigner à tout qu'à la condition qu'on l'emportât dans un cercueil découvert qui, une fois dans la crypte, ne recevrait qu'un couvercle de verre, et que l'on installât à ses côtés une lampe qui brûlerait pour l'éternité.

On habilla son corps charmant dans les vêtements qu'elle avait préparés ; on ceignit sa tête d'une couronne de fleurs d'aster, qui scintillaient comme des étoiles tristes et funestes. On dépouilla de leur parure tous les jardins, pour décorer le catafalque, l'église, la chapelle. Ils offraient un spectacle de désolation, comme si l'hiver avait éradiqué toute joie des parterres. Au petit matin, on l'emporta hors du château dans son cercueil ouvert ; le soleil levant rougit encore une fois le céleste visage. Ceux qui suivaient se pressèrent autour des porteurs ; personne ne voulait être devant ni derrière ; tous voulaient l'entourer, jouir une dernière fois de sa présence. Jeunes garçons, hommes, femmes : tout le monde était gagné par l'émotion. Les jeunes filles, qui ressentaient le plus directement la perte de la disparue, étaient inconsolables.

Nanette n'était pas là. On l'avait retenue à la maison, ou peut-être lui avait-on caché le jour et l'heure de l'enterrement. On la surveillait chez ses parents, dans une chambre qui donnait sur le jardin. Mais lorsqu'elle entendit sonner les cloches, elle comprit très vite ce qui se passait ; et comme sa gardienne, cédant à la curiosité de voir le cortège, l'avait quittée un instant, elle s'échappa par une fenêtre donnant sur un couloir et, trouvant toutes les portes fermées, monta au grenier.

À cet instant, le cortège se frayait un chemin à travers les rues du village, soigneusement nettoyées et jonchées de feuilles. Nanette aperçut distinctement sa maîtresse au pied de la maison, dont la silhouette beaucoup plus belle, plus parfaite, se distinguait nettement de toutes celles qui suivaient le cortège. Comme dans une atmosphère surnaturelle, comme portée par les nuages ou par les flots, elle sembla faire signe à sa servante qui, troublée, éperdue, vacilla et se précipita dans le vide.

La foule se dispersa de tous côtés en poussant des cris d'effroi. La cohue et le tumulte obligèrent les porteurs à poser le catafalque. L'enfant gisait tout près ; elle avait apparemment tous les membres rompus. On la releva. Le hasard ou la providence fit qu'on l'appuya contre la dépouille ; elle donna l'impression de vouloir ranimer un dernier souffle de vie pour toucher sa chère maîtresse. Mais à peine ses membres inertes eurent-ils frôlé la robe d'Odile, à peine ses doigts insensibles eurent-ils effleuré les mains jointes de celle-ci, que la fillette se mit sur ses pieds, leva vers le ciel son regard, ses bras, puis sombra dans une sorte de ravissement et s'agenouilla pieusement devant le cercueil, les yeux rivés sur sa maîtresse.

Enfin, elle se dressa d'un bond, comme extasiée, et s'écria avec une joie quasi céleste : « Oui, elle m'a pardonnée ! Ce que je ne pouvais me pardonner moi-même, ce qu'aucun homme ne pouvait faire, Dieu me le pardonne à travers son regard, ses gestes, sa bouche. Elle repose à présent si tranquillement, si paisiblement ; mais vous avez tous vu comment elle s'est levée et m'a bénie de ses mains jointes, en me regardant si affectueusement. Vous l'avez tous entendue, vous êtes tous témoins de ce qu'elle m'a dit : “Tu es pardonnée !” Je ne suis plus une meurtrière parmi vous, elle m'a pardonnée, Dieu m'a pardonnée, plus personne ne peut plus me faire reproche de quoi que ce soit [65]. »

La foule se pressait autour d'elle. Tous étaient étonnés, tendaient l'oreille, regardaient d'un côté et de l'autre ; nul ne savait ce qu'il devait faire. « Emmenez-la jusqu'à son lieu de repos ! » dit la fillette. « Elle a accompli ce qu'elle avait à faire et ne peut plus séjourner parmi nous. » Le catafalque se remit en branle, suivi immédiatement par Nanette ; et c'est ainsi que l'on parvint jusqu'à l'église, jusqu'à la chapelle.

C'est là que reposait maintenant le cercueil d'Odile, avec à sa tête celui de l'enfant, à ses pieds le petit coffre, enchâssé dans un solide habillage de chêne. On avait recruté quelqu'un pour surveiller la dépouille, qui offrait un aspect bien aimable sous son couvercle de verre. Mais Nanette ne voulut pas qu'on la privât de cet office. Elle voulut rester seule, sans aucune compagnie, et veiller assidûment sur la lampe qu'on avait allumée pour la première fois. Elle le demanda avec tant d'ardeur et d'obstination qu'on lui céda, pour éviter de susciter chez elle un désordre mental plus grave que ce que l'on pouvait redouter.

Mais elle ne resta pas longtemps seule. Car dès la tombée de la nuit, lorsque la flamme incertaine de la lampe, reprenant tous ses droits, répandit une lumière plus claire, la porte s'ouvrit pour laisser entrer l'architecte dans la chapelle, dont les murs pieusement décorés, sous cet éclairage si doux, lui parurent plus antiques et mystérieux qu'il ne l'aurait jamais cru.

Nanette était assise d'un côté du cercueil. Elle le reconnut tout de suite ; sans un mot, elle lui désigna sa défunte maîtresse ; il alla se placer de l'autre côté, avec toute la vitalité et la grâce de sa jeunesse, rentra en lui-même, immobile, recueilli, les yeux baissés, les mains jointes et serrées en un geste de compassion, la tête et le regard baissés sur ce corps que l'âme avait quitté.

Une fois déjà, il s'était tenu ainsi devant Bélisaire. Involontairement, il reprit à cet instant la même position. Une position tout aussi naturelle qu'autrefois ! Ici aussi, un trésor inestimable tombait de son piédestal ; et si, dans un cas, on pouvait regretter que la vaillance, la sagesse, le pouvoir, le rang et la fortune réunis en un seul homme fussent irrévocablement perdus, si les qualités indispensables à la nation et à son prince dans les moments décisifs n'avaient pas été appréciées mais au contraire rejetées, repoussées, ici, tant d'autres vertus tranquilles, que la nature venait à peine de faire émerger de fécondes profondeurs, avaient été aussitôt anéanties par une main indifférente, des vertus rares, nobles, aimables, dont le monde indigent reçoit à chaque époque avec félicité l'influence apaisante et déplore la perte avec de nostalgiques regrets.

Le jeune homme se tut un instant, ainsi que la jeune fille ; mais lorsqu'elle vit, à plusieurs reprises, les larmes jaillir de ses yeux, lorsqu'il parut complètement abîmé dans sa douleur, elle lui parla avec tant de conviction et de vérité, avec tant de bienveillance et d'assurance que, tout surpris par le flot de son éloquence, il parvint à se ressaisir en se représentant l'image de l'amie disparue vivant et œuvrant désormais dans un monde supérieur. Ses larmes séchèrent, sa douleur s'apaisa ; il s'agenouilla pour un dernier adieu à Odile, prit congé de Nanette en lui serrant chaleureusement la main et, la nuit même, partit à cheval sans avoir vu personne.

Le chirurgien avait passé la nuit dans l'église, à l'insu de la jeune fille ; lorsqu'il alla la voir au petit matin, il la trouva rassérénée et sereine. Il s'attendait à ce qu'elle se perdît en divagations ; il pensait qu'elle lui parlerait de ses conversations nocturnes avec la défunte et d'autres apparitions du même genre ; mais elle était tout à fait naturelle, paisible, maîtresse d'elle-même et sûre d'elle. Elle se souvenait parfaitement de ce qui s'était passé, dans les plus petits détails, et rien dans ses paroles ne s'écartait de la réalité et de la vérité des faits, si ce n'est l'incident du convoi funèbre, sur lequel elle prenait plaisir à revenir : comment Odile s'était réveillée pour lui accorder sa bénédiction et son pardon, et lui avait ainsi rendu la paix pour toujours.

L'état d'Odile, qui ressemblait au sommeil plus qu'à la mort, sa beauté persistante attirait beaucoup de gens. Les habitants du village et des environs voulaient la voir, entendre de la bouche de Nanette le récit de l'incroyable événement ; quelques-uns pour s'en moquer, la plupart pour en douter, et très peu pour lui ajouter foi.

Tout besoin qui ne peut recevoir une véritable satisfaction engendre nécessairement la croyance. Nanette, qui s'était fracassé les membres sous les yeux de tout le monde, avait été guérie par le simple contact avec le corps béni de la défunte. Pourquoi semblable bienfait ne serait-il pas possible avec d'autres ? Des mères inquiètes amenèrent en secret leurs enfants atteints de divers maux et crurent aussitôt déceler chez eux une soudaine amélioration. La confiance s'accrut et, à la fin, nul n'était si vieux et si faible qu'il ne vînt chercher ici réconfort et soulagement. L'affluence augmenta, on se vit contraint de fermer la chapelle et même l'église, en dehors des heures du service divin [66].

Édouard n'ose pas retourner auprès de la défunte. Il vit au jour le jour, semble n'avoir plus aucune larme, n'être plus capable de douleur. Il participe de moins en moins à la conversation, s'alimente chaque jour un peu moins ; apparemment, il se sustente uniquement en buvant quelques gorgées dans ce verre dont l'oracle, à vrai dire, ne s'est jamais avéré ; il aime toujours à contempler les initiales entrelacées et son regard, grave et serein, semble alors indiquer qu'il espère encore maintenant être uni à la bien-aimée. Et, de même que le moindre incident, le plus petit hasard semble toujours venir favoriser les desseins et élever l'âme des gens heureux, de même les plus infimes événements paraissent toujours se conjuguer pour affecter, anéantir les malheureux. Un jour, Édouard porte à la bouche le verre si cher à son cœur, puis l'écarte avec effroi. C'est le même et ce n'est plus le même. Il n'y retrouve pas une légère marque. On presse de questions le valet de chambre ; il avoue que le verre d'origine a été cassé récemment et qu'il lui en a substitué un autre, exactement semblable, qui date de la même époque. Édouard ne parvient pas à se fâcher : l'événement traduit sa destinée. Comment pourrait-il être troublé par le symbole ? Et pourtant, il est profondément affecté. À partir de ce moment, il lui devient presque impossible de boire quoi que ce soit ; il semble vouloir s'abstenir délibérément de manger et de parler.

Mais de temps en temps, une inquiétude le saisit. Il demande à nouveau quelque nourriture, il prononce à nouveau quelques mots. « Hélas ! dit-il un jour au Commandant qui ne le quitte guère. Que je suis malheureux ! Tous mes efforts relèvent d'un pâle simulacre, d'une vaine aspiration. Le chemin qui a été pour elle celui de la félicité est pour moi celui du tourment ; et pourtant, en raison de cette félicité, je suis contraint de m'infliger ce tourment. Il me faut la suivre, la suivre sur son chemin. Mais ma nature me retient, de même que ma promesse. C'est une tâche effrayante que d'essayer d'imiter l'inimitable. Je le sens bien, mon cher, il faut du génie pour tout, même pour le martyre [67]. »

Dans cette situation sans espoir, à quoi servirait-il de rapporter tous les efforts multipliés durant un certain temps par les proches d'Édouard, autant l'épouse, l'ami que le médecin ? À la fin, on le retrouva mort. Ce fut Mittler qui fit en premier la triste découverte. Il appela le médecin et, conformément à sa manière habituelle de réagir, observa très précisément dans quelles circonstances on avait trouvé le défunt. Charlotte accourut. Le soupçon d'un suicide s'insinua dans son esprit ; elle était prête à s'accuser elle-même, à accuser les autres d'une impardonnable imprudence. Mais le médecin et Mittler surent la convaincre du contraire, le premier en invoquant des raisons naturelles, le second des raisons morales. Visiblement, Édouard avait été surpris par la mort. Dans un instant de répit, il avait étalé devant lui tout ce qui lui restait d'Odile et qu'il avait conservé dans un coffret, un portefeuille, prenant soin de ne le montrer jusqu'alors à personne : une boucle de cheveux, des fleurs cueillies dans des moments de bonheur, des billets qu'elle lui avait écrits, depuis le premier, que sa femme lui avait remis par hasard, en un geste prophétique. Il ne voulait pas risquer que tout cela fût découvert accidentellement. Ainsi ce cœur naguère encore en proie à une agitation infinie avait trouvé un repos que rien ne pourrait troubler ; et comme il s'était endormi en pensant à la sainte, on pouvait sans doute le qualifier de bienheureux. Charlotte lui donna sa place auprès d'Odile et prescrivit que personne ne serait plus inhumé dans la chapelle. À cette condition, elle institua, pour l'église et pour l'école, pour le pasteur et pour l'instituteur, une importante fondation.

C'est ainsi que les amants reposent l'un près de l'autre. La paix règne sur leur tombeau. Depuis la voûte les anges, à leur image, les regardent d'un visage serein. Heureux l'instant où, ensemble, ils se réveilleront !

NOTES

Première partie

1. Ce célèbre *incipit* souligne le caractère fictionnel de l'histoire qui suit et le pouvoir souverain du narrateur, qui va constamment conserver au cours du récit une distance ironique par rapport à ses personnages. Comme on le verra, les noms jouent dans le roman un grand rôle.
2. L'indication de la saison est importante : l'action commence au printemps, et parcourt les différentes saisons pour se terminer à l'automne de l'année suivante. Les saisons ont une fonction symbolique : voir la Présentation, p. 35.
3. Édouard apparaît pour la première fois dans le récit sous les traits d'un jardinier amateur ; c'est l'une des manifestations de son dilettantisme. L'arrangement des jardins et des parcs était une occupation très prisée dans la société aristocratique de l'époque ; Goethe et Schiller, dans leurs réflexions communes sur le dilettantisme, accordèrent une place de choix à cette occupation (voir *Über den Dilettantismus* [1799], Goethe, *Werke*, Weimar, Böhlau, 1887-1919, Section 1, t. XLVII, p. 299-326).
4. Édouard évite le cimetière, mais s'y engagera au chapitre suivant (I, II) et constatera les embellissements que Charlotte lui a apportés. Mittler refusera d'y mettre les pieds (I, II). Plus tard seront décrits en détail les aménagements de Charlotte (II, I). La valeur symbolique des lieux est très forte et le cimetière a ici, à l'évidence, une fonction prémonitoire. Avec de nombreux autres lieux et objets, il crée un

dense réseau symbolique autour de l'idée de mort. Il permet aussi de définir le rapport que les personnages entretiennent avec la mort. Le choix de deux chemins différents fait aussi penser au motif d'Hercule à la croisée des chemins. Dans cette optique, il est à remarquer qu'Édouard, contrairement à Hercule, choisit le chemin le plus commode.

5. La cabane ou hutte est chez Goethe, dès l'époque du *Sturm und Drang*, le symbole du refuge à l'écart de la société, de la retraite loin du monde, éventuellement de l'espace que l'individu s'est créé lui-même et dans lequel il affirme son autonomie. Elle exprime ici le rêve de solitude à deux de Charlotte qui ne va pas tarder à être brisé.
6. Il était d'usage de rédiger ou de faire rédiger par son précepteur, après le grand voyage de formation indispensable à l'éducation d'un aristocrate (*Kavalierstour*), un récit détaillé des personnes rencontrées et des lieux visités. Le désordre qui règne dans les papiers d'Édouard est par ailleurs un trait typique de sa personnalité.
7. Les « beaux yeux » d'Odile sont à mettre en relation avec son nom : sainte Odile, née aveugle, aurait trouvé la vue au moment de son baptême. Goethe connaissait cette légende pour avoir visité le mont Sainte-Odile durant son séjour à Strasbourg. Il évoque cette visite dans *Poésie et vérité* (livre XI) en précisant qu'elle fut à l'origine du nom qu'il donna plus tard « à une de ses filles née tardivement mais pas moins aimée pour autant ». Goethe a en outre pu lire en 1808 la légende de sainte Odile dans la revue publiée par Achim von Arnim, *Zeitung für Einsiedler* (*Journal pour ermites*).
8. Goethe a choisi pour ce personnage un nom de famille significatif. *Mittler* désigne en allemand un « courtier » ou un « médiateur », ce qui correspond à la fonction de ce personnage plein de bonne volonté mais dont les interventions provoquent généralement des catastrophes. Lors du baptême de l'enfant (II, VIII), son trop long discours provoquera la mort du vieux pasteur ; de même, sa sortie sur le sixième commandement (II, XVIII) entraînera la mort d'Odile. Son dogmatisme abstrait est en général totalement décalé par rapport au réel. On a établi une relation entre

ce personnage et Hermès, le dieu des chemins (Mittler est toujours en déplacement), de la parole (il discourt perpétuellement), de la fécondité (il défend le mariage et la procréation) ; il a aussi une fonction de dieu psychopompe, ayant pour tâche d'escorter les âmes des morts vers l'autre monde (Mittler est présent à chaque nouvelle mort).

9. Cette réflexion de Charlotte introduit le motif des « affinités électives » tel qu'il sera développé au chapitre IV de la première partie. L'arrivée d'une tierce personne, selon elle, modifie nécessairement les relations existant dans un couple sans qu'on puisse prévoir le résultat, de même que la mise en contact avec un troisième élément agit sur la liaison entre deux substances. Par ailleurs, le terme « expérience » qu'elle utilise renvoie au vocabulaire des sciences de la nature.

10. Le jeu avec les prénoms commence ici. Les deux hommes portaient à l'origine le même prénom-palindrome « Otto » (Othon) ; la syllabe OT est contenue en outre dans « Charlotte » et « Ottilie » (Odile). Le prénom vient de la racine ÖT (ancien haut allemand), qui signifie « propriété », mais OT évoque aussi *tot* (« mort »).

11. Ces arbres plantés par Édouard seront évoqués à plusieurs reprises dans le roman. Ils caractérisent un paysage idéal arcadique, mais sont à mettre aussi en relation avec la mélancolie et la mort.

12. Le motif de la migraine dont souffre à l'occasion Odile reviendra à plusieurs reprises. Il exprime à la fois son affinité avec Édouard (I, V ; II, XVI) et sa sensibilité aux influences telluriques (II, XI).

13. Cette mystérieuse allusion au passé du Capitaine trouvera son explication dans la nouvelle *Deux Jeunes Voisins bien singuliers* dans la seconde partie du roman (II, X).

14. La lecture à haute voix était une pratique courante de la sociabilité de l'époque. On notera l'intérêt pour les sciences de cette noblesse cultivée influencée par les Lumières.

15. L'irritation que ressent Édouard quand on lit par-dessus son épaule sera démentie plus tard lorsqu'il permettra à Odile ce qu'il interdisait à Charlotte (I, VIII) : un fait bien sûr révélateur de son amour naissant pour la jeune fille.

16. La légende de Narcisse amoureux de sa propre image est racontée dans *Les Métamorphoses* d'Ovide (livre III). On pourrait qualifier la personnalité d'Édouard de « narcissique » ; dans ce cas, Odile représenterait la nymphe Écho qui tombe amoureuse de lui. Odile, dont l'écriture en vient à se confondre avec celle d'Édouard (I, XII) et qui, au piano, répond exactement au rythme irrégulier de sa flûte (I, VIII), a incontestablement des traits d'Écho.
17. L'expression *Wahlverwandtschaften* (« affinités électives ») est empruntée au vocabulaire de la chimie. Le créateur en est le Suédois Tobern Bergmann dans le titre latin d'un ouvrage de 1775, *De attractionibus electivis*, que Heinz Tabor traduisit en allemand en 1782 par *Wahlverwandtschaften*. La théorie des affinités électives est la suivante : une attraction simple se produit lorsqu'un corps mis en présence de deux autres corps déjà unis entre eux s'empare de l'un d'eux. Déjà un peu datée en 1809, cette théorie mettait l'accent sur les différences qualitatives entre les corps, alors que la chimie moderne de l'époque, incarnée par Lavoisier, insistait sur les variables quantitativement mesurables (masse, volume, forme, distance) entrant en jeu dans la réaction. Goethe connaissait, grâce au *Dictionnaire de chimie* de Pierre Joseph Macquer (1766), les tableaux présentant les différentes « affinités ». Il a expliqué et justifié son titre dans l'annonce de son roman dans la revue de son éditeur Cotta *Morgenblatt für gebildete Stände* (voir la Présentation, p. 24).
18. Cet exemple d'« antipathie » naturelle entre deux corps a déjà été donné par le philosophe grec Empédocle dans un de ses *Fragments*. Au XVIIIe siècle, les lois de la gravitation de Newton ont également servi à illustrer les notions de « sympathie » et d'« antipathie » appliquées aux relations humaines. Elles jouent aussi un rôle à l'arrière-plan de la théorie des affinités électives.
19. Le mot *Scheidung* signifie à la fois « séparation » et « divorce » ; il joue donc sur deux plans. Les chimistes étaient qualifiés d'« experts dans l'"art de la séparation" », rappelle Édouard. À cette orientation analytique de la science s'oppose la philosophie de la nature romantique évoquée dans la seconde partie. L'opposition de Charlotte à l'idée

de séparation est claire dès ce moment. Elle nous apprend aussi que les divorces étaient devenus plus fréquents. On peut rappeler à ce propos que le divorce de Caroline Michaelis-Böhmer avec August Wilhelm Schlegel en 1803 avait fait beaucoup de bruit ; elle devait peu après épouser le philosophe Schelling ; et Goethe était intervenu pour favoriser la séparation !

20. L'expérience décrite est conforme aux lois de la chimie moderne, mais peut aussi se traduire en termes alchimiques dans la mesure où chaque corps peut être associé à l'un des quatre éléments. On peut même aller jusqu'à relier chacun des personnages principaux à un élément (Édouard à la terre, Charlotte à l'air, le Capitaine à l'eau et Odile au feu), et à l'associer à une saison en se fondant sur la date de son anniversaire (Charlotte au printemps, Odile à l'été, Édouard à l'automne et le Capitaine à l'hiver). Voir le commentaire et les notes de Waltraud Wiethölter dans l'appareil critique de son édition (*Die Wahlverwandtschaften*, dans *Goethe, Sämtliche Werke, Briefe, Tagebücher und Gespräche*, éd. Dieter Borchmeyer *et al.*, Francfort-sur-le-Main, Deutscher Klassiker Verlag, 1994, t. VIII/1).
21. Ce geste symbolique de refus sera repris dans des circonstances dramatiques vers la fin du roman (II, XVI).
22. Reprise du motif de la migraine dont souffre Odile. Sur le ton de la plaisanterie, Édouard met en lumière une première affinité entre elle et lui. Le motif sera à nouveau repris en II, XVI. Par ailleurs, l'inversion des côtés douloureux peut évoquer la reconstitution de l'androgyne primitif décrit par Platon dans *Le Banquet*.
23. Wieland, qui pourtant n'aimait que modérément le roman, déclara admirer à tel point ce mot d'Édouard que pour lui, « s'il était le duc, il donnerait à Goethe un domaine seigneurial » (Rudolf Abeken, *Souvenirs*, cité d'après *Goethes Werke in 14 Bänden*, éd. Erich Trunz, Hambourg, Wegner, 1948-1960, t. VI, p. 652).
24. Cette parcimonie se transformera en anorexie et provoquera la mort d'Odile (II, XVIII).
25. On trouve ici un écho de la conception de l'éducation esthétique propre au classicisme allemand. On attend de la contemplation de la beauté qu'elle exerce une influence

ennoblissante sur l'être humain, qu'elle établisse une harmonie intérieure et une relation heureuse au monde extérieur. Le fait que la vue d'Odile réjouit la vue des deux hommes est aussi une allusion à sa sainte patronne.

26. Charles Ier Stuart, roi d'Angleterre, fut, à l'issue de la guerre civile anglaise, condamné à mort par le Parlement anglais dominé par les partisans d'Oliver Cromwell et exécuté le 30 janvier 1649. Son sort émut beaucoup l'opinion publique allemande qui, à l'instar d'Andreas Gryphius (1616-1669), auteur de la tragédie *Charles Stuart ou le Souverain assassiné* (1657), vit souvent en lui un martyr. Cette vision touchante du souverain anglais explique en partie la réaction d'Odile. Cette réaction révèle la capacité qu'elle a de se mettre à la place des autres, son don d'empathie qui manque totalement à Lucienne (II, IV-VI). L'exécution de Charles Ier devait nécessairement rappeler aux contemporains celle de Louis XVI.
27. Les cantons suisses jouissaient d'une flatteuse réputation de prospérité, de vertu simple et de propreté, nourrie en particulier par les *Idylles* de Salomon Geßner, populaires dans toute l'Europe. Goethe fit trois voyages en Suisse (1775, 1779 et 1797).
28. Cette réflexion est typique du conservatisme d'Édouard, qui s'imagine vivre encore à une époque dans laquelle la prééminence sociale de la noblesse reste indiscutée, alors que la société autour de lui est en pleine mutation et que la création d'une élite nouvelle résultant de l'alliance entre la noblesse réformatrice et la bourgeoisie est à l'ordre du jour, comme le montrait déjà, dans le domaine romanesque, la fin du *Wilhelm Meister* et comme l'illustreront, dans la réalité historique, les réformes prussiennes entreprises après la défaite d'Iéna.
29. On trouve dans les propos du Capitaine un écho des conceptions politiques de Goethe qui pense que les réformes doivent être mises en œuvre d'en haut pour pouvoir s'imposer aux égoïsmes individuels. C'est aux gouvernants de prendre les mesures nécessaires au bien commun. Ce conservatisme réformateur a été en grande partie inspiré

à Goethe par son expérience de haut fonctionnaire weimarien dont les tentatives de réforme ont été souvent contrecarrées.

30. La volonté d'ordre et l'éthique du travail communes à l'âge classique et aux Lumières conduisirent à réglementer et à limiter la mendicité. C'est l'époque où des institutions publiques se mirent en place pour relayer la charité privée et l'action des Églises. Les mesures ici envisagées s'inscrivent naturellement dans les tentatives de rationalisation, d'assainissement et de modernisation du domaine et du village entreprises par les seigneurs du lieu sous l'impulsion du Capitaine. Mais cela n'empêchera pas les forces irrationnelles de se manifester. Édouard démontre à ce propos une fois de plus son « dilettantisme », puisque, après avoir pris des mesures pour éloigner les mendiants, il donne, le soir de l'anniversaire d'Odile, une pièce d'or à celui-là même qui est à l'origine de l'interdiction (I, XIV). Le lendemain de ce jour, lorsqu'il quitte le château, il le rencontre à nouveau, ce qui lui inspire une réflexion mélancolique (I, XVI).

31. On trouve dans l'épopée bourgeoise *Hermann et Dorothée* (1797) la descente semblable d'un couple à travers un vignoble en terrasses (fin du chant VIII). La descente au moulin introduit un paysage différent de ceux qui ont servi jusqu'ici de cadre au récit : la nature y porte moins la trace de l'intervention humaine, elle est plus élémentaire. Le désir amoureux d'Édouard va s'y révéler plus clairement. Le motif de la « chute » est aussi symboliquement présent.

32. L'interprétation psychanalytique s'impose pour cet épisode qui voit Édouard écarter l'objet symbolique qui le sépare d'Odile et Odile quitter volontairement le monde de l'enfance. Plus tard, la chaîne à laquelle a été suspendu le médaillon sera déposée par Odile dans les fondations de la nouvelle maison (I, IX). La signification de ce geste est profondément ambivalente. Les fondations symbolisent, certes, la sécurité et l'ordre, y compris l'ordre social, mais elles plongent aussi dans la profondeur de la terre et donc touchent aux forces élémentaires. Odile, en sortant définitivement de l'ordre paternel, pourrait bien être davantage exposée aux forces irrationnelles. Le motif du médaillon

comme obstacle et danger se retrouve dans *Les Années d'apprentissage de Wilhelm Meister* : lorsque Wilhelm presse la comtesse contre lui (IV, XII), le médaillon qu'elle porte la blesse à la poitrine.

33. Le discours du compagnon a une coloration clairement maçonnique, en particulier lorsqu'il évoque les trois objets symboliques que sont le niveau, le fil à plomb et la pierre angulaire. Le rituel maçonnique était bien connu de Goethe, membre depuis 1780 de la loge Anna-Amalia de Weimar, et qui a abondamment utilisé la symbolique maçonnique dans *Les Années d'apprentissage de Wilhelm Meister* (voir dans le livre VII, chap. IX, l'« initiation » de Wilhelm).
34. Les lettres E et O sont les initiales des prénoms Édouard et Othon (le Capitaine), mais le O correspond aussi à l'initiale du prénom Odile. Le fait que le verre ne se brise pas doit donc nécessairement être interprété par Édouard comme une promesse de bonheur (voir I, XVIII et II, XII). Mais les signes sont trompeurs. Après la mort d'Odile, Édouard continuera à ne vouloir boire que dans ce verre, jusqu'au moment où il apprendra que le verre original a été brisé et remplacé par un autre (II, XVIII).
35. Au cours de ses voyages, Goethe avait l'habitude, en arrivant dans une ville nouvelle, de monter aussitôt dans une tour ou dans tout autre endroit élevé pour avoir une vision globale de la ville et de ses environs. Le sens symbolique de cette vision d'en haut a été bien analysé par le philosophe Pierre Hadot dans *N'oublie pas de vivre. Goethe et la tradition des exercices spirituels*, Albin Michel, 2008, chap. II : « Le regard d'en haut et le vol cosmique ».
36. Bien que l'intransigeance morale de Mittler ait un aspect ridicule, l'avenir lui donnera partiellement raison. La présence au château du couple irrégulier crée une atmosphère de liberté qui favorisera le double adultère par l'esprit. Par ailleurs, le comte et la baronne interviennent directement dans l'action, d'une part en provoquant la séparation de Charlotte et du Capitaine, de l'autre en créant l'éventualité de celle d'Édouard et d'Odile.

37. Le discours de Mittler sur le mariage est rapporté avec une distance ironique par le narrateur. Il trouvera son contrepoint dans la conception très libérale du mariage exposée un peu plus loin par le comte.
38. L'idée d'un mariage à l'essai exposée par le comte pourrait avoir être inspirée par Helvétius (1715-1771), qui évoque dans *De l'homme* (section VIII, note 3) une période de cohabitation de trois ans préalable à la conclusion de tout mariage en usage dans certaines nations. Plus généralement, Helvétius se prononce contre le caractère indissoluble du mariage, ce qui répond à l'orientation générale du discours du comte. Rappelons que les ouvrages d'Helvétius étaient très connus en Allemagne, en particulier dans les milieux aristocratiques (voir Roland Krebs, *Helvétius en Allemagne ou la Tentation du matérialisme*, Honoré Champion, 2006).
39. Le consistoire représente la plus haute autorité religieuse dans l'Église protestante. Il était habilité à prononcer la séparation de deux époux, ce qu'il ne faisait que rarement.
40. Les Sarmates, peuple antique de nomades occupant la Russie méridionale, sont décrits par Hérodote au livre IV de ses *Histoires.* Mais l'usage évoqué est attribué à la noblesse polonaise par Zacharias Werner, un auteur dramatique que fréquentait Goethe, dans son drame *La Croix au bord de la Baltique* (1806).
41. Les fils d'Anaq désignent un peuple légendaire de géants du pays de Canaan évoqué dans l'Ancien Testament (Les Nombres).
42. *Les Affinités électives* devaient à l'origine être une nouvelle. Le double adultère par la pensée constitue l'« événement singulier » qui, selon Goethe, doit former le cœur de toute nouvelle (voir la Présentation, p. 11). Il est le résultat du jeu complexe de l'imagination et de la réalité, mais c'est l'imagination qui exprime la vérité du désir comme le révéleront plus tard les traits de l'enfant qui naîtra de cette étreinte.
43. Le lac créé à partir de la réunion des trois étangs se révélera en effet maléfique : accident de la digue lors de la fête de l'inauguration du pavillon (I, XV), mort de l'enfant Othon (II, XIII).

44. Cet objet symbolisera plus tard pour Odile l'amour d'Édouard. Elle le découvrira le soir de son anniversaire (I, XV), mais elle ne se servira de son contenu que dans le dernier chapitre du roman, et il sera déposé à ses pieds dans la chapelle funéraire. Ce coffret rappelle celui que Faust dépose dans la chambre de Marguerite (*Faust I*) ou celui que Felix, le fils de Wilhelm, découvre dans *Les Années de voyage de Wilhelm Meister*.
45. Conformément à ses habitudes, Édouard ne peut interpréter cette coïncidence que comme une preuve supplémentaire de prédestination, alors qu'elle attire aussi l'attention sur la différence d'âge (voir I, IX).
46. La seconde fête s'oppose en tous points à la première. La hiérarchie sociale est pour un moment abolie ; aucun discours ne vient donner sens à l'événement ; la nature (l'accident de la digue) et le désir (le feu d'artifice) l'emportent sur l'organisation sociale et la raison.
47. Les chartreux de Vauvert à Paris étaient célèbres pour leurs pépinières.
48. Cette phrase se retrouve dans un fragment non publié de *Faust*. Voir *Faust, paralipomena*, éd. Albrecht Schöne, *Sämtliche Werke*, *op. cit.*, 1999, t. VII/1, p. 570 et 571.
49. Allusion à Homère. Lessing, dans son traité *Laocoon ou les Limites de la peinture et de la poésie* (1759), s'appuyait déjà sur Homère pour contester l'interprétation du groupe de Laocoon par Winckelmann, qui voyait dans l'impassibilité du personnage principal une expression typique de l'attitude des anciens Grecs devant la douleur. Lessing rappelle qu'Homère fait pousser des cris de douleur à Vénus comme à Mars : ses héros et ses dieux ne sont donc pas insensibles. La justification des larmes par Édouard est un plaidoyer pour la sensibilité aussi bien dans l'art que dans la vie. Par ailleurs, le dialogue entre Édouard et Mittler n'est pas sans rappeler celui qui oppose Werther à Albert à propos du suicide dans *Les Souffrances du jeune Werther* (lettre du 12 août).
50. Il s'agit d'un proverbe grec. Goethe le cite également dans un poème du *Divan occidental-oriental* (1819), « Laissez-moi pleurer », sous la forme : « Les hommes qui pleurent sont bons. » Le poème rappelle les pleurs d'Achille qui a

perdu Briséis, les larmes de Xerxès pleurant la perte de son armée et celles d'Alexandre pleurant la mort de l'ami qu'il vient de tuer dans un moment de colère (*Sämtliche Werke*, *op. cit.*, 1994, t. III/1, p. 602).

51. Allusion à l'ami de jeunesse de Goethe, Jung-Stilling, qui opérait la cataracte et qui note le fait dans un des volumes de ses Mémoires, *Henrich Stillings häusliches Leben* (1789), p. 302-303. Goethe raconte de son côté, dans *Poésie et vérité* (livre XVI), l'échec de l'opération entreprise par son ami à Francfort sur un patient fortuné alors qu'il opère au même moment avec succès un pauvre juif. Voir aussi le récit de cet épisode par Jung-Stilling : Johann Heinrich Jung-Stilling, *Lebensgeschichte*, Darmstadt, Wissenschaftliche Buchgesellschaft, 1976, p. 325 *sq*.

SECONDE PARTIE

1. Cette réflexion narratologique au début de la seconde partie rappelle paradoxalement au lecteur le caractère fictionnel du récit qui suit. Elle introduit la partie médiane du récit qui comprend onze chapitres dans lesquels l'action semble s'être arrêtée (voir la Présentation, p. 34-35).
2. Goethe évoque volontiers les figures de Philémon et Baucis, le vieux couple de la mythologie grecque dont la légende a été traitée par Ovide (*Les Métamorphoses*, livre VIII) ; il les fait aussi apparaître à l'acte V du *Faust II*, où ils deviennent victimes de la soif de pouvoir et de possession de Faust.
3. L'importance accordée au présent est constante chez Goethe qui en fait l'un des fondements d'une attitude positive face au monde et à la vie (voir Pierre Hadot : *N'oublie pas de vivre. Goethe et la tradition des exercices spirituels*, *op. cit.*, chap. I : « La présence est la seule déesse que j'adore »).
4. L'église est donc de style gothique. À l'époque, on considère par erreur le style gothique comme un style spécifiquement allemand. L'expression « le style et le goût allemands » se réfère au titre d'un volume d'essais publié par Herder en 1772, *Von deutscher Art und Kunst*, qui contenait la description

enthousiaste, par Goethe, de la cathédrale de Strasbourg (*De l'architecture allemande*). Mais on peut aussi y voir une allusion au mouvement romantique contemporain, qui prône le retour à l'art chrétien du Moyen Âge allemand (Wilhelm Heinrich Wackenroder, Johann Ludwig Tieck, Friedrich Schlegel).

5. Le culte catholique.
6. Minces pièces de monnaie médiévales recouvertes d'or et frappées d'un seul côté.
7. L'image du « fil rouge » est devenue proverbiale en allemand. Elle est reprise plus loin dans le roman, dans le même contexte (II, IV).
8. Le journal d'Odile n'a rien d'un journal intime, c'est plutôt un ensemble de pensées et de maximes issues de sa réflexion personnelle, mais aussi tirées de conversations ou de lectures. On y retrouve aussi les lectures de l'auteur. Mais le « fil rouge » permet de relier les différents éléments à la personnalité de la jeune fille, et en particulier à son amour pour Édouard. Les réflexions, qui portent principalement sur l'art, les relations sociales et la nature, entretiennent un lien plus ou moins direct avec le récit.
9. Goethe aborde ici d'une manière générale le problème du dilettantisme en art après avoir déjà souligné à plusieurs reprises dans la première partie le dilettantisme de toutes les activités des propriétaires du château. On remarquera son attitude indulgente.
10. Dans *Emilia Galotti* de Lessing (I, IV), le peintre Conti dit : « Ah ! si nous pouvions peindre directement avec nos yeux ! Sur le long détour de l'œil au pinceau en passant par le bras, que de choses se perdent ! »
11. On voit apparaître ici pour la première fois le motif des « asters », ces fleurs d'automne, annonciatrices de l'hiver et de la mort, que l'on retrouvera à plusieurs reprises dans la seconde partie (IX, XVII et XVIII).
12. Cette phrase annonce directement la fin du roman (II, XVIII).
13. L'hymne de jeunesse de Goethe, de 1774, « À Chronos postillon », se terminait dans sa première version publiée en 1778 par l'image des héros aux Enfers, se levant de leur siège pour saluer l'arrivée d'un des leurs.

14. Goethe, artiste « visuel », a toujours privilégié le sens de la vue. L'œil est pour lui le plus noble des organes, et la lumière un principe cosmique premier. C'est pour cette raison qu'il s'oppose à l'optique newtonienne qui explique le spectre des couleurs par un phénomène de division de la lumière.
15. Allusion à une opérette du Viennois Hensler, *Das Donauweibchen* (*L'Ondine du Danube*), adaptée par Christian August Vulpius (1762-1827), beau-frère de Goethe, sous le titre *Die Saalnixe* (*L'Ondine de la Saale*), et représentée en 1805 sur la scène du théâtre de Weimar.
16. Artémise, sœur et épouse de Mausole, satrape de la Carie, en Asie Mineure, fit édifier pour lui le célèbre tombeau qui faisait partie des sept merveilles du monde antique.
17. La veuve d'Éphèse – qui, prétendument inconsolable, se consola si vite avec un soldat qu'elle lui prêta le cadavre de son mari pour qu'il l'accrochât à un gibet à la place de celui qu'on lui avait dérobé – est un personnage comique. D'origine probablement indienne, le motif fut introduit dans la littérature européenne par Pétrone dans le *Satyricon*. La Fontaine en fit le sujet d'un de ses *Contes*, et il y eut diverses tentatives de dramatisation que Lessing critiqua dans sa *Dramaturgie de Hambourg* (36e livraison). Lui-même a laissé un fragment de comédie en un acte sur ce sujet. Lucienne outre donc son jeu et tombe dans un registre involontairement comique.
18. Les Incroyables étaient des jeunes gens à la mode qui, sous le Directoire, se faisaient remarquer par leur tenue excentrique et leur langage affecté. Les propos de Lucienne ne sont sûrement pas du goût de Goethe, qui trouve dégradant ce genre de rapprochement entre l'homme et l'animal. Le motif est repris et la critique explicitée dans le journal d'Odile (II, VII).
19. Ce mot est repris par Goethe d'un recueil français paru à Lyon en 1730 : *Vasconiana, ou Recueil des bons mots, des pensées les plus plaisantes et des rencontres les plus vives des Gascons.*
20. L'union étroite de la poésie et de la musique qui caractérise le *Lied* remonte à la plus haute Antiquité. Le *Lied* connut un renouveau remarquable en Allemagne à la fin du

XVIIIe siècle avec Mozart, Haydn, et plus tard Beethoven ; mais ce sont les *Lieder* de Schubert, en particulier ceux composés sur des poèmes de Goethe (*Le Roi des Aulnes*, *Marguerite au rouet*), qui constituent les plus éclatantes réussites du genre.

21. La création de tableaux vivants était une pratique fort prisée dans les milieux mondains à l'époque de Goethe. Il s'agissait de faire reconstituer par des personnes réelles des situations représentées par des tableaux célèbres. On attribue à Mme de Genlis (1746-1830) l'invention de ce divertissement. En Italie, Goethe avait vu à Naples la reconstitution par lady Hamilton d'attitudes empruntées aux œuvres antiques.

22. Le tableau *Bélisaire aveugle* était à l'époque attribué à Antoine Van Dyck (1599-1641). On sait maintenant qu'il est dû à Luciano Borzone (1590-1645). La gravure utilisée est celle de Louis Gérard Scotin (1690-1733). Selon la légende, Bélisaire, célèbre général de Justinien, eut les yeux crevés sur l'ordre de celui-ci et dut mendier dans les rues de Constantinople. Dans le dernier chapitre (II, XVIII), l'architecte reprendra devant le cercueil d'Odile l'attitude qu'il a devant Bélisaire.

23. Cette réflexion rappelle que Goethe s'opposait à la confusion entre l'art et le réel. Faire jouer des personnages peints par des personnes vivantes les rapproche du réel et donc diminue le plaisir esthétique, provoquant même un sentiment d'angoisse devant une situation cruelle qui n'est plus suffisamment mise à distance.

24. Nicolas Poussin (1594-1665) était un peintre très apprécié par Goethe. Le tableau ici évoqué représente Esther évanouie en présence d'Assuérus. L'épisode est raconté dans le livre d'Esther de l'Ancien Testament : Esther ose paraître devant Assuérus, le roi de Babylone, pour sauver le peuple juif menacé d'extermination, mais elle s'évanouit deux fois avant de pouvoir parler.

25. *La Remontrance paternelle* du peintre hollandais Gerard Terborch (1617-1681) est ici reconstituée d'après une gravure de Johann Georg Wille (1715-1808), peintre et graveur d'origine allemande qui vécut à Paris où il joua un important rôle de médiateur entre l'Allemagne et la France. On

estime de nos jours que l'interprétation traditionnelle du tableau est fausse et qu'il représente une scène de maison close : le prétendu père serait le client à qui la prétendue mère, l'entremetteuse, présenterait une jeune prostituée vue de dos.

26. En français dans le texte [NdT].
27. L'aversion de Goethe pour les lunettes et ceux qui en portent est bien connue. Il s'en est expliqué devant Eckermann (conversation du 5 avril 1830) : le port des lunettes donnerait un air de hauteur, représenterait une forme d'indiscrétion et conférerait une supériorité sur l'interlocuteur. Par ailleurs, les lunettes modifient le rapport naturel avec le monde extérieur et créent ainsi un déséquilibre avec le monde intérieur (voir aussi *Les Années de voyage de Wilhelm Meister*, I, X).
28. Emprunt littéral au recueil *Vasconiana* (voir p. 357, note 19).
29. Ce bel aphorisme tire sans aucun doute son origine d'une phrase de Schiller (lettre à Goethe du 2 juillet 1796) : « Il n'est, à l'égard de l'excellence, d'autre liberté que l'amour. »
30. L'origine de cette phrase est à chercher dans une des lettres de Mlle Aïssé publiées par Voltaire (*Lettres de Mademoiselle Aïssé à Madame Saladin*). Elle fut citée en 1809 dans une revue d'August von Kotzebue, *Die Biene* (*L'Abeille*), où Goethe l'a sans doute découverte. De nombreux passages du journal d'Odile portent ainsi la trace des lectures de Goethe.
31. Nom latin désignant la « crèche » ou d'autres représentations de la naissance du Christ. Dans son *Voyage en Italie* (1816-1829), Goethe décrit les crèches qu'il a vues à Naples à son retour de Sicile et qui comprenaient parfois des figurants humains.
32. Il faut donner au mot « serviteur » son sens plein et le mettre en relation avec la notion de service. Il inclut le « serviteur de l'État » attaché au bien commun. Dans le roman, le Capitaine incarne ce type d'homme, alors qu'Odile est l'archétype de la mère, comme éducatrice et mère nourricière du petit Othon.
33. Goethe n'aime pas la caricature, en particulier celle qui déforme le corps humain, qui à ses yeux est le plus noble

sujet de l'art. Les singes sont pour lui une caricature de l'humanité, et le jeu consistant à les rapprocher des humains a donc quelque chose d'indigne. Il déteste par ailleurs le grotesque, qui fausse les proportions naturelles et mêle l'humain à l'animal. Voir en particulier sa description, dans *Voyage en Italie*, du palais du prince Pallagonia, près de Palerme, avec son absence de symétrie et ses statues grotesques de singes musiciens. Il condamne aussi, pour les mêmes raisons, l'art de l'Inde (« les représentations monstrueuses et grimaçantes »), dans les notes et dissertations du *Divan occidental-oriental*.

34. Cette phrase mystérieuse est passée en proverbe et figure dans le célèbre recueil de citations de Georg Büchmann, *Geflügelte Worte*. Il a été en particulier cité par Theodor Fontane dans son roman *L'Adultera* (1864).

35. Goethe partageait avec Alexander von Humboldt (1769-1859), le célèbre voyageur et naturaliste, le goût pour la botanique, la minéralogie et la physiologie. Les deux hommes eurent de nombreux échanges intellectuels et humains et s'influencèrent mutuellement.

36. La célèbre phrase d'Alexander Pope (1688-1744), « The proper study of mankind is man » (« L'étude propre de l'homme est l'homme », *Essai sur l'homme*, 1733), pourrait être la devise du XVIIIe siècle européen.

37. Au cours du XVIIIe siècle, les jardins à la française aux formes géométriques firent place progressivement, dans toute l'Europe, aux parcs anglais, censés respecter davantage la nature. Cette évolution exprime un profond changement de la sensibilité et des mentalités.

38. La notion de devoir quotidien est un élément central de l'éthique goethéenne. Il permet à l'individu de préserver son équilibre intérieur en même temps qu'il est indispensable à la vie sociale.

39. L'enfant portera donc le prénom de ses deux « pères » (Édouard et le Capitaine), « Otto » (voir p. 347, note 10), mais également de ses deux « mères » puisque le nom de Charlotte comme celui d'Odile (« Ottilie », en allemand) contiennent la racine « OTT ».

40. La ressemblance de l'enfant avec Odile et le Capitaine révèle au grand jour l'adultère par la pensée commis par Édouard et Charlotte. Est-ce parce que le Capitaine et Odile, qui n'ont aucune affinité, se rencontrent dans les traits de l'enfant que celui-ci n'est pas destiné à vivre ?
41. Mittler cite ici les paroles du vieillard Siméon le jour de la présentation de Jésus au Temple (le célèbre « nunc dimittis domine ») rapportées par saint Luc (2, 29-32). Appliquées au petit Othon, elles sont totalement hors de propos : l'enfant, bien loin d'être le « Sauveur de cette maison », fera son malheur. De fait, la proximité de la naissance et de la mort dans cette scène est un mauvais présage pour l'avenir de l'enfant.
42. Première manifestation du désir de mort d'Odile, à rapprocher de celui de Mignon dans *Les Années d'apprentissage de Wilhelm Meister* (VIII, II).
43. Les rêves d'Odile répondent à ceux d'Édouard décrits en I, XVIII. Ils procurent la satisfaction fantasmatique d'un désir considéré comme irréalisable.
44. On peut trouver ici un écho de la conception de l'amour désintéressé défendue par Spinoza, le philosophe dont Goethe se sentait le plus proche. Elle prend pour Odile la forme du renoncement – un renoncement qui ne résistera cependant pas à la présence de l'aimé (voir II, XIII).
45. Expression imagée de la notion de *Steigerung* (« intensification », « élévation ») qui, avec celle de *Polarität* (« polarité »), constitue selon Goethe la principale loi du monde, aussi bien physique qu'esthétique ou morale.
46. En français dans le texte [NdT]. Une « comédie à tiroirs » est « une succession de sketches brodant sur un même thème ou un même type de personnage ou d'action » (Patrice Pavis, *Dictionnaire du théâtre*, Armand Colin, 1980).
47. Cet exemple du rôle du hasard dans la vie humaine fait irrésistiblement penser à la roue rompue de la voiture de Goethe en route pour retrouver Marianne von Willemer en 1816. Y voyant un signe du destin, le poète fit demi-tour et renonça au voyage : il ne devait plus jamais revoir Marianne.

48. La chambre noire (*camera oscura*) ou chambre optique permettait, grâce à un ingénieux dispositif optique formé d'une lentille et d'un miroir, de projeter l'image d'un paysage sur le fond clair d'une boîte. Cette image était ensuite reproduite par calque sur une feuille de dessin posée dessus. C'était un procédé couramment utilisé par les peintres pour reproduire avec précision les détails d'un paysage.
49. Le discret compagnon du lord n'est pas sans rappeler le narrateur du roman, et les conflits qu'il évoque sont exactement ceux qui sont au centre du roman dans lequel il apparaît. C'est comme si Goethe, à la manière des peintres anciens qui se représentaient dans un coin du tableau, se mettait en scène lui-même dans son récit.
50. Le héros de l'histoire que le compagnon du lord s'apprête à raconter n'est autre en fait que le Capitaine, ce que l'émotion de Charlotte va bientôt révéler (II, XI). La nouvelle *Deux Jeunes Voisins bien singuliers* offre une version apparemment heureuse du phénomène des affinités électives : ce qui, dans le roman, aboutit à une tragédie conduit dans la nouvelle à une fin de comédie – l'acceptation par les parents de l'union des deux jeunes gens faits l'un pour l'autre. L'eau semble ici privée de la dimension létale qu'elle a généralement dans le roman (I, XV ; II, XIII).
51. Ces commentaires conduisent à mettre en doute la réalité de la fin heureuse de l'histoire. Bien des indices suggèrent que le Capitaine n'a pas réussi à sauver la jeune fille de la noyade et qu'il n'a pas surmonté le traumatisme causé par sa mort.
52. Cette reprise du motif de la migraine d'Odile (voir I, III et V) est cette fois mise en relation avec sa sensibilité aux métaux souterrains. Voir aussi II, XVI.
53. Marcassite : sulfure naturel de fer. L'expérience du pendule ne réussit pas avec Charlotte alors qu'avec Odile le résultat est spectaculaire. Odile, par sa nature « démonique », a une relation privilégiée avec les éléments, une sensibilité tellurique exceptionnelle (voir la Présentation, p. 31).
54. Cette scène relève du « magnétisme animal », bien connu depuis les expériences du médecin viennois Franz Anton Mesmer (1734-1815), et remis à la mode par la philosophie

de la nature romantique. Celle-ci donna un fondement scientifique, grâce aux découvertes récentes de l'électricité et du galvanisme, aux anciennes croyances hermétiques portant sur les liens étroits entre macrocosme et microcosme, entre l'univers et l'homme, que Goethe avait citées dans la première partie du *Faust.* Goethe connaissait bien la philosophie de la nature grâce à Schelling et à Johann Wilhelm Ritter, tous deux professeurs à l'université d'Iéna dont il avait la responsabilité.

55. *Penserosa*, de l'italien *pensieroso* : « pensif », « méditatif ». Motif connu de la peinture et de la sculpture (voir Michel-Ange, *Il Pensioroso*).

56. Le grade de commandant a été promis au Capitaine par le comte avant qu'il quitte le château (I, XIV, début). Quand il réapparaît, il l'a donc obtenu ; à partir de ce moment, il est toujours désigné ainsi.

57. Cette réflexion fait partie de celles qui soulignent les changements qui sont en train de s'opérer dans la société au moment de l'action du roman et qui faciliteraient le divorce éventuel d'Édouard et de Charlotte. Mais on remarquera aussi que tout ce discours est guidé par la logique passionnelle caractéristique d'Édouard.

58. Le lien entre la lecture et l'amour constitue un *topos* connu de la littérature ; il est illustré en particulier par le couple Francesca da Rimini et Paolo dans *L'Enfer* de Dante (chant V). Goethe l'utilise abondamment dans *Werther* (évocation commune de Klopstock au moment de la rencontre, lecture de la traduction d'Ossian au moment le plus passionné de la relation entre Lotte et Werther). Édouard permet à Odile de lire par-dessus son épaule, ce qu'il interdisait à Charlotte de faire (I, IV). Odile oublie l'heure parce que le livre qu'elle lit est de « ceux qui émeuvent les âmes sensibles » (un roman d'amour sans doute), et c'est dans une attitude de lectrice passionnée qu'elle est surprise par Édouard.

59. Nous avons respecté, dans le passage qui suit, les alternances de temps : les brusques passages au présent marquent en effet la volonté, de la part de Goethe, d'accélérer le rythme du récit [NdT].

60. Les platanes sont déjà évoqués lors du premier accident dans le lac le jour de l'inauguration de la maison (I, XV). C'est donc un élément symbolique à mettre en relation avec l'idée de la mort. Concourent également à la catastrophe qui va suivre la nouvelle maison construite pour Odile, le canot autrefois si maniable qui ne se laisse plus diriger, la réunion des trois étangs en une étendue d'eau unique : en un mot, toutes les mesures prises par Édouard se retournent contre Odile et lui.
61. La prise de conscience tardive de Charlotte que son mariage avec Édouard fut une erreur confirme ce que les paroles du comte et de la baronne laissaient déjà deviner (I, X).
62. La préférence affirmée d'Odile pour la *vita activa* par opposition à la *vita contemplativa* qu'évoque le couvent correspond à une conviction profonde de Goethe. Les « renonçants » des *Années de voyage de Wilhelm Meister* font également le choix de l'activité utile, d'une sorte d'ascèse intramondaine (voir la Présentation, p. 10).
63. La référence au mythe de l'androgyne – autre traduction de la notion d'affinité élective – est ici particulièrement nette.
64. Il est à remarquer qu'Odile meurt la veille de l'anniversaire d'Édouard et que ses obsèques auront lieu le jour même de cet anniversaire, complétant ainsi la longue suite de liens entre les fêtes d'anniversaire des personnages et les événements principaux du récit (la première pierre de la maison est posée le jour de l'anniversaire de Charlotte : I, IX ; et l'inauguration se déroule le jour de l'anniversaire d'Odile : I, XIV).
65. C'est à cet endroit du récit que s'opère le *salto mortale* qui transforme le roman réaliste en légende des saints. La « résurrection » de Nanette, la conservation miraculeuse du corps et les miracles opérés près de son tombeau sont des éléments hagiographiques empruntés directement à la légende de sainte Odile telle qu'elle fut racontée en 1808 par Achim von Arnim dans le *Journal pour ermites.* Cette référence accentue encore par une pointe de parodie antiromantique la distance visible prise par le narrateur par rapport à son récit.

66. Le culte qui se crée autour d'Odile rappelle celui inspiré par Sperata, la mère de Mignon, dans *Les Années d'apprentissage de Wilhelm Meister* ; or ce culte est présenté nettement comme une manifestation de superstition populaire, ce qui doit inciter à considérer avec prudence la transformation d'Odile en sainte.
67. La remarque désabusée d'Édouard met la touche finale à son portrait en dilettante ; sa mort ne sera qu'une pâle imitation de celle d'Odile. On peut opposer à cette prise de conscience la réflexion d'Édouard à la fin de la première partie : « J'attends de rencontrer celui qui me surpasse dans l'art d'aimer ! » (I, XVIII).

CHRONOLOGIE

29 août 1749 : Naissance à Francfort-sur-le-Main de Johann Wolfgang Goethe, fils de Johann Kaspar Goethe, docteur en droit et conseiller impérial, et de son épouse Catharina Elizabeth, née Textor.

1749-1765 : Le jeune Wolfgang reçoit principalement à domicile, sous la direction de son père et en compagnie de sa sœur Cornelia, une éducation soignée.

Septembre 1765-août 1768 : Études de droit à l'université de Leipzig. Goethe suit également des cours de philosophie, de théologie et de médecine. Il pratique le dessin et fait ses débuts littéraires dans le domaine de la poésie fugitive. Il écrit aussi sa première pièce, *Le Caprice de l'amant*.

Août 1768-mars 1770 : Interruption des études à la suite d'une grave maladie. Retour à Francfort. Goethe s'intéresse à la tradition hermétique, à l'alchimie, et subit l'influence d'une amie de sa mère, Susanne von Klettenberg, qui appartient à un cercle piétiste. Rédaction de la « comédie noire » *Les Complices.*

Avril 1770-août 1771 : Reprise des études à l'université de Strasbourg. À côté de ses études de droit, Goethe suit des cours de médecine, de chirurgie, d'histoire et de sciences politiques. Il rencontre Herder – qui lui fait partager son enthousiasme pour Shakespeare, Ossian et la poésie populaire – et, en juin 1771, Lenz. Goethe fait la connaissance de Frédérique Brion, fille du pasteur de Sesenheim, qui lui inspire les *Chants de Sesenheim* (octobre 1770).

1771 : Goethe est admis comme avocat au barreau de Francfort (août). Rédaction de la première version de *Götz von Berlichingen.* Il effectue de nombreux voyages à Darmstadt où il fréquente Merck et le « cercle des âmes sensibles ».

1772 : Stagiaire au tribunal d'empire de Wetzlar (mai-septembre). Il rencontre Charlotte Buff, le modèle de l'héroïne de *Werther.* Rédaction des grands hymnes ; sommet du lyrisme *Sturm und Drang*.

Juin 1773 : Parution de *Götz von Berlichingen* dans sa seconde version.

1774 : Parution des *Souffrances du jeune Werther* et du « drame bourgeois » *Clavigo.* Goethe est désormais un auteur célèbre. Il travaille à une pièce sur le magicien Faust.

1775 : Fiançailles avec Lili Schönemann, la fille d'un banquier de Francfort. Premier voyage en Suisse avec les frères Stolberg (mai-juillet). Rupture des fiançailles (septembre). Goethe arrive à Weimar à l'invitation du jeune duc Charles-Auguste (7 novembre). Il fait presque aussitôt la connaissance de Charlotte von Stein.

1776 : Goethe entre au Conseil secret (juin). Pendant dix ans, d'importantes responsabilités administratives et politiques l'éloigneront de la littérature. Il rédige de nombreux poèmes, inspirés par son amour pour Charlotte von Stein. Il s'intéresse à la géologie et à la minéralogie.

1779 : La version en prose d'*Iphigénie en Tauride* est achevée et représentée sur la scène d'amateurs de Weimar (avril). Goethe travaille à *Egmont*.

1784 : Goethe découvre l'os intermaxillaire chez l'homme. Essai *Sur le granit*.

3 septembre 1786-18 juin 1788 : Séjour en Italie. Découverte de l'art antique et observations scientifiques. Principales étapes du voyage : Venise, Rome, Naples, la Sicile, Rome à nouveau. Goethe termine la version en vers d'*Iphigénie en Tauride* et achève *Egmont*.

Juillet 1788 : Début de la vie commune avec Christiane Vulpius. Début de la rédaction des *Élégies romaines*, inspirées par sa maîtresse romaine, la mystérieuse Faustina, et par Christiane (publication en 1795).

1787-1790 : Parution de la première édition des œuvres de Goethe en 8 volumes chez l'éditeur Göschen à Leipzig. Elle contient *Iphigénie en Tauride*, *Egmont*, *Torquato Tasso*, la seconde version des *Souffrances du jeune Werther* et le « fragment » de *Faust*.

Juillet 1789 : La révolution éclate en France. Goethe suit les événements avec passion, mais aussi avec inquiétude ; il ne sera jamais un partisan de la Révolution française.

Mai-juin 1790 : Second voyage en Italie. Les *Épigrammes vénitiennes* (publication en 1795) se moquent de l'enthousiasme suscité par les événements en France.

1791-1793 : Publications des *Contributions à l'optique*, recueil de travaux sur la couleur dirigés contre la théorie newtonienne.

Août-septembre 1792 : Goethe participe à la campagne de France. Il assiste à la bataille de Valmy.

1792-1800 : Parution des *Nouvelles Œuvres* de Goethe en 7 volumes chez l'éditeur Cotta à Stuttgart et Tübingen. Le volume 1 contient *Le Carnaval romain*, *L'Arbre généalogique de Joseph Balsamo, dit Cagliostro* et *Le Grand Cophte* (1792).

1793 : Première du *Citoyen général* à Weimar, une comédie dirigée contre les partisans allemands de la Révolution française (mai). Goethe rédige la pièce *Les Révoltés* qui plaide pour des réformes : elle demeurera inachevée. Il assiste au siège de Mayence (mai-juillet).

1794 : Début des relations amicales avec Schiller.

1795 : Début de la publication de la revue de Schiller, *Les Heures*. Goethe y publie les *Entretiens des émigrés allemands*, un cycle de nouvelles qui se clôt par un conte symbolique.

1795-1796 : Parution des *Années d'apprentissage de Wilhelm Meister*, roman d'apprentissage élaboré dans un dialogue permanent avec Schiller.

1797 : Parution de *Hermann et Dorothée*, « épopée bourgeoise » sur un sujet contemporain. Goethe et Schiller rivalisent dans le genre de la ballade.

1798 : Goethe écrit « La métamorphose des plantes », important poème didactique dans lequel il expose sa philosophie de la nature.

1798-1800 : Goethe publie la revue *Les Propylées* pour défendre son esthétique néoclassique.

2 avril 1803 : Première de *La Fille naturelle* à Weimar. La pièce devait constituer la première partie d'une trilogie sur la Révolution française qui ne fut jamais terminée.

1805 : Publication de la traduction du *Neveu de Rameau* de Diderot enrichie de notes (avril). Publication de l'ouvrage collectif *Winckelmann et son siècle* (mai). Mort de Schiller (9 mai).

1806 : Goethe termine la rédaction de la première partie de *Faust* (avril). Bataille d'Iéna. Occupation de Weimar par les Français (14 octobre). Goethe épouse Christiane Vulpius (19 octobre).

1806-1810 : Édition des *Œuvres* en 13 volumes chez Cotta. *Faust I* paraît dans le volume 8.

1807 : Goethe envisage d'écrire des nouvelles à insérer dans la suite qu'il veut donner aux *Années d'apprentissage de Wilhelm Meister* (printemps). Il fréquente la maison de l'éditeur Fromann à Iéna et s'éprend de sa pupille Minnchen Herzlieb (novembre-décembre), qui sera au centre d'un cycle de *Sonnets* (décembre 1807-juin 1808) et prêtera certains traits au personnage d'Odile dans *Les Affinités électives.*

1808 : *Les Affinités électives* sont citées à côté de *L'Homme de cinquante ans* comme une des nouvelles destinées aux *Années de voyage de Wilhelm Meister* (11 avril). La rédaction commence en juin. Une première version du roman comprenant 18 chapitres est terminée en août. Entretien avec Napoléon à Erfurt (2 octobre).

1809 : Reprise de la rédaction des *Affinités électives* (avril). Début de la correction des épreuves (juillet). Goethe annonce dans une revue la parution prochaine du roman (septembre). Parution des *Affinités électives* (septembre-octobre).

1810 : Publication de la *Théorie des couleurs* et de *Pandora*, pièce inachevée.

1811-1814 : Parution des trois premiers livres des Mémoires de Goethe, *Poésie et vérité*.

1814 : Il écrit la pièce allégorique *Le Réveil d'Épiménide* pour saluer le retour de la paix (juin). Elle ne sera représentée que l'année suivante à Berlin. Premier voyage dans la région du Rhin, du Main et du Neckar (juillet-octobre). Il fait la connaissance de Marianne von Willemer, qui sera la Suleika du *Divan* (août). À Cologne, il découvre la collection d'œuvres médiévales des frères Boisserée.

1815-1819 : Parution de l'édition des *Œuvres* en 20 volumes chez Cotta.

1815 : Second voyage dans l'ouest de l'Allemagne (juillet-octobre). Sommet de la relation amoureuse avec Marianne von Willemer. Naissance de nombreux poèmes du *Divan*.

1816 : Mort de Christiane von Goethe, son épouse (6 juin). Parution de la première partie du *Voyage en Italie* (octobre) comme une partie de ses œuvres autobiographiques. Goethe renonce à un troisième voyage à Baden-Baden (juillet). Lancement de la revue *Sur l'art et l'Antiquité*.

1817 : Goethe abandonne ses fonctions de directeur du théâtre de Weimar (avril). Parution de la deuxième partie du *Voyage en Italie* (octobre).

1819 : Parution du recueil de poèmes *Divan occidental-oriental* avec les notes et dissertations.

1821 : Parution de la première version des *Années de voyage de Wilhelm Meister*.

1822 : Parution de *La Campagne de France* et du *Siège de Mayence*.

1823 : Durant son séjour aux eaux de Marienbad, Goethe s'éprend de la jeune Ulrike von Levetzow dont il demande la main (fin août). Cet ultime amour lui inspire l'*Élégie de Marienbad*, pièce centrale de la *Trilogie de la passion*.
Johann Peter Eckermann entre au service de Goethe comme assistant (septembre) : nous lui devons les *Conversations avec Goethe dans les dernières années de sa vie* (1836 et 1848).

1827 : Début de la publication de l'édition dite « de dernière main » chez l'éditeur Cotta (40 volumes jusqu'en 1831). Elle se poursuivra jusqu'en 1842 avec les œuvres posthumes (20 volumes).

1828 : Publication, par les soins de Goethe, de sa correspondance avec Schiller. Mort du duc Charles-Auguste, ami et mécène de Goethe (14 juin).

1829 : Parution de la seconde version des *Années de voyage de Wilhelm Meister.*

1829 : Parution de la troisième partie du *Voyage en Italie.*

1830 : La révolution qui éclate en France fait craindre à Goethe une nouvelle période de bouleversements violents en Europe (juillet). Mort à Rome d'Auguste von Goethe, fils unique du poète (26 octobre).

1831 : Goethe achève la deuxième partie de *Faust* et scelle le manuscrit qui, selon ses volontés, ne sera publié qu'après sa mort. Achèvement, en octobre, de la quatrième partie de *Poésie et vérité* (publication posthume).

22 mars 1832 : Goethe meurt dans sa maison du Frauenplan.

BIBLIOGRAPHIE

Études générales sur Goethe

ANCELET-HUSTACHE, Jeanne, *Goethe par lui-même*, Seuil, « Écrivains de toujours », 1955.

BIDEAU, Paul-Henri, *Goethe*, PUF, « Que sais-je ? », 1984.

CITATI, Pietro, *Goethe*, traduit de l'italien par Brigitte Pérol, Gallimard, 1992.

Goethe cosmopolite. Revue germanique internationale, n° 12, 1999.

HADOT, Pierre, *N'oublie pas de vivre. Goethe et la tradition des exercices spirituels*, Albin Michel, 2008.

HURSON, Didier, *Les Mystères de Goethe. L'idée de totalité dans l'œuvre de Johann Wolfgang Goethe*, Villeneuve d'Ascq, Presses universitaire du Septentrion, 2000.

LACOSTE, Jean, *Goethe. La Nostalgie de la lumière*, Belin, 2007.

LEFÈBVRE, Jean-Pierre, *Goethe, modes d'emploi*, Belin, 2000.

LESCOURRET, Marie-Anne, *Goethe. La Fatalité poétique*, Flammarion, 1999.

VALENTIN, Jean-Marie (éd.), *Johann Wolfgang Goethe. L'Un, l'Autre et le Tout*, Klincksieck, 2000.

Principales éditions modernes des *Affinités électives*

En allemand

Die Wahlverwandtschaften, commentaires et notes de Benno von Wiese, dans *Goethes Werke in 14 Bänden*, éd. Erich

Trunz, Hambourg, Wegner 1948-1960 (dite Hamburger Ausgabe : HA), t. VI ; nouvelle édition Munich, C.H. Beck, 1981.

Die Wahlverwandtschaften, commentaires et notes de Paul Stöcklein, dans *Gedenkausgabe der Werke, Briefe und Gespräche*, éd. Ernst Beutler, Zurich, Artemis 1948-1954 (dite Gedenkausgabe : GA), t. IX.

Die Wahlverwandtschaften, commentaires et notes de Regine Otto, dans *Goethe, Poetische Werke. Kunsttheoretische Schriften und Übersetzungen*, sous la dir. de Siegfried Seidel, Berlin, Weimar, Aufbau Verlag, 1960-1978 (dite Berliner Ausgabe : BA), 22 tomes, t. XII.

Die Wahlverwandtschaften, commentaires et notes de Christoph Siegrist, dans *Goethe, Sämtliche Werke nach Epochen seines Schaffens*, éd. Karl Richter, en collaboration avec Herbert G. Göpfert, Norbert Miller et Gerhard Sauder, Munich, Hanser Verlag, 1985-1998 (dite Münchner Ausgabe : MA), 20 tomes, t. IX, *Epoche der Wahlverwandtschaften.*

Die Wahlverwandtschaften, commentaires et notes de Waltraud Wiethölter, dans *Goethe, Sämtliche Werke, Briefe, Tagebücher und Gespräche*, éd. Dieter Borchmeyer *et al.*, Francfort-sur-le-Main, Deutscher Klassiker Verlag, à partir de 1985 (dite Frankfurter Ausgabe : FA), 40 tomes, section 1, t. VIII.

Die Wahlverwandtschaften, postface de Benedikt Jeßing, Stuttgart, Reclam, 2002.

En français

Les Affinités électives, dans *Romans*, traduction de Blaise Briod, introduction de Bernard Groethuysen, Gallimard, « Bibliothèque de la Pléiade », 1954.

Les Affinités électives, traduction de Pierre du Colombier, préface de Michel Tournier, Gallimard, « Folio classique », 1980.

Les Affinités électives, traduction, introduction et notes de Joseph-François Angelloz, GF-Flammarion, 1992.

Les Affinités électives, traduction de Jacques Porchat, préface de Janine Buenzod, Genève, Slatkine, 1995.

ÉTUDES SUR LE ROMAN

En allemand

ADLER, Jeremy, « Eine fast magische Anziehungskraft », *Goethes Wahlverwandtschaften und die Chemie seiner Zeit*, Munich, Beck, 1987.

BENJAMIN, Walter, « Goethes Wahlverwandtschaften », dans *Illuminationen, Ausgewählte Schriften I*, Francfort-sur-le-Main, 1977, p. 63-135. Traduction française de Maurice de Gandillac, Reiner Rochlitz et Pierre Rusch, présentation par Reiner Rochlitz, dans Walter Benjamin, *Œuvres I*, Gallimard, « Folio essais », 2000, p. 274-395.

BERSIER, Gabriele, *Goethes Rätselparodie der Romantik, eine neue Lesart der « Wahlverwandtschaften »*, Tübingen, Niemeyer, 1997.

BLESSIN, Stefan, *Goethes Romane, Aufbruch in die Moderne*, Paderborn, Munich/Vienne/Zurich, Schöningh, 1996, p. 208-238.

BLONDEAU, Denise, « Goethes Naturbegriff in den Wahlverwandtschaften », dans *Goethe Jahrbuch 114*, 1997, p. 35-48.

BOLZ, Norbert (éd.), *Goethes Wahlverwandtschaften, kritische Modelle und Diskursanalysen zum Mythos Literatur*, Hildesheim, Gerstenberg, 1981.

BOLZ, Norbert, « *Die Wahlverwandtschaften* », dans *Goethe Handbuch*, éd. Bernd Witte, Theo Buck, Hans Dietrich Dahnke, Regine Otto et Peter Schmidt, Stuttgart, Weimar, Metzler, 1996-1999, 5 tomes, t. III, p. 152-186.

BRANDSTETTER, Gabriele (éd.), *Erzählen und Wissen, Paradigmen und Aporien ihrer Inszenierungen in « Goethes Wahlverwandtschaften »*, Freibourg-en-Brisgau, Rombach, 2003.

BUSCHENDORFF, Bernhard, *Goethes mythische Denkform, Zur Ikonographie der Wahlverwandtschaften*, Francfort-sur-le-Main, Suhrkamp, 1986.

CRITZMANN, Thorsten, *Goethes Wahlverwandtschaften als Jahresmärchen, ein Dialog zwischen Aufklärung und Romantik*, Cologne, SH Verlag, 2006.

GREVE, Gisela (éd.), *Goethe, « Die Wahlverwandtschaften »*, Tübingen, 1999.

HÄRTL, Heinz (éd.), *Die Wahlverwandtschaften. Eine Dokumentation der Wirkung von Goethes Roman 1808-1832*, Berlin, Akademie Verlag, 1983.

KOLBE, Jürgen, *Goethes Wahlverwandtschaften und der Roman des XIX Jahrhunderts*, Stuttgart/Berlin/Cologne/Mayence, W. Kohlammer, 1968.

MICHELSEN, Peter, « Wie frei ist der Mensch ? Über Notwendigkeit und Freiheit in Goethes Wahlverwandtschaften », dans *Goethe Jahrbuch 113*, 1996, p. 139-160.

RESCHKE, Nils, « Zeit der Umwendung », *Lektüren der Revolution in Goethes Roman « Die Wahlverwandtschaften »*, Freibourg-en-Brisgau, Rombach, 2006.

REUSCH, Judith, *Zeitstruktur in Goethes « Wahlverwandtschaften »*, Wurtzbourg, Königshausen und Neumann, 2004.

RÖSCH, Ewald (éd.), *Goethes Roman « Die Wahlverwandtschaften »*, Darmstadt, Wissenschaftliche Buchgesellschaft, 1975.

SCHINGS, Hans Jürgen, « Willkür und Notwendigkeit. Goethes Wahlverwandtschaften als Kritik an der Romantik », dans *Jahrbuch 1989 der Berliner Wissenschaftlichen Gesellschaft*, Berlin, 1990, p. 165-181.

SCHWAN, Werner, *Goethes « Wahlverwandtschaften », Das nicht erreichte Soziale*, Munich, W. Fink, 1983.

SEMPAOLO, Giovanni, « Proserpinens Park », *Goethes « Wahlverwandtschaften » als Selbstkritik der Moderne* (traduit de l'italien), Stuttgart, Metzler, 2003.

STÖCKLEIN, Paul, *Wege zum späten Goethe*, Hambourg, M. von Schröder, 1960 [1949], p. 7-55.

TURK, Horst, « Goethes Wahlverwandtschaften. Der doppelte Ehebruch durch Phantasie », dans *Urszenen. Literaturwissenschaft als Diskursanalyse und Diskurskritik*, éd. Friedrich A. Kittler *et al.*, Francfort-sur-le-Main, Suhrkamp, 1977, p. 202-222.

VAGET, Hans R., « Ein reicher Baron. Zur sozialgeschichtlichen Gehalt der Wahlverwandtschaften », dans *Jahrbuch der Deutschen Schillergesellschaft 24*, 1980, p. 123-161.

En français

BLONDEAU, Denise, « La figure d'Ottilie dans les *Wahlverwandtschaften* », *Recherches germaniques*, n° 27, 1997, p. 57-73.

FINK, Gonthier-Louis, « Les *Wahlverwandtschaften* de Johann Wolfgang Goethe. Structure et aspects du temps », *Recherches germaniques*, n° 1, 1971, p. 58-100.

FRANÇOIS-PONCET, André, *Les Affinités électives de Goethe. Essai de commentaire critique*, Félix Alcan, 1909.

HAAG, Ingrid, « Ottilie la fascinante. À propos des *Affinités électives* de Goethe », *Cahiers de recherches germaniques*, n° 8, 1984, p. 47-67.

PAUL, Jean-Marie, « Raisons de la fête et fête du désir dans *Die Wahlverwandtschaften* », dans BLONDEAU Denise, BUSCOT Gilles et MAILLARD Christian, *Jeux et fêtes dans l'œuvre de J.W. Goethe*, Strasbourg, Presses universitaires de Strasbourg, 2000, p. 163-174.

VALENTIN, Jean-Marie, « La parabole, la métaphore et l'oxymore. Sur *Les Affinités électives* », dans VALENTIN Jean-Marie (éd.), *Johann Wolfgang Goethe. L'Un, l'Autre et le Tout*, Klincksieck, 2000, p. 647-664.

FILMOGRAPHIE

Les Affinités électives/Le Affinità Elletive (1996). Réalisation : Paolo et Vittorio Taviani. Interprètes : Isabelle Huppert (Charlotte), Marie Gillain (Odile), Jean-Hugues Anglade (Édouard), Fabrizio Bentivoglio (le Capitaine).

TABLE

LES AFFINITÉS ÉLECTIVES

Composition et mise en page

NORD COMPO
multimédia

N° d'édition : L.01EHPN000165.N001
Dépôt légal : janvier 2010
Imprimé en Espagne par Novoprint (Barcelone)